Valentine und das Undercover-Meerschweinchen

Brigitte Endres, in Würzburg geboren, studierte Geschichte und Germanistik. Ihr Talent zum Fabulieren entdeckte die ausgebildete Lehrerin, als sie begann, für ihre Schüler zu schreiben. Bald darauf wurde ihr erstes Kinderbuch publiziert. Es folgten zahlreiche Veröffentlichungen bei verschiedenen Verlagen sowie im Bayerischen Rundfunk. Heute ist Brigitte Endres hauptberuflich als Autorin tätig.

www.brigitte-endres.de

Mehr über unsere Bücher, Autoren und Illustratoren auf:
www.thienemann.de

Endres, Brigitte:
Valentine und das Undercover-Meerschweinchen
ISBN 978 3 522 18543 1

Einbandgestaltung: Formlabor unter Verwendung von Shutterstock-Motiven (736043083/barka, 621725123/Hein Nouwens)
Innentypografie: Kadja Gericke
Reproduktion: DIGIZWO GbR, Stuttgart
Druck und Bindung: GGP Media GmbH, Pößneck

MIX
Papier aus verantwortungsvollen Quellen
FSC www.fsc.org FSC® C014496

BRIGITTE ENDRES

Valentine und das UNDERCOVER MEERSCHWEINCHEN

THIENEMANN

DER TAG, AN DEM MEIN MEERSCHWEINCHEN KRIMINALOBERKOMMISSAR WURDE

1. KAPITEL

Ich war schon immer gern auf dem alten Stadtfriedhof. Dad hat mich oft hierher mitgenommen, als ich noch klein war. Ein super Spielplatz, auf dem man nicht geschubst wird oder in Katzenkacke fasst. Feine Krümelerde, zartrosa Regenwürmer und grün schillernde Käfer, Eichhörnchen, Spechte und Rotkehlchen. Ab und zu stieß mein Kinderschäufelchen auf einen ururalten Knochen, karamellfarben, glatt und leicht wie Porzellan. Als ich in die Schule kam, konnte ich dann nicht mehr so oft auf den Friedhof mit. Aber jetzt bin ich wieder öfter hier, allerdings nicht mit Dad, sondern mit einem Freund. – Freund? Ja, obwohl ich ihn immer noch sieze, möchte ich ihn, nach alldem, was wir zusammen durchgestanden haben, definitiv einen Freund nennen – und ich bin da sehr wählerisch. – Übrigens sitzt er neben mir auf der schwarzen Marmorplatte des Grabes, das wir immer besuchen.

Die Geschichte, ich möchte fast sagen – unsere Geschichte –, die ich, auf seinen ausdrücklichen Wunsch hin, heute in mein Smartphone spreche, würde ich zwar ohnehin nie vergessen. Definitiv NIE! Aber vielleicht schreibe ich sie eines Tages ja sogar noch auf und verkaufe sie an Hollywood – denn sie ist wirklich abgefahren!

Die bereits erwähnte Grabplatte trägt eine lateinische Aufschrift, die schon viel über den Mann sagt, dessen sterbliche Überreste – und wahrhaftig nur die! – darunter begraben sind. *Homo homini lupus,* was heißt: *Der Mensch ist dem Menschen ein Wolf.* Die bittere Bedeutung dieser Worte war mir leider schon bekannt, ehe sie mir an diesem Ort des Friedens wieder begegneten. Doch sollten mir die Ereignisse, die ich hier aufzeichne, die Abgründe der menschlichen Natur erst noch richtig vor Augen führen …

Aber ich fang jetzt einfach mal an. – Hoffe, der Akku hält durch, weil ich manchmal etwas zum Abschweifen neige.

Homo homini lupus. Ja, das ist so traurig, wie es wahr ist! Mum nervt mein negatives Menschenbild. Sie findet, eine fast Vierzehnjährige hätte die verdammte Pflicht, die Welt positiv zu sehen. Sie hofft immer noch, das sei nur eine vorübergehende Pubertätserscheinung, da sei man halt verletzlich und könne sich selbst nicht leiden.

NEIN!, es liegt nicht an der Pubertät, es liegt definitiv an der Menschheit. Abgesehen von eigenen deprimierenden Erfahrungen, bin ich jedes Mal bedient, wenn ich die Nachrichten einschalte und mir ansehen muss, was sich meine lieben Zeitgenossen binnen eines einzigen Tages alles so angetan haben.

In puncto Selbstwertgefühl hat Mum aber nicht ganz unrecht. Doch das bezieht sich nur auf mein Äußeres. Mir hat die Natur einen – sagen wir mal – nicht ganz so schlanken Körper geschenkt, dafür aber den Appetit eines Holzfällers und die Kurzsichtigkeit eines Maulwurfs. Beides unverkennbar Gene von Dad – Pech gehabt, gegen Gene kommt man nicht an. Schon auf meinen Kleinkinderfotos blinzle ich durch die reinsten Flaschenböden in die Welt. Daran hat sich nichts geändert, auch wenn Mum meint, dass mich die Brille intellektuell aussehen lässt. Okay, damit kann ich leben. »Schönheit vergeht, Dummheit bleibt«, sagt Dad. Das tröstet mich. Denn wenigstens bin ich nicht dumm – ich denke, das darf ich sagen, ohne gleich arrogant rüberzukommen. Obwohl sie mich bereits mit fünf eingeschult haben, weil ich schon lesen konnte, bin ich seither immer Klassenbeste gewesen. Die zweite Klasse hab ich übersprungen, weil ich mich sonst kaputt gelangweilt hätte. In diesem Punkt bin ich unangreifbar. Allerdings machen Überfliegernoten einsam.

Die Kinderbuchabteilung der Stadtbibliothek hatte ich schon mit neuneinhalb durch und dann machte ich mich über Dads Bibliothek her, und die kann sich sehen lassen. Was soll ein Kind auch machen, wenn es keine Freunde hat. Wobei das so eigentlich nicht stimmt – ich hatte nämlich einen Freund: den kleinen Henry. Seit wann ich ihn hatte, weiß ich nicht mehr, aber er begleitete mich einige Jahre lang. Der kleine Henry hat Mum und Dad ziemlich Kopfzerbrechen bereitet. Er wusste zum Beispiel immer, wo Mum die Schokolade versteckt. Natürlich bekam ich die Schimpfe ab, wenn dann wieder ein brauner Fleck auf dem Wohnzimmersofa pappte. Und einmal hat er unten im Laden eine sauteure Keramikurne runtergeworfen. Mum war stinksauer, als ich ihr tränenreich meine Unschuld beteuerte. Ich weiß auch noch, dass ich dem kleinen Henry nächtelang Geschichten erzählt hab. Und oft haben wir uns lustige Wörter zusammen ausgedacht, die meine Eltern aber gar nicht lustig fanden, weil die meisten mit *Arsch* oder *Scheiß* anfingen. Jedenfalls brachten sie mich zu einem Kinderpsychologen und der sagte, dass sie sich keine Sorgen machen sollten, und dass nur sehr fantasiebegabte und wortgewandte Kinder imaginäre Freunde hätten. Irgendwann blieb der kleine Henry schließlich weg, was wohl daran lag, dass ich größer wurde und Henry immer gleich klein blieb. Aber es war eine gute Zeit mit ihm, an die ich gern zurückdenke.

Ja, manchmal vermisse ich ihn sogar heute noch, denn ich tu mich ziemlich schwer damit, Kontakte zu schließen.

»Ich versteh das nicht, Valentine«, sagt Mum oft und schaut mich in dieser unerträglichen Mischung aus Mitleid und Ratlosigkeit an. »In deinem Alter hatte ich zig Freundinnen. Dein Bruder ist doch auch kein Einzelgänger und er ist im selben Haushalt aufgewachsen wie du.«

Ja, super, aber ich bin nicht wie Felix! Ich möchte fast sagen: leider. Sein Name ist Programm – der Glückliche! Anders als ich, kommt er ganz nach Mum. Er ist schlank, groß und blond und hat blitzblaue Augen, so ein Boygroup-Typ. Die Mädchen fliegen auf ihn wie Brummer auf einen Kuhfladen. – Okay, der Vergleich hinkt etwas, dabei hab ich echt nichts gegen ihn. Aber wir hatten früher kaum Gemeinsamkeiten, außer, dass er immer so supergute Noten in der Schule hatte wie ich. Felix ist sechs Jahre älter und das ließ er mich mit Vorliebe spüren. Sechs Jahre, das ist ja auch definitiv eine Menge. Als ich in die Grundschule kam, war er schon im Gymnasium, hatte Pickel und hörte Techno, während ich noch Bibi-Blocksberg-Fan war und mir einen Besen wie Kartoffelbrei gewünscht hab. Wir haben im Grunde nebeneinander hergelebt, bis er vor einem Jahr auszog. Mann, er hat ein Abi mit 1,2 hingelegt und auf Anhieb einen Studienplatz für Medizin bekommen! Das ist schon cool. Dad war darüber nicht so begeistert, weil damit feststand, dass er das

Geschäft nicht übernehmen würde und das heißt doch *Engel und Sohn.*

Mum allerdings war schon immer der Meinung, jedes Kind sollte das Recht haben, seinen Beruf frei zu wählen, und Felix sollte es mal nicht so ergehen wie Dad. Mein Vater wollte nämlich ursprünglich Buchhändler werden – das ist auch der Grund, warum wir geschätzt eine halbe Million Bücher im Haus haben. Das Einzige, was Mum an Felix' Berufswahl zu bemäkeln hat – sie mäkelt sonst nie an etwas herum, das Felix tut –, ist, dass er Pathologe werden will, weil sie sagt, dass man als Orthopäde oder Schönheitschirurg sehr viel mehr Geld machen kann. Da muss ich ihr recht geben, aber daran sieht man eben, dass auch Felix von der Umgebung seiner Kindheit geprägt worden ist.

Jedenfalls hat sie mir Felix in puncto Freunde immer als leuchtendes Vorbild vor die Nase gehalten. Ja, der schöne Felix war auch Klassensprecher ... Ich müsse mich eben mehr bemühen ... Aber Felix musste sich nie groß bemühen. Erstens sieht er, wie schon gesagt, verdammt gut aus. Zweitens waren seine Schulfreunde fast alle Jungs, und Jungs sind nun mal nicht halb so hysterisch wie Mädchen, wenn es um bestimmte Dinge geht. Dass Felix viel früher ausgezogen ist als die meisten seiner Freunde, liegt, wenn man mich fragt, genau daran – nämlich, dass keines seiner Mädels bei uns übernachten wollte. Dabei sind meine Eltern in dieser Hinsicht wirklich tolerant. – Mum hat es zwar fast das Herz gebrochen, als er seinen Kram gepackt hat, aber dann hat sie ihm sogar die Vorhänge für seine Bude genäht.

Wie dem auch sei. Anders als Felix stand ich auf der Beliebtheitsskala nie oben. Was soll's? Irgendwo hab ich mal ein superschlaues Zitat gelesen, von Schopenhauer, glaub ich. – Da heißt es sinngemäß: *Überlegenheit ist, wenn man die anderen nicht braucht und es ihnen zeigt.* Respekt kriegt man eben nicht geschenkt, wenn man dicke Brillengläser trägt und vier Kilos zu viel hat – Mum behauptet sechs, aber da übertreibt sie.

Nein, Leute, ich mach nicht mit bei Wer-ist-die-Dünnste-und-Schönste-im-ganzen-Land. – Ich hätte eh keine Chance. – So ziemlich alles, was die Mädchen in meiner Klasse interessiert, langweilt mich schlicht zu Tode, ihre Zeitschriften, die Musik, die sie hören. Dabei sind die meisten sogar zwei Jahre älter als ich. Außerdem hab ich definitiv kein Pink-Problem, ich hasse diese süßliche Bonbonfarbe. Und mit Castingshows kann man mich jagen. Ich kann einfach nicht ohne Brechreiz zusehen, wie diese Supergirlies so appetitlich und leider auch ebenso intelligent wie ein Pfund Schnitzel von den Medien verarscht werden. Da mutiere ich zur Hardcore-Emanze!

Und was die Jungs angeht – die sind dermaßen kindisch, dass ich mir manchmal vorkomme wie auf dem

Affenfelsen. Ich glaub, die Hälfte von denen ist sowieso auf Ritalin. Auch wenn sich das vielleicht so anhört, prinzipiell hab ich nichts gegen Gleichaltrige, ich hab bisher nur noch keinen getroffen, mit dem man sich halbwegs auf Niveau austauschen könnte.

Mum sagt, heutzutage könnte man Freundschaften ja auch übers Internet pflegen, das sei doch ein guter Weg, wenn man schüchtern ist.

Mum! Ich bin NICHT schüchtern! UND ich bin vor allem NICHT BLÖD! Diese sogenannten sozialen Netzwerke – von wegen sozial … Da trauen sich selbst die Feigsten – die vor allem! –, dich vor allen zum Gespött zu machen. Eine in meiner Klasse haben sie dermaßen gemobbt, dass sie die Schule gewechselt hat. Okay, die Hellste war das Mädel nicht, aber trotzdem, das war echt fies! Am besten, man hält sich zurück – das ist meine Meinung. »Willst was gelten, mach dich selten«, hat Oma Engel immer gesagt und Mum fand das gut – aber das hatte rein familiäre Gründe.

Ups, soeben macht mich mein Begleiter darauf aufmerksam, dass ich endlich zur Sache kommen soll. – Ich will's versuchen, obwohl ich finde, das alles gehört irgendwie dazu.

Wie dem auch sei, seit das mit Bully passiert ist, kann ich über fehlende Abwechslung in meinen Leben nicht mehr klagen und inzwischen bringen mir die anderen sogar eine gewisse Bewunderung entgegen. Dass ich von klein auf eine Außenseiterin war, liegt definitiv auch an unserem Geschäft.

Einmal hat mich Olaf im Firmenwagen zu einem Kindergeburtstag gebracht. Die Kleinbürgermamas haben einen Heidenschreck gekriegt, als er den Kombi vor der Tür abstellte. Den meisten Menschen ist unser Gewerbe irgendwie unheimlich. Dabei ist es ein Geschäft wie jedes andere. – Für mich jedenfalls, ich bin schließlich damit aufgewachsen. Bestatter ist ein total vielseitiger Beruf. Und inzwischen ist mir auch klar geworden, dass es ein ungeheuer verantwortungsvoller Beruf ist, in dem man verdammt wachsam sein muss. Wer weiß denn schon, dass alljährlich weit über tausend Leute unter die Erde kommen, die KEINES natürlichen Todes gestorben sind, ohne dass das jemals aufgedeckt wird. Also ich wusste das nicht, bis …

Aber ich will versuchen, die ganze Geschichte von vorn aufzurollen.

Es war an einem verregneten Herbstnachmittag, als Mum mich bat, Olaf eine Tasse Kaffee und einen Teller Kekse in den Keller zu bringen. Ich mag Olaf, er arbeitet schon so lange bei uns, dass er richtig zur Familie gehört. Vorher war er Maskenbildner in Berlin. Als er sich in Martin verknallte – Martin hat hier um die Ecke einen Friseursalon –, zog er zu seinem Liebsten. Aber in unserer kulturlosen Kleinstadt gibt es kein Theater, und als Dad die Stelle ausschrieb, bewarb sich Olaf und bekam sie auch.

»Olaf Sauerbier«, sagt Dad, »ist ein wahrer Zauberer auf seinem Gebiet.« Und da hat er hundertpro recht.

»Meine Kundschaft hält ja auch still und lässt mich machen«, sagt Olaf.

In unser Geschäft kommen zwei Sorten von Kunden, die einen gehen durch die Vordertür und die anderen werden durch die Hintertür getragen. »Die durch die Hintertür kommen, sind fraglos die Angenehmeren«, sagt Dad. »Mit denen gibt es nie Scherereien.«

Unser Haus ist ein großes Geschäftshaus. »Beste Innenstadtlage und inzwischen ein Vermögen wert«, sagt Dad. Aber verkaufen würde er nie. »Das Erbe der Väter verkauft man nicht!«

Die Wohnung ist in der Beletage – wie Mum den ersten Stock bezeichnet. Darunter liegt der Laden mit den Beratungsräumen, dem Abschiedszimmer und dem Büro von Frau Kuckelkorn, unserer Sekretärin. »Der Kuckelkorn entgeht nichts«, sagt Dad. »Die ist der geborene Buchhalter. Und dazu hat sie ordentlich Haare auf den Zähnen.« – Insofern ist sie wirklich die ideale Besetzung! Meine Eltern trösten, hören zu, machen Vorschläge, wie die Trauerfeier ablaufen könnte, und sind schon von Berufs wegen nett und einfühlend. »Wer ein Geschäft hat, muss lächeln können. – Altes chinesisches Sprichwort«, sagt Dad. Aber wenn es ans Zahlen geht, hält sich die Dankbarkeit der Hinterbliebenen leider oft in Grenzen. Und da springt unsere Frau Kuckelkorn ein und nervt die Leute, bis sie das Geld eingetrieben hat.

Im Erdgeschoss befinden sich noch der Aufenthalts- und der Umkleideraum für die Angestellten. Neben der Kuckelkorn und Olaf arbeitet bei uns noch Herr Hahn, der hauptsächlich Fahrdienste erledigt. Wenn viel los ist, springt Felix auch ab und zu ein, vor allem in den Semesterferien oder an den Wochenenden, und verdient sich ein bisschen Taschengeld dazu. »Jede x-beliebige Aushilfe kann man nicht nehmen«, sagt Dad. »Ernsthaftigkeit und Pietät sind in unserem Geschäft das Wichtigste. Wer den Toten und ihren Angehörigen keinen Respekt entgegenbringt, ist bei uns fehl am Platz.«

Tatsächlich trägt die Konkurrenz in der Hindenburgstraße das Wort sogar im Namen. *Bestattungsinstitut Pietät,* steht zwischen zwei schwarzen Palmwedeln auf dem Firmenschild. Ich find's ja kitschig, aber das ist Geschmackssache. Bei uns steht über dem Schaufenster ganz schlicht: *Bestattungsinstitut Engel und Sohn.* Falls ich mal den Laden übernehme – worüber ich manchmal nachdenke –, muss das natürlich geändert werden, denn ein Sohn bin ich ja nun definitiv nicht.

Dass wir zufällig *Engel* heißen, ist leider eine Herausforderung für einfache Gemüter. Eine Weile haben ein paar Witzbolde in der Schule versucht, mir den Spitznamen *Grabengel* zu verpassen. Aber mit so was können mich diese Blumenkohlgehirne echt nicht treffen. Ignorieren ist die einzig intelligente Antwort auf dümmliche Provokationen. Keine Reaktion = kein Spaß, also haben sie es bald wieder bleiben lassen. Das Dümmste, was sie sich mal geleistet haben, war, mir eine tote Maus in die Pausendose zu stecken. Weiß der Geier, wo sie die herhatten. Ich denk noch, was glotzen die eigentlich so blöd, als ich die Dose aufmach und den Kadaver eines Kleinnagers und einen Zettel mit der Aufschrift: *Bestatte mich!*, finde. Ich will jetzt nicht behaupten, dass ich keinen Schreck bekommen hab, ich bin ja nicht aus Beton. Aber nach dem ersten Adrenalinstoß hab ich die Maus am Schwanz gepackt, ein paarmal wie ein Lasso herumgewirbelt und dann losgelassen. Einfach so, wortlos und vor allem ohne den ersehnten Entsetzensschrei. Mann, da war echt was los! Ich hab sie kreischen lassen und bin cool wie ein Eiszapfen auf den Pausenhof stolziert. Zum Glück hatte Mum mein Käsebrötchen gut in Folie gepackt. Ja, die Schule ist ein Narrenschiff, aber da muss jeder durch. Im Großen und Ganzen ließen sie mich danach in Ruhe und heute käme wahrscheinlich keiner mehr auf so eine Idee. Ich ticke vielleicht auf etwas höherem Niveau als die anderen, aber ich bemühe mich, das nicht raushängen zu lassen. Überlegenheit und Überheblichkeit sind zwei verschiedene Stiefel. Überlegenheit ist die intelligente Variante der Überheblichkeit, die ja immer mit Dummheit gepaart ist. *Dummheit und Stolz wachsen auf einem Holz* – auch ein Spruch von Oma Engel.

Small Talk? – Klar, mit jedem und jederzeit, aber ich rede NIEMALS über das Geschäft. Dad sagt: »Unsere Kundschaft hat ein Anrecht auf Vertraulichkeit.«

Eine Frage krieg ich trotzdem immer wieder übergebraten: »Hast du schon mal 'ne echte Leiche gesehen?« Da schwillt mir dann wirklich der Hals. Erstens mag ich das Wort *Leiche* nicht, das hört sich an, als wäre ein toter Mensch eine Sache. – Am schlimmsten finde ich das Wort *Leichenschmaus* – mindestens so abartig wie *Kinderschnitzel* – Mahlzeit! Zu Hause sprechen wir meistens von Kunden oder Verstorbenen. Und zweitens: Ein Toter sieht normalerweise auch nicht anders aus als ein Lebendiger, es sei denn, er war schwer krank oder hatte einen Unfall. Natürlich hab ich schon Verstorbene gesehen! Viele. Von klein auf! Wo ist das Problem? Die Leute sollen sich nicht so viele Horrorfilme ansehen! Vor Toten braucht man sich echt nicht fürchten. Ich schlaf wie ein Baby, egal wie viele Kunden in unserem Keller liegen – von wegen Leichen im Keller – ha! Eines muss man sich doch mal klarmachen: Es sind unfassbar mehr

Menschen schon tot, als momentan leben. Aber wer stellt sich Beethoven schon als Leiche vor oder Lady Di oder Dschingis Khan? Es geht doch darum, was der Mensch geleistet hat, um das, was er für andere war. Das Andenken zählt! Das ist es ja, was bleibt, wenn einer stirbt. Nicht die sogenannten sterblichen Überreste. – Aber ich will jetzt nicht zu philosophisch werden. – Dazu neige ich leider, ich stelle mir dauernd Fragen nach dem Sinn von Leben und Tod, aber eine Antwort hab ich noch nicht gefunden

Sorry, ich verlier mal wieder den Faden ...

Also zurück ins Erdgeschoss, um mit der Hausführung weiterzumachen, weil es für die irrwitzige Geschichte, die noch kommt, wichtig ist, die Örtlichkeiten zu kennen. Eine Hintertür führt in den Hof und zur Garage. Dad hat letztes Jahr einen neuen Firmenwagen angeschafft. Normale Kombis sind, was die meisten Leute nicht wissen, nicht geeignet. Autos für die Branche sind Spezialanfertigungen. »Schweineteuer, der Neue«, sagt Dad. »Aber erste Sahne!« Anthrazitmetallic, immer auf Hochglanz – dafür sorgt Herr Hahn. Ich finde ja, dass die Bestatterwägen früher cooler ausgesehen haben. Ich schau mir gern die alten Familienalben an. Mein Ururgroßvater hatte noch einen, der von zwei schwarzen Pferden gezogen wurde. – Da, wo jetzt die Garage ist, stand früher der

Pferdestall. Aber auch der Wagen aus den Fünfzigern, den mein Opa noch gefahren hat, war cool. »Schnittig«, hat Opa immer gesagt. Ich mag das Wort *schnittig*, das hört man heute kaum noch. Schade, dass diese supercoole Kiste damals verschrottet worden ist. Der alte Mercedes war tiefschwarz, überall mit Chrom abgesetzt, und an den Fenstern hingen weiße Rüschengardinen. Wenn ich mir vorstelle, dass ich schon in ein paar Jahren den Führerschein mache, könnte ich heulen. Neben der Garage ist dann nur noch das Sarglager, während die Urnen vorn im Laden stehen, die schicksten im Schaufenster, das Mum immer sehr liebevoll jahreszeitlich gestaltet.

An dem Tag, an dem das mit Bully passierte, half ich Mum, eine Girlande aus Herbstlaub für die Auslage zu binden. Bully wuselte derweil zwischen den heruntergefallenen Blättern herum. Bully ist – besser gesagt – *war* mein Meerschweinchen. Ursprünglich hatte ich ja zwei Meeris. Den dicken Peppy, und den kleinen Bully, der zwar genauso alt war wie sein stämmiger Freund, aber nur halb so groß. Ich glaub ja, dass sich irgendwann ein Zwergmeerschweinchen in seinen Stammbaum geschummelt hat. Den starken Namen Bully hab ich ihm übrigens gegeben, weil er so klein und zierlich war. Bully war schwarz, mit einem verwegenen weißen Haarschopf und Peppy braun-rot. Tragischerweise schlüpfte Peppy im vorigen Sommer durch die offene Balkontür, stürzte in den Hof und segnete das Zeitliche. Olaf half mir, ihn im Vorgarten zu bestatten. – Er baute extra einen kleinen Sarg und stattete ihn mit einem Satinrest und viel Spitze aus, das fand ich total nett von ihm. Es war ein sehr würdevolles Begräbnis, das mich von dem Verlust etwas ablenkte. Bully leider weniger, er trauerte sehr um seinen Partner. Da Meerschweinchen eigentlich nicht einzeln gehalten werden sollen, dachte ich zuerst darüber nach, ihm einen neuen Begleiter zu besorgen, aber Mum sagte, wenn ich damit anfinge, jedes verstorbene Meeri durch ein neues zu ersetzen, hätte ich bis zum jüngsten Tag welche. Das leuchtete mir ein.

Damit Bully aber nicht so viel allein war, schleppte ich ihn seither meistens mit mir rum und ließ ihn oft auch in der Wohnung laufen. Allerdings war das Mum dann auch nicht recht, weil Bully erstens nicht ganz stubenrein war und zweitens auch gern mal Sachen anknabberte, die definitiv nicht auf der Liste für gesundes Meerschweinchenfutter stehen.

»Valentine«, sagte meine Mutter an jenem denkwürdigen Nachmittag. »Es ist gleich halb vier. Olaf wartet bestimmt schon auf seinen Kaffee. Bring ihm doch bitte das Tablett runter.«

Ich stand auf, setzte Bully auf die Schulter und ging zur

Anrichte. »Mhm«, sagte ich. »Sind noch mehr von den Keksen da?«

Mum warf mir einen sprechenden Blick zu.

Ich seufzte. Warum versuchte Mum andauernd, mir den Appetit zu verderben. »Wenn ich eines Tages magersüchtig werde, bist du schuld«, sagte ich.

Aber meine gefühlskalte Mutter runzelte nur die Stirn.

Ich griff mir also das Tablett, stieß mit dem Fuß die Küchentür auf und balancierte es zum hinteren Treppenaufgang, über den man in die Kellerräume kommt. Man darf sich unseren Keller nicht finster vorstellen. Kühl- und Versorgungsraum sind mit meterlangen Neonlampen taghell erleuchtet. Der Versorgungsraum, in dem hauptsächlich Olaf zugange ist, sieht eigentlich mehr aus wie ein Arztzimmer. Da gibt es einen Behandlungstisch aus Metall und Glasschränke, mit allem was man braucht, um einen Verstorbenen für sein letztes Fest würdig aussehen zu lassen. Schminksachen, weil die meisten sehr blass sind – totenblass wie man so sagt –, Rasierzeug, Haarspray, Kamm, Bürste, Föhn und Lockenstab und einige spezielle Instrumente, die aber nur in Sonderfällen gebraucht werden.

Ich hörte schon im Flur Olafs kleine Musikanlage dudeln. Olaf sucht immer Musik aus, von der er annimmt, sie würde seinem Kunden gefallen. Er ist davon überzeugt, dass die Seele noch Tage nach dem Tod über dem

Körper schwebt. Ich hab das immer für abgedrehten Esoquatsch gehalten, bis …

Aber eines nach dem anderen!

2. KAPITEL

Ich öffnete mit dem Ellbogen die Tür zum Versorgungsraum und stellte mich dabei so bescheuert an, dass das Tablett in Schieflage geriet. In letzter Sekunde gelang es mir zwar, die Thermoskanne mit dem Kinn zu halten, aber die Keksdose knallte runter und Olafs geliebte Haferkekse kullerten munter über den Steinboden.

»Nicht so stürmisch!« Damit legte Olaf den Föhn neben den Kopf seines Kunden, zog die Handschuhe aus, und nahm mir das Tablett ab.

Als ich mich bückte, um die Kekse einzusammeln, verlor Bully den Halt und landete auf den Fliesen, wo er sich gierig auf einen zerbrochenen Keks stürzte.

»Ups!«, sagte ich, »Bully, das ist nichts für dich!«

Aber Olaf winkte ab. »Lass ihn doch, das kleine Stück wird ihm sicher nicht schaden.«

Während Olaf sich Kaffee einschenkte, warf ich einen Blick auf den Behandlungstisch. Ein Mann, nicht mehr jung, aber auch nicht uralt, obwohl seine Haare grau waren und sein Gesicht ziemlich zerknittert aussah.

»Ist das der Mann, dem der Hund gehörte?«, fragte ich.

Olaf nickte. »Das Tier hat mir wahnsinnig leidgetan!«

»Mir auch«, sagte ich.

Da war nämlich was ganz Verrücktes passiert. Kurz nachdem Herr Hahn und Olaf den Verstorbenen aus dem Wagen in den Kühlraum gebracht hatten, hörten Mum und ich oben in der Wohnung ein jammervolles Heulen, das aus dem Hof zu kommen schien. Wir rannten ins Erdgeschoss und kamen gerade dazu, wie Dad die Hintertür aufriss und wir alle einen Heidenschreck kriegten. Ein stämmiger, potthässlicher Hund drängte sich an uns vorbei und trabte schnurstracks Richtung Kellertür, wo er wie gestört am Türblatt kratzte.

»Wem gehört denn dieses Ungetüm?«, wollte Mum wissen. »Der ruiniert uns den ganzen Lack!«

»Schluss!«, rief Dad und zog den Hund beherzt am Halsband weg.

In diesem Moment kamen Olaf und Herr Hahn aus dem Keller. Mit Mühe konnte Dad das kräftige Tier davon abhalten, die Treppe runterzulaufen.

»Wie kommt der denn hierher?«, fragte Herr Hahn. »Das ist doch der Hund von unserem neuen Kunden.«

»War er dabei, als sein Herrchen gestorben ist?«, erkundigte ich mich.

»Denk schon«, gab Olaf zurück. »Der Mann schaffte es zwar noch, seinen Internisten anzurufen, aber der konnte ihm nicht mehr helfen. Darauf hat der Arzt gleich uns kommen lassen, weil er sich erinnerte, dass sein Patient bei uns eine Bestattungsvorsorge abgeschlossen hat. – Ja, das arme Vieh war ganz bestimmt dabei, als es passiert ist.«

»Wie schrecklich!« Ich betrachtete den Hund, der mittlerweile wie ein Mehlsack vor der Kellertür lag und leise vor sich hinwinselte. Er war definitiv keine Schönheit, aber irgendwie rührend mit seinen Hängeohren, dem faltigen Kopf und den tief liegenden Triefaugen.

»Ein Nachbar hat ihn Marlowe genannt, wenn ich mich recht erinnere«, sagte Olaf, während wir den vierbeinigen Eindringling ratlos anstarrten.

»Ein Bluthund, die sollen sehr treu und klug sein«, stellte Dad fest.

Mum verdrehte die Augen. »Das mag ja sein, aber er ist wirklich abgrundtief hässlich, wie man sich nur ausgerechnet diese Rasse aussuchen kann.«

Herr Hahn zuckte mit den Schultern. »Schönheit ist nicht alles. Der Hund soll ein ausgebildeter Polizeihund sein. Trotzdem, unglaublich, dass er hierher gefunden hat.«

Dad betrachtete den Hund nachdenklich. »Soviel ich weiß, eignen sich Bluthunde sehr gut als Gebrauchshunde.«

»Wie heißt es?«, sagte ich. »Schönheit vergeht, Dummheit bleibt. Und intelligent muss er sicher sein, sonst wäre er nicht hier. – Aber was passiert jetzt mit ihm? Gibt es denn keine Familie, die den Hund nehmen könnte?«

Olaf schüttelte den Kopf. »Wohl kaum. Der Mann hatte offenbar niemanden, deshalb hat er ja auch gleich die Bestattungsvorsorge vereinbart, als sein Arzt ihm sagte, dass er schwer herzkrank ist.«

Ich runzelte die Stirn. »Und ihr habt das arme Tier einfach sich selbst überlassen?«

»Was sollten wir denn machen?«, sagte Herr Hahn. »Der hat uns fast zerfleischt! – Wir hatten Mühe, die Bahre unbeschadet in den Wagen zu kriegen. Ich dachte, irgendein Nachbar kümmert sich schon um ihn. Aber das ist typisch – rumstehen und glotzen können die Leute, aber wenn sie gebraucht werden, ist keiner da.«

»Ich versteh nicht, wie der Hund es geschafft hat, dem Wagen zu folgen!«, sagte Olaf.

Herr Hahn zuckte mit den Schultern. »Polizeihunde haben feine Nasen. – Du reißt ja immer das Fenster auf, kaum dass wir im Auto sitzen.«

»Weil andere sich sofort eine anstecken müssen, kaum

dass wir im Auto sitzen«, raunzte Olaf ihn an. »Von dem Zigarettenqualm wird mir übel. – Abgesehen davon wollen die Kunden nicht, dass ihre lieben Verstorbenen in einem Auto transportiert werden, das wie eine Eckkneipe stinkt! Das macht keinen guten Eindruck.«

Dad unterbrach das Geplänkel mit der noch immer offenen Frage: »Was machen wir jetzt mit dem Tier?«

Ich ging in die Hocke und strich dem Hund über den zerfurchten Samtschädel. »Armer Marlowe«, sagte ich. Der Hund hob seinen großen faltigen Kopf und sah mich so todtraurig an, dass mir fast das Herz brach. Ich sah Dad flehend an.

Er hatte meine unausgesprochene Frage verstanden und beantwortete sie mit einem hilflosen Blick zu meiner Mutter.

»Vergiss es!«, sagte Mum und bewies damit mal wieder, wie vorhersagbar ihre Reaktionen waren. »Für solche Fälle gibt es das Tierheim!«

Das alles war gestern Abend gewesen, und ich war immer noch enttäuscht, dass Dad den Hund weggebracht hatte. Erwachsene sind manchmal so unflexibel!

»Hoffentlich finden die im Tierheim bald ein gutes Zuhause für ihn«, sagte ich zu Olaf.

Er zuckte mit den Schultern. »Es wird nicht leicht sein, einen dermaßen hässlichen Hund zu vermitteln.« Mit einem nachdenklichen Blick auf den Behandlungstisch drehte er die Musik leiser.

»Was ist das?«, fragte ich.

Olaf zeigte mir die CD-Hülle. »*Blue Moon of Kentucky*. Ich dachte, vom Alter her könnte er Presley-Fan gewesen sein. – Aber ich weiß nicht recht, ob ich seinen Geschmack getroffen habe. Vielleicht hörte er lieber ernste Musik.«

»Oder er machte sich nicht viel aus Musik«, sagte ich und betrachtete den Mann nachdenklich.

Meiner Erfahrung nach haben die meisten Verstorbenen etwas Entspanntes, Friedliches, dieser hier aber sah irgendwie übellaunig aus. Seine hängenden Mundwinkel und die ausgeprägten Falten rechts und links seiner langen Nase ließen darauf schließen, dass er schon zu Lebzeiten kein Ausbund an Heiterkeit gewesen war.

Während Bully noch immer auf dem Fußboden an dem Keksstück mümmelte, kramte Olaf sein Smartphone heraus. »Ich hab übrigens neue Fotos von Stuart Little.«

Stuart ist Olafs zweijähriger Neffe, das süßeste und intelligenteste Kind aller Zeiten, selbst seine Windeln duften nach Vanille ... Was blieb mir also anderes übrig, als mit geheucheltem Interesse die Bilder anzusehen. Während ich mir höfliche Äußerungen des Entzückens abzwang, und bei jedem Foto hoffte, es möge das letzte sein, geschah etwas, das uns jäh unterbrach.

In so rasender Abfolge, dass es sich jeder Beschreibung entzieht, ertönte ein gewaltiger Knall, ein Lichtbogen erhellte den Raum, dann ein markerschütterndes Quieken.

Ich hechtete hoch. »Bully!« Das Licht flackerte und dann: zappenduster.

»Scheiße!«, zischte Olaf und tastete sich im matten Schein seines Handys zum Sicherungskasten.

»Bully«, flüsterte ich in die Dunkelheit. »Bully?«

»Scheiße«, wiederholte Olaf, als das Licht wieder anging. Wie versteinert starrten wir auf das reglose Meerschweinchen, dessen Haarschopf wie eine Speerspitze nach oben ragte – neben Bully das Kabel des Föhns, bis auf die blanken Kupferdrähte durchgebissen.

Olaf deutete auf den Behandlungstisch. »Himmel auch! Der kann von Glück reden, dass er schon tot war.« Die grauen Haare seines mürrisch aussehenden Kunden standen ab wie bei einem Vollzeit-Punker.

Aber für Olafs Kunden hatte ich im Moment kein Auge. »Ob Bully …« Mir versagte die Stimme. Olaf presste die Lippen zusammen. Meine zitternden Hände griffen nach Bullys schlaffem Körper und zuckten elektrisiert zurück. Rückblickend würde ich diesen Moment beschreiben wie diese widerlichen kleinen Entladungen, die man abbekommt, wenn man mit Gummisohlen über Teppichboden geht. Doch so richtig registrierte ich das damals gar nicht. Am ganzen Leib bebend hob ich Bully hoch. Seine schwarzen Kulleraugen waren geschlossen, ich konnte keinen Herzschlag fühlen.

»Lass mich mal!« Olaf klappte eine Puderdose auf und hielt den kleinen Spiegel vor Bullys schwarze Nase. Nach einigen endlosen Sekunden erschien ein kaum sichtbarer Schleier. »Ich glaub, er atmet wieder«, sagte Olaf. »Aber er ist noch bewusstlos.«

»Wird er wieder?«, fragte ich leise.

Olaf verzog zweifelnd den Mund. »Das wünsch ich dir. Kommt drauf an, was sein kleines Gehirn abbekommen hat. – Du musst damit rechnen, dass er nicht mehr derselbe sein wird.«

Mann, jetzt im Nachhinein kommen mir Olafs Worte geradezu hellsichtig vor!

Ich machte mir die schrecklichsten Vorwürfe. Wieder einmal hatte ich nicht genug aufgepasst. Alles war meine Schuld, so wie damals bei Peppy. Ich hätte Bully nicht aus den Augen lassen dürfen. Ich hatte einen Fehler gemacht, der nicht wiedergutzumachen war. Verdammt, Bully musste durchhalten!

Es war ein wirklich scheußlicher Abend. Zwischen Hoffnung und Verzweiflung saß ich vor dem Käfig. Bully zuckte, und ab und zu blinzelte er sogar, aber ich hatte nicht das Gefühl, dass er mich wahrnahm. Ich hielt den Finger an seine Brust und bildete mir ein, dass sein Herzschlag allmählich kräftiger wurde. Vielleicht war ja noch mal alles gut gegangen. Vielleicht wachte ich morgen früh auf und Bully war wieder der Alte.

Diese Hoffnung sollte allerdings auf höchst überraschende Art enttäuscht werden. Der Alte war Bully am anderen Morgen definitiv nicht mehr.

Ich wälzte mich eine halbe Ewigkeit im Bett herum, bis ich endlich einschlief und völlig wirres Zeug träumte. Dann weckte mich ein Stöhnen, das ich zunächst noch für einen Traumfetzen hielt. Doch kristallisierte sich aus dem Stöhnen allmählich eine männliche Stimme heraus, die auch nicht verstummte, als ich die Augen aufschlug und die Nachttischlampe anknipste. Ich bin wirklich kein ängstlicher Typ. Ich glaube nicht an Geister und so was. Aber in diesem Moment gefror mir das Blut. Ich angelte beklommen nach meiner Brille und sah mich im Zimmer um. Dass Bully scheinbar quicklebendig durch seinen Käfig raste, nahm ich zwar wahr, aber nicht mit der gebührenden Erleichterung. Mein Gehirn hatte komplett auf Alarmbereitschaft geschaltet.

»Was zum Teufel ...!«, hörte ich die Stimme sagen. »Erst dieser unrühmliche Abgang und jetzt das!«

Das Eigenartige war: Ich konnte die Stimme nicht richtig orten. Sie schien irgendwie in meinem Kopf zu sein und das versetzte mich in Panik.

Das hier war etwas anderes als die Sache mit dem

kleinen Henry. So jung ich damals auch war, ich wusste immer, dass der kleine Henry imaginär war und nach meiner Pfeife tanzte. Aber die Stimme, die ich jetzt hörte, konnte ich nicht steuern. Sie war auf völlig irreale Weise ganz real. Meine Kehle schnürte sich zusammen. Die Psychiatrien sind schließlich voll von Leuten, die Stimmen hören. Hatte ich plötzlich schizophrene Wahnvorstellungen?

»Hallo?«, flüsterte ich.

»Sag mir«, hörte ich die Stimme, »sag mir, dass das nicht wahr ist!«

Ich war zu perplex, um zu antworten.

»Ich bin kein Goldhamster!« Die Stimme klang verzweifelt.

Mir rann der kalte Schweiß über die Stirn. Was war mit mir los? Und warum rannte Bully wie ein Geisteskranker durch seinen Käfig? Urplötzlich blitzte ein absurder Gedanke auf, den ich aber sofort wieder verwarf, weil er so aberwitzig war, dass mir Schizophrenie als das kleinere Übel vorkam.

Bully blieb am Gitter stehen, machte Männchen und pfiff erregt.

»Bin ich ein Goldhamster?«, sagte die Stimme. »Heraus mit der Sprache!«

»Bi-bist du das, Bully?«, stotterte ich.

»Bulle? Ich hasse es, Bulle genannt zu werden!«

»Bully«, wiederholte ich. »Bully ist mein Meerschweinchen.«

Die Stimme schwieg. Bully drehte sich einmal um die eigene Achse, dann sagte die Stimme: »Ein Meerschweinchen also – auch nicht viel besser!«

Ich fühlte mich total umnebelt, so wie damals, als ich nach der Blinddarmoperation aus der Narkose aufwachte. Ich kletterte aus dem Bett und näherte mich mit bebenden Knien dem Käfig.

»Bully!«, flüsterte ich. »Geht es dir gut?«

Das Meeri kam ganz nah ans Gitter. Seine Barthaare zuckten, als stünden sie noch immer unter Strom. »Verflixt und zugenäht, ich bin nicht Bully! Ich bin Kilian Kasimir. Oberkommissar Kasimir a. D. – Ermordet werden ist weiß Gott unangenehm genug, aber als Meerschweinchen wiederaufzuerstehen ist wohl das Unangenehmste, was mir je passiert ist. Und glaub mir, ich hab in meinem Leben eine Menge Unangenehmes erlebt.«

Ich schluckte und sah mich erneut im Zimmer um. – Schätze, ich suchte damals unwillkürlich nach einem Geist, wie ich das schon so oft in Filmen gesehen hatte. Da erscheinen Verstorbene wie Projektionen, durchsichtig und nicht materiell, aber man kann ihre menschliche Gestalt trotzdem deutlich erkennen. Ich jedoch sah nur ein nervös mit den Barthaaren zuckendes Meerschweinchen vor mir.

In meinem Kopf ratterten die Gedanken. »De-der Föhn«, stammelte ich. »Der Stromschlag ...« Ich stockte.

»Ein Stromschlag?«, wiederholte die Stimme in meinem Kopf. »Würdest du mich bitte aufklären!«

Wie in Trance begann ich zu erzählen, wobei ich mir der Abwegigkeit der Situation vollkommen bewusst war: Ich redete mitten in der Nacht mit einem Meeri. Als ich verstummte, schwieg Bully, besser gesagt Herr Kasimir, was mir damals noch schwerfiel zu akzeptieren.

»So war das also«, sagte er schließlich und lief hektisch im Käfig auf und ab. »Mein brillanter Geist befindet sich demnach in der unwürdigen Hülle eines Nagetiers und kommuniziert aufgrund eines paranormalen Phänomens mit einer pubertierenden Göre.«

Mir stieg die Galle hoch, auf das Thema Pubertät reagiere ich ziemlich allergisch. »Hey, ich bin fast vierzehn und du kannst froh sein, dass Bully dir seinen kleinen Körper geopfert hat.«

»Ich kann mich nicht erinnern, dass wir per Du sind.« Die Stimme in meinem Kopf klang verärgert. »Sprich mich mit Oberkommissar Kasimir an oder wenigstens mit Herr Kasimir!«

»Herr Kasimir«, murmelte ich kopfschüttelnd.

»Schon besser«, sagte Herr Kasimir rau. »Da wir ja nun auf schicksalshafte Weise verbunden sind, sollten wir uns mit Respekt begegnen. Ich entschuldige mich für die Göre – aber meine Nerven liegen verständlicherweise blank.«

3. KAPITEL

An dieser Stelle möchte ich kurz etwas über die bizarre Kommunikation mit Herrn Kasimir bemerken: Anfangs hatte ich gewaltige Schwierigkeiten, die männliche Stimme in meinem Kopf zu akzeptieren. Sie klang tief und oft ein bisschen herablassend – nicht auf Anhieb sympathisch. Schon bald stellte ich zudem fest, dass keiner außer mir Herrn Kasimir wahrnahm, alle sahen nur meinen kleinen Bully. Einzig sein Pfeifen hörten andere auch. Er pfiff immer dann, wenn ihn etwas sehr aufregte oder erschreckte. Es ist schwer zu beschreiben, aber es war, als bestünde eine Art ausschließlicher Verbindung zwischen ihm und mir, die ich im Nachhinein auf den Minischlag zurückführe, der von Bullys Körper auf mich übergesprungen war. Herr Kasimir schien gelegentlich auch meine Gedanken lesen zu können, was ich bis heute als lästig empfinde, da ich nie genau weiß, was er alles mitbekommt. Wenn ich ihn darauf anspreche, antwortet er ausweichend. Ich glaube ja, dass er mich ganz bewusst darüber im Unklaren lässt – das würde jedenfalls zu ihm passen.

In dieser Nacht saß ich bis zur Morgendämmerung vor dem Käfig und versuchte, mich zu sortieren. Auch das Meerschweinchen, in dem nun absurderweise ein Oberkommissar gefangen war, mühte sich um Einordnung der verstörenden Vorkommnisse.

»Ich fürchte«, sagte Herr Kasimir nach einer längeren Pause, »ich bin ganz und gar von dir abhängig. Und dabei weiß ich weder, wer du eigentlich bist, noch wo ich mich momentan aufhalte.«

Er hatte recht, er war von mir abhängig. Tatsächlich sollte ich aber schnell zu einer Mischung aus Meerschweinchen-Butler und Hilfsdetektiv mutieren – wobei Letzteres definitiv die interessantere Rolle war. Nachdem ich ihn darüber aufgeklärt hatte, wer ich war und wo er sich befand, musterte er mich lange. In seinem prüfenden Blick, der aus einem geheimen Ort hinter Bullys schwarzen Kulleraugen herzurühren schien, war etwas, das mir unweigerlich Respekt einflößte.

»Kurzsichtig?«, erkundigte er sich schließlich.

Ich schob verlegen die Brille zurecht und nickte.

»Gut«, sagte er. »Man darf das zwar nicht verallgemeinern, aber Kurzsichtige sind rein statistisch intelligenter als andere. Wusstest du das?«

Ich schüttelte den Kopf.

»Wie dem auch sei«, fuhr er fort. »Dann sind wir jetzt wohl ein Team!«

Ich nickte unsicher.

»Morgen werden wir die Ermittlungen aufnehmen.«

»Ermittlungen?«

»Oberkommissar Kasimir lässt sich nicht ungestraft ermorden. – Sie wird dafür bezahlen!«

»Wer? Was …?«

»Das erfährst du, wenn ich weiß, wie wir am besten vorgehen«, sagte Herr Kasimir. »Jetzt muss ich ein wenig die Augen zumachen. Die letzten Stunden hatten es weiß Gott in sich und ich bin todmüde – gewissermaßen buchstäblich todmüde.« Dann gähnte er, drehte sich um und verschwand in Bullys Schlafhäuschen. Und ich stolperte benommen ins Bett zurück.

Irgendwann muss ich wieder eingeschlafen sein. Ich wachte auf, weil Mum sich über mich beugte. »Valentine, es ist gleich zehn!«

Ich schreckte hoch. Nicht weil es schon so spät war, es waren Herbstferien, sondern weil mir schlagartig alles wieder einfiel. Mein Blick ging sofort zum Käfig.

»Wie geht es Bully?«, fragte Mum.

»Ich, ich glaub, er ist ganz okay«, stammelte ich. Der Gedanke, Mum oder sonst irgendjemandem etwas über die Ereignisse der vergangenen Nacht zu erzählen, kam mir nicht für einen Augenblick. Mir war völlig klar, dass sie mich sofort wieder zu einem Psychologen schleppen würden wie damals beim kleinen Henry. Andererseits hatte ich an jenem Morgen aber wohl auch noch die vage Hoffnung, alles nur geträumt zu haben.

Mums Blick folgte dem meinem zum Käfig hinüber. »Er scheint sich auszuschlafen. Das hätte gestern auch verdammt schiefgehen können. Dass du Bully auch immer herumschleppen musst. Irgendwann fällt er dir noch ins Klo.«

Im Meerschweinchenhaus raschelte es plötzlich, dann erschien eine schwarze Schnauze. »Valentine, schau mal«, sagte Mum. »Der Kleine wirkt ja schon wieder ganz munter.«

»Munter?« Herrn Kasimirs Stimme hörte sich heute Morgen an, als hätte er ein Reibeisen verschluckt. »Ich fühle mich so munter wie ein nasser Lappen!«

»Valentine.« Meine Mutter wandte sich mir wieder zu und da wusste ich, dass sie Herrn Kasimirs Bemerkung nicht mitbekommen hatte. Sie verzog das Gesicht. »Ich muss gleich los. – Du weißt ja, Zahnarzt.«

Ich nickte. Mum musste sich die Weisheitszähne ziehen lassen, heute war der letzte dran.

»Ich weiß nicht, wie's mir danach geht, deshalb eine Bitte: Der Mann mit dem Hund – du erinnerst dich?«

Ich war sofort hellwach. »Ja …?«

»Also, der hat doch eine Bestattungsvorsorge mit uns vereinbart. Darin hat er verfügt, dass er in einem schwarzen Anzug beerdigt werden will. Leider haben Olaf und Herr Hahn den nicht gleich mitgebracht. Dummerweise hat Dad heute aber einen Termin beim Steuerberater und Herr Hahn ist beim Orthopäden, er hat sich gestern mit einem Sarg verhoben. Die Kuckelkorn hat frei und Olaf muss hierbleiben, weil ein Massivholzsarg geliefert wird und die brauchen noch einen Mann zum Ausladen, und Felix geht nicht ans Telefon, ich hab's x-mal versucht. Um es kurz zu machen: Kannst du bitte die Sachen aus der Wohnung des Verstorbenen holen?« Mum strich mir über den Kopf. »Ich denke, du bist jetzt alt genug, das zu erledigen. Die Adresse und die Liste mit den Sachen, die du mitbringen sollst, liegen auf dem Küchentisch, ein Kleidersack hängt über dem Stuhl. – Den Schlüssel soll Olaf dir geben.«

Mums Anweisungen waren wie immer knapp und präzise und ließen keine Fragen offen. Deshalb nickte ich bloß.

»Man schickt kein Kind in die Wohnung eines Verstorbenen«, hörte ich im Hintergrund meines Bewusstseins Herrn Kasimirs Stimme.

»Ich bin kein Kind mehr«, sagte ich, offenbar so empört, dass Mum sich beeilte zu sagen: »Das weiß ich doch, Valentine. Sonst würde ich dich wohl kaum um diesen Gefallen bitten.«

Als sie aus dem Zimmer gegangen war, meldete sich Herr Kasimir: »Ich halte es, offen gestanden, nicht für angemessen, ein junges Ding, das noch nicht einmal geschäftsfähig ist, die Verpflichtungen der vertraglichen Vereinbarung zwischen mir und dem Bestattungshaus Engel zu erfüllen.«

Na super, dachte ich, der Herr Oberkommissar ist ein Nörgler. Ohne auf seine Einwände einzugehen, sprang ich aus dem Bett, öffnete wie jeden Morgen die Käfigtür, hob Bully bzw. die Inkarnation des Herrn Kasimir behutsam heraus und nahm ihn mit ins Bad, wo ich ihn auf den Boden setzte.

Als ich begann, mich zum Duschen auszuziehen, drehte sich Herr Kasimir demonstrativ von mir weg und pfiff empört.

»Junge Dame! Du vergisst, dass ein Herr in seinen besten Jahren anwesend ist.«

Ich schluckte. Daran hatte ich nun wirklich nicht gedacht.

»Zweifelsohne«, sagte Herr Kasimir, während er höflich in die Ecke starrte, »ist die Situation einigermaßen komplex. Keiner von uns ist wirklich darauf vorbereitet.«

Da musste ich ihm recht geben. War die Situation schon für mich äußerst schwierig, wie schwierig musste es erst für Herrn Kasimir sein, sich in dem ungewohnten Leib eines Kleinnagers zurechtzufinden, dessen Bedürfnisse und Fähigkeiten in krassem Gegensatz zu denen eines modernen Homo sapiens standen.

Die Karotte, die ich ihm zum Frühstück anbot, während ich mir die übliche Schale Müsli reinzog, rührte er nicht an und verlangte in so forderndem Ton nach Kaffee, dass ich die Espressomaschine anwarf.

»Ah«, stöhnte er nach dem ersten Schluck aus der kleinen Mokkatasse. »Du hast wohl keine Zigarette für mich?«

Ich schüttelte den Kopf. »Mum und Dad sind eingefleischte Nichtraucher. Nur unser Herr Hahn raucht, aber immer nur im Hof draußen.«

Herr Kasimir seufzte. »Dann muss ich mich eben gedulden, bis wir in meiner Wohnung mit der Spurensicherung beginnen.«

Ich sah ihn erstaunt an. »Spurensicherung? Sie wollten also heute sowieso mit mir in Ihre Wohnung gehen! Warum haben Sie sich dann vorhin bloß so aufgeregt?«

»Das eine hat mit dem anderen nichts zu tun«, sagte Herr Kasimir. »Ich kann ja wohl eine pflichtgemäße Erfüllung der Bestattungsvorsorge durch Fachpersonal erwarten. – Abgesehen davon hat es für mich jetzt aber absolute Priorität, diesen heimtückischen Mord aufzuklären.«

Ich hob die Augenbrauen. »Wie kommen Sie eigentlich auf die Idee, ermordet worden zu sein?«

Seine Barthaare begannen heftig zu zucken. »Ich weiß sogar, wer mich ermordet hat. Diese Frau verfolgt mich schon seit über einem Jahr.«

»Aber Olaf hat gesagt, der Arzt hat bei Ihnen Tod durch Herzversagen festgestellt.«

Herr Kasimir pfiff erbost auf und stellte sich auf die Hinterfüße. »Herz! Dass ich nicht lache! Erstens: Rein statistisch sterben die meisten Menschen an Herzerkrankungen. Ich selbst nehme seit Jahren Herzmittel und ...«

»Na ja«, unterbrach ich ihn. »Rauchen ist ja dann wohl nicht so ganz das Richtige.«

»Lass mich ausreden!« Herr Kasimir schnaubte. »Und zweitens: Was ist einfacher, als einen Herzkranken um die Ecke zu bringen? – Man verabreicht ihm eine Überdosis Blutdruckmittel! Das bemerkt kein Schwein! Der Arzt kreuzt dann auf dem Totenschein einfach *natürlicher Tod* an und die Sache ist gegessen. Mein Internist wusste schließlich, dass ich es mit dem Herzen habe.«

»So einfach geht das«, sagte ich erschrocken.

»So einfach«, wiederholte Herr Kasimir. »Ist dir eigentlich klar, dass weit über tausend Mordfälle im Jahr unaufgeklärt bleiben, weil irgendein Quacksalber bei *natürlicher Tod* sein Kreuz gemacht hat?«

Ich schob die Müslischale beiseite, mir war schlagartig

der Appetit vergangen. Eine erschreckende Frage schoss in mir hoch: Wie viele Mordopfer hatte das Bestattungsinstitut Engel wohl schon unter die Erde gebracht?

»Aber wie kann das passieren?«

»Unwissenheit, Schlamperei, Faulheit, Zeitdruck … da gibt es viele Gründe«, sagte Herr Kasimir, worauf seine rosa Meerschweinchenzunge weiter Kaffee schlabberte.

»Okay«, sagte ich gedehnt. »Und was jetzt?«

Herr Kasimir blickte hoch. »Ab sofort ernenne ich dich zu meiner Assistentin. In dieser erbärmlichen Fellhülle kann ich allein so gut wie gar nichts ausrichten. Wir fangen, wie gesagt, mit der Spurensicherung in meiner Wohnung an. Und was mir auch noch große Sorgen macht – was wird nun mit meinem Hund?«

»Marlowe?«, bemerkte ich. Herr Kasimir sah mich überrascht an. Als ich ihm von Marlowes Besuch im Bestattungsinstitut erzählt hatte und er erfuhr, dass Marlowe im Tierheim gelandet war, ließ er den Kopf hängen.

»Vielleicht kann man ihn im Tierheim mal besuchen«, sagte ich und stand auf. Dann nahm ich die Liste, die Mum mir hingelegt hatte, und den Zettel mit der Adresse, setzte Herrn Kasimir auf meine Schulter, wie ich es oft mit Bully getan hatte, und ging mit ihm in den Keller, um den Schlüssel zu holen. »Geht das da oben?«, sagte ich, weil ich fühlte, wie er um Balance kämpfte.

»Es muss gehen«, gab er zurück, während er sich in

meinen Pullover krallte, dass ich zusammenzuckte. »So hab ich zumindest das Gefühl auf Augenhöhe mit dir zu sein.«

Olaf war nicht da. Ich sah auf die Uhr. Er musste schon in der Mittagspause sein. Also öffnete ich auf eigene Faust den Metallspind vor dem Versorgungsraum, wo die Habseligkeiten unserer Kunden aufbewahrt werden. Alles, was ein Verstorbener so bei sich trägt, Schlüssel, Schmuck – was auch immer –, wird in Pappkartons verstaut, die üblicherweise den Angehörigen ausgehändigt werden. Ich nahm den Schlüsselbund aus Herrn Kasimirs Box und wandte mich der Treppe zu, als ich ein beredtes Räuspern hörte.

Ich drehte meinem Begleiter den Kopf zu. »Was ist denn noch?«

Die Spannung, mit der er sich auf meiner Schulter festhielt, steigerte sich.

»Ob es wohl möglich ist … ob es wohl möglich ist, noch einen Blick auf …« Er schien nach den richtigen Worten zu suchen.

Ich starrte ihn fassungslos an. »Sie wollen sich doch nicht etwa noch mal ansehen?«

»Wäre das möglich?«

Ich seufzte. »Warum? – Muss das wirklich sein?«

»Es wäre mir ein Anliegen.«

Wenig begeistert öffnete ich die Tür zum Kühlraum und schaltete das Licht an. Ein Schwall eisiger Luft klatschte uns von den weiß gekachelten Wänden entgegen. Herr Kasimir zitterte, was hundertpro nicht nur von der Kälte kam. Was für eine schwachsinnige Idee!, dachte ich. Warum tut er sich das an? Kopfschüttelnd steuerte ich auf eine abgedeckte Bahre zu, die zwischen zwei bereits geschlossenen Särgen stand.

»Soll ich wirklich?«

»Man muss sich den Dingen stellen!« Die sonst so energische Stimme von Herrn Kasimir bebte.

Widerwillig zog ich das Tuch beiseite. Herr Kasimir pfiff leise auf.

Olaf hatte ganze Arbeit geleistet. Der Mann auf der Bahre hatte nichts von einem Toten. Er sah aus wie ein gepflegter älterer Herr, der eben gut erholt aus dem Urlaub gekommen war und ein Nickerchen machte. Mir schien, dass Olaf ihm mit seinen Maskenbildnertricks sogar ein geheimes Lächeln aufs Gesicht gezaubert hatte.

Schweigend starrten wir auf Kilian Kasimirs sterbliche Hülle. Schwer zu beschreiben, was ich empfand, ein Sturzbach beunruhigender Gedanken raste durch meinen Kopf. Es war einer jener Momente, die ich, seit Herr Kasimir in mein Leben geplatzt ist, immer mal wieder durchmache. Das Gefühl, völlig neben mir zu stehen und alles wie in einem Film zu sehen.

Mein Begleiter beendete die Betrachtung, indem er in rauem Tonfall bemerkte: »So gut rasiert war ich nicht mehr seit 1985.«

Ich schreckte zusammen und sah ihn fragend an.

Er nickte und wandte sich ab. »Danke!«

Behutsam zog ich das Tuch wieder hoch und ging nach oben.

»Wann ist meine Beerdigung?«, fragte Herr Kasimir.

»Keine Ahnung«, erwiderte ich und schloss die Kellertür hinter mir. »Ich kann Dad ja mal fragen.«

»Gut, dann jetzt in meine Wohnung«, sagte Herr Kasimir. »Hast du ein Handy?«

»Klar.«

»Kannst du damit Fotos machen?«

»Sogar ziemlich gute.«

4. KAPITEL

Weil Herrn Kasimirs Wohnung in der Humboldtstraße lag, also nicht gerade um die Ecke, entschloss ich mich, mein altes Fahrrad zu nehmen. Genau genommen ist es Mums altes Fahrrad, ein schwarzes Hollandrad mit hohen gebogenen Lenkern und einer Dreigangschaltung. Mir reicht das völlig, ich will ja keine Rennen fahren. Außerdem steh ich auf Understatement. Dad wollte mir schon längst ein neues aufdrängen, aber ich muss mich doch nicht über ein High-Tech-Rad definieren. Mein alter Untersatz wird mir jedenfalls nicht gestohlen, obwohl sich das verrostete Schloss schon ewig nicht mehr absperren lässt. Auch Raddiebe sind heutzutage wählerisch.

Da sich mein Begleiter in seinem neuen Körper noch so ungeschickt anstellte, wagte ich es nicht, ihn während der Fahrt auf der Schulter zu transportieren. Deshalb zog ich mein Kapuzensweatshirt über und verfrachtete ihn in die geräumige Bauchtasche.

Es war einer dieser deprimierend grauen Herbsttage, die ich mir am liebsten von drinnen ansehe. Ein früher Frost hatte die letzten Rosen in den Vorgärten braun werden lassen. Es nieselte und ein schneidender Wind trieb welke Blätter über die Straße. Alles war irgendwie auf Absterben programmiert.

Mir kam plötzlich der Gedanke, dass die Sache mit Herrn Kasimir eine einmalige Gelegenheit war, endlich mal jemanden fragen zu können, wie das war: das Sterben. Unsere Kundschaft nimmt dieses dunkle Geheimnis ja ausnahmslos mit ins Grab. Das Thema hatte mich schon immer brennend interessiert. Irgendwann kommt das ja auf jeden mal zu, und außerdem finde ich, in unserer Branche sollte man sich unbedingt damit auskennen. In Dads Bibliothek hab ich vor einiger Zeit ein Buch gefunden: *Leben nach dem Tod* von einem Herrn Moody. Dad sagt, das Buch sei in den Achtzigerjahren ein Bestseller gewesen. Der Autor ist ein amerikanischer Psychiater, der an die hundertfünfzig Fälle untersucht hat. Der Knackpunkt: Er konnte zwangsläufig nur Menschen interviewen, die eben bloß *fast* gestorben waren. Ich fand trotzdem unheimlich spannend, was die erzählt haben. Nahtoderlebnisse nennt man das, dazu gehört zum Beispiel auch, dass sich das ganze bisherige Leben wie ein Film vor einem abspult. Manche haben sich selbst auf dem Bett liegen sehen, andere sind durch einen Tunnel in ein strahlendes Licht gegangen, wieder andere haben verstorbene Verwandte und Freunde getroffen. Viele von den Wiederbelebten fanden es sogar ziemlich bescheuert, zurückkehren zu müssen, weil sie sich auf der anderen Seite definitiv wohler gefühlt hatten, als in ihrem unerfreulichen Leben.

Ich wollte das Thema eben ansprechen, als ich Herrn Kasimirs Stimme hörte: »Alles Quatsch!«

Das war das erste Mal, dass er offensichtlich meine Gedanken las, was mich damals noch wahnsinnig irritierte, sodass ich erst mal tief durchatmete, ehe ich meine Frage dann doch noch mal laut aussprach: »Haben Sie denn keinen Tunnel gesehen?«

»Da war kein Tunnel, eher ein Abgrund. Kennst du diese Träume, bei denen man ins Uferlose stürzt? – Jedenfalls bei mir war das so. Kein Licht, keine Rückschau. Ich hab nur gedacht: du Idiot! Diese verfluchten Pralinen! Und dann war ich auch schon weg.«

»Was für Pralinen?«

»Das Minzkonfekt mit dem Kalziumantagonisten drin.«

»Ich versteh nur Bahnhof!«

»Ein Kalziumantagonist ist ein Blutdrucksenker, ein Arzneimittel. Wenn man zu viel davon erwischt, fällt der Blutdruck ins Uferlose und dann: peng und aus. Als mir schwindelig wurde, wusste ich sofort, was los war. Ich hab's noch geschafft, meinen Arzt anzurufen – aber es war zu spät.«

»Aber wieso? Ich meine, wo hatten Sie das Zeug denn her?«

»Das kam mit der Post, eine Grußkarte war dabei, unterzeichnet mit der Initiale *J*.« Herr Kasimir lachte bitter. »Ich ahnungsloser Volltrottel! Dabei hatte sie ihre Rache gewissermaßen angekündigt. – Aber dass sie so weit gehen würde ...«

»*J*«, wiederholte ich.

»Janine, ich hab sie im Internet kennengelernt.«

»Internet, aha«, sagte ich knapp. Die Vorstellung, dass ein alter Mann wie Herr Kasimir im Internet auf Brautschau ging, fand ich irgendwie peinlich.

»Das mit Janine war ein letzter Versuch«, fuhr Herr Kasimir fort. »Ich dachte, auf Dauer wäre es doch netter, wenn nicht immer nur der sabbernde Marlowe neben mir auf der Couch säße.«

»Waren Sie denn nie verheiratet?«

»Ich hab nie die Richtige gefunden. Mama hat mich jedes Mal gewarnt – und im Nachhinein muss ich leider sagen, immer zu Recht!«

»Ihre Mutter?«

»Mama war eine bemerkenswerte Frau!« Herr Kasimir hielt einen Moment inne, dann fuhr er fort: »Jedenfalls dachte ich, so eine Partnerbörse wäre eine gute Idee, um jemanden kennenzulernen. In meinem Alter – welche Möglichkeiten hat man da schon? Mit ein paar Frauen hab ich gechattet und gemailt, aber getroffen hab ich mich nur mit Janine – die wohnte hier am Ort, was ich enorm praktisch fand. Wir haben uns dann auch ein paarmal verabredet, sind ins Kino und zum Tanztee gegangen. Aber sie fiel mir schnell auf die Nerven. Zu impulsiv, zu emotional, zu anhänglich. Sie las Heftchenromane und glaubte fest ans Happy End.« Herr Kasimir stieß einen Seufzer aus. »Mama hätte sie sicher auch nicht gefallen. – Ich beendete also die Beziehung. Dummerweise war ich aber für diese Frau wohl so eine Art Märchenprinz. Jedenfalls verfolgte sie mich seither mit Anrufen und E-Mails, lungerte vor meiner Wohnung rum und passte mich ab, wenn ich mit Marlowe rausging. Sie bedrängte mich dermaßen, dass ich ihr androhte, sie wegen Stalking anzuzeigen. Darauf flippte sie total aus und schrieb mir E-Mails mit wüsten Drohungen.«

»Heftig«, sagte ich. »Aber Mord ist noch mal 'ne andere Nummer.«

»Liebe, Hass, Geld – die drei klassischen Motive«, gab Herr Kasimir zurück.

»Für Mord?«

»Allerdings, und Liebe, die zu Hass wird, ist Antrieb genug für jemanden, der seine Gefühle nicht unter Kontrolle hat.«

»Aber sie waren doch Polizeikommissar«, wandte ich ein, »könnte nicht jemand eine alte Rechnung beglichen haben?«

»Es gefällt mir, dass du mitdenkst«, erwiderte Herr Kasimir gereizt. »Aber glaub mir, du kannst dich auf meinen Instinkt verlassen. Ich kann nicht sagen, dass ich sehr beliebt wäre, weder in der Knackiszene noch unter den Kollegen. Ich kann nämlich sehr unbequem sein, aber Giftmord ist so gut wie immer Frauensache.«

Er klang so überzeugend, dass ich keinen Grund hatte, an seiner Theorie zu zweifeln.

Das Haus Humboldtstraße 38 war ein dreistöckiges Mehrfamilienhaus, einer von diesen farblosen langweiligen Wohnkästen, die einen in jeder Stadt anöden. *Quadratisch, praktisch, gut.* Der Architekt hatte sich damit jedenfalls kein Denkmal gesetzt. Fröstelnd lehnte ich das Rad an eine Mülltonnenbox.

»Nicht hier«, sagte Herr Kasimir. »Die Fahrradständer da drüben stehen nicht zur Dekoration da.«

Ich wischte genervt meine regennasse Brille trocken. »Ist doch egal!«

Herr Kasimir pfiff erbost. »Wenn es egal wäre, wäre die Mülltonnenbox zugeparkt. Dann würden die Leute ihren Mist einfach davor ablegen, was wiederum Ratten anzöge. Ist das so schwer zu verstehen?«

»Okay.« Ich schob das Rad zu den Ständern, während ich dachte, dass ein Oberkommissar, der sich in ein Meeri verwandelt hatte, eigentlich andere Probleme haben sollte. Dann fischte ich den Schlüsselbund aus der Hosentasche und betrat das grau geflieste Treppenhaus, in dem es nach Grünkohl müffelte.

»Kaum ist man einen Tag nicht da, sieht es hier aus wie bei Hempels unterm Sofa«, sagte Herr Kasimir, dessen schwarze Meerschweinchenschnauze aus der Sweatshirttasche lugte. »Schau zuerst nach, ob Post da ist. Und dann sei so nett und wirf die Werbesendungen in den Papierabfall, wo sie hingehören!«

Offensichtlich waren nicht alle Bewohner des Hauses so ordnungsliebend wie der Herr Oberkommissar a. D. Obwohl direkt neben den Briefkästen ein Papierkorb stand, hatten einige Leute unwillkommene Prospekte einfach der Schwerkraft anvertraut. Ich ließ mich auf keine Diskussion ein und erfüllte seinen Wunsch, ehe ich nach seinem Briefkasten Ausschau hielt.

»Zweite Reihe, der Dritte.«

Als ich neben einer Rechnung der Stadtwerke einen rosa Umschlag mit aufgeklebten Herzstickern aus dem Briefkasten angelte, seufzte Herr Kasimir. »Sie schon wieder!«

Ich suchte nach einem Absender, fand aber nur ein verschnörkeltes *J*.

»Sie scheint ja wirklich ein Fan von Ihnen zu sein«, sagte ich und riss den Umschlag auf.

»Vorsicht! Beweisstück!« Aus Herrn Kasimirs Stimme klang blankes Entsetzen über so viel Unprofessionalität.

»Sorry.« Schuldbewusst fingerte ich ein frisches Papiertaschentuch aus der Hosentasche und zog vorsichtig damit eine pinkfarbene Karte aus dem Umschlag. – Pink! »Ups, was ist das denn?« Ich wendete angewidert den Kopf ab.

»Das Parfüm, das sie benutzt«, sagte Herr Kasimir. »Es klebt wie Katzenpisse an allem, was sie anfasst.«

Kilian, Geliebter!
Warum beantwortest Du meine E-Mails nicht? Warum gehst Du nicht ans Telefon? Ich weiß, wir sind füreinander bestimmt, bis dass der Tod uns scheidet. Du kannst dagegen gar nichts machen.
Es liebt Dich für immer,
Deine Janine.

»Bis dass der Tod uns scheidet«, murmelte Herr Kasimir verdrossen. »Eine unverhohlene Drohung.«

Ich schob die Karte vorsichtig in den Umschlag zurück und schloss den Briefkasten wieder ab. »Welcher Stock?«

»Zweiter«, sagte Herr Kasimir abwesend. »Verdammt, es wird nicht leicht werden, sie hinter Gitter zu kriegen.

Was nützt mir meine ganze Erfahrung, wenn sie in diesem verfluchten Meerschweinchenschädel steckt.«

»Besser als tot«, gab ich zurück, während ich die Treppe hochstapfte.

»Das ist die Frage«, brummte Herr Kasimir.

Ich antwortete nicht. Ich wusste weder, wie es war, tot zu sein, noch wie sich ein Oberkommissar in einem Meerschweinchenkörper fühlen musste. Ich wusste nur, dass er meinem kleinen Bully seine Weiterexistenz verdankte, und fand, er sollte sich im Hinblick darauf weniger geringschätzig äußern.

Als ich Herrn Kasimirs Heim betrat, rümpfte ich die Nase. Es war unverkennbar die Wohnung eines Rauchers. Abgestandener Rauch hing wie ein unsichtbarer Schleier in der Luft. Und es war die Wohnung eines Lesers. »Wie viele sind das?«, erkundigte ich mich mit einem staunenden Blick auf ein deckenhohes Regal im Wohnzimmer, in dem sich die Buchrücken drängten. »Sie haben ja mehr Bücher als mein Dad!«

»Genau weiß ich es selbst nicht«, sagte Herr Kasimir. »Ich bin von Kind an ein Bücherwurm gewesen.«

Seine Liebe zu Büchern machte mir Herrn Kasimir gleich sympathischer, da hatten wir definitiv eine Gemeinsamkeit. Ich setzte ihn auf dem Couchtisch ab, während mein Blick weiter durch das Zimmer schweifte. »Haben Sie mit Ihrer Mutter zusammengelebt?«

»Bis zu ihrem Tod vor fünf Jahren«, sagte Herr Kasimir.

Ich nickte, das sah man. Die Wohnung trug bis heute die Insignien einer älteren Dame. Gestickte Sofakissen reihten sich auf dem Sofa, Häkeldeckchen, wo man hinsah. Über der Couch ein Gobelinbild, ein Sonnenblumenstrauß, offenbar eine Handarbeit, definitiv perfekt ausgeführt – aber ganz sicher nicht mein Geschmack. Von dem kleinen Computerarbeitsplatz in der Ecke abgesehen, wirkte die ganze Wohnung total von vorgestern. In meinem Kopf tauchte ein Wort auf: *Muttersöhnchen*. Verdammt, der Herr Oberkommissar war ein Muttersöhnchen gewesen. Ich versuchte, das wenig schmeichelhafte Wort wegzuschieben, schließlich war ich mir nicht sicher, ob er es lesen konnte. Aber so leicht war das nicht. Man kennt das ja: Denke NICHT an einen Apfel! Super, und schon hast du einen knackigen Apfel vor Augen. Aber Herr Kasimir starrte so versunken auf eine schwarz gerahmte Fotografie, dass er anscheinend nichts anderes wahrnahm.

»Ist das Ihre Mutter?«

»Das ist Mama an ihrem Fünfundachtzigsten«, antwortete Herr Kasimir bewegt. »Ein Jahr später starb sie.«

»Sie sehen ihr ähnlich«, sagte ich. Tatsächlich hatte die streng blickende alte Dame den gleichen missmutigen Zug um den Mund und die gleichen ausgeprägten Falten neben den Nasenflügeln, die ich bei Herrn Kasimir gesehen hatte.

»Das fanden alle«, sagte Herr Kasimir. »Wir waren uns auch sehr nah. Mama war der wichtigste Mensch in meinem Leben.«

Herr Kasimir schien nach dem Tod seiner Mutter nicht viel verändert zu haben, selbst ihr Handarbeitskorb stand noch neben dem Sofa. Alles war sehr ordentlich, die Fenster geputzt, keine Staubmäuse in den Ecken. Die Fernbedienung des Fernsehers steckte in einer Halterung am TV-Tischchen, nicht wie bei uns in irgendeiner Sesselritze, sodass man stundenlang danach suchen muss. In einem Regal stapelten sich Brettspiele.

»Spielen Sie gern?«, sagte ich.

»Mama und ich haben Abende lang gespielt. Sie liebte Scrabble.«

Unter einer gerahmten Urkunde stand ein riesiger Hundekorb, die Decke darauf war säuberlich zusammengelegt, zuoberst ein ramponierter kleiner Gummiball.

»Was ist das für eine Urkunde?«, erkundigte ich mich.

»Marlowes«, sagte Herr Kasimir leise. »Er war vor Jahren Preisträger bei den Rettungshundemeisterschaften.« Seine Barthaare fingen heftig an zu zucken. »Wenn ich nur wüsste, wie es ihm geht.«

»Wir werden ihn besuchen«, sagte ich. »Versprochen!« Dann entdeckte ich plötzlich etwas, das nicht zu

»Stell dich nicht so an!« Herr Kasimir wurde ungeduldig. »Es geht ganz einfach. Zigarette in den Mund, anzünden, ziehen, fertig!«

Unwillig folgte ich seinen Anweisungen. »Bäh!« Ich würgte und hustete mir fast die Lunge aus, während ich den brennenden Glimmstängel angewidert auf den Aschenbecher legte.

Herrn Kasimirs schwarze Schnauze bzw. die seiner Inkarnation umschloss begierig den Filter. »Aaah!« Er nahm einen tiefen Zug, japste auf und kippte unvermittelt um.

»Herr Kasimir!«, brüllte ich und schob den Aschenbecher weg. Er rappelte sich hoch und blinzelte mich matt an. »Mir wurde für einen Moment schwindlig.«

»Nikotin ist ein Nervengift. Sie hätten es längst aufgeben müssen!«, sagte ich mit einem vielsagenden Blick auf die angebrochene Blisterpackung Tabletten, die neben der Zigarettenschachtel lag. »Hat Ihnen Ihre Mutter das denn nicht gesagt?«

»Mama hat selbst wie ein Schlot gequalmt und ist 86 geworden«, sagte Herr Kasimir. »Was hätte ich auch davon gehabt, wenn ich das Rauchen aufgegeben hätte – das Nikotin hat mich jedenfalls nicht umgebracht.«

Ich runzelte die Stirn. »Trotzdem ist Rauchen definitiv nichts für einen Herzkranken und schon gar nichts für ein Meeri!«

»Musst du mir immer mit dem Meerschweinchen kommen?«

»Aber …« Ich biss mir auf die Lippen.

»Hör auf, mich zu belehren, bring mich lieber in die Küche!«, sagte Herr Kasimir. »Wir haben einiges zu erledigen, ehe die Hausverwaltung die Wohnung ausräumt. Das erste Beweisstück, das wir sichern müssen, ist das Päckchen mit den Pfefferminzherzen.«

5. KAPITEL

Die Küche war eng, aber ebenso picobello aufgeräumt wie das Wohnzimmer. Am Fenster Rüschengardinen, selbst auf dem Kühlschrank ein Spitzendeckchen. An der Wand ein verschnörkeltes Kreuzstichbild mit der Aufschrift: *Ein gutes Gericht ist der Hausfrau erste Pflicht.* Ich verbiss mir ein Grinsen, was Herrn Kasimir diesmal nicht entging.

Seine Kulleraugen sahen mich prüfend an. »Mama war eine wahre Künstlerin mit Nadel und Faden.«

»Das sieht man«, sagte ich und wandte mich dem Tisch zu.

Das Corpus Delicti, ein gelbes Postpäckchen, stand aufgerissen auf einer mit Blümchen bestickten Tischdecke, daneben eine grün glänzende Konfektdose aus Blech, auf der ein Kärtchen lag:

Ich denke an Dich, Deine J.

Anders als der Brief, den ich aus dem Briefkasten geholt hatte, war dieser Gruß in einen Computer getippt worden.

Ich hob die Augenbrauen. »Aber Sie haben doch gesehen, dass das Päckchen von Janine kam. Und Sie haben die Dinger trotzdem gegessen?«

Herr Kasimir blickte an mir vorbei. »Süßem kann ich leider nur schwer widerstehen. Und sie hat mir ja nicht zum ersten Mal Pralinen geschenkt. Außerdem – dass sie so weit gehen würde, hätte ich im Leben nicht gedacht …«

»Wie viele?«, erkundigte ich mich.

»Höchstens fünf«, sagte Herr Kasimir. »Sie waren sogar für meinen Geschmack zu süß. Kein Wunder, dass man das Medikament nicht rausschmecken konnte. Das Mittel gibt es als Tropfen, die schmecken nach Menthol, ich musste die mal eine Weile einnehmen. Womöglich hat sie noch Süßstoff dazugemischt. Ich möchte wetten, dass die Pralinen Einstichstellen haben.«

Ich griff in die Dose, um nachzusehen.

»Pass doch auf!«, raunzte Herr Kasimir mich an. »Oder willst du unbedingt Spuren auf den Beweisstücken hinterlassen?«

Ich fuhr zurück.

Mein Begleiter seufzte und sagte: »In der Schublade da drüben müsste ein Paar frischer Gummihandschuhe sein.«

Die Handschuhe waren mindestens zwei Nummern zu groß. Unter den strengen Augen meines Begleiters bemühte ich mich, eine der Pfefferminzpralinen herauszufummeln, ohne sie zu zerquetschen.

Er hatte ins Schwarze getroffen, in dem Konfekt war ein winziger Einstich zu sehen.

»Raffiniert«, sagte ich und hielt ihm die Praline unter die Nase.

Herr Kasimir schnupperte daran. »Riecht vollkommen unauffällig. Nach Pfefferminz eben. Intelligent ausgedacht, hätte ich ihr gar nicht zugetraut.«

»Und jetzt?«, fragte ich.

»Wir lassen alles liegen, wie es ist, aber du machst Fotos. Danach ist der PC dran, wir müssen den E-Mailverkehr mit Janine sichern.«

Ich zog das Handy aus der Hosentasche und knipste los. Nachdem ich die Beweisstücke von allen Seiten abgelichtet hatte, brachte ich Herrn Kasimir ins Wohnzimmer zurück. Dort setzte ich ihn auf den Computertisch und schaltete den Rechner an. Die Festplatte ratterte, kurz darauf öffnete sich der Startbildschirm.

»Kennwort?«, sagte ich.

»Dreh dich um!«, befahl Herr Kasimir.

Obwohl ich seine Geheimnistuerei angesichts der besonderen Umstände total bescheuert fand, kam ich seinem Wunsch nach.

»Diese vermaledeiten Meerschweinchenpfoten!«, fluchte er, nachdem er das Kennwort anscheinend ein paarmal vergeigt hatte.

»Sie sind eben keine Maus«, sagte ich, aber er reagierte nicht auf mein Wortspiel, sondern probierte es weiter, während mein Blick durchs Zimmer wanderte und schließlich an einem Foto hängen blieb. Es zeigte einen jungen, drahtigen, nicht sehr großen Mann in Uniform, der mit einem unterdrückten, aber dennoch unverkennbarem Gewinnerlächeln eine Urkunde in die Kamera hielt.

»Na endlich!«, stöhnte Kasimir. »Geschafft!«

Ich zeigte auf die Fotografie. »Sind Sie das?«

Er hob den Kopf. »Sieht man das denn nicht?«

»Na ja«, antwortete ich. »Lebend hab ich Sie ja nie gesehen.«

Herr Kasimir schwieg für einen Moment. »Das ist ja auch schon Jahre her«, sagte er dann, »das war bei der Abschlussfeier in der Polizeischule – ich war der Beste in meinem Jahrgang.«

Ich nickte bewundernd. »Cool.«

»Wie man's nimmt. Überflieger haben's schwer – sozial gesehen.«

Ich wusste genau, was er meinte.

Ich wandte mich wieder dem Bildschirm zu und öffnete das E-Mail-Programm. Eine Kaskade von Nachrichten rauschte über den Screen. Neben unzähligen Werbe-E-Mails und Newslettern tauchte immer wieder eine Adresse auf: *j.herzdame@mailing.com.*

Ich wollte nicht indiskret sein, aber wenn man lesen kann, liest man unwillkürlich, wenn man einen Text sieht. Die gute Janine hatte zweifellos eine Begabung für schwülstige Liebesbriefe.

> *Geliebter, Einziger, ich sehne mich nach Dir, dass sich unsere lechzenden Körper wieder umschlingen, in der Liebe und im Tanz des Lebens.*

Ich konnte ein Grinsen nicht unterdrücken. »Lechzende Körper«, wiederholte ich. »Wo hat sie das denn her?«

»Keine Ahnung«, sagte Herr Kasimir verdrossen. »Sie lechzt, sie schmachtet und begehrt. Seitenweise – leider nur ganz einseitig!«

Ich lachte. »Die Ärmste.«

»Der Arme bin ja wohl ich«, erwiderte Herr Kasimir. »Oder wer ist tot?«

»Bully«, sagte ich und klickte mich weiter durch Janines Liebesschwüre, Sehnsuchtsflehen und Drohungen, denn ja: Kasimir hatte recht, sie drohte ihm mehr oder weniger unverhohlen.

Da gab es Wendungen wie:

Du wirst es noch bereuen.

Du gehörst mir, nur der Tod kann Dich mir nehmen.

oder:

Nur der Tod kann uns trennen, ich werde Dich über den Tod hinaus lieben, und so weiter und so weiter.

6. KAPITEL

Ich hatte den E-Mail-Verkehr mit Janine eben auf einen USB-Stick gezogen, als es wieder klingelte. Ich zuckte zusammen. Das Telefon konnte es nicht sein, das war die Türglocke.

Ich warf Herrn Kasimir einen erschrockenen Blick zu.

»Das ist sie«, sagte er. »Mach auf, ich muss sehen, wie sie reagiert.«

Mein Magen verkrampfte sich, die Vorstellung, sogleich einer Mörderin gegenüberzustehen, ließ mein Herz rasen. Mit feuchten Händen drückte ich auf den Summer. Dann hörte ich hastige Schritte im Treppenhaus. Einen endlosen Moment später standen wir Auge in Auge.

Ich weiß nicht, was ich erwartet hatte, aber die kleine dralle Frau mit dem Bobhaarschnitt und der pinkfarbenen Jacke passte überhaupt nicht zu dem Bild, das ich von einer raffinierten Giftmörderin hatte. Noch schwer atmend vom Treppensteigen warf sie mir einen überraschten Blick zu. »Wer bist du denn?«

»Äh«, sagte ich.

»Nichte«, hörte ich Herrn Kasimirs Stimme in meinem Kopf.

»Nichte«, wiederholte ich dankbar. »Ich bin die Nichte von Herrn … äh, Onkel Kilian.«

Mein Gegenüber musterte mich irritiert. »Ich dachte, er hätte keine Verwandten.« Ehe ich michs versah, stand sie schon in der Wohnung und mit ihr eine buchstäblich atemberaubende Wolke, die ich nicht wirklich als Parfüm bezeichnen möchte, auch nicht gerade als Katzenpisse, eher als Toilettenwasser – allerdings im Sinne von WC-Erfrischer.

»Kilian?«, rief sie. »Ich weiß, dass du da bist! Warum gehst du nicht ans Telefon?«

»Äh«, setzte ich wieder an. »Er ist wirklich nicht da.«

Meine Beteuerung konnte sie aber nicht davon abhalten, mich einfach stehen zu lassen und sämtliche Türen aufzureißen. Dabei war ihre Aufmerksamkeit so darauf fokussiert, Herrn Kasimir aufzuspüren, dass sie das Meerschweinchen, das aus meiner Sweatshirttasche lugte, nur mit einem kurzen Stutzen würdigte, wobei ihr unweigerlich entging, wie gebannt der Kleinnager seinerseits jede ihrer Regungen beobachtete.

Nachdem sie sich vergewissert hatte, dass ich sie nicht anschwindelte, schlich sie mit hängendem Kopf ins Wohnzimmer, wo sie plötzlich das rundliche Näschen reckte und wie ein Trüffelschwein schnupperte. »Er muss doch da sein! Er muss eben noch eine geraucht haben!«, sagte sie mit einem vielsagenden Blick auf den Aschenbecher, in dem die Zigarette von vorhin inzwischen verglommen war.

Ich schüttelte den Kopf. »Ehrlich nicht. – Ich ... Ich war das mit der Zigarette.«

Sie sah mich zweifelnd an. »Du rauchst schon. Fang das bloß nicht an!« Damit ließ sie sich aufs Sofa fallen und teilte mir wie selbstverständlich mit: »Dann warte ich halt auf ihn. – Ach ja ...« Sie blickte hoch. »Falls dir Kilian nichts von mir erzählt hat – ich bin Janine, seine Verlobte.«

Mir fiel die Klappe runter. Damit hatte ich nicht gerechnet.

»Sag ihr, dass ich tot bin«, meldete sich Herrn Kasimir. »Das ist doch, was sie hören will.«

Schweiß brach mir aus allen Poren. Mein Bauchgefühl ließ mich bezweifeln, dass die pummlige Frau auf dem Sofa DAS hören wollte. Entweder sie war eine überragende Schauspielerin – aber dafür erschien sie mir, dem naiven Stil ihrer Briefe nach zu urteilen, nicht clever genug – oder sie hatte keine Ahnung, dass der Gegenstand ihres Liebessehnens ein tragisches Ende genommen hatte. Meinem Gefühl nach traf Letzteres zu. Und falls das so war, hatte ich nun die A-Karte, ihr die Todesnachricht zu überbringen. Nur, wie machte man so etwas? Hilfe!

Ich mied ihren bangen Blick und sah an ihr vorbei auf das gestickte Sonnenblumenkitschbild, während ich stotterte: »Herr ... mein Onkel ist leider ...«

Janine seufzte. »Ja ...?«

»Äh, ähm ... Er wird nicht wiederkommen. Er kann nicht – wiederkommen.«

»Wie meinst du das?« Eine schwarze Ahnung schwang in ihrer Stimme.

Ich holte Luft und stieß die Hiobsbotschaft von mir: »Kilian Kasimir ist tot.«

Schweigen. Janine starrte mich an. Dann schüttelte sie stumm den Kopf. Alle Farbe wich aus ihrem Gesicht, ihre Finger krallten sich ins Polster. Schließlich stieß sie einen Laut aus, den ich unmöglich beschreiben kann. Einen abgründigen Laut vollkommener Verzweiflung.

Was soll ich sagen – ich sehe ja oft trauernde Menschen, ein Bestattungsinstitut ist schließlich kein Karnevalsverein, und bei Weitem nicht jede Trauer ist echt. Aber das hier, das war echt! So echt, dass es mir noch heute eiskalt über den Rücken läuft, wenn ich daran zurückdenke. Ich hab mich selten so hilflos gefühlt.

»Aber, aber …«, stammelte sie. »Wir wollten heiraten.« Aus ihren Augen schossen Tränen.

Sie tat mir plötzlich schrecklich leid. Sie war definitiv die verirrte Seele, von der Herr Kasimir gesprochen hatte. Ihre Zuneigung hatte fraglos etwas Wahnhaftes, aber sie fühlte, was sie fühlte und ihre Verzweiflung war nicht gespielt.

Ich warf Herrn Kasimir einen vielsagenden Blick zu, während ich ein Taschentuch aus der Jeans kramte. »Hier.«

Janine nahm es und verbarg das Gesicht darin. »Wie, wie …«, wimmerte sie.

Für einen Moment kämpfte ich mit mir, ob ich das Wort *Mord* in den Mund nehmen sollte.

»Herz«, sagte ich heiser.

»Ach!« Sie schluchzte auf und stieß mit einer heftigen Bewegung den Aschenbecher weg. »Ich hab ihm immer gesagt, er soll mit dem Rauchen aufhören.«

Ich ergriff die Gelegenheit, auf den Busch zu klopfen. »Und dazu seine Vorliebe für« – ich sprach das Wort überdeutlich aus – »PRALINEN!«

Sie nickte unglücklich, aber keinesfalls irgendwie alarmiert. »Kilian liebte Süßigkeiten.«

Ich entschied, dass sie den Test bestanden hatte, und überlegte, wie ich sie nun schnell loswerden könnte.

Mit einem Gefühl, als steckte mir ein Kaktus im Hals,

räusperte ich mich schließlich. »Es tut mir leid, aber ich muss mich jetzt auf die Socken machen, ich wollte eigentlich nur nach Onkel Kilians Hund sehen. Aber der ist offenbar nicht da. Vielleicht die Nachbarn …«

»Marlowe«, sagte Janine bitter. »Diesem hässlichen Tier gehörte seine ganze Liebe. – Ich mochte ihn nicht.« Sie zeigte auf die schwarze Schnauze, die aus meiner Jacke lugte. »So ein Meerschweinchen wäre mir lieber gewesen. Dein kleiner Freund ist erstaunlich zahm.« Ich nickte, während mein kleiner Freund etwas wie *Zimtzicke* von sich gab.

Janine erhob sich schwerfällig und strich ihre Jacke glatt. »Wann ist das Begräbnis?«

Ich zuckte mit den Schultern. »Genau weiß ich das nicht, aber es müsste eigentlich unter *Beerdigungen* in der Zeitung stehen.«

Sie nickte traurig. »Sehen wir uns dort?«

»Äh«, sagte ich. »Ich glaub eher nicht. Meine Eltern sind …« Ich überlegte fieberhaft, ehe ich einer spontanen Eingebung folgend ausstieß: »… leider im Krankenhaus.«

»Beide?« Sie sah mich entsetzt an. »Deine Familie steht momentan unter einem schlechten Stern. Was haben sie denn?«

»Masern«, hörte ich mich sagen und wurde rot, was ihr zum Glück entging, denn sie nickte nur erschrocken.

»Für Erwachsene können Kinderkrankheiten richtig gefährlich werden. Wie schade, ich hätte Kilians Familie so gern kennengelernt. – Immerhin wäre sie bald auch meine Familie geworden.« Sie sprang unvermittelt hoch und fiel mir laut aufschluchzend um den Hals. »Ach, es ist schrecklich. Sooo schrecklich!«

Ich stand da wie in Bronze gegossen und versuchte, die Luft anzuhalten, um ihren aufdringlichen Duft nicht einatmen zu müssen.

»Sie zerquetscht mich!«, meldete sich Herr Kasimir zu Wort.

»Vorsicht, mein Meerschweinchen!« Damit löste ich mich aus der Umklammerung und verschwand eilig im Flur.

Sie folgte mir kraftlos. »Kilian war so ein schöner Mann.«

Ich hüstelte, während ich schon die Wohnungstür öffnete. »Alles Gute dann!«

Janine blickte mich tränenumflort an. »Ich hab ihn vom ersten Tag an geliebt, obwohl er sich beim Tanzen anstellte wie ein Kleiderständer auf Rollschuhen.«

Während sie sich mit einer schmerzlichen Grimasse die Augen wischte, vernahm ich ein gezischtes »Unverschämtheit!«.

Janine zog die Nase hoch. »Ich werde den Verlust nie verwinden. Ich werde Vergissmeinnicht auf sein Grab pflanzen, als wäre ich seine Witwe. – Bin ich das nicht irgendwie?«

»Irgendwie«, sagte ich mit einem schiefen Lächeln.

7. KAPITEL

Als ihre Schritte im Treppenhaus verklungen waren, ging ich ins Wohnzimmer zurück und setzte Herrn Kasimir wieder auf den Couchtisch. Janines aufdringliches Parfüm klebte an mir, als hätte ich darin gebadet.

»Sie war es nicht«, sagte ich.

Seine Barthaare zuckten heftig. »Wer von uns ist der Oberkommissar?«

»Sie, aber niemand ist unfehlbar.«

Herr Kasimir wanderte ziellos über die Tischplatte. »Ich weiß jetzt selbst, dass sie es nicht war, aber wenn sie es nicht war, wer dann?«

»Wer von uns ist der Oberkommissar?«, gab diesmal ich zurück.

Er antwortete mit einem wütenden Pfiff. »Du bist jedenfalls die vorlauteste Assistentin, die ich je hatte.«

Ich schwieg. Es musste ihm verdammt schwerfallen zuzugeben, dass er sich geirrt hatte.

»Und wie gehen wir jetzt weiter vor, Herr Oberkommissar?«, sagte ich, zugegebenermaßen etwas spitz.

Herr Kasimir verzog die Schnauze. »Vielleicht haben wir irgendetwas übersehen. Ich möchte mir das Päckchen und die Karte noch mal genauer anschauen.«

Wir gingen in die Küche zurück, wo ich unaufgefordert wieder die Handschuhe überstreifte, um das Paket zu inspizieren, während Herr Kasimir ausgiebig die Karte beschnüffelte.

»Nun«, stellte er schließlich, hörbar ernüchtert fest: »Das Beweisstück riecht zumindest nicht nach Katzenpisse!«

In diesem Moment fiel es mir wie Schuppen von den Augen. Dass der Herr Oberkommissar das übersehen hatte!

»Herr Kasimir!«, rief ich. »Welche Hausnummer haben Sie?«

Er blickte mich überrascht an. »38.«

»Genau«, sagte ich. »Und hier auf dem Paket steht eindeutig *88*!«

Kasimir trippelte auf das Päckchen zu. »Das glaub ich nicht!«

Ich drehte den Karton um, damit er die Adresse lesen konnte.

Er stellte sich auf die Hinterbeine und erstarrte.

Ich lächelte triumphierend. »Und?«

Herr Kasimir ließ sich auf die Vorderpfoten herab und blitzte mich wütend an.

»Warum hast du nicht gleich genauer hingesehen?«

»Entschuldigung«, gab ich überrascht zurück – ich hatte definitiv Lob und keinen Vorwurf erwartet. »Sie haben es ja selbst übersehen.«

Er grummelte irgendetwas vor sich hin, was ich nicht verstand, oder nicht verstehen sollte, dann zischte er: »Hat sich das Fräulein Assistentin mal den Namen genau angesehen?«

»K. Kasimir«, sagte ich. »Na und!«

»Putz mal deine Brille!«

Ich beugte mich tiefer, um schärfer zu sehen, da entdeckte ich es auch. »Mann, steht da nicht *K. Kasmer*?«

»Himmel, das darf ja wohl nicht wahr sein!« Herr Kasimir stöhnte auf. »*K. Kasmer, Humboldtstraße 88*. Der Postbote hat sich geirrt!« Er schloss die Augen. »Ich glaub es nicht! Ich bin aus Versehen ermordet worden.«

»Das kann doch mal passieren«, sagte ich ebenso hilflos wie dämlich.

»Ha!« Herr Kasimir stellte sich erneut auf die Hinterbeine. »Ein Mord ist nichts, was einfach so passiert! Und aus Versehen erst recht nicht. Dass ausgerechnet ICH das übersehen habe! Ich könnte mir in den Hintern beißen.«

»Bully konnte es«, sagte ich.

»Sei still!«

Ich biss mir auf die Lippen. Dass er einen Fehler gemacht hatte, nagte heftig an ihm. Das sprach nicht für ein starkes Selbstwertgefühl. Ich beschloss, besser den Mund zu halten.

So schwiegen wir eine ganze Weile, bis Herr Kasimir sagte: »Wenn ich so darüber nachdenke, bin ich lediglich einem bekannten Phänomen aufgesessen.«

Ich sah ihn fragend an.

»Laut einer Studie der Universität Cambridge liest das Gehirn eines versierten Lesers nicht buchstabierend, sondern scannt ganze Wortbilder. Deshalb können wir auch falsch geschriebene Wörter ohne Weiteres deuten, vor allem, wenn sie unsere Erwartung an den Sinn des Textes erfüllen. Ich habe die Anschrift mit Sicherheit nur deshalb falsch gelesen, weil sie meiner Adresse so verdammt ähnlich sieht.«

»Aha.« Ich grinste in mich hinein. Der Herr Oberkommissar hatte also eine schlüssige Erklärung für seine Fehlleistung gefunden und bekam wieder Oberwasser.

»Weißt du eigentlich, was das bedeutet?«, sagte er nach einer kurzen Pause.

»Na ja, dann ist die Sache damit wohl so gut wie aufgeklärt.«

»Unsinn. Zu wissen, wer es NICHT getan hat, hat noch NIE einen Mord aufgeklärt.«

Ich musste verlegen zugeben, dass er damit natürlich recht hatte.

»Mir scheint«, fuhr mein Begleiter fort, »du bist dir der Implikationen nicht bewusst.«

»Wie meinen Sie das?«

»Eine Implikation ist eine Wenn-Dann-Beziehung. Wenn der falsche Mann ermordet wurde, dann ...« Er sah mich herausfordernd an.

»Oh!« Ich wurde rot. »Dann lebt das eigentliche Opfer noch und ist womöglich in Gefahr.«

Herr Kasimir nickte. »So sieht's aus.«

Mir lief es eiskalt den Rücken hinunter. »Wir müssen sofort die Polizei einschalten!«

»Gute Idee!« Herr Kasimir lachte spöttisch. »Ich falle als Zeuge ja wohl aus. Und eine fast Vierzehnjährige mit einer dermaßen absurden Geschichte ist natürlich äußerst glaubwürdig.«

Ich verzog den Mund. »Aber könnten wir nicht wenigstens das Beweismaterial an die Polizei schicken? – Ich meine mit einem anonymen Brief oder so ...«

Herr Kasimir warf mir einen Blick zu, der erkennen ließ, was er von meiner Idee hielt.

»Und warum nicht?«

»Zum einen, weil es verantwortungslos ist, vergiftete Lebensmittel zu verschicken. Was, wenn die Pfefferminzdinger wieder in die falschen Hände, bzw. Mägen gelangen – Postsendungen werden immer wieder geklaut – oder falsch zugestellt. Zu dem Thema kann ich dir übrigens eine Story erzählen …« Er pfiff vielsagend. »Und zweitens, ein Beweisstück ohne eine Tat ist nutzlos. Gesetzt den Fall, die Kollegen nähmen das Ganze ernst und kreuzten bei Herrn Kasmer auf. Der Täter wäre gewarnt und man würde ihn nie fassen.«

Das leuchtete mir ein. »Aber was können wir dann überhaupt tun?«

»Das weiß ich selbst noch nicht«, sagte Herr Kasimir.

Der helle Schlag seiner altmodischen Wohnzimmeruhr ließ mich aufschrecken. Ups, so spät war es schon! Olaf wartete sicher schon auf den Anzug. Ich beeilte mich, ins Schlafzimmer zu kommen.

Wow, dachte ich, als ich die Tür öffnete. Das ist krank! Er hat mit seiner Mutter sogar in einem Zimmer geschlafen!

Die Betten aus massiver Eiche standen zwar an gegenüberliegenden Wänden, aber ansonsten sah alles aus, als nächtige hier ein älteres Ehepaar. Goldfarbene Tagesdecken lagen sorgfältig glatt gestrichen über dem Bettzeug. Zwei gleiche Nachtschränkchen, eine Spiegelkommode und ein gewaltiger Schrank in Nussbaumfurnier ergänzten die antiquierte Einrichtung.

Herr Kasimir, der mein Befremden offensichtlich wahrnahm – ich hoffe inständig, nicht im genauen Wortlaut –, entschied sich nicht zum Angriff, sondern zur Rechtfertigung. »Mama und ich haben uns stets ein Schlafzimmer geteilt. Sie wollte es nicht anders.«

Ich öffnete den Schrank. Der eigentümliche Geruch eines Mottenmittels stieg mir in die Nase.

»Ups«, sagte ich. »Sind das alles noch die Sachen von Ihrer Mutter?«

»Ich bin noch nicht dazu gekommen, sie wegzugeben«, antwortete er und ich spürte, dass ihm das irgendwie peinlich war. »Der rechte Schrank ist meiner.«

Ich ließ die angestaubte Damengarderobe wieder hinter der Tür verschwinden und wandte mich kommentarlos der zweiten Schrankhälfte zu.

»Himmel!«, zischte ich. In den Fächern neben der Kleiderstange stapelten sich unzählige Pullover. Streifen, Rauten – alle möglichen und unmöglichen Muster. »Sie stehen wohl auf Strick!«

»Mama strickte so schrecklich gern für mich«, sagte Herr Kasimir verlegen.

Ich widmete mich seinen Anzügen. Die Auswahl war überschaubar, genau genommen waren es zwei. »Ich nehm den schwarzen mit. Okay?«

»Genau, und dazu die silberne Krawatte. Dann noch das weiße Hemd mit den Stulpen – ja, das ganz rechts. Dazu gehören die vergoldeten Manschettenknöpfe, die liegen in dem Kästchen auf der Spiegelkommode.

Schwarze Socken findest du in der Schublade und meine guten Schuhe sind draußen im Schuhschrank.«

Während ich den Anzug in den Kleidersack fädelte, fragte Herr Kasimir: »Wann besuchen wir Marlowe?«

»Wenn ich den Anzug heimgebracht habe.«

»Gut!«, sagte Herr Kasimir. »Dann nimm bitte Marlowes Sachen mit, Decke, Leine und sein Bällchen. – Und die Zigaretten.«

»Wozu die Zigaretten?«

»Mach es einfach!«

Ich verstaute das Gewünschte in eine große Juteeinkaufstasche, die an der Garderobe hing und die Aufschrift trug: *Wir sind die Guten – Deine Polizei.*

Als ich in die Küche kam, hielt sich Mum ein Kühlpack an die Wange, sie sah ziemlich mitgenommen aus. »Wo warst du bloß so lange?«

»Wie geht's dir?«, erkundigte ich mich rasch, ohne auf ihren Vorwurf einzugehen.

»Frag mich in zwei Stunden, wenn die Spritze nachlässt. – Hast du alles gefunden?«

»War gar kein Problem, hab die Sachen schon zu Olaf runtergebracht«, sagte ich.

Mum lächelte ziemlich gequält. »Danke, du bist ein Schatz!«

Ich sah sie mitleidig an. »Kann ich was für dich tun?«

Mum nickte. »Du könntest noch was für mich besorgen. Ich hab eine Einkaufsliste geschrieben. Würdest du …?«

»Klar«, sagte ich. »Leg dich hin und ruh dich aus!«

Es war schon vier, als ich wieder auf dem Fahrrad saß und Richtung Tierheim strampelte. Zu meiner Erleichterung regnete es nicht mehr, aber der Wind blies noch immer scharf. Herr Kasimir hatte sich in die schützenden Tiefen meiner Bauchtasche verkrochen, was unsere Kommunikation jedoch nicht beeinträchtigte.

»Marlowe muss sehr an Ihnen hängen. Dass er den Wagen so weit verfolgen konnte, ist eigentlich kaum zu glauben«, sagte ich.

»Du hast recht, das war wirklich eine außergewöhnliche Leistung«, bestätigte Herr Kasimir. »Car-Trailing ist eine extreme Herausforderung, selbst für die beste Hundenase.«

»Car … was?«

»Schon mal was von Man-Trailing gehört?«

»Glaub nicht.«

»Man-Trailing kommt aus dem Englischen«, klärte mich Herr Kasimir auf. »Von *man – Mensch* und *trail – verfolgen*. Anders als normale Suchhunde, sind Man-Trailer auf Hautschuppen programmiert. Jeder von uns verliert unentwegt abgestorbene Hautschuppen, die dann in der Luft herumfliegen, bis sie sich irgendwo absetzen, und die identifiziert ein gut trainierter Hund.«

»Irre«, sagte ich. »Und da reicht es, dass ein Autofenster offen ist?«

»Marlowe hat, soviel ich weiß, vorher nie ein Auto verfolgt«, antwortete Herr Kasimir. »Aber wie man sieht – ja, das offene Fenster reichte ihm.«

»Mir gefiel Marlowe«, sagte ich. »Ich hätte ihn gern behalten, aber meine Eltern …«

Ich glaube, weder Herr Kasimir noch ich hatten konkrete Vorstellungen, was uns bei unserem Besuch im Tierheim erwartete. Ich bezweifelte, dass Marlowe ein Meeri als seinen Herrn erkennen würde. Bullys kleiner Nagerbody roch hundertpro kein bisschen nach Oberkommissar Kasimir.

»Was soll ich den Tierheimleuten denn eigentlich erzählen?«, fragte ich. »Wieder die Nummer mit der Nichte?«

»Das erscheint mir am plausibelsten«, sagte Herr Kasimir.

Das Tierheim war in einem ehemaligen Bauernhof am Stadtrand untergebracht. Ein Schotterweg, gesäumt von einer zerzausten Buchenhecke führte auf das Gelände. Gebell mischte sich in das herbstliche Rauschen der Blätter und schwoll an, als der Blick auf die Zwinger frei wurde. Hunde aller Größen und Rassen hießen uns lautstark und schwanzwedelnd willkommen. Soweit ich sehen konnte, war Marlowe nicht dabei. Ich stieg eben vom Rad, als mich mein Begleiter anwies: »Hilf mir auf den Boden runter!«

»Wieso, wollen Sie auf allen vieren da reingehen?«

»Unsinn, aber ich verspüre ein dringendes Bedürfnis und möchte es ungern vor Ort erledigen, was in deinem eigenen Interesse sein sollte.«

»Oh!«

Eilig nahm ich Herrn Kasimir aus der Bauchtasche und setzte ihn an den Wegrand, wo er sogleich in der Hecke verschwand, um kurz darauf wieder zu erscheinen.

»Ich habe mir übrigens überlegt, dass es das Klügste sein wird, hier auf dich zu warten«, sagte er.

»Warum?«

»Es ist sicher wenig hilfreich, wenn du mit einem Meerschweinchen in der Jackentasche in einem Tierheim aufkreuzt. Artgerechte Haltung ist, weiß Gott, etwas anderes. Du musst das Vertrauen der Leute gewinnen, dann erlaubt man dir vielleicht, mit Marlowe spazieren zu gehen.«

»Okay«, sagte ich. »Vielleicht haben Sie recht – obwohl Bully es liebte, immer ganz nah bei mir zu sein.«

»Was ihn letztlich das Leben gekostet hat«, erwiderte Herr Kasimir.

»Und mir einen schlecht gelaunten Oberkommissar beschert hat«, gab ich zurück und setzte meinen vierbeinigen Begleiter in den Fahrradkorb.

8. KAPITEL

Auf dem Schild über der Tür des alten, aber sauber gestrichenen Gebäudes, war Noahs Schiff abgebildet, ganz ähnlich wie auf der Zeichnung in meiner alten Kinderbibel, nur dass die exotischen Tiere fehlten. Stattdessen bevölkerten Hunde, Katzen, Kaninchen und allerhand Kleintiere das Deck. TIERHEIM ARCHE stand in Regenbogenfarben darüber.

Der muffige Geruch von Katzenstreu und Tierfutter wehte mir beim Eintreten entgegen. Eine blonde junge Frau, die sich mit einem Blecheimer abschleppte, sah mich fragend an.

»Kann ich dir helfen?«

»Vielleicht«, sagte ich. »Bei Ihnen muss ein Hund abgegeben worden sein, genau genommen vom Bestattungsinstitut Engel. Ein Bluthund, er heißt Marlowe. – Er gehörte meinem Onkel.« Ich senkte den Blick und bemühte mich, Trauer in meine Stimme zu legen. »Onkel

Kilian ist ganz plötzlich verstorben und die Bestatter wussten nicht, wohin mit dem Hund …«

Die Frau stellte den Eimer ab. »Ah, gut, dass sich doch jemand für das Tier verantwortlich fühlt. Wir haben schon so viele verwaiste Hunde hier. Er ist noch in Quarantäne, wie jeder Neuankömmling. Er trauert, frisst nicht und liegt nur apathisch im Zwinger. Ich bin sehr froh, dass du gekommen bist. Du kannst den Hund gleich mitnehmen.«

Damit hatte ich nicht gerechnet. »Ups«, sagte ich. »Nicht heute, meine Eltern müssen sich erst noch um die Beerdigung kümmern. Es wäre gut, wenn Marlowe noch solange hierbleiben könnte. Aber ich wollte fragen, ob ich ihn Gassi führen darf, ich habe seine Leine und seine Decke dabei.« Ich klopfte auf den Jutebeutel. Die Pflegerin las die Aufschrift. »Dann stimmt es also, dass er mal Polizeihund war.«

Ich nickte. »Onkel Kilian war Oberkommissar.«

»Gut, komm mit mir!«

Mir fiel ein Stein vom Herzen, dass die Tierpflegerin keine weiteren Fragen stellte. Meine Geschichte schien überzeugend geklungen zu haben, zumal ich mit Fakten aufwarten konnte, die ihr bekannt waren.

Marlowes Zwinger lag zwischen dem eines Pinschermischlings, der uns zähnebleckend angiftete und dem eines Schäferhunds, der am Gitter hochstieg und hysterisch kläffte. Marlowe hob den schweren Samtkopf vom Fliesenboden, als sich die Zwingertür öffnete. Ich kniete mich vor ihn hin und strich ihm über die Hängeohren. »Hallo, Marlowe, kennst du mich noch?« Aber der Hund blieb liegen und blinzelte mich nur todtraurig an.

»Er vermisst seinen Herrn und die gewohnte Umgebung«, sagte die Tierpflegerin. »Er braucht jetzt viel Zuwendung.«

Ich kramte die Leine aus der Tasche. Zu meiner großen Erleichterung schlug Marlowe zwei, dreimal mit dem Schwanz auf den Boden, dann erhob er sich schwerfällig und ließ sich anleinen.

Die junge Frau lächelte. »Er erkennt dich, geh aber nicht zu weit mit ihm. In einer Stunde schließen wir die Vordertür.«

Ich nickte und rappelte mich hoch.

Ohne Enthusiasmus, aber willig trottete Marlowe neben mir her.

»Da ist er«, rief ich Herrn Kasimir zu, der schon gespannt aus dem Fahrradkorb spähte.

»Marlowe«, rief Herr Kasimir, aber der Hund reagierte nicht. »Ich fürchte, ich habe keinen telepathischen Zugang zu ihm«, sagte er enttäuscht.

Ich nahm Herrn Kasimir behutsam aus dem Korb, und ging in die Hocke. Nicht nur seine Barthaare, sein ganzer Meerschweinchenkörper zitterte, als ich ihn vor die mächtige Hundenase hielt. Marlowe beschnupperte ihn ausgiebig. Dann wedelte er plötzlich freudig mit dem Schwanz und begann, ihn hingebungsvoll abzulecken. Marlowes offensichtliche Zuneigung rührte mich. »Er versteht vielleicht nicht, was Sie sagen, aber irgendwie glaub ich fast, er erkennt Sie«, tröstete ich Herrn Kasimir.

Herr Kasimir schüttelte sich den Speichel aus dem Pelz. »Setz mich auf seinen Rücken! Ich möchte, dass er sich an meine neue Gestalt gewöhnt.«

Obgleich sich sein vierbeiniger Passagier verkrampft und höchst unsicher in sein Fell krallte, ließ Marlowe es ohne Widerstand geschehen.

Ich war erstaunt, wie leicht der kräftige Hund zu führen war. Er zog nicht an der Leine und blieb stehen, sobald ich stehen blieb.

»Warum haben Sie sich eigentlich ausgerechnet einen Bluthund ausgesucht, es gibt doch definitiv schönere Hunde?«, erkundigte ich mich.

»Ausgesucht hab ich ihn in dem Sinne auch nicht – unser Zusammentreffen war schicksalhaft. Er gehörte zur Diensthundestaffel, bis er verletzt wurde«, sagte Herr Kasimir.

»Verletzt?«

»Ja, er hat einen Einbrecher aufgestöbert. Der brutale Mistkerl stach mit einem Messer auf ihn ein und verletzte ihn schwer. Marlowe überlebte zwar, aber von da ließ er sich das Geschirr nicht mehr umlegen und war deshalb dienstuntauglich.«

»Geschirr?«

»Von klein auf werden Diensthunde auf ein ganz bestimmtes Geschirr konditioniert. Sobald es umgelegt wird, weiß das Tier, jetzt geht die Suche los. Dieser Verbrecher muss ihn damit gewürgt haben, während er auf ihn einstach. Jedenfalls geriet Marlowe danach jedes Mal in Panik, wenn man es ihm umlegen wollte.«

Ich warf einen beklommenen Blick auf den behäbig neben mir herzockelnden Hund. »Und da haben Sie Marlowe zu sich genommen.«

»Ja, die Sache mit Marlowe passierte, als ich gerade erfahren hatte, dass ich unter einer Herzschwäche leide und mein Leben umstellen muss. Da ich weder das Rauchen noch die Süßigkeiten aufgeben wollte, hatte ich ohnehin schon an einen Hund gedacht, damit ich wenigstens mehr Bewegung habe. Ich hatte bereits mit einem der Diensthundeführer gesprochen, weil die sich mit Hunden hervorragend auskennen, und der fragte mich schließlich, ob ich mir Marlowe nicht mal ansehen wolle. Von den Kollegen könne ihn keiner zu sich nehmen und er würde sonst eingeschläfert.«

»Oh«, sagte ich. »Wie schrecklich!«

»Nicht schön so etwas, aber das wird leider immer

wieder gemacht. Ich war nicht überzeugt davon, ausgerechnet einen Bluthund zu nehmen, aber als ich Marlowe dann sah, war es, wie man so sagt, Liebe auf den ersten Blick.«

Ich nickte. »Das verstehe ich, er hat so etwas ...« Ich suchte nach dem passenden Wort.

»Seelenvolles«, ergänzte Herr Kasimir. »Etwas, das ich bei den meisten Menschen vermisse. Marlowe liebte mich bedingungslos, zweifelsohne hat er mich am Leben erhalten.«

»Es macht Spaß, Marlowe auszuführen«, sagte ich. »Er passt sich meinem Tempo völlig an. Wenn er an der Leine zerren würde, könnte ich ihn bestimmt nicht halten.«

»Dem Hunde, wenn er gut erzogen, wird selbst ein weiser Mann gewogen«, zitierte Herr Kasimir.

»Von wem ist das?«

»Goethe.«

Ich lachte. »Klar, von wem auch sonst. Der alte Goethe hatte wohl für alles einen Spruch.«

Wir näherten uns schon wieder dem Außengehege, als mein Handy klingelte.

Eigentlich klingelt mein Handy nicht, sondern es ruft mich. Die meisten Klingeltöne klingen ja irgendwie ähnlich. Das ist bescheuert, wenn du zum Beispiel im Bus sitzt und alle ihr Handy rauskramen, wenn es in irgendeiner Tasche klingelt. Jedenfalls hab ich vor einiger Zeit eine App mit einem Klingeltongenerator gefunden, der auch Sprache aufnehmen kann. Und seither ruft mich mein Handy beim Namen. *Valentine, Telefon!* Und zwar – das ist echt witzig – mit einer Papageienkrächzstimme. Das hat kein anderer.

Valentine, Telefon!, krächzte also mein Telefon.

»Hallo?«

»Valentine, wo bist du?«

Es war Mum.

»Ich bin schon unterwegs«, sagte ich.

»Hast du eingekauft?«

»Mach ich noch.«

Pause.

»Was ist das für ein Gekläff?«

»Hast du noch Schmerzen?«, fragte ich zurück. Aber Mum ging auf meine Anteilnahme nicht die Bohne ein.

»Valentine, wo bist du!«

Ich musste also Farbe bekennen. Während ich ihr erzählte, dass ich im Tierheim war und mit Marlowe spazieren ging, konnte ich die Furche auf ihrer Stirn geradezu vor mir sehen.

»Dass du mir das hässliche Vieh bloß nicht anschleppst.«

»Mum …!«

»Vergiss es!«

Ich seufzte. »In spätestens einer Stunde bin ich da.«

»Beeil dich! Und bring noch hundert Gramm vom echten Schweizer Emmentaler für deinen Vater mit! Heute esst ihr zwei kalt, mir ist weder nach Essen noch nach Kochen. Mein Abendessen wird aus einer Pillendose kommen.«

Nachdem ich Marlowe zurückgebracht hatte, trat ich in die Pedale. Es wurde allmählich schon dunkel, und ich bin nicht gern in der Dämmerung draußen. Das ist auch etwas, was ich an dieser Jahreszeit so hasse. Die Tage werden nicht nur kälter, sondern überflüssigerweise auch noch kürzer. Obwohl ich die Kapuze übergezogen hatte, froren mir vom Fahrtwind schier die Ohren ab. Ich beneidete Herrn Kasimir, der es mollig warm in meiner Sweatshirttasche hatte. Dort blieb er auch, während ich im Supermarkt einkaufte. Ihn im Fahrradkorb zu lassen, wagte ich nicht. Es waren zu viele Leute auf dem Parkplatz, die alles Mögliche mit einem Meerschweinchen anstellen konnten, Dinge, die ich mir lieber nicht ausmalen wollte. Dennoch konnte es Herr Kasimir nicht lassen, die Nase herauszustrecken, was dazu führte, dass ihn am Käsestand ein kleiner Junge entdeckte und mit dem Finger auf mich zeigte.

»Mama, die mit der Brille hat 'ne Maus in der Tasche«, sagte er so laut, dass es alle hören konnten.

Seine Mutter schüttelte vorwurfsvoll den Kopf. »Schatz, man deutet doch nicht auf andere Leute!«

Mit einem säuerlichen Lächeln schob ich Herrn Kasimir zurück, während die Frau stirnrunzelnd die verdächtige Beule in meinem Shirt musterte. Ich zog es vor, das Feld zu räumen.

Daheim stellte ich die Einkaufstüten auf den Küchentisch, dann brachte ich Herrn Kasimir in mein Zimmer und setzte ihn in seinen Käfig. »Ich bringe Ihnen nachher was zu fre..., etwas zu essen«, verbesserte ich mich und schloss das Türchen.

»Einen Moment noch!«, sagte Herr Kasimir. »Kannst du mir vorher noch sagen, wo hier die Toilette ist?«

Ich schluckte. Logisch, Oberkommissar Kasimir hatte in diesen Dingen natürlich andere Bedürfnisse als mein kleiner Bully, der hemmungslos unter sich ließ, wo er ging und stand.

»Könnten Sie nicht vielleicht hinter das Häuschen gehen?«

»Gibt es eine Alternative?« Seine Stimme klang gereizt.

»Ich mach den Käfig regelmäßig sauber.«

»Was heißt regelmäßig?«

Ich zuckte verlegen mit den Schultern. »So oft wie nötig eben.«

Herr Kasimir sackte in sich zusammen. »Es ist mir zutiefst zuwider, selbst in diesen intimen Dingen abhängig von dir zu sein.«

»Das versteh ich ja, aber ich muss jetzt los!«, sagte ich. Ich hatte definitiv keine Lust, dieses peinliche Thema weiter zu vertiefen.

Mum pulte eben eine Schmerztablette aus der Packung, als ich in die Küche kam. Sie sah mich finster an. »Wo ist der Emmentaler?«

»Ups!« Ich blickte an ihr vorbei. »Vergessen.«

»Valentine, wo hast du nur deinen Kopf?«

»Sorry, Mum. Leg dich doch wieder hin! Ich richte heute das Abendessen. Es sind ja genug andere Sachen da.«

Während Mum auf dem Wohnzimmersofa lag, aßen mein Vater und ich in der Küche zu Abend.

»Deine Mutter hat mir erzählt, dass du heute im Tierheim warst«, sagte sich Dad.

Ich nickte. »Der Hund ging mir einfach nicht mehr aus dem Kopf. Er trauert und frisst nicht, aber der Spaziergang, den ich mit ihm gemacht habe, hat ihm, glaub ich, gutgetan.«

»Ganz bestimmt«, sagte Dad. »Ich habe in der Bestattungsvorsorge noch mal nachgelesen. Dieser Herr Kasimir – er hat vor Jahren übrigens seine Mutter von uns bestatten lassen – hat alles genau festgelegt, aber von einem Hund steht da nichts.«

»Wann ist eigentlich die Beerdigung?«

»Am Freitag. Frau Kuckelkorn hat die Anzeige schon in die Zeitung gesetzt.«

»Aber wenn er keine Angehörigen hat, wer soll denn dann überhaupt kommen?«

»Keine Ahnung. Jedenfalls legte er großen Wert auf einen gediegenen Abschied. – Das trifft man öfters, gerade bei Einzelgängern, als wollten sie wenigstens im Tod richtig gewürdigt werden. Er hat sogar den Baden-Baden für sich ausgesucht.«

»Wow«, sagte ich.

Der *Baden-Baden* – für alle, die vielleicht nicht so sehr mit Sargmodellen vertraut sind – ist ein ganz besonderer Sarg aus unserer Exklusivserie. Vollholz Eiche mit massiven Messingbeschlägen. Schweineteuer, aber an dem beißen sich die Würmer ein paar Jahre lang die Zähne aus.

Dad nickte. »Er hat sogar eine offene Aufbahrung angeordnet. – Olaf hat ihn zum Glück sehr ordentlich hingekriegt.«

Ich nickte. »Ich hab ihn gesehen, er sah trotzdem irgendwie verbissen aus.«

»Ich denke, er war schon zu Lebzeiten keine Frohnatur«, sagte Dad. »Es ist zwar schon eine Zeit her, aber ich erinnere mich noch genau an das Gespräch, das wir damals hatten. Er hat jedenfalls alles bis ins Detail geplant, die Grabstätte auf dem alten Stadtfriedhof gemietet und eine Grabplatte bestellt. Er sagte, er wolle keine Bepflanzung, es gäbe niemanden, der das Grab pflegen würde.«

Ich musste unwillkürlich an Janine denken, sie würde sicher enttäuscht sein, wenn sie keine Vergissmeinnicht pflanzen konnte.

Dad schüttelte nachdenklich den Kopf. »Eigenartig war der. Und er hat so eine merkwürdige Aufschrift für seine Grabplatte festgelegt.«

»Weißt du noch was?«

»Das weiß ich noch ganz genau«, sagte Dad. »Homo, homini lupus.« In goldener Schrift auf schwarzem Marmor.

»Wenn er bei der Polizei war, wusste er vermutlich, warum er ausgerechnet diesen Spruch wollte«, sagte ich.

Mein Vater nickte nachdenklich. »Vermutlich, jedenfalls war ihm völlig egal, was seine Bestattung kostet, ich hatte ihm natürlich vorgeschlagen, das Grab seiner Mutter mitzunutzen, was viel preiswerter gewesen wäre. Aber das wollte er nicht.«

»Komisch«, brummelte ich und nahm mir vor, Herrn Kasimir darauf anzusprechen.

Dad und ich räumten die Küche auf, dann gingen wir ins Wohnzimmer.

Mum sah von der Zeitung hoch. »Hat einer von euch heute schon den Regionalteil gelesen?«

Wir schüttelten den Kopf.

»Ich hab richtig Gänsehaut«, sagte sie. »In der Gegend treibt sich ein Kerl herum, der hat schon zwei Frauen angefallen. Die eine konnte fliehen, die andere hat er in die Büsche gezogen. – Schrecklich so was!«

Unwillkürlich überrieselte auch mich ein Schauder. »Scheiße!«, stieß ich aus.

Mum war so mit dem Vorfall beschäftigt, dass sie den Kraftausdruck hinnahm. »Pass bloß auf, Valentine!«, sagte sie. »Es wird jetzt von Tag zu Tag früher dunkel.«

Dad nickte. »Deine Mutter hat recht! Besser, du bist jetzt immer schon daheim, ehe es dunkel wird.«

Das Thema kam mir wie gerufen. Ohne diplomatisches Vorspiel platzte ich heraus: »Vor einem Hund wie Marlowe hätte so einer schon Respekt.«

Dad hob abwehrend die Hände. »Unsere Kundschaft aber auch, jedenfalls die lebende. – Vergiss nicht, dass viele Leute Angst vor großen Hunden haben. Das ist nicht gut fürs Geschäft.«

»Marlowe ist gut erzogen«, sagte ich. »Der tut keinem was. Ich würde schon drauf achten, dass er nicht unten im Laden rumläuft.«

Meine Mutter hob die Augenbrauen. »So wie du auf Peppy und Bully geachtet hast.«

Ich presste die Lippen zusammen. Mist, mein Vorstoß war komplett fehlgeschlagen.

9. KAPITEL

Herr Kasimir wartete schon ungeduldig, als ich mit einem Schälchen Wasser, einer klein geschnittenen Karotte und einigen Scheiben Salatgurke in mein Zimmer kam.

»Hoffe, das Zeug ist wenigstens halbwegs essbar, mein Meerschweinchenmagen knurrt wie ein Wolf«, empfing er mich.

Während er mit erstaunlichem Appetit an dem ungewohnten Essen knabberte, fragte ich ihn, warum er sich nicht die Grabstelle mit seiner Mutter teilen wollte.

Er unterbrach seine Mahlzeit, seine Barthaare begannen jäh zu zucken. »Weil ich auf gar keinen Fall auf Mamas Knochen liegen möchte.«

Das konnte ich absolut nachvollziehen. Ich persönlich finde ja sowieso, dass Erdbestattungen eigentlich schaurig sind. Seit ich in Felix' Lehrbuch über necrophage Insekten geblättert hab, würde ich es hundertpro vorziehen, als Häufchen Kohlenstoff in einer Urne die Ewigkeit anzutreten.

Ich nickte. »Das verstehe ich, aber wieso wollen Sie so einen pessimistischen Spruch auf Ihrer Grabplatte haben?«

»Weil es wahr ist. Und weil ich in meinem Leben schon Sachen erlebt habe, die einen zum Pessimisten machen. In den Jahren bei der Kripo habe ich sage und schreibe 95 Mordfälle aufgeklärt.«

»Beinahe hundert«, sagte ich und schaute Herrn Kasimir bewundernd an.

»Beinahe«, wiederholte er fast bedauernd. »Jedenfalls kannst du mir glauben, da waren Taten dabei, die sich deiner Vorstellungskraft entziehen. Manchmal hab ich gedacht, es gibt Kreaturen, die den Namen Mensch nicht verdienen, barbarische Zellhaufen ohne Herz und Hirn.«

»Ich kann mir alles vorstellen«, gab ich zurück.

Herr Kasimir sah mich überrascht an. »Ein Küken wie du?«

»Ich bin Realist. Aber man kann andern auch übel mitspielen, ohne sie gleich umzubringen.«

»Das stimmt allerdings«, sagte Herr Kasimir. »Vielen macht es Angst, wenn einer anders ist, vor allem wenn er besser ist.«

Ich verzog das Gesicht. »Da ist was dran. Aber in meinem speziellen Fall liegt es auch am Geschäft. Von klein auf wollte keiner zu mir kommen.«

Herr Kasimir wischte sich einen Karottenrest aus den Barthaaren. »Ja, das kenn ich. Mein Vater stammte aus Polen, er musste als Kriegsgefangener in einem deutschen Motorenwerk schuften. Dort lernte ihn meine Mutter kennen. Sie heirateten nach Kriegsende gegen den ausdrücklichen Willen ihrer Familie und zogen in die Heimat meines Vaters. Zwei Jahre nach meiner Geburt starb Vater, und Mutter ging nach Deutschland zurück, wo sie sich als Putzfrau abrackerte. Wir wohnten in einer ziemlich runtergekommenen Siedlung, die man heute als Brennpunktgebiet bezeichnen würde. – Wenn du weißt, was ich meine ...«

Ich nickte.

»Ich wuchs mit Gewalt, Alkohol und Drogen in der Nachbarschaft auf, kein gutes Umfeld für ein Kind. Meine Mutter versuchte, mich, so gut es ging, von all dem fernzuhalten und ließ mich nicht mit den Nachbarkindern spielen. Deshalb brachte sie mir aus der Leihbücherei stapelweise Bücher mit, um mich zu beschäftigen. Dennoch bekam ich zwangsläufig vieles mit. Die Polizei war Dauergast im Viertel, mich beeindruckten die Beamten damals schwer, Vorbilder hatte ich ja sonst keine. Ich denke, deshalb hab ich mich später auch für den Polizeidienst entschieden. – Jedenfalls kam ich trotz dieser widrigen Umstände durch Empfehlung meiner Lehrer aufs Gymnasium. Dort war ich immer einer der Besten, aber Freunde fand ich trotzdem nicht. Den Bälgern aus meiner erlesenen Nachbarschaft ging ich aus dem Weg, weil sie mich piesackten, und meine Schulfreunde durften nicht zu mir kommen. Da, wo wir wohnten, ging keiner freiwillig hin.«

»Warum ist Ihre Mutter nicht fortgezogen?«

»Weil kein Geld da war und nach dem Krieg Wohnungen fehlten. Erst als ich schon ein junger Polizeibeamter war, zogen wir schließlich um – in das Haus in der Humboldtstraße.«

»Dann haben Sie also noch nie allein gelebt?«

»Und?«, fragte Herr Kasimir spitz.

»Nichts – und«, sagte ich rasch, während ich an seine gescheiterten Versuche in Sachen Liebe und die unfroh blickende alte Frau auf dem Foto dachte.

»Nach Mamas Tod war ich sehr einsam – bis dann zum Glück Marlowe zu mir kam.«

»Haben Sie eigentlich nie darüber nachgedacht, was mit ihm geschehen soll, wenn Sie gestorben sind?«, fragte ich.

»Damals als ich die Bestattungsvorsorge vereinbart habe, hatte ich den Hund noch nicht und danach habe ich tatsächlich nicht mehr oft an den Tod gedacht. Der Hund und ich waren ein eingeschworenes Team.« In seiner Stimme lag der Stolz eines Vaters, der von seinem gut geratenen Sohn erzählt.

»Entschuldigen Sie, wenn ich das frage«, sagte ich. »Aber hatten Sie außer dem Hund noch andere Freunde? – Dad sagte nämlich, dass Sie eine ziemlich kostspielige Beerdigung geordert haben.«

Herr Kasimir schwieg für einen Moment. »Nein – Freunde habe ich eigentlich nicht, und zu meinen wenigen Verwandten besteht kein Kontakt, was an dieser verfahrenen Familiengeschichte liegt. Die Bestattung ist das erste und gleichzeitig letzte große Fest, das ich für mich ausrichte. Seit meiner armseligen Konfirmation – über die ich lieber nicht sprechen möchte – hatte ich kein Fest mehr. Aber wenigstens möchte ich einen Abschied, der meiner würdig ist. Vielleicht kommen ja ein paar Leute, die mich kannten, da will ich mir keine Blöße geben.«

Ich lächelte beklommen. »Der Baden-Baden wird sie sicher beeindrucken.«

Herr Kasimir sah mich fragend an.

»Dieser irrwitzig teure Sarg.«

»Man stirbt schließlich nur einmal. – Weißt du inzwischen, wann es losgeht?«

»Übermorgen.«

»Wann genau?«

Mir schwante Übles. »Sie wollen doch nicht etwa dabei sein?«

»Aber natürlich, was dachtest du. Die Chance lass ich mir doch nicht entgehen! Wer kann das schon?«

»Das geht auf keinen Fall«, sagte ich. »Die Aufbahrung findet in der Aussegnungshalle auf dem Friedhof statt. Und – schon vergessen? Sie sind ein Meerschweinchen!«

»Und du bist meine Assistentin und wirst mich hinbringen.«

Ich schüttelte heftig den Kopf. »Das werde ich nicht. Wie soll ich das anstellen? Ich bin nie bei den Beerdigungen dabei.«

Herr Kasimir pfiff auf. »Bei dieser wirst du dabei sein. Ich befehle es dir!«

Ich musste unwillkürlich lachen. Die Situation war einfach zu grotesk. Ich presste die Hand auf den Mund. »Sorry!«

Herr Kasimir schien sich schlagartig seiner fatalen Situation wieder bewusst zu werden. Er blickte mich aus Bullys Kulleraugen todtraurig an und schlich in sein Häuschen. Mann, ich hatte ihn ehrlich nicht kränken wollen, mir tat sofort leid, dass ich mich nicht besser beherrscht hatte.

»Herr Oberkommissar«, sagte ich. »Ich verstehe Sie ja, aber ist es jetzt nicht wichtiger, einen zweiten Mord zu verhindern? Der Täter hat vielleicht bereits bemerkt, dass sein Plan gescheitert ist. Sie haben doch bestimmt schon eine Idee.«

Er ließ mich eine ganze Weile warten, ehe er wieder auftauchte. »Zünd mir eine an!«

Ich schüttelte streng den Kopf und erklärte: »Sie können nicht mehr rauchen, das haben Sie doch heute selbst gesehen.«

Doch in diesem Punkt konnte ich nicht auf seine Einsicht setzen.

Seine Barthaare bebten erregt. »Lass mich wenigstens die Nase kurz in den Rauch halten, ich brauch das zum Denken. Behandle mich gefälligst nicht andauernd wie ein dussliges Meerschweinchen und tu mir den Gefallen!«

Ich verkniff mir eine bissige Antwort, zog seufzend eine Jacke über und verfrachtete den Käfig auf den Balkon. Wenn Mum etwas roch, hatte ich ein Problem, aber was sollte ich tun …

»Aah«, stöhnte Herr Kasimir, als ich die brennende Zigarette zwischen die Gitterstäbe klemmte, und atmete den Qualm genüsslich ein. »Was unseren Fall angeht – wir müssen zuerst die Lage sondieren.«

Ich nickte. »Ich denke auch, dass wir Kasmer aufsuchen und warnen müssen.«

»Aufsuchen, ja – warnen, vorerst nein«, erwiderte Herr Kasimir. »Unser Wissensvorsprung ist derzeit einfach nicht vermittelbar. Einem Team aus einem Teenager und einem Meerschweinchen sind Grenzen gesetzt.

Es wird sich zeigen, welche Handlungsoptionen wir letztendlich haben.«

»Heißt das, wir gehen da morgen hin?«

»Das habe ich vor. Und Marlowe nehmen wir mit.«

10. KAPITEL

Marlowe erhob sich freudig, als ich am nächsten Morgen zu seinem Zwinger kam, um ihn abzuholen.

Ohne ein Zeichen von Ermüdung lief er die ganze Wegstrecke vom Tierheim zur Humboldtstraße neben meinem Fahrrad her. Das Herbstwetter zeigte sich an diesem Tag von seiner sonnigen Seite, weshalb Herr Kasimir mit Nachdruck darauf bestand, auf Marlowes breitem Rücken zu reiten, und so ernteten wir viele belustigte Blicke. Die beiden gaben definitiv ein bizarres, aber auch herzerwärmendes Bild ab.

Das Haus Nummer 88 lag, von einer Ziegelmauer umgeben, am Saum einer kleinen Grünanlage und gehörte zu einer Reihe alter Villen, die den Krieg heil überstanden hatten. Ich ließ mich auf eine Parkbank sinken, setzte Herrn Kasimir auf die Schulter und blickte ratlos zu den Häusern hinüber.

Es war niemand zu sehen, nur ein silberfarbenes Cabriolet stand in der Einfahrt. Ich fragte mich, ob es Herrn Kasmer gehörte.

»Ein BMW-Cabrio«, bemerkte Herr Kasimir, der unser Ziel ebenso gespannt in Augenschein nahm wie ich. »Ziemlich teure Karre.«

»Und jetzt?«

»Jetzt zündest du mir eine an, damit ich besser denken kann!«

Mit einem unwilligen Seufzer kramte ich die Zigaretten aus der Hosentasche. Sie in meinem Zimmer zu lassen, war mir zu riskant erschienen. Mit Todesverachtung rauchte ich eine an und hielt sie ihm unter die Nase. Herr Kasimir atmete den Qualm behaglich ein.

Ein älteres Ehepaar kam vorbei und strafte mich mit abschätzigen Blicken. Ich sah verlegen weg.

»Wir müssen mit dem Bewohner Kontakt aufnehmen«, sagte Herr Kasimir.

Ich verdrehte die Augen. »Das weiß ich auch, aber ich kann doch da nicht einfach klingeln.«

»Kannst du werfen?«

»Wie bitte?«

»Mädchen können normalerweise nicht gut werfen.«

»Ich schon!« Sein Einwand ärgerte mich. Zugegeben, ich bin nicht sehr gut in Sport. Aber werfen kann ich. Damit rette ich seit Jahren meine Punktzahl bei den Schulsportspielen.

»Umso besser!«, sagte Kasimir. »Dann wirf Marlowes Bällchen auf das Grundstück!«

Seine Idee gefiel mir, ich löschte die Zigarette, nahm Marlowes kleinen Ball aus dem Fahrradkorb und holte aus. Marlowe sprang erwartungsvoll hoch. Als ich warf, sprintete er los, setzte seinem Spielzeug begeistert nach und blieb nach einer Vollbremsung enttäuscht bellend vor der Mauer stehen.

»Und jetzt kannst du klingeln«, sagte Herr Kasimir.

Ich folgte Marlowe, leinte ihn an und ging unsicher zu dem schmiedeeisernen Gartentor, *Kasmer* stand auf dem altmodischen Messingschild daneben. Wir waren also richtig.

Kaum hatte ich geklingelt, fing mein Herz an wie wild zu klopfen. Wer würde uns öffnen? Wieso wollte jemand den Bewohner dieses Hauses töten? War ich gerade dabei, mich in einen Bandenkrieg zu manövrieren? War ich womöglich einem Racheakt der Mafia auf der Spur? Landete ich demnächst in Beton eingegossen im Fundament eines Brückenpfeilers oder in einem verrosteten Fass, aufgelöst in Säure? Vor meinem inneren Auge spielten sich die abscheulichsten Szenarien ab. Ich war drauf und dran, das Weite zu suchen, als der Summer ertönte.

»Worauf wartest du«, hörte ich Herrn Kasimir.

»Ich weiß nicht …«, sagte ich zögernd und stieß das Tor auf.

Eben da öffnete sich die Haustür und eine alte Dame in einem Rollstuhl sah mich mit dem gleichen Erstaunen an wie ich sie. »Willst du zu mir?«

»Äh, eigentlich ...« Ich betrat den Gartenweg und ging unsicher auf sie zu. »Eigentlich wollte ich nur das Bällchen – mein Hund – ich hab es aus Versehen in Ihren Garten geworfen«, stammelte ich.

»Ach so!« Die alte Dame lächelte. »Einen schönen Hund hast du und das kleine Tier da auf deiner Schulter, was ist das?«

»Ein Meeri«, sagte ich. »Ein Schopfmeerschweinchen.«

Die alte Dame rollte mir ein Stück entgegen. »Schwarzweiß, ungewöhnliche Farbe. Darf ich es mal nehmen?«

»Darf sie nicht!«, protestierte Herr Kasimir.

Ich grinste. »Aber klar!« Damit setzte ich ihn kurzerhand auf ihren Schoß. »Er ist ganz zahm.«

Die zerbrechlichen Finger der alten Dame strichen sanft über das weiche Fell. »Ein *er* also – wie heißt er denn?«

»Bul... – äh, Herr Kasimir.«

»Ein ungewöhnlicher Name.«

»Er ist auch kein gewöhnliches Meerschweinchen.«

»Und du bist ...?«

»Valentine und das ist Marlowe«, sagte ich mit einem Blick auf den großen Vierbeiner.

Die Frau lächelte. »Und ich bin Käthe Kasmer.«

Käthe Kasmer. Das war also *K. Kasmer,* eine zierliche alte Lady mit watteweißen Kringellocken. Okay, dachte ich, die hat mit der Mafia so viel zu tun wie Mutter Teresa.

Sie blickte Herrn Kasimir verzückt an. »Darf ich ihn halten, bis du das Bällchen im Garten gefunden hast?«

»Gern, er mag es, wenn er gekrault wird.«

Herr Kasimir pfiff empört. »Verdammt, ich bin doch kein Schoßtier.«

Ich ignorierte seine Beschwerde und verzog mich in den parkähnlichen Garten.

»Such das Bällchen!«, rief ich, als hinter der Hausecke urplötzlich ein hoch gewachsener Mann erschien. Während ich ihm mit einem erschrockenen Blick zunickte, hatte Marlowe sein Spielzeug gefunden und brachte es schwanzwedelnd zu mir. Ich wandte mich um und lobte ihn, als ich wieder hoch sah, war der Mann verschwunden.

»Ich hab jemanden in Ihrem Garten gesehen«, sagte ich zu Frau Kasmer, als ich wieder zurückkam.

»Das ist Heiko, er kümmert sich um den Garten. Früher haben Karl – das war mein Mann – und ich alles selbst gemacht. Aber heute …« Sie seufzte. »Karl ist tot und seit ich den Schlaganfall hatte, bin ich in so vielen Dingen auf Hilfe angewiesen.« Sie lächelte traurig. »Alt werden ist nichts für Feiglinge.«

Den Spruch kannte ich von Oma Engel. Ich nickte mitfühlend, obwohl ich mir ehrlich gesagt, beim besten Willen nicht vorstellen kann, wie es sein muss, so alt zu sein.

»Eine gute Gelegenheit, sie in ein Gespräch zu verwickeln«, ließ sich Herr Kasimir vernehmen, der stocksteif auf dem Schoß der alten Dame saß und ihre streichelnden Finger erduldete.

»Leben Sie allein?«, fragte ich.

Frau Kasmer schüttelte den Kopf. »Als ich nach dem Schlaganfall aus der Klinik kam, musste ich mir eine Haushälterin nehmen. Die Alternative wäre ein Heim gewesen. Aber zum Glück hab ich fürs Alter etwas zurückgelegt, sodass ich mir eine Hilfskraft leisten kann.«

Sie rieb sich fröstelnd die Arme. »Mir wird allmählich kalt.« Dann sah sie mich unsicher an. »Ich habe gerade eine Kanne Tee gekocht, hast du vielleicht noch etwas Zeit?«

Natürlich hatte ich Zeit! Frau Kasmer rollte in ihrem Rollstuhl voran in die Küche, in der ein altertümlicher Holzherd anheimelnd vor sich hin bullerte. »Auf dem Herd hat schon meine Mutter gekocht«, kommentierte sie meinen erstaunten Blick. »In der Übergangszeit reicht er völlig aus und ich spare Öl.«

Marlowe ließ sich schwerfällig auf den warmen Fliesen vor dem Ofen nieder. Frau Kasmer sah ihm wehmütig zu. »Von klein auf hab ich Tiere gemocht. Wir hatten immer einen Hund.« Sie seufzte leise. »Ich hoffe, du magst Pfefferminztee? – Ich liebe Pfefferminze!« Während sie Tee in eine geblümte Tasse goss, befreite ich Herrn Kasimir aus seiner unliebsamen Lage und setzte ihn neben Marlowe auf den Boden.

»Die beiden sind gute Freunde, was?«, sagte sie. »So ein nettes Bild, das würde Julia gefallen. Sie musste ihren geliebten Vierbeiner leider in den USA zurücklassen.«

»J Punkt«, bemerkte Herr Kasimir, seine Barthaare zuckten heftig.

»Julia?«, wiederholte ich.

»Meine Enkelin.«

Ohne dass ich groß nachfragen musste, erfuhr ich, dass Frau Kasmers Sohn in die USA ausgewandert war und als Neurobiologe in Boston arbeitete. Julia hatte ihre ganze Kindheit dort verbracht und war erst vor ein paar Wochen zum Studium nach Deutschland gekommen, um ihre deutschen Wurzeln zu festigen. »Ich bin froh, dass Julia jetzt in der Nähe studiert«, sagte die alte Dame. »Nun können wir uns endlich richtig kennenlernen. Ich freue mich, dass sie an den Wochenenden immer herkommt. Morgen ist es wieder so weit. Ich hatte letzten Dienstag Geburtstag – 88, das muss man sich mal vorstellen – den feiern wir nach.«

Dann lächelte sie verlegen. »Oh Gott, ich rede ja die ganze Zeit von mir – das interessiert dich sicher alles gar nicht. Jetzt erzähl du mal! – In welche Klasse gehst du?«

Obwohl ich sogar sehr interessiert war, möglichst viel über *sie* zu erfahren, beantwortete ich ihre Frage, die wie das Amen in der Kirche die typischen weiteren nach sich zog. Small Talk mit Erwachsenen läuft meiner Erfahrung nach fast immer nach dem gleichen Muster ab: Schule, Hobbys, Freunde. Beim letzten Punkt *Freunde,* antwortete ich ihr wahrheitsgemäß, worauf sie meinte, ein so nettes Mädchen wie ich müsste doch unzählige Freunde haben. Ich verkniff mir eine bissige Bemerkung, die sie nur vor den Kopf gestoßen hätte.

Dann erstarb unser Gespräch. Während ich an meinem Tee nippte und überlegte, wie ich es wieder in Gang bringen könnte, sagte Frau Kasmer: »Valentine, es war nett dich kennenzulernen. Aber jetzt würde ich mich gern ein bisschen hinlegen. Das ist auch eine unangenehme Begleiterscheinung des Alters. Man wird so schrecklich schnell müde.«

Sie begleitete mich und die Vierbeiner bis zur Tür. Nachdem ich mich von ihr verabschiedet hatte, krümmte sich mir schier der Magen. Die zerbrechliche kleine Frau im Rollstuhl war in höchster Gefahr, musste ich sie denn nicht warnen?

»Frau Kasmer …«, setzte ich an.

»Lass es!«, hörte ich Herrn Kasimirs Stimme. »Sie würde dir nicht glauben.«

Die alte Dame sah mich fragend an.

»Viel Spaß morgen«, murmelte ich.

»Komm doch mal wieder auf eine Tasse Tee vorbei – und bring deine beiden vierbeinigen Freunde mit«, sagte Frau Kasmer und schloss die Tür.

Als ich auf den Gehsteig trat, blinkte die Zentralverriegelung des BMW-Cabriolets. Dann sah ich Frau Kasmers Gärtner mit dem Wagen wegfahren. In meinem Kopf schwirrte ein Bienenschwarm. Mord war an sich schon etwas unvorstellbar Schreckliches, aber die Enkelin ...

Deprimiert stieg ich auf mein altes Fahrrad und radelte los. »Wer bringt denn seine eigene Großmutter um?«, sagte ich.

»Selbst das kommt vor«, antwortete Herr Kasimir. »In der Regel sind solche Familiendramen Beziehungstaten. Aber die sind selten gut geplant – darüber denke ich auch schon die ganze Zeit nach.«

Seine nüchterne Betrachtung ließ mich erschaudern. »Aber wir müssen doch irgendetwas tun! Diese Julia kommt morgen. Was, wenn sie es wieder versucht?«

»Ja, wir sollten uns die Enkelin wohl mal genauer ansehen«, sagte Herr Kasimir.

11. KAPITEL

An diesem Abend trieb mich allerdings noch ein anderes Problem um. Herr Kasimir wandte sich ab, als ich ihm sein Essen brachte. »Ich habe heute keinen rechten Appetit.«

Obwohl er das Thema nicht ansprach, ahnte ich, was in ihm vorging. Er dachte an seine Beerdigung. Ich hatte auf dem Plan in Kuckelkorns Büro nachgesehen, und wusste, dass sie für elf Uhr angesetzt war. Schon seit unserem kleinen Streit neulich machte ich mir Gedanken, wie ich seinen Wunsch doch noch erfüllen konnte. Mein Problem war, einen schlüssigen Grund zu finden, warum ich bei der Beerdigung eines wildfremden Kunden dabei sein wollte. Bisher war mir aber beim besten Willen keiner eingefallen.

Doch wie das manchmal so ist im Leben, bot sich mir völlig überraschend doch noch eine Möglichkeit.

Mum ging es heute schon viel besser, ihre Wange war noch etwas geschwollen, aber sie hatte fast keine Schmerzen mehr. Beim Abendessen goss sie sich ein Glas Wein ein und prostete Dad und mir gut gelaunt zu. »Auf den letzten Weisheitszahn, es ist vollbracht!«

»Wozu hat man die eigentlich«, sagte ich, »wenn die sowieso rausmüssen. Genau wie dieser überflüssige Blinddarm. Was hat sich Gott dabei gedacht?«

Dad lachte. »Wahrscheinlich hat er an Zahnärzte und Chirurgen gedacht. Die wollen schließlich auch leben.«

»Okay«, sagte ich. »Dann sind wir wohl sterblich, damit die Bestatter Geld verdienen.«

»So hab ich das noch gar nicht betrachtet.« Dad zwinkerte mir zu. »Jedenfalls ist unser Geschäft hundertprozentig krisensicher.«

»Wie ist das eigentlich morgen?«, fragte ihn Mum. »Hast du Felix erreicht?«

Dad nickte. »Er kann zum Glück einspringen. Olaf und ich bringen den ersten Kunden – du weißt schon, den, dem der Hund gehörte – gleich in der Früh zum alten Stadtfriedhof, dann kann Felix das mit der Deko übernehmen, während wir den nächsten Sarg zum Waldfriedhof transportieren, hoffe, er schafft das allein. Solange Herr Hahn seine Bandscheibe nicht in Ordnung hat, fällt er ja leider aus.«

Während ich scheinbar unbeteiligt zuhörte, kam mir

eine Idee. »Ich hab Ferien, ich könnte Felix mit den Blumen helfen«, sagte ich so beiläufig wie möglich.

Dad sah mich überrascht an. »Du?«

Mum zuckte mit den Schultern. »Warum auch nicht? Valentine ist alt genug. Das hat sie gestern schon bewiesen, als die Anziehsachen für den Kunden von morgen geholt werden mussten.«

Dad hob die Augenbrauen. »Von mir aus gern!« Ein kleines zufriedenes Lächeln umspielte seine Mundwinkel. »Deine Mutter hat sicher recht, ich hab wohl übersehen, dass aus meinem kleinen Mädchen eine junge Dame geworden ist. Ich freue mich über dein Interesse an unserem Geschäft. Und Felix ist sicher froh, wenn er nicht alles allein machen muss.«

Als ich in mein Zimmer kam, hatte sich Herr Kasimir schon in sein Häuschen zurückgezogen. Seit ich ihn mit der Beerdigung so schroff hatte abfahren lassen, hatte er seinen Wunsch nicht wieder erwähnt, was ich seinem Stolz zuschrieb.

Ich klopfte an den Käfig. »Herr Kasimir, ich wollte noch mit Ihnen über morgen reden.«

»Wozu?« Seine Stimme klang deprimiert.

Ich räusperte mich. »Ich hab doch noch eine Möglichkeit gefunden, wie Sie an Ihrer Beerdigung teilnehmen können.«

Nach einem Moment des Schweigens erschien eine schwarze Nase. Nachdem ich ihm meinen Plan erklärt hatte, begannen seine Barthaare heftig zu zucken. »Das ist wirklich sehr nett von dir.« Seine Stimme klang bewegt. »Ein wahrer Freundschaftsdienst. Ich danke dir, dass du meine sterbliche Hülle auf ihrem letzten Weg begleitest. Viele Trauergäste erwarte ich nämlich nicht.«

Ich schluckte. »Der Termin stand immerhin in der Zeitung.«

»Vermutlich schicken sie jemanden vom Kommissariat«, sagte Herr Kasimir. »Hoffentlich nicht den Flatter, wir konnten uns noch nie leiden. – Aber meine Beerdigung fällt gewissermaßen in seine Zuständigkeit, er war zuletzt mein Chef.«

»Flatter, wer ist das?«

»Polizeihauptkommissar Siegmund Flatter, ein Duzfreund des Bürgermeisters, einer, der zur richtigen Partei gehört, allen nach dem Munde redet und bei den missratenen Söhnchen gewisser Leute auch mal ein Auge zudrückt, wenn sie mit Gras erwischt werden.«

»Haschisch?«, erkundigte ich mich.

»Du hast's erfasst.« Herr Kasimir pfiff unvermittelt, dann redete er sich regelrecht in Rage. »Solche Leute kommen ratzfatz nach oben. Ich konnte das dummerweise nie. Seit ich klein war, wollte ich immer zu den Guten gehören, deshalb bin ich Polizist geworden. Ich habe mein Leben lang gesagt und getan, was ich für richtig hielt, ohne Rücksicht auf Verluste.«

Ich nickte stumm. Das Bild, das ich mir von Herrn Kasimir machte, wurde zunehmend bunter, aber auch widersprüchlicher.

Da war das Muttersöhnchen, das sich ein Leben lang nicht vom Rockzipfel hatte lösen können. Da war der erfolgreiche Polizeikommissar, dessen Aufklärungsquote alle anderen übertraf, und da war der Rebell, der an seinen Werten festhielt, auch wenn ihm das Nachteile brachte. Mein Respekt vor ihm wuchs.

Am nächsten Morgen stand ich schon um sechs auf, wusch mir die Haare und legte Wimperntusche auf. Heute war das erste Mal, dass ich als Vertreterin des Bestattungshauses Engel auftrat und ich wollte so seriös und erwachsen wie möglich aussehen. Trotzdem war ich mit meinem Spiegelbild überhaupt nicht zufrieden. – Das ist bei mir immer so. Vielleicht sollte ich doch noch mal über Kontaktlinsen nachdenken und mir vor allem die Haare glätten lassen. Verdammt, warum hab ich auch diese verfluchten Drahtlocken!

Herr Kasimir riss die schwarzen Kulleraugen auf, als ich ihn aus dem Käfig nahm. »Ich bin gerührt, dass du dich meinetwegen so schick gemacht hast.«

Ich ließ ihn in dem Glauben, schlüpfte in meinen

schwarzen Wintermantel, das dunkelste Outdoor-Outfit, das ich besitze, und verfrachtete ihn in die Kapuze. Felix, der in seinem alten Golf unten auf mich wartete, durfte auf gar keinen Fall mitbekommen, dass ich »mein Meerschweinchen« mitgenommen hatte.

Mein Bruder gähnte herzhaft, als ich ins Auto stieg. »Sorry«, sagte er. »Aber Tommy hatte Geburtstag, wir haben die ganze Nacht durchgemacht.« Er fuhr sich müde durch das blonde Haar und ich überlegte, wie er es nur machte, dass er sogar mit schwarzen Rändern unter den Augen blendend aussah, während bei mir alle Verschönerungsarbeiten rein gar nichts brachten. »Kannst du mir mal sagen, warum die Beerdigung vormittags sein muss?«, jammerte er. »Unsere Kundschaft hat ja wohl alle Zeit der Welt.«

»Zeit ist relativ«, sagte ich.

Felix fasste sich an die Stirn. »Komm mir jetzt nicht mit Einstein, Schwesterchen, mir brummt schon der Schädel!«

Ich schüttelte den Kopf. »So hab ich das auch gar nicht gemeint. Für den Kunden ist Zeit vielleicht bedeutungslos, aber für die Friedhofsverwaltung ist Freitagmittag nun mal Feierabend.«

»Stimmt, heute ist ja Freitag!« Felix ließ den Wagen an. »Danke jedenfalls, dass du mitkommst. Dad sagte, der Sarg stehe schon in der Aussegnungshalle, wir müssen nur noch die Deko herrichten und die Musik vorbereiten.«

»Hast du an die Stehleuchter gedacht?«

Felix wies mit dem Daumen zum Kofferraum. »Ich bin verpennt, nicht dement!«

Ich unterdrückte ein Grinsen. »Entspann dich! Weißt du, wie das heute abläuft?«

Felix nickte. »Ein schräger Typ muss das gewesen sein. Er wollte keinen Pfarrer, nicht mal einen Trauerredner. Nur Musik, die hat er schon vor Jahren eigenhändig auf eine CD gebrannt.«

Ich nickte stumm, obwohl ich mich nicht sehr darüber wunderte, es passte zu Herrn Kasimir.

»Was ist daran schräg?«, meldete der sich auch prompt. »Trauerrede – wer sollte schon etwas über mich sagen. Aber die Musik, die ich ausgewählt habe, ist der Soundtrack meines Lebens.«

»Wahrscheinlich war er nicht religiös«, sagte ich zu Felix und setzte dann ganz in Gedanken hinzu: »Glaubst du eigentlich an was?«

Felix zuckte mit den Schultern. »Stell mir heute früh nicht so komplizierte Fragen.« Dann schüttelte er den Kopf. »Ne, eigentlich glaub ich nur an die Naturgesetze – und selbst die haben wir noch nicht vollständig erforscht.«

Ich weiß wirklich nicht, was mich in diesem Augenblick ritt, aber einem inneren Drang folgend, redete ich weiter. »Das würde aber heißen, dass es vielleicht Dinge gibt, die wir nur noch nicht erklären können.«

Er sah mich stirnrunzelnd an. »Zum Beispiel?«

»Seelenwanderung in einen anderen Körper …«

»Na klar, Schwesterchen.« Felix lächelte herablassend.

»Nee, im Ernst«, sagte ich. »Zum Beispiel in einen … in einen Meerschweinchenkörper.« Ich hatte kaum ausgesprochen, da bereute ich mein Mitteilungsbedürfnis schon, denn Felix stöhnte auf.

»Quatsch!«

»Kannst du das Gegenteil beweisen?«

»Kannst du mal für einen Moment den Mund halten? Ich bin müde.«

Okay, ich hielt den Mund und ärgerte mich über meinen Vorstoß, der mir klar vor Augen führte, dass ich die Sache mit Herrn Kasimir definitiv mit mir allein ausmachen musste.

Die Aussegnungshalle war eine neugotische Kapelle mit deckenhohen Buntglasfenstern, deren farbiges Lichtspiel die Trauernden wohl aufmuntern sollte. Felix fuhr den Wagen zum rückwärtigen Eingang, damit wir die Leuchter nicht so weit schleppen mussten.

Der Baden-Baden lag aufgeklappt auf einem Sargwagen an der Stirnseite des hellen Raumes. Davor, tief gebeugt, eine kurzbeinige schwarze Gestalt, die so herzzerreißend schluchzte, dass sie uns kaum wahrnahm.

»Wow!« Felix deutete verstohlen auf ein großes Lilienbukett und rümpfte die Nase. »Das Zeug stinkt ja wie WC-Erfrischer«

Ich schüttelte den Kopf und murmelte: »Das ist Janine.«

»Kennst du die Frau?«, flüsterte er, während wir schon die Kerzen anzündeten.

Ich nickte. »Die Verlobte des Verstorbenen.«

»Die hat mir grade noch gefehlt!«, protestierte Herr Kasimir. »Ist denn sonst keiner da? Hier drin kann ich überhaupt nichts sehen!«

»Die anderen Trauergäste kommen sicher erst noch«, flüsterte ich, weil ich nicht wusste, ob er gerade meine Gedanken empfing. Hilfe! Wo ließ sich hier ein neugieriges Meerschweinchen so verstecken, dass es nicht auffiel?

»Die Feier hat ja auch noch gar nicht angefangen«, sagte Felix in Antwort auf meine Bemerkung. »Wenn du das mit den Blumen allein hinkriegst, kümmere ich mich jetzt um die Musik – hoffe, die haben hier einen funktionierenden CD-Player, sonst müsste ich noch mal zurückfahren.«

Ich war heilfroh, als mein Bruder endlich im Nebenraum verschwand.

Die Floristin hatte ihre Sache gut gemacht. Herr Kasimir hatte sich rein weiße Lilien gewünscht, die sie zu einem ausladenden Gesteck arrangiert hatte. Davor lag ein Kranz mit roten Rosen und Vergissmeinnicht. *Von deiner Verlobten Janine, die dich nie vergessen wird,* stand auf der Kranzschleife, daneben ein großes Bouquet mit Anthurien und Lorbeer. *Ruhe in Frieden! Die Kollegen von der Polizei,* war auf dem breiten schwarzen Satinband zu lesen. Ich drapierte das Liliengesteck mittig vor den Sargwagen, rechts und links davon die beiden anderen Arrangements. Als ich mich vergewissert hatte, dass Janine sich weiter völlig ihrer Trauer hingab, holte ich Herrn Kasimir aus der Kapuze, setzte ihn in das Liliengesteck, und bedeckte ihn mit der schwarzen Trauerschleife. Ohrenbetäubende Musik ließ mich jäh aufspringen. Okay, die Anlage schien jedenfalls zu funktionieren! Felix schaltete sie schnellstens wieder aus. Janine, die wie ich hochgeschreckt war, sah mich überrascht an.

»Du bist ja doch gekommen«, sagte sie gepresst. Ihre rot geweinten Augen suchten den Raum ab. »Und deine Eltern – immer noch die Masern?«

Ich nickte.

»Der Anzug steht ihm so gut«, schluchzte sie. »Ich kenne ihn nur in diesen grässlichen handgestrickten Pullovern. – Und trotzdem war er für mich der Schönste.« Wieder brach sie in Tränen aus.

Ich wusste wirklich nicht, was ich sagen sollte, sie tat

mir so schrecklich leid. Stumm nahm ich sie am Arm und führte sie zu einem Platz in der ersten Sitzreihe. Mochte Herr Kasimir denken, was er wollte, Janine trauerte aufrichtig um ihn. Doch zu meiner großen Überraschung war sie nicht die Einzige. Die Tür zur Aussegnungshalle öffnete sich und eine mollige Frau kam herein. Sie verweilte kurz vor dem Sarg und wandte sich dann um.

»Sind Sie die Verlobte?«, sprach sie Janine mit einem Blick auf die Trauerschleife an.

Janine nickte unglücklich.

»Mein herzliches Beileid!« Die Fremde drückte Janine die Hand. »Mir gehört der Kiosk Ecke Schillerstraße. Herr Kasimir hat über dreißig Jahre bei mir seine Zeitung gekauft. Er war immer hilfsbereit und so höflich. Seit meiner Hüftoperation hab ich die schweren Bündel mit den Remittenden oft kaum noch in den Container wuppen können. Seit er einmal gesehen hatte, wie ich mich geplagt hab, hat er das für mich gemacht. Wir kannten uns zwar kaum, aber ich weiß – er war ein guter Mensch und deshalb bin ich hier.« Damit wischte sie sich über die feuchten Augen und setzte sich hinter Janine.

Inzwischen kamen noch weitere Leute in die Halle, einige trugen einen kleinen Blumenstrauß. Nicht jeder erkannte Janine als vermeintliche Verlobte und nicht jeder wagte sich an den offenen Sarg.

Dad sagt, es gibt Menschen, denen graut davor, einen

Toten zu sehen. Und es gibt andere, denen hilft ein letzter Blick, sich zu verabschieden. Und dann gibt es noch eine dritte, eine unangenehme Sorte von Leuten, die aus purem Voyeurismus in offene Särge gaffen. Ziemlich krank so was!

Nach der Kioskbesitzerin wandte sich ein ergrautes Ehepaar an Janine. Wie ich hören konnte, der Hausmeister mit seiner Frau. Beide sprachen der trauernden Verlobten ihr Mitgefühl aus, während sie ein wahres Loblied auf Herrn Kasimir sangen. »Ohne ihn wird es im Haus bald drunter und drüber gehen«, sagte die Frau weinerlich.

Mit weit offenen Ohren versuchte ich, aus den gedämpften Gesprächen der Leute etwas mehr über Herrn Kasimir herauszufinden. Sein Friseur war gekommen, der ihm über zwanzig Jahre lang die Haare geschnitten hatte und sagte, Herr Kasimir sei immer sehr großzügig mit dem Trinkgeld gewesen und wie bewunderungswürdig er sich um seine Mutter gekümmert hätte. Aber auch Adjektive wie *reserviert, unnahbar, leicht erregbar, schrullig, pessimistisch* schwirrten halblaut durch den Raum. Das alles passte zu meinen Beobachtungen. Trotzdem waren diese Menschen gekommen, um ihm die letzte Ehre zu erweisen. Das fand ich beachtlich. Eine Beerdigung ist ja kein Kirmesbesuch. Jemandem die letzte Ehre zu erweisen, ist definitiv ein Zeichen der Wertschätzung.

»Ach«, hörte ich Herrn Kasimirs Stimme. »Wenn ich

geahnt hätte, dass es tatsächlich Menschen gibt, die mich mochten, hätte ich nachher einen kleinen Umtrunk bestellt. Warum sagen einem die Leute das nicht, solange man noch lebt?«

Offen gestanden machte auch mich das alles sehr nachdenklich. Ich fühlte, wie mir die Tränen hochstiegen. Ich dachte, verdammt, er hätte Freunde haben können und hat es nicht gewusst. Er hat sich so auf die schlechten Seiten der Menschen konzentriert, dass er die guten nicht mehr sehen konnte. Und mit einem Schlag quälte mich eine Frage, die mich seither nicht wieder losgelassen hat: Und wie ist das bei dir, Valentine?

Der dunkle Klang der Totenglocke läutete die Feier bereits ein, als ein hagerer Mann in schwarzem Mantel in die Halle hastete.

»Flatter«, hörte ich Herrn Kasimirs Stimme. »Typisch – natürlich zu spät!«

Ich suchte mir einen Platz etwas abseits und wischte mir die Tränen aus den Augenwinkeln, als Felix sich neben mir niederließ und mich kritisch anblickte.

»Ich hab was im Auge«, sagte ich.

»Wimperntusche!«, flüsterte er mir zu.

Mist! Ich wischte unter der Brille herum.

»Hol besser deine Taschentücher raus!«, sagte Felix leise. »Die Musik, die jetzt kommt, drückt echt auf die Tränendrüse.«

Er hatte recht. Es fing an mit einem Satz aus Mozarts letztem Requiem. *Dies Irae,* was übersetzt so viel heißt wie: *Tage des Zorns.* Ein stockfinsterer Chorgesang, der mir schon deshalb durch und durch ging, weil ich mal gelesen hatte, Mozart hätte das Stück für sich selbst geschrieben. Dann kamen Werke von Mahler und Chopin, beide Großmeister der Depression, die sogar Berufsoptimisten zum Heulen bringen konnten. Olaf hatte mit seiner Presley-CD also voll danebengegriffen.

Mein Blick wanderte durch die Halle. Janine saß da wie ein kranker schwarzer Vogel mit hängenden Flügeln. Die meisten anderen Trauergäste starrten auf den Boden oder hielten die Augen geschlossen. Nur Flatter schien nicht sonderlich bewegt zu sein, ich ertappte ihn bei einem verstohlenen Blick auf sein Handy. Als er bemerkte, dass ich ihn im Visier hatte, steckte er es rasch weg. Ich glaube, in diesem Moment kam mir ein Gedanke, den ich während des letzten Liedes versuchte, zu Ende zu denken – allerdings nicht mit sehr viel Erfolg, wie sich bald zeigen würde.

Als letztes Stück hatte Kasimir ausgesucht: *Knockin' on Heaven's Door.*

»Kennst du das?«, raunte mir Felix zu.

Ich nickte abwesend.

»Hast du den Film gesehen?«

Ich verneinte stumm.

»Ein uralter Western, das Lied spielen sie, als der Sheriff stirbt.«

Der Tod des Sheriffs, das passte. Das Schluchzen der Frauen und das bewegte Räuspern der Männer schwollen mit dem Song noch einmal an. Dann legte sich ergriffenes Schweigen über den Raum.

12. KAPITEL

Erst jetzt fiel mir siedeheiß ein, dass ich überhaupt keinen Plan hatte, wie ich Herrn Kasimir unbemerkt von seinem Beobachtungsposten holen konnte. Während ich noch darüber nachgrübelte, kamen schon die Sargträger der Friedhofsverwaltung und alles ging blitzschnell. Ehe ich michs versah, hatten sie den Sarg geschlossen und den Blumenschmuck auf den Deckel gelegt. Ach du Schande! Jetzt hockte Herr Kasimir in einem Lilienbouquet auf seinem eigenen Sarg. Einen Augenblick später schoben sie den Sargwagen bereits zum Ausgang, worauf sich die Trauergäste zu einer kleinen Prozession formierten, an deren Ende Kommissar Flatter ging.

Ich starrte ihnen fassungslos nach, bis Felix aufstand. »Komm, das war's dann für uns.«

»Gleich«, sagte ich und rannte zum Ausgang.

Atemlos holte ich Flatter ein. »Entschuldigung!«

Der hagere Mann blieb überrascht stehen.

»Sie sind doch ein Kollege von Herrn Kasimir«, platzte ich heraus.

»Sieht man das?«, erkundigte sich Flatter verdutzt. »Und wer bist du?«

»Ich bin Valentine Engel – Bestattungshaus Engel. Also – ich muss Ihnen unbedingt etwas sagen …« Ich stockte. Hilfe – und jetzt? Wie brachte ich ihn dazu, einen Beamten zu der alten Frau Kasmer zu schicken? – Ich hoffte nämlich, dass diese ominöse Julia dann davor zurückschrecken würde, ihren Mordplan doch noch zu Ende zu bringen.

Flatter blickte dem kleinen Zug, der sich zusehends entfernte, ungeduldig nach.

»Es ist so …«, fuhr ich zögernd fort. »Ich war in der Wohnung von Herrn Kasimir, um einen Anzug für die Beerdigung zu holen, und da ist mir aufgefallen, dass auf dem Tisch ein Päckchen lag.« Ich kämpfte darum, das was ich zu sagen hatte, möglichst glaubwürdig und gelassen rüberzubringen, aber das war alles andere als einfach. »Ein Päckchen, das ihm aber nicht gehörte – ich meine, es stand gar nicht seine Adresse drauf. Was ich sagen will: Es wurde falsch zugestellt. Der Verstorbene muss es versehentlich geöffnet haben.«

Flatter hob die Augenbrauen. »Und?«

Ich lief rot an. Der Typ hielt mich für bekloppt, aber jetzt gab es kein Zurück mehr. Meine Stimmbänder zitterten wie Sprungfedern, als ich hastig weiterredete. »Es stand *Kasmer* auf der Adresse, nicht *Kasimir* und die Hausnummer stimmte auch nicht. Muss man es nicht dem Besitzer geben?«

»Warum hast du das nicht längst gemacht, wenn es dir so wichtig erscheint?«

»Ich?«

Ups! Was sollte ich jetzt sagen? Ich schüttelte den Kopf. »Aber ich darf aus der Wohnung eines Verstorbenen doch nichts wegnehmen.«

Flatter lächelte eisig. »Du hättest dem alten Kasimir gefallen, der war auch so ein nervtötender Korinthenkacker.« Er sah die Prozession um die Ecke biegen und fuhr gereizt fort: »Ich hoffe, es waren wenigstens Goldbarren in dem Päckchen oder eine Schusswaffe, eine Handgranate oder sonst etwas, was ein Eingreifen der Polizei legitimieren würde.«

»Nein, etwas anderes«, sagte ich verlegen und kramte mit feuchten Fingern das Handy aus der Jeans. »Hier, ich hab das Päckchen fotografiert. – Es war Pfefferminzkonfekt drin.«

Flatter glotzte mich völlig entgeistert an, ohne die Fotos auch nur eines einzigen Blickes zu würdigen. »Und wegen so einer Banalität stiehlst du mir die Zeit?« Mit einem wütenden Schnauben wandte er sich um und ging in großen Schritten weiter.

»Und was, wenn Herr Kasimir mit dem Konfekt vergiftet wurde?«, rief ich und bereute es sofort.

Flatter blieb wie angewurzelt stehen, dann machte er auf dem Absatz kehrt und steuerte mit dem Grinsen eines Pitbulls auf mich zu. »Jetzt verstehe ich!«, zischte er durch die Zähne. »Ein guter Rat, Fräulein: Schau dir nicht so viele Krimis an! Das ist nicht gut für pubertierende Gehirne! – Verstanden?«

Oh ja, ich hatte verstanden, ich fühlte mich so gedemütigt! Mein Plan war gründlich schiefgegangen. Herr Kasimir hatte recht gehabt. Es war sinnlos, auf die Polizei zu bauen. Wir mussten die Sache mit Frau Kasmer irgendwie allein regeln.

Aber zuvor hatte ich noch ein ganz anderes Problem zu lösen.

Flatter holte den Trauerzug erst am Grab wieder ein. Ich folgte ihm in einigem Abstand und verbarg mich hinter einem efeuüberwucherten Grabmal, über dem ein hinreißend schöner Steinengel weinte.

Herrn Kasimirs Grab war vorschriftsmäßig ausgehoben, die Erde rechts und links säuberlich mit Plastikrasen abgedeckt. Ich warf einen bangen Blick zu dem Minibagger, der schon hinter einer Lorbeerhecke wartete und entdeckte dabei die mächtige schwarze Marmorplatte, die, ganz nach Herrn Kasimirs Wunsch, seine Grabstätte bedecken sollte. Der Steinmetz hatte pünktlich geliefert. Ja, auf das Bestattungshaus Engel war eben Verlass!

Da weder ein Gebet noch ein Segen gesprochen wurde, hielten sich die Träger nicht weiter auf, was wohl auch daran lag, dass ihnen auf diese Weise ein vorzeitiger Feierabend in Aussicht stand. Mit unbewegten Mienen und ohne das Lilienbouquet vom Deckel zu nehmen, ließen sie den Baden-Baden an starken Seilen in die Tiefe.

»Valentine, ich hoffe, du bist da irgendwo?«, hörte ich plötzlich Herrn Kasimirs verzweifelte Stimme. »Du musst mich hier rausholen! Lass dir was einfallen!«

Mann, das wollte ich ja, aber wie sollte ich das verdammt noch mal anstellen?

Im Moment konnte ich nur warten, bis alle weg waren und hoffen, dass das Grab nicht sofort zugeschaufelt wurde.

Als der Sarg mit einem sanften Rumms den Grund erreicht hatte, entfernten sich die Männer schweigend und überließen der Trauergemeinde den letzten Abschiedsgruß, für den ein Häufchen Erde und eine kleine Schaufel bereitstanden.

Den merkwürdigen Brauch, Verstorbene mit Erde zu bewerfen, fand ich schon immer gruslig. Aber Dad sagt, das sei ein uraltes Ritual. Mag ja sein, aber das mit der Erde ist trotzdem Geschmacksache. Ich finde es definitiv schöner, eine Blume ins offene Grab zu werfen. Offenbar teilten einige Trauergäste meine Meinung, denn längst nicht jeder machte von der Schaufel Gebrauch. Janine warf eine langstielige rote Rose auf den Sarg, wobei sie herzzerreißend schluchzte und der Kioskbesitzerin, die neben ihr stand, um den Hals fiel.

Einer nach dem anderen trat noch einmal an das Grab, verweilte in einem Moment des Schweigens und wandte sich dann zum Gehen. Schließlich kam auch Flatter an die Reihe. Er nahm eine Schaufel voll Erde und warf sie mit Schmackes in die Tiefe. »Asche zu Asche«, sagte er und griff erneut zur Schaufel. »Staub zu Staub!« Mit einem Erde-zu-Erde donnerte er kurz darauf die dritte Ladung auf den Baden-Baden, der jede Schippe mit dem dumpfen Klang einer Bass-Drum erwiderte. Flatter hielt für einen Augenblick inne, drehte sich dann mit einem finsteren Nicken um und ging.

Ups, dachte ich, wie ist der denn drauf?

»Idiot!«, hörte ich Herrn Kasimirs Stimme.

Janine putzte sich die rote Nase und ließ sich von ihrer neuen Freundin, die tröstend auf sie einredete, als Letzte vom Grab wegziehen. Ich wartete einen Moment. Als die Luft rein war, rannte ich los.

»Herr Kasimir!«

Aus der schwarzen Trauerschleife lugte eine ebenso schwarze Nase hervor. »Na endlich! Hol mich hier raus! Dieser Barbar hat mich schier erschlagen!«

»Tut mir leid«, sagte ich und sah mich nach einem geeigneten Hilfsmittel um, mit dem ich Herrn Kasimir aus seiner misslichen Lage befreien konnte. Aber ich konnte weit und breit nichts entdecken.

»Warten Sie!« Vorsichtig setzte ich mich auf den Plastikrasen und ließ die Beine ins Grab hinunter. »Versuchen Sie, auf meinen Schuh zu klettern!«

Herr Kasimir stellte sich auf die Hinterpfoten und versuchte verzweifelt einen Fuß zu erreichen, aber daran war gar nicht zu denken. Also rutschte ich mit dem Hintern weiter nach unten, während sich meine Hände in den stachligen Plastikrasen klammerten – was rückblickend gesehen natürlich total bescheuert war. Und so kam, was kommen musste: Die Grasmatte fing an zu rutschen. Gefolgt von einem Berg Erde landete ich mit einem dumpfen Knall auf dem Sargdeckel.

Mit einem entsetzten Pfiff rettete sich Herr Kasimir aufs Fußende. »Herzlich willkommen«, fauchte er mich an.

»Scheiße!«, schrie ich und starrte fassungslos nach oben, von wo unablässig kleine Kaskaden von Erde zu uns hinunterrieselten. »Verdammte Scheiße!«

»Hör auf zu fluchen!«, sagte Herr Kasimir. »Versuch lieber hochzuklettern!«

Hochklettern. Super Idee! – Wenn das so einfach gewesen wäre! Ein Normgrab ist ungefähr zwei Meter tief, ein Sarg sechzig bis siebzig Zentimeter hoch, der Baden-Baden eher Richtung siebzig. Fehlten also immer noch ein Meter und dreißig. Ich bin zwar kein Zwerg für mein Alter, aber ich steckte buchstäblich bis zum Hals in diesem elenden Loch. Abgesehen davon – selbst wenn ich es schaffte, allein wieder rauszuklettern, meine Klamotten waren schon jetzt total versaut. Der Mantel hatte auf der Rückseite braune Schleifspuren, die sich nicht abklopfen ließen und mich in Erklärungsnot bringen dürften. Mann, was sollte ich Felix erzählen? Mit einer Stinkwut im Bauch streckte ich die Arme nach oben, und versuchte, mich irgendwie hochzuziehen.

»Vergiss mich gefälligst nicht!«, meldete sich Herr Kasimir, das heftige Zucken seiner Barthaare verriet, wie erregt er war.

Also verfrachtete ich ihn wieder in die Kapuze und versuchte es erneut. Aber es wurde einfach nichts! Unter dem Gewicht meines Körpers bröckelte die Erde nur so weg. Ich schlug die Schuhspitzen in die lehmbraune Wand und haute mir dabei dermaßen die Zehen an, dass ich aufjaulte und wieder auf den Sargdeckel zurücksank.

»Was wird das eigentlich?«, kommentierte Herr Kasimir meinen Schmerzensschrei. »Jeder Mehlsack ist gelenkiger als du!«

»Sie ...«, zischte ich, dachte den Satz aber nur zu Ende ... können mich mal!

Trotzdem hatte Herr Kasimir den Rest mitgekriegt. »Unverschämtheiten bringen uns auch nicht weiter. Wir werden wohl auf deinen Bruder warten müssen. Du musst den Spott, der dir sicher ist, eben aushalten.«

Ich hätte platzen können. Verbissen stemmte ich mich wieder hoch und unternahm einen neuen Anlauf.

»He, Schwesterchen? Was machst du denn da unten?« Ich hob den Kopf und blickte auf Felix' schwarze Beerdigungsschuhe. Mein Bruder sah mich völlig entgeistert an.

Ich verdrehte die Augen.

»Bist du da etwa reingefallen?« Er grinste wie ein Honigkuchenpferd – ich hätte ihn erwürgen können.

»Nein, ich bin absichtlich reingesprungen!«, brüllte ich und streckte die Arme aus. »Hilf mir lieber raus!«

Mit einem breiten Lächeln reichte er mir die Hand und half mir, mein unliebsames Gefängnis zu verlassen, wobei ihm das blöde Grinsen verging, denn er kam dabei ganz schön ins Schwitzen. »Danke«, keuchte ich und verwünschte meine überflüssigen Kilos, als er sich endlich stöhnend auf den Kunstrasen sinken ließ. Auf der Peinlichkeitsskala hatte ich mit dieser Nummer die volle Punktzahl erreicht. Ich wuschelte mit den Fingern die Erdbrösel aus den Haaren und betrachtete unglücklich meinen Mantel, der aussah, als wäre ich durch einen Kartoffelacker gerobbt. »Sch…! Der ist hin!«

Felix nickte. »Sieht ganz so aus. Hast Glück gehabt,

dass du dir nichts gebrochen hast. – Wie ist das überhaupt passiert?«

»Ich will nicht darüber reden!«, presste ich hervor, wandte mich ohne weitere Erklärungen um und stapfte Richtung Kapelle zurück.

Felix rappelte sich hoch und folgte mir, leise vor sich hin glucksend. »Dad wird sicher begeistert sein, dass du die Grabkontrolle so gewissenhaft durchgeführt hast.«

»Lass mich in Ruhe!«, fauchte ich.

Sein Spott reizte mich bis aufs Blut, aber er war noch nicht fertig. »Zieh bloß den Mantel aus, wenn du in mein Auto steigst. Sonst kann ich nachher Salat auf den Sitz säen.«

»Idiot! Dann fahr doch allein!«, brüllte ich, wirbelte herum und rannte die nächstbeste Gräbergasse hinunter.

»Was ist denn in dich gefahren?«, hörte ich plötzlich Herrn Kasimirs Stimme.

»Scheiße!«, keuchte ich und blieb atemlos stehen. Offen gestanden wusste ich selbst nicht so genau, warum ich so heftig reagiert hatte.

»Meine Beerdigung hat dir anscheinend ganz schön zu schaffen gemacht«, sagte Herr Kasimir. Er hielt einen Augenblick inne. »Mir, wie du dir sicher denken kannst, auch.«

Ohne dass mir das damals bewusst war, hatte Herr Kasimir damit ins Schwarze getroffen. Meine Beobachtungen auf der Beerdigung machten mir mehr zu schaffen, als ich zugeben wollte, und das Fiasko mit Flatter und mein Absturz hatten meine Gefühlslage auch nicht gerade verbessert.

Mit Tränen in den Augen befreite ich ihn aus dem Kapuzengefängnis.

»Tief durchatmen!«, sagte Herr Kasimir und sah sich um. »Und da wir schon mal hier sind, hätte ich noch eine Bitte ...«

Ich wischte mir über die Augen. »Und?«

»Mutters Grab liegt da vorne – gleich rechts. Sie wird nicht begeistert von der Verwandlung ihres einzigen Sohns sein, aber irgendwann muss sie es ja wohl erfahren.«

Ich sah ihn verblüfft an. »Sie ist tot, glauben Sie denn, dass sie noch etwas mitbekommt?«

»Glaubst du, dass sich Kommissare in Meerschweinchen verwandeln können?«

»Äh ...«, stammelte ich. Dann zuckte ich hilflos mit den Schultern und kam seinem Wunsch nach.

Das Grab lag zu Füßen eines mächtigen Ahorns, dessen rote Herbstblätter in der Sonne glühten.

»Schlamperei!«, sagte Herr Kasimir. »Erst letzte Woche habe ich tonnenweise Laub entfernt. Verdammt noch mal, das ist wirklich Aufgabe der Gärtnerei! Bei dem Preis, den die verlangen, könnten die sich wirklich mehr anstrengen!«

»Aber es ist hübsch angelegt«, wandte ich ein und dachte an die karge Platte, die bald Herrn Kasimirs eigenes Grab bedecken würde.

»Das war ich Mama schuldig«, sagte er. »Hoffe, dass das noch eine Weile so bleibt – ich habe testamentarisch festgelegt, dass die Grabpflege so lange bezahlt wird, bis mein bescheidenes Vermögen aufgebraucht ist. Hoffe, man wird diesen Wunsch respektieren.«

Ich las die goldene Inschrift auf dem weißen Marmorgrabstein: *Nur Mutterliebe ist die wahre, sie hält die Treue bis zur Bahre.* Ich hüstelte. Herr Kasimir schien, wie so oft in den unpassendsten Momenten, meine Gedanken zu lesen.

»Das ist nicht kitschig, das sagte Mutter immer«, bemerkte er verstimmt, und ich erinnerte mich, den Spruch auf einem Stickbild in seiner Wohnung gesehen zu haben.

»Die Blätter müssen weg«, sagte er. »Mutter hasste es, wenn was rumlag. Lass mich runter und erledige du das für mich – aber trample mir bloß nicht auf der Bepflanzung rum!«

Ich setzte ihn auf die Eingrenzung, ging in die Hocke und begann unwillig mit der Arbeit. Herr Kasimir saß unterdessen völlig versunken da und starrte auf den Grabstein.

Als ich mich endlich mit einem »Fertig!« hochstemmte, zuckte er zusammen und blickte mich abwesend an.

»Ich bin fertig!«, wiederholte ich.

Seine schwarzen Knopfaugen schweiften über das Grab. »Du hast die Hälfte liegen lassen.«

Die »Hälfte« waren genau drei Blätter, die sich in einem Chrysanthemenbusch versteckt hatten. Er ist wirklich ein Korinthenkacker, dachte ich, während ich mich lang streckte, um an sie ranzukommen.

»Ich bin kein Korinthenkacker, sondern genau! Sei nicht unverschämt, was soll Mama von dir denken?«

»Ihre Mutter?«

»Ich hab ihr von dir erzählt.«

Ich runzelte die Stirn. »Erzählt? Ich hab nichts gehört.«

»Was ich mit Mama rede, geht dich schließlich auch nichts an.«

»Können Sie wirklich mit Ihrer toten Mutter kommunizieren?«

Er sah mich mit einem Blick an, der mir bewusst machte, wie absurd meine Frage angesichts unserer eigenen Kommunikation war.

Ich schluckte. »Und was sagt Ihre Mutter zu Ihrer, äh … – Verwandlung?«

»Ich kann nicht behaupten, dass sie erfreut war«, sagte

Herr Kasimir. »Das hatte ich allerdings auch nicht erwartet. Zum Glück ist Mama pragmatisch, sie hat sich schon immer ohne großes Lamento mit dem Unabänderlichen abgefunden. Sie hat übrigens eine Nachricht für dich …«

Er zögerte, während ich ihn erwartungsvoll ansah.

»Nun, sie meinte, dass du nun gewissermaßen ihre Rolle übernommen hast, und dass du gut auf mich achten sollst.« Herr Kasimir sah peinlich berührt weg. »Und du sollst den Käfig mindestens zweimal die Woche mit Essigreiniger auswaschen – vor allem hinter dem Häuschen.«

»Oh«, sagte ich und wandte mich dem Grabstein zu. »Das mach ich, Frau Kasimir. Sie können sich auf mich verlassen!«

»Gut.« Herr Kasimir drehte sich um. »Lass uns gehen. Wir haben noch volles Programm und wie es aussieht, müssen wir den Bus nehmen.«

Das *volle Programm,* das Herr Kasimir ansprach, bezog sich auf den Plan, den er ausgeheckt hatte, um mehr über Frau Kasmers Enkelin zu erfahren. Und er hatte recht: Die Zeit drängte!

Glücklicherweise mussten wir dann doch nicht den Bus nehmen. Als ich aus dem Friedhofstor trat, ließ mich ein Hupen zusammenfahren. Felix hatte auf der Straße auf mich gewartet. Ich zog stumm den Mantel aus – Herr

Kasimir saß bereits in der Kapuze, damit ihn andere Friedhofsbesucher nicht entdeckten – und setzte mich auf den Beifahrersitz.

»Sorry, kleine Schwester«, sagte Felix. »Ich wollte dich nicht nerven. Aber wenn du wirklich ins Geschäft einsteigen willst, solltest du dir ein dickeres Fell aneignen. Du wirst mehr Beerdigungen erleben als Dienstage.«

Ich antwortete mit einem schiefen Lächeln.

13. KAPITEL

Wieder zu Hause, verschwand ich zuerst im Bad und steckte den Mantel in die Waschmaschine.

»Wolle«, sagte Herr Kasimir in einem Ton, der mich schier zur Weißglut brachte, »das wird nichts.« Seine Besserwisserei ging mir allmählich auf den Keks. Dass er recht behalten sollte, erfuhr ich erst einen Tag später. – Die Ereignisse an diesem Freitag sollten sich noch so überstürzen, dass der Ärger über meinen ruinierten Mantel völlig in den Hintergrund trat.

Aber zuerst hatte ich noch ein Versprechen einzulösen. Mit den üblichen Reinigungsutensilien UND dem gewünschten Essigreiniger bewaffnet, machte ich mich über Herrn Kasimirs Käfig her.

Ihm war es sichtlich unangenehm, als ich, bewaffnet mit einer kleinen Schaufel, seine Hinterlassenschaften entfernte.

»Was haben Sie denn«, sagte ich, als er sich verschämt abwendete, »das hab ich schon tausendmal gemacht.«

»Du hast leicht reden. Stell dir vor, jemand würde dir den Hintern abwischen! Dann weißt du, wie ich mich gerade fühle.«

Mit knallrotem Kopf beeilte ich mich, die Prozedur schnell hinter uns zu bringen.

Nach dem Mittagessen radelte ich zum Supermarkt und erstand von meinem letzten Taschengeld genau die gleiche Konfektdose, die Herrn Kasimir zum Verhängnis geworden war. Dann weiter zum Tierheim, wo man, wie schon beim letzten Mal wieder nachbohrte, wann Marlowe denn nun endlich bei uns einziehen könnte – mir gingen langsam die Ausreden aus. Der große Hund empfing mich heute schon wie eine alte Freundin und wedelte erfreut mit dem Schwanz, als ich Herrn Kasimir, auf dessen ausdrücklichen Wunsch hin, wieder zwischen seine Nackenfalten setzte. Herr Kasimir schien sich in seinem neuen Körper inzwischen sicherer zu fühlen. Nicht nur auf Marlowes breitem Rücken, auch auf meiner Schulter gelang es ihm nun schon viel besser, die Balance zu halten.

Obwohl ich mein altes Fahrrad liebe, verfluchte ich allmählich, dass es keine vernünftige Gangschaltung besaß. Marlowe trabte unverdrossen neben mir her, während ich bei jeder kleinen Steigung wie ein Walross schnaufte. Gut, ich weiß, ich sollte mehr Sport treiben, aber ich bin nicht so der sportliche Typ. Ich hab es schon in der Grundschule gehasst, sinnfrei durch Turnhallen gehetzt zu werden. Wenn die Evolution gewollt hätte, dass wir schwitzen, warum hat sie dann ausgerechnet unsere Spezies das Auto erfinden lassen? Außerdem verabscheue ich stinkende Umkleideräume – und sie stinken immer! Aber Tatsache ist auch: Ich komm ziemlich schnell aus der Puste. Und so nervte es mich total an, als ich plötzlich zu hören bekam: »Langsamer geht's wohl nicht? Wir sind schon spät dran für einen Kaffeebesuch!«

Ich presste die Lippen zusammen.

»Du hast Muskeln wie ein Wattebausch«, nörgelte Herr Kasimir weiter, »sonst hättest du dich heute Morgen locker selbst aus dem Grab stemmen können.«

Mann, ich platzte fast! »Seien Sie bloß still!«

Davon unbeeindruckt fuhr Kilian Kasimir in seinem besten Oberlehrerton fort: »Da meinem mickrigen Körper Grenzen gesetzt sind, wäre es hilfreich, wenn wenigstens meine Assistentin ein bisschen mehr Mumm hätte. – Abgesehen davon, täte etwas Sport deiner Figur auch ganz gut.«

Okay, das hatte gesessen! Ich stoppte abrupt. Marlowe bremste und sah ebenso überrascht zu mir hoch wie der kleine schwarze Nager auf seinem Rücken.

»Erstens: Als herzkranker Kettenraucher brauchen Sie mir nichts über Sport zu erzählen! Und zweitens: Meckern Sie nicht dauernd an mir rum!«, sagte ich. »Sonst bring ich Sie auf der Stelle ins Tierheim oder verschenke Sie an ein Labor!«

Ich funkelte ihn wütend an. Herr Kasimir sackte wie ein Häufchen Elend in Marlowes Fell. Mein Ausbruch hatte ihm anscheinend wieder mal jäh vor Augen geführt, wie abhängig er von mir war. Und schon tat er mir wieder leid.

»Hören Sie!« Ich verdrehte genervt die Augen. »Belehren Sie mich nicht ständig! – Und das mit dem Labor würde ich natürlich nie tun.« Damit stieg ich wieder aufs Rad. Den Rest des Weges schwiegen wir.

Vor dem Haus Humboldtstraße 88 stand neben dem Sportwagen von neulich ein blauer Kleinwagen. »Das wird Julias Auto sein«, sagte ich und stieg nervös ab. Ich stellte das Rad neben das Gartentor, schnappte mir die Konfektdose und klingelte.

Irgendwo hinterm Haus hörte ich das typische Kratzgeräusch eines Laubrechens. Es dauerte eine Weile, bis der Summer ertönte. Ich nahm Marlowe enger an die Leine und ging über den gepflasterten Weg auf das Haus zu.

Einen Augenblick später öffnete sich die Tür und ich stand einer rothaarigen jungen Frau gegenüber, deren helle Augen aufleuchteten, als sie Marlowe und seinen kleinen Reiter entdeckte.

»Wow«, rief sie. »Die zwei sind ja cool!« Dann hob sie den Kopf und sah mich fragend an.

Ich hielt ihr demonstrativ die Dose entgegen. »Ich möchte Frau Kasmer zum Geburtstag gratulieren.«

Über das Gesicht der Rothaarigen flog Überraschung. Aber Erschrecken? Fehlanzeige! Die Dose schien ihr rein gar nichts zu sagen.

»Da wird sich Omi freuen, komm rein!«

Frau Kasmer saß mit einer anderen alten Dame, die sie mir als eine gute Freundin vorstellte, im Wohnzimmer. Sie freute sich tatsächlich über meinen überraschenden Besuch.

»Pfefferminzkonfekt«, sagte sie, als ich ihr die Dose überreichte. »Dass du dir meine Schwäche für Pfefferminz gemerkt hast, ist ja wirklich zauberhaft! – Und wie schön, dass du deine beiden vierbeinigen Freunde mitgebracht hast! Sieh mal, Hildegard«, wandte sie sich an ihren Besuch. »Ist es nicht rührend, wie die zwei sich vertragen? Und das Meerschweinchen ist ganz zahm.«

Hildegard betrachtete Kasimir entzückt. »Lässt es sich streicheln?«

»NEIN!«, protestierte Herr Kasimir.

»Klar!«, sagte ich und setzte ihn auf ihren Schoß. Frau Kasmer wandte sich an ihre Enkelin. »Julia, geh bitte in die Küche und sag Elwira, wir brauchen noch ein Gedeck. – Du isst doch sicher ein Stück Kuchen mit?«, fragte sie mich.

Ich nickte.

»Und sag Elwira, sie soll auch Heiko ein Stück rausbringen«, rief ihr Frau Kasmer nach.

»Bist du mit diesem Heiko eigentlich zufrieden?«, erkundigte sich Hildegard, während sie Herrn Kasimir hinter den Ohren kraulte. »Ich könnte in meinem Garten auch Hilfe gebrauchen, ich will nicht immer meine Kinder fragen.«

Frau Kasmer nickte. »Keine Klagen, er ist fleißig und hat die Kraft eines Hünen. Er ist zwar ein komischer Kauz und ich frage mich, woher er das Geld für seinen teuren Sportwagen hat, aber vielleicht hat er ja geerbt.«

Ihre knochigen Finger strichen über die Konfektdose. »Hübsch ist die«, sagte sie zu mir. »Es ist doch nicht unhöflich, sie gleich aufzumachen?«

Ich schüttelte den Kopf. »Nein, gar nicht!«

»Hmm, die duften ja verführerisch!«, sagte die alte Dame und bot ihrer Freundin und mir eine Praline an, während sie sich schon selbst eine in den Mund steckte.

»Willst du auch eine?«, fragte sie Julia, die eben mit einer Schale Wasser für Marlowe hereingekommen war.

Julia schüttelte den Kopf. »Danke, Omi, aber du weißt doch, dass ich momentan keine Süßigkeiten esse.«

Frau Kasmer hob die Augenbrauen. »Eine zur Feier meines Geburtstags.«

Seufzend nahm Julia eine Praline und schob sie in den Mund. »Omi hat immer Angscht, isch werd magerschüchtig«, sagte sie mit vollem Mund.

»Fehlanzeige!«, hörte ich Herrn Kasimirs frustrierte Stimme. Er harrte noch immer in Duldungsstarre auf Hildegards Schoß aus – einzig seine Barthaare zuckten nervös. »Auch diese Spur bringt uns offensichtlich nicht voran. Verdammt, ein Königreich für eine Tasse Kaffee! Meine Gehirnzellen brauchen Koffein!«

»Ähm ...«, setzte ich an, unsicher, ob ich es riskieren sollte, für verrückt gehalten zu werden. »Kann Herr Kasimir vielleicht auch etwas haben?«

»Wer?«, erkundigte sich Julia.

»Das Meerschweinchen heißt so«, antwortete ihre Großmutter.

Julia sprang auf. »Oh, tut mir leid, an den Kleinen hab ich gar nicht gedacht. Klar, ich hol ein bisschen Wasser für ihn – oder besser eine Karotte?«

Ich schüttelte den Kopf. »Ich dachte eigentlich an Kaffee.«

Die kleine Geburtstagsgesellschaft sah mich überrascht an.

Ich lächelte schief. »Herr Kasimir ist total scharf auf Kaffee, fragen Sie mich bitte nicht wieso.«

Hildegard lachte. »Jedem Tierchen sein Pläsierchen. Im Streichelzoo hier im Tierpark gab es vor Jahren eine nikotinsüchtige Zwergziege. Die hat mit Vorliebe die Zigarettenstummel von den Wegen gefressen.«

Julia runzelte die Stirn. »Die Ziege muss ein zähes Vieh gewesen sein.«

»Alt ist sie, fürchte ich, nicht geworden«, sagte die alte Dame mit einem bedauernden Lächeln.

Ich nickte. »Nikotin ist definitiv gefährlicher als Kaffee.«

»Von mir aus gib ihm einen kleinen Schluck.« Damit goss Frau Kasmer etwas in ihre Untertasse.

»Danke!«, stöhnte Herr Kasimir, als ich ihn von Hildegards Schoß pflückte und neben Marlowe auf den Boden setzte, wo er wie ein Verdurstender über die Kaffeepfütze herfiel. Alle sahen ihm belustigt zu, als eine kräftig gebaute Blondine mit einem Tablett eintrat.

Marlowe stemmte sich hoch und beäugte die Frau interessiert.

»Er tut nichts«, sagte ich, weil ich in ihrem Gesicht das blanke Entsetzen las.

»Danke, Elwira.« Frau Kasmer nickte freundlich, als ihre Haushälterin mit zitternden Händen das Tablett abstellte, während sie sichtlich erschrocken auf die offene Konfektdose starrte.

»Möchten Sie eine?«, fragte Frau Kasmer.

Aus Elwiras Gesicht war schlagartig alle Farbe gewichen. »Wo ... wo haben Sie die Dose her?«

»Die hat mein Überraschungsgast mitgebracht«, sagte Frau Kasmer und lächelte mir zu. »Pfefferminzkonfekt, wirklich lecker!« Sie schob die Dose zu Elwira hin.

Die Blonde schüttelte stumm den Kopf. Frau Kasmer sah sie besorgt an. »Haben Sie etwa wirklich Angst vor dem Hund? Das brauchen Sie nicht, er ist gutmütig wie ein Kalb. Sehen Sie, nicht mal das Meerschweinchen fürchtet sich vor ihm.« Amüsiert zeigte sie auf Herrn Kasimir, der seinen Kaffeegenuss unterbrochen hatte und wie versteinert zu der Haushälterin hochblickte. »Setzen Sie sich ein bisschen zu uns, Elwira, und essen Sie ein Stück Kuchen mit!«

»Platz«, sagte ich. Marlowe legte sich sofort wieder hin. Ich klopfte ihm den Rücken. »Er ist sehr gut erzogen und gehorcht aufs Wort.«

Während sich die Blonde zögernd neben Hildegard niederließ, richtete sich Herr Kasimir urplötzlich auf und pfiff. Er pfiff wie Meerschweinchen eben pfeifen, nur viel lauter und alarmierender als sonst. Alle sahen ihn verdutzt an.

»Sie war's!« Seine Stimme in meinem Kopf überschlug sich schier. »Sag irgendwas, was sie aus der Fassung bringt! Jetzt heißt es, dranzubleiben!«

Frau Kasmer schüttelte den Kopf. »Der Kaffee hat den

Kleinen ja völlig aufgekratzt! Ich fürchte, Koffein ist doch nicht ganz das Richtige für Meerschweinchen.«

Ich zuckte mit den Schultern. Während die allgemeine Aufmerksamkeit Herrn Kasimir galt und Julia ihn auf den Schoß nahm, damit er nicht noch mehr Kaffee erwischte, raunte ich, einer plötzlichen Eingebung folgend, in Richtung der noch immer bleichen Elwira: »Dachten Sie etwa, die Dose sei mit der Post gekommen?«

Meine unerwartete Bemerkung ließ Elwira erstarren wie ein Karnickel im Scheinwerferlicht. Einen Augenblick später verengten sich ihre Augen zu schmalen Schlitzen. Herrn Kasimirs Barthaare zuckten so heftig, als hätte er die kleine Nase in eine Steckdose gesteckt. »Irgendwie kommt mir die Frau bekannt vor – wenn ich doch bloß wüsste woher!«, teilte er mir erregt mit. »Mach ein Foto von ihr! Jetzt sofort, ich fürchte, sie riecht schon Lunte.«

Ohne lange zu überlegen, zog ich mein Handy aus der Jeans. »Ich darf doch ein Geburtstagsfoto machen?« Frau Kasmer nickte. »Aber gern!«

Julia legte sogleich den Arm um ihre Großmutter und ich knipste ein unverdächtiges Foto von den beiden. Als ich die Kamera dann aufs Sofa richtete, sprang die Haushälterin wie von der Tarantel gestochen hoch. »Ich hab noch zu tun, die Bügelwäsche wartet!«

»Das hat doch Zeit!«, sagte Frau Kasmer. »Sie gehören schließlich zur Familie!«

Elwira strich sich fahrig das Haar zurück. »Ich bin aber nicht ordentlich frisiert.«

Während dieses kurzen Wortwechsels gelang es mir, einige Bilder von den beiden Frauen gegenüber zu machen. Während Hildegards runzliges Gesicht in einem freundlichen Kameralächeln erstrahlte, wandte Elwira nervös den Kopf ab. Als ich das Handy sinken ließ, presste sie um Beherrschung ringend ihren kleinen Mund zusammen. Dann streckte sie mit einem sardonischen Lächeln die Hand aus und sagte mit honigsüßer Stimme: »Und jetzt mach ich ein Foto, wo auch du mit drauf bist.«

Frau Kasmer nickte erfreut. »Gute Idee, Elwira!«

Ich war da anderer Meinung. In dem Gesicht der Blonden lag etwas, das mir zur Vorsicht riet. Irgendetwas führte sie im Schilde. Ich konnte ihre technischen Fähigkeiten zwar nicht einschätzen, aber am Ende schaffte sie es vielleicht, die Fotos zu löschen. Und wenn nicht, konnte sie das Handy immer noch in eine Kaffeetasse fallen lassen.

»Sorry, aber ich geb mein Smartphone nie aus der Hand«, sagte ich hektisch, »ist so ein Tick von mir.«

Frau Kasmer sah mich überrascht an. »Schade – aber wir haben ja alle so unsere Eigenheiten.«

Julia winkte ab. »Macht nichts, dann hol ich schnell meines.«

Elwira starrte mich an wie eine hungrige Kröte, die

einer Fliege auflauert. Ich lief knallrot an. Von Sekunde zu Sekunde fühlte ich mich unwohler. Wenn Herr Kasimir recht behielt, hatte ich es jetzt wirklich mit einer Mörderin zu tun, und die stämmige Haushälterin sah nicht so aus, als würde sie sich von einem Teenager die Tour vermasseln lassen. Mit einem Blick, der mich frösteln ließ, wandte sie sich um und rauschte wortlos aus dem Wohnzimmer.

Nachdem Julia noch ein paar Fotos von ihrer Großmutter und mir geschossen hatte, tauschten wir die E-Mail-Adressen und schickten uns die Aufnahmen gleich gegenseitig zu, während die beiden alten Damen uns bewundernd zusahen und sich über die Errungenschaften der Technik unterhielten.

»Ups!«, sagte ich, als ich danach den Kopf hob und aus dem Fenster sah. »Es wird schon dunkel, ich glaub, ich sollte jetzt los.«

Frau Kasmer nickte verständnisvoll. »Ja, die Tage werden jetzt rapide kürzer. Danke für deinen Besuch. Und komm bald mal wieder, falls du eine alte Frau nicht zu langweilig findest.«

Ich schüttelte den Kopf. »Überhaupt nicht! Wann passt es Ihnen denn?«

Und dann sagte Frau Kasmer etwas, das mir schlagartig DIE entscheidende Frage beantwortete, die ich mir schon stellte, seit Kasimir gepfiffen hatte. Sie sagte nämlich: »Eigentlich passt es mir immer, nur kommenden Montag nicht. Da haben Julia und ich einen Termin bei einem Rechtsanwalt. Jetzt wo sie in Deutschland bleibt, will ich die Bankvollmachten und auch alle anderen Befugnisse von Elwira auf sie umschreiben lassen.«

Hildegard horchte auf. »Das ist vernünftig. Elwira mag zuverlässig sein, aber Blut ist und bleibt nun mal dicker als Wasser.«

Frau Kasmer strich ihrer Enkelin zärtlich über den Arm. »So denke ich auch!«

Ich bemühte mich, meine Erregung zu verbergen. Die Haushälterin hatte demnach momentan noch alle Vollmachten. Hundertprozentig hatte sie die auch genutzt – und sicher nicht zum Vorteil der alten Frau Kasmer. Das Zeitfenster, das Elwira blieb, wurde enger. Die Frage nach dem Motiv war damit schlüssig beantwortet.

14. KAPITEL

Als sich die Haustür hinter uns schloss, sah ich, wie sich im ersten Stock eine Gardine bewegte. »Sie beobachtet uns«, raunte ich Herrn Kasimir zu, der jetzt wieder auf meiner Schulter saß.

»Du hast sie schwer verunsichert«, antwortete er. »Sie ahnt, dass du etwas weißt.«

»Ich hab gar kein gutes Gefühl«, sagte ich noch, als ich aus dem Gartentor trat. Nur einen Schritt weiter sollte sich meine unheilvolle Vorahnung bestätigen: Beide Reifen meines alten Drahtesels waren platt!

»Bockmist!«, stieß ich aus. Ich hatte nicht mal eine Luftpumpe mit, die hatte ein Dieb irgendwann mal attraktiver gefunden als das alte Fahrrad. Aber eine Pumpe hätte mir ohnehin nichts genützt. Als ich den Schaden nämlich näher begutachtete, sah ich, dass die Schläuche mit einem Messer durchlöchert worden waren. Nicht mal an Flicken war da noch zu denken.

»Da will dir jemand etwas mitteilen«, stellte Herr Kasimir fest. »Wenn du mich fragst, ist das so gut wie ein Schuldeingeständnis.«

»Nur, dass uns das aus bekannten Gründen überhaupt nichts nützt!«, sagte ich bitter.

Einen Augenblick lang dachte ich daran, Dad anzurufen. Aber wie sollte ich ihm meinen Besuch in der Humboldtstraße erklären? Es gibt Momente, da hofft man aus einem schlechten Traum zu erwachen. Dieser Moment war so einer, und wenn ich gewusst hätte, dass der Anschlag auf mein Fahrrad nur der Vorspann zu dem Horrorfilm war, der mir noch bevorstand ... Ich weiß nicht, was ich dann gemacht hätte.

Vor mich hin stöhnend nahm ich Marlowe die Leine ab, um die Hände für den Lenker frei zu haben. Jetzt musste ich den ganzen langen Weg schieben. Und es war schon so verflucht düster! Ich überlegte noch, ob es nicht klüger war, den Park zu umgehen, aber das hätte einen gewaltigen Umweg bedeutet und so schlug ich missmutig den Weg ein, den wir gekommen waren.

»Detektivarbeit ist nichts für Weicheier«, kommentierte Herr Kasimir mein Unbehagen. »Was mich angeht – ich bin froh, dass wir endlich auf der richtigen Spur sind. Wir werden sie überführen, auch wenn ich momentan noch nicht weiß, wie.«

Auch unangeleint hielt sich Marlowe eng an mich, und

widerstand allen Versuchungen, vielversprechende Duftmarken zu inspizieren, anders als der fette Dackel, der erwartungsvoll auf ihn zutrabte, um ihn zu beschnuppern.

»Wasti, Fuß«, rief eine hysterische Stimme, die zu einer nicht weniger beleibten Frau gehörte, die mit der Leine wedelte. Aber Marlowe zeigte ohnehin nicht das geringste Interesse an dem kurzbeinigen Artgenossen. Nachdem die Dicke mit ihrem Liebling eilig das Weite gesucht hatte, schien der Park wie ausgestorben.

Ich quälte mich schwer damit ab, das Rad auf den Felgen vorwärtszubringen – dem Erfinder des Luftreifen sollte ein Denkmal gesetzt werden. Trotzdem fuhren meine Gedanken Achterbahn. »Was meinen Sie?«, fragte ich Herrn Kasimir. »Ist diese Elwira auf das Erbe aus?«

»Ich fürchte, dass es kein großes Erbe mehr geben wird. Ich bin fast sicher, dass sie die Konten längst geplündert hat«, antwortete er nüchtern. »Das ist eine uralte Masche. Man sucht sich einen alleinstehenden hilfsbedürftigen alten Menschen und erschleicht sich sein Vertrauen, bis man alle Vollmachten hat, Bankvollmachten eingeschlossen.«

»So was kotzt mich echt an«, sagte ich.

Ich hatte schon öfter gehört, dass alte Menschen leichte Beute für Betrüger waren. Sogar Oma Engel, die von Natur aus misstrauisch ist, war im letzten Jahr einem Telefontrick aufgesessen und hatte plötzlich drei Zeitschriften-Abos an der Backe, ohne dass sie recht wusste, wie sie dazu gekommen war – darunter ausgerechnet eine Sportzeitung und ein Männermagazin. Ich dachte an die hilflose Frau Kasmer in ihrem Rollstuhl und kriegte Gänsehaut.

»Aber Mord«, rief ich entsetzt aus. »Warum denn gleich Mord?«

»Offensichtlich erschien dieser Elwira Mord als die einzige Möglichkeit, ihre Machenschaften zu verschleiern. – Was ich persönlich für ein Armutszeugnis halte, denn es zeugt meines Erachtens nicht von großer Intelligenz. Mord kann niemals die Ultima Ratio sein. – Tatsache ist aber auch: Wenn eine alte herzkranke Frau stirbt, denkt keiner an Mord. Wenn stimmt, was ich vermute, dass Elwira Frau Kasmer nämlich um ihr Geld gebracht hat, würde die alte Dame unweigerlich davon erfahren, sobald Julia sich die echten Kontoauszüge ansieht, denn die hat Frau Kasmer sicher schon lange nicht mehr zu Gesicht bekommen.«

Das leuchtete mir ein. »Sie meinen, sie hat Geld abgezweigt und Frau Kasmer gefälschte Bankunterlagen gezeigt.«

»Genau.«

»Aber wozu dann der Umweg über das Päckchen? Als Haushälterin hätte sie doch tausend andere Möglichkeiten gehabt.«

»Ganz einfach, um in dem unwahrscheinlichen Fall einer Entdeckung den Verdacht von sich wegzulenken.«

»Aber selbst wenn der Mord nicht entdeckt worden wäre, die Erben hätten ja doch früher oder später von dem Betrug erfahren.«

»Warum Betrug? Wenn die alte Frau tot ist, kann Elwira sich auf ihre Vollmachten berufen und sagen, Frau Kasmer habe ihr das Geld geschenkt. Es kommt nicht selten vor, dass alte Menschen sich ihren Betreuern gegenüber dankbar erweisen.«

Ich kam zum Verzweifeln langsam voran, die elende Karre wurde von Schritt zu Schritt schwerer, der Park zog sich endlos hin. Inzwischen waren nach und nach die Laternen angegangen – ich hasse diese schummrigen neuen Stromsparfunzeln! Zu allem Überfluss dampfte nun auch noch Nebel aus den Wiesen, der sich auf meiner Brille wie Nieselregen niederschlug und meine Haare in Putzwolle verwandelte.

»Es hat keinen Sinn«, sagte ich schließlich. »Ich lass das alte Ding jetzt einfach hier stehen, sonst schaffen wir es definitiv nicht mehr zum Tierheim, bevor die zumachen.«

Ich lehnte das Rad an den nächsten Baum und beugte mich zu Marlowe hinunter, um ihn wieder an die Leine zu nehmen, als sein massiger Körper ruckartig Spannung annahm. Die Hängeohren aufgerichtet, starrte er wie gebannt in die Dunkelheit. Augenblicklich hörte ich es auch: Schritte. Folgte mir da jemand und ich hatte es wegen des Ratterns der Felgen nicht gehört? Wie ein Blitz traf mich der Gedanke an den Mann, von dem Mum in der Zeitung gelesen hatte. Quatsch, versuchte ich mich zu beruhigen. Nicht jeder, der abends in einem Park spazieren geht, fällt Frauen an. Und so einer wird sich bestimmt nicht ausgerechnet ein Opfer aussuchen, das von einem großen Hund begleitet wird. Da ist einfach noch jemand auf dem Heimweg, so wie ich. Doch als auch Herr Kasimir mit einem Mal nervös in den Nebel horchte, kroch auf schwarzen Spinnenbeinen die blanke Angst über meinen Rücken.

Mein kleiner Begleiter stieß einen beunruhigten Pfiff aus, dann krallte er sich fester in meine Schulter. »Besser, du legst jetzt einen Zahn zu!«

Unwillkürlich begann ich zu laufen. Und wieder sollte ich zu spüren bekommen, was es hieß, nicht gut in Form zu sein. Schon nach den ersten Metern hatte ich höllisch Seitenstechen und keuchte wie eine Dampflokomotive. Trotzdem entging mir nicht, dass auch mein Verfolger sein Tempo steigerte. Seine kraftvollen Schritte hallten immer deutlicher durch den Nebel. Mein Vorsprung wurde beängstigend kleiner. Ich blickte gehetzt zurück, und erkannte den Schattenriss eines hünenhaften Mannes. Mein Gehirn schaltete auf Autopilot und gab Gas. In vollkommener Panik schlug ich einen Haken vom Weg auf den Rasen, wohl in der absurden Hoffnung, dass er so meine Spur verlieren würde. Ich fühlte nichts mehr, rannte und rannte, ohne recht zu wissen wohin, bis Marlowe plötzlich eine Vollbremsung hinlegte. Das war das unrühmliche Ende meiner Flucht. Ich knallte der Länge nach über eine Buchsrabatte. Als ich mich zitternd aufsetzte, fletschte Marlowe schon knurrend die Zähne. Eine Sekunde später stand ein Titan über mir. Obwohl ich meine Brille verloren hatte, erkannte ich einen riesigen Kerl mit einer schwarzen Skimaske, dessen Blick zwischen dem Häufchen Elend zu seinen Füßen – also mir – und dem nicht eben freundlichen Hund neben mir unschlüssig hin und her wanderte.

»Handy«, knurrte er. »Handy her!«

Okay, ich bin nicht so mutig, wie sich das jetzt vielleicht anhört, aber obwohl ich blind wie ein Maulwurf und völlig hilflos in einem Blumenbeet saß, sagte ich wie aus der Pistole geschossen: »Nein!« Wäre Marlowe nicht da gewesen, hätte ich wahrscheinlich gesagt: »Hier bitte, aber tun Sie mir nichts!« Auch diese Variante hatte ich für den Bruchteil einer Sekunde erwogen. Bei Überfällen soll man den Angreifer bekanntlich keinesfalls provozieren. Deeskalation nennt man das. Aber ich hatte ja schließlich einen Polizeihund zur Seite.

Meine unerwartete Weigerung schien den Mann zu irritieren.

Ohne den bedrohlich knurrenden Marlowe aus den Augen zu lassen, unternahm er einen weiteren Anlauf. »Her damit, oder ich hol es mir!«

»Der holt sich gar nichts außer einen Biss in den Hintern«, hörte ich plötzlich Herrn Kasimir, der bei dem Sturz neben mir in den Herbstastern gelandet war. »Lass Marlowe von der Leine und ruf laut und deutlich: HILF!«

Mit zitternden Fingern tastete ich nach dem Karabiner, worauf der Mann prompt einen Schritt zurückwich. »HILF!«, schrie ich.

Fast gleichzeitig machte Marlowe einen Satz auf meinen Angreifer zu. Der Mann wirbelte herum und rannte um sein Leben, Marlowe hinter ihm her. Sekunden später waren die beiden schon im Nebel verschwunden, man hörte nur noch das wütende Bellen eines Hundes und wüste Flüche, die alles andere als jugendfrei waren. Meine Hände suchten in der feuchten Erde erfolglos nach der Brille, bis Herr Kasimir sie endlich fand. Ich wischte sie hastig ab und setzte sie auf die Nase, dann rappelte ich mich hoch und sackte mit einem Aufschrei jäh zurück. »Autsch, mein Knöchel!« Unter rasenden Schmerzen versuchte ich, Marlowe in der Dunkelheit auszumachen. »Und jetzt?«, keuchte ich.

»Ruf Marlowe zurück! – Vor dem Kerl hast du erst mal

Ruhe.« Herr Kasimirs Stimme bebte. »Ich hab Angst, dass er verletzt wird. – Das Kommando ist: HIER!«

Kurz nachdem ich das Rückrufsignal in die Dunkelheit gebrüllt hatte, stürmte Marlowe mit wehenden Ohren herbei. Ich schlang die Arme um ihn. »Marlowe, guter Hund, guter Hund.«

Schlagartig brachen sich die Tränen Bahn. Während seine weiche Zunge über mein Gesicht fuhr, begann ich hemmungslos zu schluchzen.

»Ist ja alles überstanden«, sagte Herr Kasimir. »Das war heute zugegebenermaßen ein bisschen viel des Guten. – Meinst du, du kannst gehen?«

Ich nickte, setzte ihn auf die Schulter und stand umständlich auf. Tatsächlich konnte ich aber gar nicht gut gehen. Der Knöchel tat so weh, dass ich bei jedem Schritt Sternchen sah. Also blieb mir nichts weiter übrig, als doch noch zu Hause anzurufen. Klar, dass meine Eltern einen Heidenschreck kriegten, als ich ihnen erzählte, was passiert war. Ich schleppte mich bis zur nächstgelegenen Straße und lehnte mich an einen Laternenpfahl, um den schmerzenden Fuß zu entlasten. Während wir warteten, sagte ich zu Herrn Kasimir: »Der Mann aus der Zeitung war das jedenfalls nicht. Der Kerl war nur an meinem Handy interessiert.« In diesem Punkt waren wir ausnahmsweise mal einer Meinung. Die Sache musste etwas mit den Fotos von Elwira zu tun haben. Sie hatte demnach einen Partner – und wir ahnten auch schon, wer das war.

Mum stürzte aus dem Wagen und schloss mich unter Tränen in die Arme.

»Bedank dich bei Marlowe«, sagte ich. »Er hat den Mann in die Flucht geschlagen!«

»Gut gemacht, alter Knabe!« Dad tätschelte Marlowes faltigen Schädel. »Du hast dir eine Extrawurst verdient.«

»Käse«, verbesserte ich ihn. »Er liebt Käse.« Sofort biss ich mir auf die Lippen. Doch keiner fragte danach, wie ich das wissen konnte. Dad schlug schnurstracks den Weg zur nächsten Polizeiwache ein, um den Überfall anzuzeigen, obwohl Mum der Meinung war, ich bräuchte jetzt vor allem Ruhe und einen Wickel um den Knöchel. Als wir die Dienststelle betraten, saß Herr Kasimir zum großen Amüsement der Polizeibeamten noch auf meiner Schulter, er hatte darauf bestanden mitzukommen, während Marlowe im Auto auf uns wartete.

Die Befragung dauerte ewig, immer wieder stellten sie mir dieselben Fragen. Logischerweise deckten sich die Beschreibungen der anderen Opfer nicht mit meiner Schilderung von Aussehen und Verhalten des Mannes, vor allem die Sache mit dem Handy passte so gar nicht in das Profil eines Triebtäters.

»Glauben Sie mir etwa nicht?«, sagte ich, als ich die

Geschichte zum fünften Mal erzählt hatte, erntete auf meine gereizte Frage aber nur ein mildes Lächeln.

»Du hast es erfasst«, teilte mir Herr Kasimir mit. »Du wärst nicht die erste Pubertierende, die sich mit einem erfundenen Überfall wichtigmacht.«

Na super! Ich war aber auch wirklich in einer blöden Zwickmühle. Ich konnte der Polizei ja nicht gut erzählen, dass der Mann einen triftigen Grund hatte, mein Handy an sich zu bringen. Ich hätte unweigerlich die Sache mit Herrn Kasimir zur Sprache bringen müssen, und mir war klar, dass ich damit definitiv den letzten Rest an Glaubwürdigkeit verlieren würde. So blieben viele Fragen offen, als wir volle zwei Stunden später endlich gehen konnten.

Als wir wieder in Mums kleines Auto stiegen, warf sie einen grübelnden Blick auf Marlowe, der sich wie ein gewaltiger Fellsack in den engen Kofferraum gefaltet hatte. »Was soll jetzt mit ihm geschehen?«

Ich zuckte scheinbar unbeteiligt mit den Schultern. »Ich weiß nicht, das Tierheim ist um diese Zeit jedenfalls längst geschlossen.«

Dad räusperte sich. »Keine Frage, wir sind dem Hund etwas schuldig. Und ehrlich gesagt, finde ich es beruhigend, Valentine mit einem tatkräftigen Beschützer zu wissen ...«

Mum seufzte, aber sie sagte nichts. Das war so gut wie ein Einverständnis. Und so nahm der bis dahin schrecklichste Tag meines jungen Lebens zumindest für Marlowe noch ein glückliches Ende. Während Marlowe, nachdem er ein großes Stück Emmentaler verspeist hatte, zufrieden auf meinem Bettvorleger schnarchte – ja, leider schnarcht er wie eine Elefantenherde – und Herr Kasimir sich schon in sein Häuschen zurückgezogen hatte, lag ich mit einem dicken Salbenwickel um den Knöchel im Bett und konnte nicht einschlafen. Ohne eigenes Verschulden war ich in einen höchst realen Albtraum geraten. Ich fühlte mich so hilflos! Was, zum Teufel, sollte ich nur tun? Ich musste doch irgendetwas tun! Nur ich allein konnte Elwiras heimtückischen Plan durchkreuzen. Je mehr ich versuchte, meine Gedanken zu ordnen, desto aussichtsloser erschien mir alles.

15. KAPITEL

Nachdem ich mich stundenlang herumgewälzt hatte, begann ich im Kopf das Siebzehnereinmaleins aufzusagen, ein Trick, der normalerweise hundertmal besser funktioniert als das berühmte Schäfchenzählen. Trotzdem dauerte es heute, aber irgendwann gaben meine grauen Zellen doch noch klein bei und ich schlief tatsächlich ein.

Umso stinkiger war ich, als mich Herrn Kasimirs aufgeregte Stimme wieder aus dem Schlaf riss. »Valentine, wach auf! Ich muss die Fotos sehen. Ich glaube nämlich, ich weiß jetzt wieder, woher ich das Gesicht der Frau kenne.«

Das machte mich allerdings sofort hellwach. Erwartungsvoll humpelte ich aus dem Bett, holte Herrn Kasimir aus seinem Käfig und setzte ihn auf meinen Schreibtisch. Seine Barthaare zuckten, als er die Fotos betrachtete, dann pfiff er plötzlich auf und sagte: »Das muss sie sein, auch wenn sie jetzt blond und um einiges älter ist.«

Ich sah ihn fragend an.

»Die Frau stand auf der Fahndungsliste. Das ist zwar bestimmt schon zehn Jahre her, aber ich hab ein ausgezeichnetes Gedächtnis für Gesichter. Ihr Foto ging damals überall durch die Presse, die haben die Geschichte an die ganz große Glocke gehängt. Leider ohne Erfolg. Sie hat seinerzeit einen pflegebedürftigen alten Mann um sein Vermögen gebracht und ihn dann mit einem Medikament getötet.«

»Wissen Sie, wie sie heißt?«, erkundigte ich mich.

Herr Kasimir dachte einen Moment nach. »Nein«, sagte er dann bedauernd. »An den Namen kann ich mich beim besten Willen nicht erinnern. Aber der wird uns ohnehin nicht viel nützen, da sie wohl kaum noch denselben führen wird. Wahrscheinlich ist das Geld von damals ausgegangen und sie versucht es nun noch einmal mit derselben Masche.«

Kasimirs plötzliche Eingebung ließ mich auf einen Gedanken kommen. »Mord verjährt doch nicht«, sagte ich. »Wenn sie es wirklich ist, dann könnte man sie leicht mit den Fotos überführen und die Polizei einschalten. Aber dazu bräuchten wir den Namen, unter dem sie damals aufgetreten ist.« Ich schaltete meinen Computer ein. »Vielleicht kann ich im Internet etwas über sie erfahren.«

»Das bezweifle ich«, entgegnete Herr Kasimir mit der ihm eigenen Überheblichkeit.

Ich runzelte die Stirn. »Lassen Sie das meine Sorge sein, Herr Oberkommissar! Ich bin der Weltmeister der Recherche.«

Das war vielleicht ein wenig übertrieben, aber ich finde so gut wie alles, wenn es über eine Suchmaschine zu finden ist. Für Mum hab ich vor Kurzem eine Kindergartenfreundin aufgestöbert, obwohl die inzwischen längst einen anderen Familiennamen trägt. Aber auch Dad kommt zu mir, wenn er etwas braucht, zum Beispiel – und das geschieht häufig – wenn er auf der Suche nach einem bestimmten Lied ist, das jemand für eine Beerdigung wünscht. Das Geheimnis sind die richtigen Suchbegriffe. Ich versuchte es mit MORD, PFLEGERIN, HAUSHÄLTERIN, GELD und gab Bildsuche ein. Eine Sekunde später poppten Hunderte von Fotos auf. Herr Kasimir stellte sich auf die Hinterfüße und ging aufmerksam Reihe für Reihe durch.

»So kommen wir nicht weiter«, sagte er eineinhalb Stunden später und ich musste ihm leider recht geben. Viele der Suchergebnisse waren völlig irrelevant und die wenigen Frauenfotos hatten nicht die geringste Ähnlichkeit mit Elwira. Ich hab keine Ahnung mehr, wie lange wir es mit den verschiedensten Schlagwörtern versuchten. Jedenfalls fing Herr Kasimir irgendwann an zu gähnen, dann fielen ihm immer wieder die Augen zu und schließlich sackten ihm die Beinchen weg. Er sah so süß aus, wie er da tief schlafend auf meinem alten Ledermäppchen lag. Für einen Moment vergaß ich fast, dass ich nicht meinen kleinen Bully vor mir hatte, sondern einen Oberkommissar namens Kilian Kasimir.

Aber verdammt, es konnte doch nicht sein, dass so eine spektakuläre Geschichte einfach im Daten-Nirwana verschwand! Und plötzlich hatte ich den ultimativen Einfall. Die meisten Zeitungen unterhielten doch Online-Archive! Dort ließ sich die Suche zeitlich eingrenzen, das erhöhte meine Chancen. Das Jagdfieber spornte mich erneut an. Und so klapperte ich Website für Website ab, bis mir die Buchstaben vor den Augen verschwammen. Ich war schon kurz davor, aufzugeben, als ich endlich den entscheidenden Treffer landete: *Heimtückischer Mord durch Pflegerin,* hieß die Überschrift. Unter einem Foto, das eine brünette rundliche Frau zeigte, stand: *Sabrina Beimer alias Edda Koslowski, achtunddreißig Jahre alt.* Ich nahm mein Smartphone zur Hand und verglich Elwiras Gesicht mit dem aus dem Zeitungsartikel. Obwohl Elwira nun schon über fünfzig sein musste, gab es keinen Zweifel, dass die kurze Nase und der kleine Mund ein und derselben Frau gehörten. Mit meinen Fotos hatte ich also einen handfesten Beweis gegen sie.

Ich blickte nachdenklich auf den friedlich schlummernden Herrn Kasimir. Ein Oberkommissar in einem Meeri-Body nützte mir jetzt leider überhaupt nichts. Jetzt brauchte ich einen Kommissar, der im Vollbesitz seiner Fähigkeiten war. Mit fliegenden Fingern klickte ich das Telefonbuch an. Es gab drei *Flatter* in der Stadt. Aber nur einen mit dem Vornamen *Siegmund*. Entschlossen wählte ich seine Nummer. Erst als das Telefon am anderen Ende der Leitung schon klingelte, kamen mir Zweifel, die sich von Klingelton zu Klingelton steigerten. Ich wollte schon auflegen, als eine männliche Stimme aus dem Hörer bellte.

»Was zum Teufel ...«

»Herr Flatter, entschuldigen Sie, dass ich um die Zeit noch anrufe ...«, setzte ich an.

»Wer ist da!« Flatter brüllte. »Es ist ZWEI Uhr morgens!«

»Hier ist Valentine Engel, wir haben uns neulich auf dem Friedhof kennengelernt.«

Für einen Moment herrschte Schweigen, dann donnerte Flatter los, dass sich die Dachziegel hoben: »Du schon wieder ...! Du Landplage!«

Mir wurden die Knie weich. »A-aber Herr Flatter, e-es geht um Leben und Tod«, stammelte ich. Ich weiß nicht, ob mein Gesprächspartner das noch mitbekam, denn da hörte ich schon das Freizeichen. Flatter hatte aufgelegt.

Herr Kasimir war von dem Telefonat natürlich aufgewacht. »Hat dir mein lieber Herr Kollege eine Abfuhr erteilt?«, erkundigte er sich spitz.

»Irgendetwas müssen wir doch tun, jetzt wo ich herausgefunden hab, wie die Frau heißt«, verteidigte ich mich und berichtete vom Erfolg meiner Recherche, was ihn zwar gnädiger stimmte, aber nicht von weiteren Vorhaltungen abhielt.

»*Irgendetwas* kann auch irgendetwas Falsches sein. In diesem Fall hast du dich bei Flatter unmöglich gemacht, und das ist nicht hilfreich, wenn wir die Polizei noch brauchen. Es wäre mir lieb, wenn du nichts mehr im Alleingang unternimmst.«

»Und was machen wir jetzt?«

»Jetzt rauchen wir erst mal eine!«

Ich stöhnte. »Muss das sein?«

»Es muss sein!« Widerwillig zog ich meinen Morgenmantel über. Dann fummelte ich eine Zigarette aus der verknitterten Schachtel, hinkte auf den Balkon und ließ mich in meinen alten Korbstuhl fallen. »Sie sollten endlich damit aufhören!« Mit Todesverachtung zündete ich den Glimmstängel an und legte ihn auf eine Untertasse.

Marlowe war uns in die klare Herbstnacht gefolgt und legte den Kopf in meinen Schoß. Ich kraulte meinen vierbeinigen Retter dankbar zwischen den Hängeohren. »Mann, war das ein Tag!« Ich lehnte mich völlig geschafft zurück.

»Und die Sache ist längst nicht ausgestanden!«, ergänzte Herr Kasimir nicht gerade aufbauend.

Ich nickte. »Sieht ganz so aus, aber ich kann der armen Frau Kasmer wohl kaum an den Kopf werfen, dass Elwira sie ermorden will. Allein der Schreck könnte sie schon umbringen.«

Herr Kasimir schnupperte nachdenklich in den Rauch seiner vor sich hin glimmenden Zigarette. »Es ist vertrackt«, sagte er schließlich. »Wir kommen ohne Hilfe von außen einfach nicht mehr weiter.«

Ich zog den Morgenmantel enger um mich. Verdammt, in was war ich da nur hineingeraten! Im Fenster gegenüber flimmerte ein Fernseher. Ich beneidete die Leute. Nein, das hier war leider kein Film, den man mit der Fernbedienung beenden konnte. Ich starrte grübelnd in die Nacht. Wem zum Teufel konnte ich so eine abgefahrene Geschichte erzählen? Und mit einem Mal sagte ich: »Julia.«

Herr Kasimir überlegte, während ich schon fortfuhr: »Warum eigentlich nicht Julia? Selbst wenn sie mich für schräg hält – ich kann ihr immerhin den Zeitungsbericht zeigen. Und das Päckchen und die vergifteten Pralinen liegen auch noch bei Ihnen in der Wohnung. Wenn eine junge Erwachsene, noch dazu die Enkelin, zur Polizei geht, werden die der Sache bestimmt nachgehen. Was sagen Sie?«

»Ich sage, mir fällt auch nichts Besseres ein«, antwortete Herr Kasimir. »Morgen ist Samstag, Julia übernachtet noch bis Montag bei ihrer Großmutter. Ich hoffe ja, dass ihre Anwesenheit die alte Dame vor einem neuen Anschlag schützt. Aber sicher bin ich mir offen gestanden nicht. Dein Auftritt hat Elwira, Edda, Sabrina – oder wie immer sie auch heißen mag – gehörig nervös gemacht. Und dass sie diesmal offenbar einen Komplizen hat, gefällt mir überhaupt nicht.«

Ich fröstelte. Die Uhr der katholischen Kirche schlug schon drei, als ich endlich wieder im Bett lag, allerdings war mir nur wenig Schlaf vergönnt, denn kurz nach acht weckte mich ein leises Winseln. Marlowe stand an der Tür und sah mich aus seinen Triefaugen so lange vorwurfsvoll an, bis ich völlig verpennt aus dem Bett kroch. Okay, Hunde mussten nun mal ab und zu raus!

Im Meerschweinchenhaus rührte sich rein gar nichts, als ich gähnend in den Morgenmantel schlüpfte und auf den Flur humpelte. Ich ließ Marlowe kurz in den Vorgarten, wo er sein kleines Geschäft verrichtete, und ging in die Küche.

»Wie geht's deinem Fuß, mein Schatz?«, erkundigte sich Mum.

»Ich kann schon ein bisschen besser auftreten«, sagte ich. »Die Salbe hat anscheinend geholfen.«

Mum nickte. »Retterspitz hat schon meine Großmutter benutzt, die alten Hausmittel wirken eben.« Sie wandte sich Marlowe zu. »Und hat er gut geschlafen?«

Ich täschelte Marlowes wuchtigen Schädel. »Denke schon. Ich allerdings nicht so sehr.«

»Kein Wunder, nach diesem Albtraum«, sagte Mum.

»Wo ist Dad?«

»Heute ist doch mein Klassentreffen, das fängt schon am frühen Nachmittag an, deshalb ist er so früh los, Hundefutter kaufen. Danach holt er noch schnell dein Rad aus dem Park. – Wann und wo ist das eigentlich mit den Reifen passiert?«

Mum hatte urplötzlich ihr Detektivgesicht aufgesetzt.

»Während ich mit Marlowe Bällchen gespielt hab«, antwortete ich rasch, nahm mit einem demonstrativen Blick auf Marlowe, der erwartungsvoll zu mir hochsah, einen Suppenteller aus dem Schrank und füllte ihn mit Wasser. Der Schachzug ging auf – ja, manchmal ist Mum definitiv berechenbar.

Sie riss mir entsetzt den Teller aus der Hand. »Du wirst den Hund doch nicht aus unserem Essgeschirr trinken lassen! Lauf runter in die Garage und hol zwei Blumenuntersetzer!«

Ich beeilte mich, ihrer Aufforderung zu folgen und verzog mich danach ins Bad. Als ich eine halbe Stunde später zurückkam, stand Dad schon in der Küche.

»Du lieber Himmel«, sagte er, während er für Marlowe eine Portion Trockenfutter herrichtete. »Früher haben wir ja auch Streiche gespielt. Aus unerfindlichen

Gründen fanden wir es damals witzig, jemandem die Ventile rauszuschrauben. Aber an deinem Fahrrad muss ja ein wahrer Vandale am Werk gewesen sein.« Kopfschüttelnd stellte er die Futterschüssel auf den Boden und sah dem Hund nachdenklich beim Fressen zu. »Vielleicht gar nicht so falsch, dass du einen Beschützer hast. – Aber halt ihn mir bitte von den Geschäftsräumen weg, damit er mir die Kunden nicht verschreckt.«

Mum kam herein. »Wie seh ich aus?« Sie drehte sich einmal um die eigene Achse.

Dad grinste. »Wie zwanzig! Ich werde der glücklichste aller anwesenden Ehemänner sein.«

Sie verdrehte die Augen. »Bemüh dich wenigstens um Glaubwürdigkeit! Aber im Ernst, kann ich so zum Klassentreffen gehen, ist das Kleid nicht zu weit ausgeschnitten?«

»Du siehst ehrlich toll aus«, sagte ich.

Sie strich sich nervös durch die Haare. »Ich weiß nicht, ob wir überhaupt gehen sollen. Ich hab kein gutes Gefühl, dich nach dem schrecklichen Tag gestern allein zu lassen.«

Ich schüttelte den Kopf. »Quatsch, mir geht's schon wieder gut. Außerdem bin ich ja gar nicht allein.« Ich streichelte über Marlowes weiches Fell.

Mum nickte unsicher. »Aber schone deinen Fuß! Und …«

»Mach ich! Ich bin schon groß.« Damit wandte ich mich um und angelte die Müslipackung aus dem Schrank.

»Apropos groß ...« Mum seufzte. »Vorhin hab ich einen schwarzen Filzklumpen aus der Waschmaschine gezogen. – Er hatte entfernt Ähnlichkeit mit deinem Wintermantel. Sagt dir das was?«

»Ups!« Ich biss mir auf die Lippen.

Mum hob die Augenbrauen. »Felix hat mir schon von deinem Ausrutscher erzählt. Gestern war wohl wirklich nicht dein Tag ...«

Ich zuckte mit den Schultern. Felix, die alte Tratsche! Er konnte aber auch nichts für sich behalten! Angesichts meiner Pechsträhne verzichtete Mum zum Glück auf einen ausgedehnten Vortrag über den Nutzen von Waschanleitungen, der mir sonst todsicher geblüht hätte.

Dann verschwand sie im Wohnzimmer. Als sie zurückkam, sagte sie: »Ich hab Felix angerufen und ihm das von gestern Abend erzählt. Er kommt nachher vorbei, um nach dir zu sehen, Valentine.«

»Mum!« Ich stöhnte auf. »Warum denn, das ist völlig unnötig!«

Felix konnte ich heute wirklich nicht brauchen. Ich musste so schnell wie möglich in die Humboldtstraße.

Kurz darauf hörte ich meine Eltern wegfahren. Als ich das Frühstücksgeschirr in die Spülmaschine räumte, fühlte ich einen scharfen Schmerz. Mist, warum tat mir der blöde Knöchel plötzlich wieder so höllisch weh. Waren die wenigen Schritte, die ich seit dem Aufstehen gemacht hatte, schon zu viel gewesen? Das passte heute aber auch gar nicht! Ich hinkte ins Bad und legte einen frischen Salbenverband an. Marlowe ging einen Schritt zurück, als ich ihm die Tube unter die Nase hielt. Das Zeug stank aber auch heftig!

Danach weckte ich Herrn Kasimir. Ich musste x-mal an das Häuschen klopfen, bis er sich endlich blicken ließ. »Was soll das«, raunzte er mich an. »Ich hab heute Nacht fast kein Auge zugetan.«

»Damit sind Sie nicht allein! Aber es ist schon fast zehn«, sagte ich. »Und wir haben ein Problem.«

Herr Kasimir gähnte. »Ganz was Neues!«

»Mein Fuß«, fuhr ich fort. »Ich weiß beim besten Willen nicht, wie ich in die Humboldtstraße kommen soll. Das Rad ist pfutsch und ich kann nicht auftreten.«

»Dann nimm ein Taxi!«

»Super, bin ich Paris Hilton?«

»Kann dich nicht jemand fahren?«

Daran hatte ich natürlich auch schon gedacht, Olaf hätte mich bestimmt hingebracht, aber ich wusste, dass er an diesem Wochenende mit seinem Martin seine Schwester und – den ach so einmaligen – Little Stuart besuchen wollte.

Blieb noch Felix, der würde mir zwar hundertpro blöde Fragen stellen, aber an wen sollte ich mich denn sonst wenden?

16. KAPITEL

Eine halbe Stunde nachdem meine Eltern das Haus verlassen hatten, fuhr Felix' Golf in den Hof.

Als er die Wohnung betrat und ihm unvermittelt ein bulliger Hund gegenüberstand, wich Felix einen Schritt zurück.

»Das ist Marlowe«, sagte ich. »Mein neuer Bodyguard!«

»Der Hund von dem Polizisten – oder?«

»Ja, ein richtiger Spürhund.«

»Mann, Schwesterchen!« In Felix' Blick lag ehrliche Besorgnis. »Das gestern muss echt schrecklich gewesen sein …!«

»Ich bin schon wieder okay!«, sagte ich. »Nur mein Fuß macht Zicken! Ich kann nicht richtig auftreten.«

Felix nickte mitleidig.

»Du«, setzte ich an, »könntest du mir einen Gefallen tun?«

Felix nickte. »Logo!«

»Bringst du mich in die Humboldtstraße?«

»Wieso?«

»Ich hab dort eine Verabredung.«

Felix zog die Brauen zusammen. »Und mit wem, wenn ich fragen darf?«

»Darfst du nicht!«

»Aha«, sagte Felix gedehnt, dann erhellte plötzlich ein Grinsen sein Gesicht. »Kenn ich ihn?«

Ich sah ihn für einen Moment verdutzt an, bis ich verstand, worauf er anspielte, und Verlegenheit heuchelnd wegsah. »Sicher nicht.«

»Aus der Schule?« Felix beäugte mich gespannt.

»Das geht dich nichts an!«

»So, so, mein Schwesterchen hat schon ein süßes Geheimnis. Na, wenn das so ist – klar fahr ich dich hin!«

»Super!«, rief ich. »Bin gleich fertig!« Damit humpelte ich noch einmal in mein Zimmer zurück, sagte Herrn Kasimir Bescheid und ließ den Computer hochfahren.

»Was machst du da noch?«, erkundigte sich Herr Kasimir.

»Ich schick den Link zu dem Zeitungsartikel noch schnell auf mein Smartphone, damit ich ihn Julia zeigen kann.«

»Das könnte sich tatsächlich als hilfreich erweisen«, sagte er. »Du machst dich allmählich.«

Ich seufzte. »Danke, Herr Oberkommissar.«

Dann zog ich ein Sweatshirt an, steckte Herrn Kasimir in die Vordertasche und hinkte zur Haustür. Marlowe trabte erwartungsvoll vor mir her.

Als der stämmige Hund sich auf den zerschlissenen Rücksitz geklemmt hatte und ich schon auf dem Beifahrersitz saß, kurbelte Felix das Schiebedach auf. »Ein Wahnsinnswetter heute! Wer hätte gedacht, dass es noch mal so warm wird. Während du oben warst, hat Tommy angerufen und gefragt, ob ich zum Bolzen auf die Auwiese komme. Da du mich ja bestimmt nicht brauchen kannst, geh ich hin und hol ich dich danach wieder ab. – Okay?«

»Super!«, sagte ich dankbar.

Dann fuhren wir eine Weile schweigend, bis Felix fragte: »Ist er in deiner Klasse?«

»Wer?«, fragte ich abwesend.

»Na ER!«

»Mann, Felix, du bist schlimmer als Mum!« Ich stöhnte auf. »Lass mich in Ruhe!«

»Okay, okay!« Felix grinste mal wieder sein überhebliches Großer-Bruder-Grinsen und machte das Radio an. Ich war froh, als wir endlich in die Humboldtstraße bogen.

»Nummer 88«, sagte ich.

Felix deutete nach vorn. »Dort? Da ist irgendwas los!«

»Oh, Mann!«, stieß ich aus – mir blieb wirklich fast

das Herz stehen. Vor Frau Kasmers Haus stand ein Rettungswagen.

Felix drehte die Musik leiser und hielt an. »In dem Haus scheint was passiert zu sein. Willst du trotzdem aussteigen?«

Ich nickte, während ich wie vom Donner gerührt nach vorn starrte, und mich bemühte, Felix nichts von meinem inneren Aufruhr zu zeigen.

Mein Bruder sah mich prüfend an. »Bist du sicher?«

»Ja«, sagte ich knapp und öffnete hastig die Tür.

Felix hielt mich am Arm zurück. »Komm lieber mit zur Auwiese.«

»Lass mich los«, fuhr ich ihn an. »Hier wohnt auch eine alte Dame, vielleicht ist sie krank geworden.«

Felix ließ mich zögernd los. »Ich weiß nicht …«

»Quatsch.« Ich schüttelte den Kopf und stieg aus.

Stirnrunzelnd sah er mir zu, wie ich Marlowe aus dem Wagen zog, und fuhr erst weiter, als ich bereits hinter der Gartenmauer verschwunden war.

Die Eingangstür stand sperrangelweit auf. Hektische Stimmen drangen aus dem Haus.

Ich befahl Marlowe sich hinzulegen, damit er den Rettungsleuten nicht im Weg stand. Dann setzte ich Herrn Kasimir auf die Schulter. Seine Barthaare zuckten elektrisiert. »Fürchte, wir sind zu spät gekommen.«

Als ich beklommen in den Flur trat, lief Julia völlig aufgelöst auf mich zu. »Omi hatte einen Herzinfarkt. Oh Gott, sie darf nicht sterben!«

»Vorsicht!« Damit scheuchte uns ein Sanitäter zur Seite, der mit zwei Kollegen eine Trage aus dem Haus schleppte.

Klein und blass lag darauf Frau Kasmer, sie schien bewusstlos zu sein. Julia rannte hinter ihnen her und sah schluchzend zu, wie ihre Großmutter in den Wagen geschoben wurde.

Ich eilte ihr nach, so schnell es mein geschwollener Knöchel zuließ. »Wo ist Elwira?«

Julia blickte abwesend auf meinen eingebundenen Knöchel und zuckte mit den Schultern. »Beim Einkaufen.«

»Was hat deine Großmutter zuletzt gegessen?«, erkundigte ich mich hektisch.

»Warum fragst du das?« Julia wischte sich über die Augen. »Und warum bist du heute überhaupt hier?«

»Weil ich etwas weiß, das ich dir unbedingt sagen muss.«

Herrn Kasimirs aufgeregte Stimme trieb mich zur Eile. »Mach nicht so lang rum, der Krankenwagen fährt gleich ab.«

Fast gleichzeitig knallte auch schon die Tür des Laderaums und einer der Sanitäter rief Julia zu: »Kommen Sie mit!«

»Ja, natürlich!«, rief Julia zurück und ließ mich stehen.

Mir drehte sich schier der Magen um. Wie sollte ich Julia jetzt noch schonend beibringen, dass ihre Großmutter höchstwahrscheinlich Opfer eines Mordanschlags war. Verdammt, ich hatte ja nicht einmal mehr Zeit, ihr den Zeitungsbericht zu zeigen!

»Julia!«, brüllte ich hinter ihr her.

Sie blieb stehen und drehte sich um, während ich schon auf sie zuhumpelte.

Okay, *schonend* konnte ich jetzt vergessen. »Hör zu!«, platzte ich heraus. »Elwira hat deine Oma vergiftet. Wahrscheinlich hat sie in die Pfefferminzpralinen ein Blutdruckmittel gespritzt! Ich schick dir einen Link. Schau ihn dir an und ruf die Polizei!«

Julias Augen weiteten sich. »Was?«

Der Motor startete und eine Seitentür öffnete sich. »Kommen Sie nun?«

Mit einem letzten entsetzten Blick sprang Julia in den Wagen.

Während der Krankentransporter mit Blaulicht um die Ecke fuhr, hatte ich schon das Handy herausgefummelt, um den Link an sie weiterzuleiten.

»Hoffen wir, dass sie das Richtige tun wird«, bemerkte Herr Kasimir, als ich schließlich den Kopf hob. »Das Mädel ist ja völlig durch den Wind. Sie hat noch nicht mal die Haustür hinter sich zugemacht.«

»Wundert Sie das?«, sagte ich und hinkte über den Gartenweg zum Haus zurück. Der Herr Oberkommissar hatte richtig beobachtet, die Eingangstür stand weit offen. Ich blieb unentschlossen stehen.

»Worauf wartest du noch?«

»Ich kann doch nicht einfach in ein fremdes Haus gehen.«

»Du kannst und du musst sogar! Vielleicht finden wir noch Beweise.«

»Ist das nicht Sache der Polizei?«

»Ich bin die Polizei«, gab Herr Kasimir zurück.

»Waren!«, verbesserte ich ihn genervt.

Was hatte er noch zu verlieren? Er war ja schon so gut wie tot – irgendwie. Ich aber wollte wenigstens vierzehn werden und verspürte nicht die geringste Lust, dieser skrupellosen Elwira und ihrem Muskelpaket in die Arme zu laufen.

»Ich hab getan, was ich konnte«, sagte ich.

»Da bin ich anderer Meinung«, erwiderte Herr Kasimir. »Der Todesengel ist ausgeflogen, das ist eine einmalige Gelegenheit, sich drinnen umzusehen.«

Marlowe, der noch geduldig auf seinem Platz ausharrte, begann zu winseln.

»Komm!«, sagte ich. »Jetzt darfst du aufstehen!«

Marlowe erhob sich und trabte auf mich zu. Ich beugte mich zu ihm hinunter und tätschelte ihn. Diesen Moment nutzte Herr Kasimir. Er sprang von meiner Schulter auf Marlowes Rücken und von dort auf den Boden. So schnell ihn seine kurzen Beine trugen, wischte er in den Flur, Marlowe folgte ihm schwanzwedelnd.

Mist! Mein Kopf fühlte sich plötzlich an, als steckte er in einer Schraubzwinge.

Wie ferngesteuert betrat ich das Haus und schloss die Tür hinter mir.

Die Küche stand offen, mit klopfendem Herzen trat ich ein. Auf der Anrichte stand ein Topf mit einem angebratenen Stück Fleisch, in der Spüle ein Sieb mit gewaschenem Salat. Dann hatte Elwira also noch kaltblütig das Mittagessen vorbereitet, business as usual, trotz ihrer schrecklichen Tat. Die Frau hatte Nerven. Aber das hieß auch, dass sie höchstwahrscheinlich demnächst zurückkommen würde, um keinen Verdacht zu erregen.

»Wo sind Sie?«, rief ich beklommen.

»Wohnzimmer!«, hörte ich Herrn Kasimirs Stimme.

Als ich eintrat, hatte er Marlowes Rücken erklommen und reckte sich angestrengt nach oben, um auf den Couchtisch sehen zu können.

»Ich fürchte, es sind wieder die Pralinen«, sagte er.

Er hatte recht. Die Dose, die ich Frau Kasmer mitgebracht hatte, war bis auf die letzten zwei Pralinen leer. Sofort entdeckte ich kleine Einstiche, aus denen klebrige Zuckerfüllung quoll.

Der verwaiste Rollstuhl der alten Dame und die auf dem Boden liegende Morgenzeitung waren die stummen Zeugen der schrecklichen Szene, die sich hier abgespielt haben musste. Mir stiegen die Tränen in die Augen.

»Tut es sehr weh, wenn man einen Herzinfarkt hat?«, fragte ich leise.

»Es ist scheußlich, du glaubst, dein letztes Stündchen hat geschlagen – nun, fatalerweise stimmte das in meinem Fall ja auch«, gab Herr Kasimir zurück.

Mir drehte sich schier der Magen um! Obwohl ich definitiv nur die besten Absichten gehabt hatte, fühlte ich mich plötzlich wahnsinnig schuldig, schließlich hatte ich die Dose mitgebracht. Diesen stark emotionalen Gedanken fing Herr Kasimir prompt auf.

»Unsinn! Allerdings hat dein Besuch Elwira unter Zugzwang gesetzt. Und da kamen ihr die Pralinen von dir sehr gelegen, zumal sie ja glaubwürdige Zeugen dafür hat, dass du sie Frau Kasmer geschenkt hast.«

Seine trocken vorgebrachten Überlegungen jagten mir einen Heidenschreck ein. Wenn ich Pech hatte, machte mich dieses verrückte Abenteuer also auch noch zur Tatverdächtigen! Ich sah mich schon auf der Polizeiwache, in einem Verhörraum mit meinem speziellen Freund Flatter, dem es totsicher ein Vergnügen sein würde, mich auseinanderzunehmen. Okay, ich war vielleicht noch nicht voll strafmündig – aber die Jugendpsychiatrie war mir sicher.

Ich hörte schon, wie sie sich in der Schule den Mund zerrissen: Schräg war die ja immer! Oder: So sorgt man als Bestatterstochter für Kundschaft …

»Hör auf mit dem Quatsch!«, unterbrach Herr Kasimir meine dunklen Visionen. »Andererseits siehst du jetzt wohl selbst ein, wie wichtig es ist, die Frau zu überführen. Aber wir haben nicht ewig Zeit. Sie kann jeden Moment zurückkommen und ich möchte mir noch ihr Zimmer ansehen.«

Mit sehr gemischten Gefühlen hinkte ich in den ersten Stock. Herr Kasimir saß auf Marlowes Rücken, der sich mindestens so schwerfällig wie ich die steilen Treppen hochquälte.

Zögernd öffnete ich die Tür gegenüber des Aufgangs. Elwiras Zimmer musste zum Vorgarten hinausgehen, weil ich sie von dort aus hinter der Gardine gesehen hatte. Ich irrte mich nicht. Der kleine Raum war praktisch, aber nicht besonders wohnlich eingerichtet. Ein Bett, Nachtkästchen, ein Schrank, eine Kommode, ein Waschbecken, ein Stuhl und ein Tisch, auf dem ein aufgeklappter Laptop und ein kleiner Drucker standen.

»Fangen wir mit dem Mülleimer dort unterm Waschbecken an«, sagte Herr Kasimir. »Mülleimer sind immer die erste Wahl, das kannst du dir gleich mal merken! – Hast du Papiertaschentücher dabei? – Du weißt schon …«

»Fingerabdrücke!«, ergänzte ich.

»Was suchen wir eigentlich?«, fragte ich noch, als ich mich über den Plastikbehälter beugte. Einen Atemzug später stieß ich einen Schrei aus. »Schauen Sie!«

Damit zog ich, die Hände sorgfältig mit einem Taschentuch geschützt, eine benutzte Einwegspritze hervor, an der unverkennbar Schokolade klebte.

»Bingo!«, sagte Herr Kasimir, als ich mit dem nächsten Atemzug ein angebrochenes Medizinfläschchen herausfischte.

Zitternd vor Erregung schraubte ich den Verschluss ab und roch daran.

Herr Kasimir reckte sich nach oben. »Menthol, hab ich recht?«

Ich zeigte es ihm. »Denke schon.«

Sein Näschen schnupperte daran. »Genau wie ich es mir gedacht hab. Mach ein Foto von dem Zeug und leg alles wieder zurück.«

»Jetzt sollten wir aber gehen, das ist Beweis genug«, sagte ich, nachdem ich den Auftrag erledigt hatte. »Sie kann jeden Moment zurückkommen.«

Herr Kasimir überlegte kurz. »Schau dir vorher noch ihren Computer an!«

Ich stöhnte.

»Nur einen Blick! Und nimm mich gefälligst hoch!«

Ich pflückte ihn von Marlowes Rücken, setzte ihn seufzend auf den Tisch und klappte den Laptop auf, der blitzschnell hochfuhr.

»Glück gehabt, das Gerät war nur im Ruhezustand«, sagte Herr Kasimir. »Sehr gut, dann lass uns mal sehen, was sie zuletzt alles so getrieben hat.«

Es waren mehrere Programme offen. Die Chronik des Browsers zeigte an, dass Elwira auf der Seite eines Reiseportals gesurft hatte. Wollte der Todesengel verreisen? In den Favoriten fand ich Verlinkungen zu zwei Banken, die uns aber nicht weiterhalfen, weil wir die Passwörter nicht kannten. Doch dann kam der Hammer! Im Hintergrund lief noch ein Grafikprogramm und als ich es öffnete, poppte ein Kontobeleg mit Frau Kasmers Namen auf.

»Volltreffer!«, sagte Herr Kasimir. »Wie ich es mir gedacht habe. Sie manipuliert die Kontoauszüge und räumt so ungestört Frau Kasmers Ersparnisse ab.«

Marlowe, der neben mir auf dem Boden saß, erhob sich unvermittelt und wandte sich zur Tür. Augenblicklich fingen auch Herrn Kasimirs Barthaare an zu beben. Dann hörte ich das Quietschen einer Angel und erstarrte. Das Gartentor.

Elwira kam zurück!

17. KAPITEL

Mir gerann das Blut. »Scheiße! Was machen wir jetzt?«

»Nichts wie raus hier«, sagte Herr Kasimir. »Sie darf dich auf keinen Fall in ihrem Zimmer erwischen. Bleib cool! Jetzt ist Pokerface angesagt. Kriegst du das hin?«

Mann, was für eine Frage! Ich fühlte mich so cool wie eine Maus in der Falle. Ich klappte wie in Trance den Laptop zu und beeilte mich aus dem Zimmer und die Treppe hinunterzukommen. Mit meinem verknacksten Knöchel dauerte das eine gefühlte Ewigkeit, aber irgendwie schaffte ich es in den Flur, ehe die Eingangstür aufging und Elwira eintrat. Das Entsetzen lag definitiv auf beiden Seiten!

Mein Erscheinen brachte die rundliche Blonde unverkennbar aus dem Konzept. Wir starrten uns wie versteinert an, bis Marlowe, der gespannt neben mir stand, sich plötzlich auf sie zubewegte. »Ruf das Tier zurück!«, schrie sie mich an.

»Marlowe, Fuß!«, rief ich, worauf Marlowe kehrtmachte und zu mir zurücktrottete.

»Bitte behalt die Nerven!«, ermahnte mich Herr Kasimir, der nun wieder in meiner Bauchtasche saß. »Benimm dich so unauffällig wie möglich.«

Ich räusperte mich. »Marlowe tut Ihnen nichts.« Ich setzte meinen unschuldigsten Kleinmädchenblick auf. »Sie wundern sich bestimmt, warum ich hier bin.«

Elwira hob die Augenbrauen. »Allerdings! Was hast du hier verloren?«

Verloren! Mann, damit gab sie mir das rettende Stichwort!

»Seit gestern vermisse ich meinen Geldbeutel«, sagte ich, bemüht, ihrem prüfenden Blick standzuhalten. »Ich bin hergekommen, weil ich dachte, er sei mir hier aus der Tasche gerutscht. Aber als ich kam, stand schon der Krankenwagen vor der Tür. Julia war völlig aufgelöst, weil ihre Großmutter einen Herzinfarkt hatte. Und weil sie mit ins Krankenhaus gefahren ist, meinte sie, ich könne selbst im Wohnzimmer nachsehen.«

Ich bin nicht sonderlich begabt im Lügen. Bestimmt war ich röter als die Nase von Rudolf dem Rentier, aber das schien Elwira nicht zu bemerken.

»Herzinfarkt«, wiederholte sie gedehnt. Ihr Gesicht zeigte plötzlich einen Ausdruck, den ich schwer beschreiben kann. Die Erstarrung wich einem sich wandelnden

Mienenspiel, in dem geheucheltes Bedauern und unverkennbare Zeichen von Befriedigung sich gegenseitig ablösten.

Ich nickte. »Ist das nicht schrecklich? Es muss passiert sein, als Sie beim Einkaufen waren.«

»Das ist wirklich schrecklich«, sagte sie und knöpfte ihren Mantel auf. »Aber wie du weißt, hatte Frau Kasmer es mit dem Herzen.« Damit hängte sie den Mantel an die Garderobe und drehte sich dann mit einem abgründigen Flackern in den Augen zu mir um. »Sie wird doch überleben?«

Ich zuckte hilflos mit den Schultern. »Ich weiß es nicht. Sie war bewusstlos.«

Elwira sah mich prüfend an. »Hast du ihn gefunden?«

»Wen?«

»Den Geldbeutel.« Sie zog das Wort bedeutungsvoll in die Länge.

Ich schluckte. »Den Geldbeutel? – Leider nicht, obwohl ich das ganze Wohnzimmer abgesucht hab.« Hilfe, ich durfte jetzt keinen Fehler machen! Ich flehte den Himmel an, dass Julia inzwischen schon die Polizei alarmiert hatte.

Die dralle Blonde musterte mich misstrauisch. »Und was machst du dann hier im Flur?«

Ich räusperte mich. »Ich wollte gerade gehen.«

Elwira lächelte bissig. »Willst du nicht warten, bis Julia

aus dem Krankenhaus kommt? Oder interessiert es dich etwa nicht, wie es der armen Frau Kasmer geht.«

Ich wurde rot. »Doch, aber ...«

»Du kannst hier drin warten!«, schnitt sie mir das Wort ab und schob mich unerwartet energisch ins Wohnzimmer.

Mir explodierte schier der Schädel. Vielleicht war es das Beste, ich ließ mich erst mal auf ihren Vorschlag ein und ergriff die Flucht, sobald sich eine bessere Gelegenheit dazu ergab.

Elwira steuerte sofort die Dose an, offensichtlich, um zu sehen, wie viele Pralinen noch da waren. »Unsere gute Frau Kasmer hat sich sehr über dein Geschenk gefreut«, sagte sie mit der Anteilnahme einer Kobra. »Sie hat fast alle aufgegessen. Ja, für Pfefferminz stirbt sie.«

Mir lief ein eiskalter Schauer den Rücken hinunter.

Dann ging Elwira zur Tür, wo sie sich noch einmal umdrehte. »Was ist eigentlich mit deinem Bein passiert?«

»Verstaucht«, antwortete ich knapp.

»Dann setz dich besser hin. – Willst du etwas trinken?«

Ich schüttelte heftig den Kopf und murmelte ein hastiges Neindanke, während ich mich schon mit gekrümmtem Leib auf dem Boden liegen sah.

Elwiras Blick ging zu Marlowe, der sie seinerseits nicht aus den Augen ließ. »Aber der Hund – sollte er nicht etwas Wasser bekommen?«

»NEIN!«, platzte ich heraus, heftiger, als ich beabsichtigt hatte.

»Wie du willst!« Damit ging sie hinaus und schloss die Tür hinter sich.

Ich stöhnte auf. »Und was soll ich jetzt machen? Sie traut mir nicht über den Weg.«

»Ruf Felix an«, meldete sich Herr Kasimir. »Die Frau ist gefährlich. Er soll dich sofort hier abholen!«

Seine Einschätzung der Lage trug nicht gerade zu meiner Beruhigung bei. Mit schweißnassen Händen wählte ich Felix' Nummer. Das Freizeichen ertönte, aber er nahm nicht ab. »Verdammt, geh ran!« Aber nur seine Mailbox meldete sich. Mist, wahrscheinlich hatte er zum Sport die Jacke ausgezogen und jetzt hörte er das Klingeln nicht.

»Felix«, sagte ich mit gedämpfter Stimme auf die Mailbox. »Hol mich ab! Bitte, sofort!«

Dann checkte ich fieberhaft meine Möglichkeiten ab. Durchs Fenster ging gar nicht, einmal wegen meines verstauchten Fußes und dann, weil ich den bulligen Marlowe unmöglich aus dem Hochparterre bugsieren konnte. Während ich noch darüber nachdachte, hörte ich Schritte über mir. Elwira war anscheinend in ihrem Zimmer zugange.

Ich schlich mich, von Marlowe gefolgt, aus dem Wohnzimmer in den Flur, wo mir der nächste Schreck in die

Glieder fuhr. Die Eingangstür war verschlossen. Ich fühlte mich wie in einem dieser Albträume, in denen man fliehen will und nicht von der Stelle kommt.

Ich überlegte eben, ob ich durch die Küche auf die Terrasse entkommen konnte, als ein Wagen in die Einfahrt fuhr. Eine Sekunde später knallte eine Autotür. In meinem Kopf wirbelten die Gedanken.

»Lieber Gott, lass es die Polizei sein!«, zischte ich.

»Dein Optimismus in Ehren«, sagte Herr Kasimir. »Aber ich fürchte, die Mühlen der Behörde mahlen nicht so schnell.«

Ich zog mich an der Garderobe hoch, um aus dem kleinen Fenster neben der Tür sehen zu können und erhaschte einen Blick durch das Gartentor auf das Heck eines Sportwagens.

Dann klingelte es, ich sprang ab und schrie auf. »Autsch!«

Oben wurde eine Tür aufgerissen, dann rannte Elwira die Treppe hinunter. »Was willst du denn hier?«

Ich rieb mir den Knöchel. »Es hat geklingelt.«

Sie sah mich feindselig an, während sie mit flatternden Händen die Tür aufschloss. »Das ist Besuch für mich. Du gehst jetzt sofort ins Wohnzimmer zurück!«

Ihr unerwartet scharfer Ton rief in mir reflexartig Widerspruch hervor. Ich stehe grundsätzlich nicht auf Befehle und auf die Vokabel *sofort* schon gar nicht.

»Ich geh jetzt heim«, sagte ich und riss die Tür auf. »Außerdem muss Marlowe …«

Ich hatte noch nicht ausgesprochen, als mein Widerstand wie ein angestochener Luftballon zusammenfiel. Ein Mann wie ein Schrank versperrte mir die Tür. Es war Heiko. Obwohl er eine Maske getragen hatte, erkannte ich ihn sofort als den Kerl im Park.

Marlowe empfing ihn mit einer unmissverständlichen Drohgebärde und wütendem Knurren. Der Mann zuckte für einen Moment zurück, dann griff er in die Tasche. Einen Wimpernschlag später blitzte ein Klappmesser in seiner Hand. »Halt den Hund fest, sonst mach ich Hotdog aus dem Vieh!«

Ich hielt Marlowe entsetzt am Halsband zurück.

»Gott sei Dank, Heiko! Gut, dass du gleich kommen konntest«, stieß Elwira atemlos aus. »Wie du siehst, haben wir ein Problem.«

Immer noch das Messer auf Marlowe gerichtet, funkelte mich der Mann aus schmalen Augen an. »Du bindest den Hund draußen fest, sonst gibt's morgen Hotdog!«

»Tu, was er will!«, sagte Herr Kasimir. »Marlowe darf kein zweites Mal Opfer eines Messerstechers werden!«

Mit zitternden Knien hinkte ich in den Vorgarten und band Marlowe an einem Busch fest, während Heiko neben mir stand und uns mit der Klinge bedrohte.

»Platz!«, sagte ich heiser. Marlowe hob den schweren Kopf und blickte mich an, als wolle er sich versichern, ob ich es ernst meinte. »Platz!«, wiederholte ich. Winselnd folgte der Hund meinem Befehl.

»Und du rein!«, befahl Heiko und wies mit dem Messer zum Haus.

In diesem Augenblick wurde mir blitzartig bewusst, dass ich in der Falle saß, sobald sich die Haustür hinter mir schloss. Das Einzige, was mir jetzt noch zu tun blieb, war Schreien. Vielleicht hörte mich jemand, ein Nachbar, ein Passant, irgendjemand. Ich holte Luft und brüllte: »HILFE!«

Einen Atemzug später fühlte ich eine Hand wie eine Baggerschaufel auf dem Mund. Ich schlug wild um mich, doch Heiko schleppte mich unbeeindruckt von meiner Gegenwehr ins Haus zurück. – Ich erinnere mich noch an Elwiras verbissene Miene, mit der sie mir etwas aufs Gesicht drückte. Etwas Weiches, das einen süßlichen Geruch ausströmte – und dann: totaler Filmriss! Chloroform, wie Herr Kasimir mir später sagte. Überhaupt weiß ich das, was danach passierte, nur, weil es mir erzählt wurde. Folgendes muss sich abgespielt haben:

Ohne dass ich auch nur das Geringste davon mitbekam, verfrachteten mich Elwira und der Riese in die Küche, knöpften mir noch das Handy ab, und deponierten mich auf dem Küchensofa. Nun ist Chloroform bekanntlich ein Betäubungsmittel, aber kein tödliches Gift. Sie mussten also damit rechnen, dass ich, sobald ich zu mir kam, sofort wieder Ärger machen würde.

Deshalb, sagte Herr Kasimir, habe er sich die größten Sorgen gemacht, was sie nun weiter mit mir anstellen würden. Ohne zunächst zu verstehen, was sie vorhatten, beobachtete er, wie Heiko einen Korb Holz hereinschleppte. Während Elwira den alten Ofen damit anheizte, versicherte er sich, dass alle Fenster zu waren. Erst als Elwira den vorbereiteten Braten ins Backrohr schob, den Dunstabzug auf die höchste Stufe stellte, die beiden den Raum verließen und die Tür hinter sich schlossen, begriff er allmählich, welche perfide Idee hinter der Aktion steckte. Es war nur eine Frage der Zeit, bis der Dunstabzug so viel Rauchgas aus dem Ofen gezogen hatte, dass ich im Schlaf daran erstickte und ein für alle Mal schwieg. Und das Beste: Alles würde wie ein Unfall aussehen!

In dem Wissen, dass Kohlenmonoxid nach oben steigt, rettete sich Herr Kasimir irgendwie auf den Fußboden. Er hörte noch, wie jemand etwas die Treppe hinunterbugsierte, wie die Haustür zuknallte, Marlowe anschlug und ein Auto startete.

Dann versuchte er alles nur Erdenkliche, mich aufzuwecken. – Er muss mich zigmal in die Knöchel gezwickt haben – das Muster seiner Zähne zeichnete sich noch wochenlang ab. – Er sagte, es sei schrecklich gewesen, so rein gar nichts ausrichten zu können, während ihm von Minute zu Minute das Atmen schwerer fiel, bis auch er schließlich wegsackte.

18. KAPITEL

Das Nächste, woran ich mich erinnere, ist ein Albtraum. Ich rase einen endlosen Wasserfall hinunter, alles dreht sich, mir ist speiübel. Jemand ruft meinen Namen.

»Valentine!« Ich öffne benommen die Augen und sehe verschwommen einen Kopf über mir. Eine Sekunde später klatscht mir ein triefend nasses Handtuch ins Gesicht.

»Scheiße!«, war wohl das Erste, was ich sagte. Dann kam es mir auch schon hoch, und ich übergab mich.

Was war passiert? Felix hatte nach dem Sport meinen Anruf abgehört und war sofort alarmiert losgefahren. Er sagte später, er hätte bereits irgendwie so ein verdammt ungutes Gefühl gehabt, als er mich in der Humboldtstraße absetzte. Als er durch das offene Tor in den Garten rannte, kläffte ihm schon Marlowe entgegen. Er machte ihn los und klingelte. Als keiner öffnete, begann er, sich ernsthaft Sorgen zu machen, wo ich denn abgeblieben war. Zuerst versuchte er, mich auf dem Handy zu erreichen, ohne Erfolg natürlich – Elwira ging aus verständlichen Gründen nicht ran. Daraufhin umrundete er das Haus, während er laut meinen Namen rief. Und dann, sagte er, sei ihm fast das Herz stehen geblieben. Durch die Terrassentür sah er mich völlig zusammengesunken auf dem Küchensofa liegen. Ohne lange zu überlegen, schnappte er sich einen Stein aus der Wegeinfassung und schlug damit die Scheibe ein. Dann muss er mich irgendwie in den Garten gezerrt haben. Das war bestimmt Schwerstarbeit – der Ärmste! Das schwarz-weiße Schopfmeerschweinchen, das bewusstlos unterm Sofa lag, übersah Felix in der ganzen Panik. Es war Marlowe, der Herrn Kasimir behutsam wie einen Welpen zwischen die Fänge nahm und ins Freie brachte, wo er ihn hingebungsvoll ableckte – aber auch das weiß ich nur, weil Felix es mir erzählt hat.

Erst das, was nach dem nassen Handtuch kam, weiß ich wieder selbst. Ich werde heute noch rot, wenn ich daran denke, dass ich Felix auf die Sneakers gekotzt hab. Damals war ich jedenfalls nicht rot, sondern kreidebleich.

»Verdammt, Schwesterchen!«, sagte er, während er sich die Schuhe mit dem Gartenschlauch abspritzte. »Was ist passiert?«

Ich setzte mich benommen auf und wischte mir mit dem Handtuch das Gesicht ab. »Das ist eine komplizierte Geschichte.«

Einen Meter weiter kam noch jemand zu sich. Herr Kasimir schüttelte sich noch taumelnd Marlowes Sabber aus dem Fell. »Pfui Teufel!«

»Gott sei Dank!«, stieß ich erfreut aus. »Alle sind okay!«

»Mir ging's schon mal besser!«, gab Herr Kasimir matt zurück.

Felix sah mich kopfschüttelnd an. »Dass du Bully mithast, hab ich vorhin gar nicht bemerkt.«

»Bully?«, sagte ich leise. »Äh, nein.«

Felix zuckte mit den Schultern. »Du bist ein merkwürdiges Mädchen!«

»Ich weiß.« Ich setzte mich benommen auf.

»Trotzdem wäre es nett, wenn du mich demnächst mal aufklärst, was hier los ist.«

»Das ist, wie schon gesagt, eine komplizierte Geschichte.«

»Du wiederholst dich.«

Das wusste ich auch, aber ich hatte echt keine Ahnung, wie ich Felix verklickern sollte, dass ich, anders als er vermutet hatte, nicht in Sachen Liebe, sondern in Sachen Mord hier war.

Mein Kopf brummte und es fiel mir schwer, einen vernünftigen Gedanken zu fassen. Wäre ich klar gewesen, hätte ich es vermutlich auch gar nicht gewagt, Felix die unfassbare Wahrheit aufzutischen.

»Ich weiß, dass du nicht an Seelenwanderung glaubst«, begann ich zögernd.

Felix, der sich die Schuhe im Gras trocken wischte, hob die Augenbrauen. »Valentine, was soll der Quatsch?«

»Okay«, sagte ich. »Ich muss dir was erzählen, das du vielleicht für verrückt hältst. Aber tu mir bitte den Gefallen und unterbrich mich nicht.«

»Bin ganz Ohr.« Der Zweifel in seiner Miene ermutigte mich nicht gerade, ebenso wenig Herrn Kasimirs Stimme, die zwar noch schwach, aber dennoch sehr bestimmt klang. »Lass es! Erstens wird er dir im Leben nicht glauben. Und zweitens hat es absolute Priorität, jetzt so schnell wie möglich Elwira und ihren Komplizen zu finden!«

Doch ich ließ mich nicht von ihm beirren. Egal wie Felix reagierte, ich musste und wollte das Ganze endlich loswerden. »Also hör zu! Der Mann, der gestern beerdigt wurde …«

So knapp es eben ging, aber sicher holprig und lückenhaft, erzählte ich Felix von den haarsträubenden Ereignissen der letzten Tage. Angefangen von der Sache mit Bully und dem Stromschlag bis zu meinem Erwachen hier in Frau Kasmers Garten, wobei ich versuchte, mich auf das Wesentliche zu konzentrieren – was mir echt schwerfiel, weil ich definitiv noch nicht ganz online war.

Felix unterbrach mich zwar nicht, aber sein Gesicht

sprach Bände. Als ich verstummte, sagte er mit einem skeptischen Blick auf das schwarz-weiße Schopfmeerschweinchen, das neben mir im Gras saß und seinen Blick nicht weniger skeptisch erwiderte: »Herr Kasimir, also! Die neue Inkarnation des kleinen Henry?«

Ich hätte mich ohrfeigen können. Hatte ich wirklich gedacht, Felix würde mir meine absurde Geschichte glauben? »Idiot!«, zischte ich und sprang auf. – Genau genommen schrie ich eigentlich nur auf und setzte mich gleich wieder. »Halleluja, mein Fuß!«

»Komm, Schwesterchen!« Mein Bruder half mir vorsichtig hoch. Ich klammerte mich an ihm fest und blinzelte gegen die Tränen an.

»Du glaubst mir nicht«, schluchzte ich.

»Reg dich ab«, sagte Felix. »Einiges glaub ich, einiges nicht. Du bist ja noch völlig vernebelt, du vermischst Traum und Wirklichkeit. Aber an den Fakten ändert das nichts. Du bist, wie auch immer, in eine verdammt gefährliche Situation geraten, die dich fast das Leben gekostet hat.« Er schloss mich unwillkürlich in die Arme. »Mann, bin ich froh, dass es dir gut geht.«

Ich wischte mir die Nase ab und lächelte schief. Felix hatte mich, soweit ich mich erinnere, noch nie vorher umarmt. »Gut ist übertrieben.«

»Wie lange dauert das Kaffeekränzchen eigentlich noch?«, mischte sich Herrn Kasimirs Stimme in das

Chaos meiner Gedanken. »Der Todesengel entkommt uns noch.«

»Was sollen wir jetzt nur tun?«, antwortete ich.

Felix ließ verlegen von mir ab. »Die Polizei holen natürlich«, sagte er.

Herr Kasimir richtete sich plötzlich auf und pfiff. »Bis die kapiert haben, was Sache ist, sind die zwei über alle Berge! – Ihr müsst Marlowe auf sie ansetzen. Sag das deinem Bruder!«

Felix sah ihn erstaunt an. »Was hat er?«

»Glaub, was du willst, aber er sagt, wir müssen Marlowe auf die beiden ansetzen.« In diesem Moment war es mir wirklich ganz egal, was Felix glaubte.

Felix runzelte die Stirn. Ich zuckte mit den Schultern und beugte mich zu Herrn Kasimir hinunter. »Und wie sollen wir das machen, Herr Oberkommissar?«

Herrn Kasimirs Barthaare zitterten vor Tatendrang. »Geht in Elwiras Zimmer und zieh das Kopfkissen ab. Da sind Millionen von Hautschuppen dran. Das saubere Pärchen ist mit einem Cabrio weggefahren. Die Chancen, dass Marlowe Elwira trailen kann, sind deshalb gar nicht schlecht.«

»Super Idee!«, sagte ich. »Aber ich kann unmöglich weit gehen!«

»Frau Kasmers Rollstuhl steht im Wohnzimmer. Dein Bruder soll dich schieben.«

Felix unterbrach unsere Unterhaltung, von der er nur meinen Part mitbekommen hatte. »Hör mal, Valentine, du unterhältst dich doch nicht tatsächlich mit Bully? Das ist jetzt wirklich zu abgedreht …«

»Erstens unterhalte ich mich nicht mit Bully, sondern mit Herrn Kasimir und zweitens haben wir jetzt definitiv keine Zeit mehr, weiter darüber zu diskutieren.«

Felix sagte später mal, ich sei in diesem Moment dermaßen überzeugend rübergekommen, dass er an seinem eigenen Verstand gezweifelt hätte.

Als ich Herrn Kasimirs Vorschlag an ihn weitergegeben hatte, verschwand er jedenfalls im Haus und kam mit dem Kopfkissenbezug und Frau Kasmers Rollstuhl zurück. »Und jetzt?«, fragte er mit einem verwirrten Blick auf Herrn Kasimir.

Ich setzte mich in den Rollstuhl und nahm Herrn Kasimir auf den Schoß. »Was sollen wir Ihrer Meinung nach jetzt tun?«, fragte ich ihn.

»Nehmt die Wäscheleine da drüben ab. Ihr braucht zum Trailen fünf bis sieben Meter. Dann schick deinen Bruder in die Küche. Er soll nachsehen, ob Käse da ist. Sobald Marlowe den Geruch von Elwira aufgenommen hat, gibst du ihm den Suchbefehl.«

»Und wie heißt der?«

Herr Kasimir verdrehte die Kulleraugen. »SUCH natürlich!«

Ich war ziemlich erleichtert, dass mir Felix skeptische Einwände ersparte, als ich ihn bat, Herrn Kasimirs Anweisungen auszuführen.

Während mein Bruder in der Küche schon nach Käse suchte, rief ich Marlowe näher und knüpfte die Wäscheleine an sein Halsband. Dann hielt ich ihm Elwiras Kopfkissenbezug unter die Nase. Marlowe verstand sofort! Nach nur ein, zwei Atemzügen, reckte er schnuppernd die faltige Schnauze.

»Such!« Gespannt umklammerte ich die Leine. Augenblicklich zog Marlowe an und ehe ich wusste, wie mir geschah, setzte sich der Rollstuhl jäh in Bewegung.

»Feeelix!«, brüllte ich.

Als mein Bruder mit einem Päckchen Scheibenkäse aus dem Haus stürmte, rollte ich schon durchs offene Gartentor. In der Einfahrt, da wo das Cabrio geparkt hatte, blieb Marlowe einen Moment stehen, schließlich wandte er sich um und schnupperte ausgiebig an der Gartenmauer.

»Toll«, keuchte Felix, der uns atemlos gefolgt war. »Das wird nie was!«

Herr Kasimir pfiff empört. »Sag deinem neunmalklugen Bruder, er soll die Klappe halten! Hautschuppen verwehen mit der Luftströmung und bleiben an Mauern oder Hecken hängen. Marlowe weiß genau, was er da macht.«

Ich blitzte Felix gereizt an. »Du sollst die Klappe halten!«

»Sagt das dein Herr Kasimir?«

»Endlich hast du's erfasst!«

»Das bezweifle ich«, gab Felix mit rauer Stimme zurück, doch da zog Marlowe schon wieder dermaßen an, dass der Rollstuhl ins Schlingern kam. Felix konnte ihn eben noch fassen. Marlowe rannte an die fünfhundert Meter die Humboldtstraße hinauf. Felix japste schon wie ein Karpfen an der Angel, als der Hund an der Kreuzung zur Schillerstraße abrupt stehen blieb. Scheinbar verwirrt ging er planlos hin und her, hob mal die Nase und senkte sie wieder.

Ich seufzte auf. »Mann, jetzt hat er wohl wirklich die Witterung verloren!«

»Lass ihm Zeit!«, sagte Herr Kasimir. »Kreuzungen sind manchmal schwierig.« Schließlich entschloss sich Marlowe, in die Schillerstraße einzubiegen, dort legte er sofort wieder an Tempo zu.

19. KAPITEL

Wir müssen ein merkwürdiges Gespann abgegeben haben. Der massige unförmige Marlowe, der mit wehenden Hängeohren und schlabbernden Lefzen vor uns hertrabte, mich, mitsamt Rollstuhl im Schlepptau, und Felix, der mit hängender Zunge versuchte, Schritt zu halten und den Rolli vorm Umkippen zu bewahren.

Meine Aufgabe war vor allem, Marlowes Leine zu halten und VORSICHT zu brüllen. Trotzdem gab es etliche Fastzusammenstöße mit Passanten, die uns nicht eben freundliche Kommentare hinterherschickten. Am Ende der Schillerstraße bog Marlowe, ohne lange zu überlegen, in die Marktstraße ein. Wir näherten uns immer weiter der Innenstadt, was mir überhaupt nicht behagte, weil hier noch mehr Leute unterwegs waren.

»Glaubst du wirklich, der Hund weiß, was er tut?«, wandte Felix ein, als Marlowe urplötzlich stehen blieb und einen Mülleimer umkreiste. »Ich kann mir nicht vorstellen, wie er aus all den Menschen hier einen einzigen identifizieren soll, der noch dazu in einem Auto vorbeigefahren ist.«

»Sag ihm, dass er keine Ahnung hat«, bemerkte Herr Kasimir, der aufmerksam beobachtete, was Marlowe machte. »Dein Bruder hat grade mal schlappe fünf Millionen Riechzellen, Marlowe dagegen über zweihundert Millionen. Außerdem …«

Herr Kasimir unterbrach sich selbst mit einem erregten Pfiff. »Sieh nur!«

Marlowe stemmte seinen plumpen Körper hoch und kratzte wie wild an dem Müllbehälter.

Felix schüttelte seufzend den Kopf. »Da hat jemand wohl einen Hamburger entsorgt.«

»Blödsinn!«, sagte Herr Kasimir – was natürlich nur ich mitbekam. »Ich glaub, ein Blick in den Eimer lohnt sich.«

Ich hangelte den Rollstuhl mit dem gesunden Fuß zu dem Behälter und zog mich hoch.

»Was soll das?« Felix sah mir sichtlich genervt zu, als ich mit spitzen Fingern im Abfall herumkramte. Es war ja auch definitiv eklig, aber es sollte sich lohnen. Unter einer klebrigen Eistüte und einem angebissenen Apfel entdeckte ich etwas, das ich sofort erkannte: die grüne Mülltüte aus Elwiras Papierkorb! Marlowe kläffte begeistert, als ich den Fund herauszog und mich in den Rollstuhl zurücksinken ließ. Ich sah Felix triumphierend an. »Sie haben versucht, die Beweise verschwinden zu lassen! – Schau, hier …«

Aber Herr Kasimir unterbrach mich. »Quatscht nicht lang rum! Das Wichtigste ist jetzt, Marlowe sofort seine Belohnung zu geben. Alles andere muss warten!«

Ich gab Herrn Kasimirs Einwand an Felix weiter. Mein Bruder kramte verdattert den Käse aus seiner Jacke. Schwanzwedelnd verschlang Marlowe seine Belohnung. Während ich den cleveren Vierbeiner überschwänglich lobte, inspizierte Felix die Tüte. Stirnrunzelnd las er die Aufschrift auf dem Medikamentenfläschchen. »Ein Kalziumantagonist«, sagte er. »Das Zeug ist bestens geeignet, jemanden um die Ecke zu bringen, der ohnehin schon herzkrank ist.«

»Ganz was Neues!«, bemerkte Herr Kasimir. »Und jetzt lass Marlowe noch mal an dem Überzug schnuppern, damit er weiß, dass es weitergeht.«

Marlowe nahm die Spur sofort wieder auf. Zielstrebig führte er uns die Marktstraße hinunter, die stadtauswärts mit dem Bahnhof endet. Auf dem Pendlerparkplatz blieb er stehen und hob die Nase.

»Sie müssen hier geparkt haben«, sagte ich. »Aber ich kann das Auto nirgends sehen.«

Auch Felix sah sich suchend um. »Vielleicht sind sie wieder weggefahren.« Doch plötzlich schien Marlowe erneut Witterung zu haben, denn er zog kraftvoll in Richtung des Bahnhofgebäudes. Wir folgten ihm gespannt, aber meine Hoffnungen schwanden, als er vor einem Kassenautomat hielt. »Mist!«, zischte ich. »Sie sind uns entwischt.«

Felix nickte. »Die sind bestimmt über alle Berge. Wir hätten gleich die Polizei verständigen sollen. – Andererseits hat Marlowe Beweismittel aufgestöbert, die wir sonst bestimmt nicht entdeckt hätten.«

»Na gut«, sagte Herr Kasimir. »Einverstanden, der Zeitpunkt erscheint auch mir jetzt vernünftig.«

Ich nickte enttäuscht.

Felix zückte schon sein Handy, als sich Marlowe jäh wieder in Bewegung setzte. »Pass auf deinen Köter auf!« Ein älterer Mann wedelte wütend mit einer Zeitung. Marlowe hatte ihn fast umgerannt. Ich brüllte eine Entschuldigung, während der Rollstuhl auf den glatten Fliesen ein beängstigendes Tempo aufnahm. Trotzdem hielt ich die Leine fest umklammert und schrie in einer Endlosschleife: »Aus dem Weg! – Aus dem Weg!« Die Leute sprangen erschrocken zur Seite und sahen uns verwirrt nach. Felix holte uns erst ein, als Marlowe vor einer geschlossenen Tür haltmachte.

Mein armer Bruder war völlig aus der Puste. »Uff!«, keuchte er. »Das ist die Damentoilette. Da darf ich nicht rein.«

»Wahrscheinlich war sie auf dem Klo.« Ich stemmte mich aus dem Rollstuhl. »Du und Marlowe warten hier, ich geh mal rein.«

»Ich will mit!«, sagte Herr Kasimir.

Ich steckte ihn also in die Bauchtasche meines Sweatshirts und humpelte in den Waschraum. Marlowe versuchte mir zu folgen, aber Felix hielt ihn zurück.

Von den zehn Kabinen waren zwei belegt. Ich beugte mich nach unten, um wenigstens einen Blick zu erhaschen und erntete das strafende Hüsteln einer Frau, die sich gerade die Hände wusch. Ich grinste verlegen und tat, als ob ich mir die Schuhe binden wollte.

Diesen Moment nutzte Herr Kasimir, um auf den Boden zu springen. Einen Augenblick später ertönte ein Schrei, dann flog eine Kabinentür auf und eine dicke Frau, die panisch eine gewaltige fleischfarbene Unterhose hochzog, stürmte heraus. »Ratten!«, schrie sie. »Die haben hier Ratten.«

Damit floh sie, knapp gefolgt von der Hüstlerin aus dem Waschraum. Marlowe aber drängte ungestüm durch die offene Tür, wobei er Felix mehr oder weniger hinter sich herzerrte. Vor der letzten geschlossenen Kabinentür blieb er stehen und bellte sich fast die Seele aus dem Leib. Drinnen hörten wir jemanden Keifen, dann polterte es. Mit einem triumphierenden Pfeifen sauste Herr Kasimir unter der Tür hervor.

»Haben Sie was abgekriegt?«, presste ich besorgt hervor.

Herrn Kasimirs Barthaare zitterten, aber seine Stimme klang höchst zufrieden, als er sagte: »Ich bin okay. – Und so weit ich sehen konnte, gibt es hier nur eine Ratte. Und die sitzt in der Falle! – Marlowe hat sich seinen Käse redlich verdient.«

In diesem Moment öffnete sich die Tür zum Waschraum. »Was ist hier los?« Ein rotgesichtiger Mann in der Uniform des Ordnungsdienstes funkelte Felix finster an. »Männer haben hier nichts verloren – und Hunde schon gar nicht!« Dann entdeckte er Herrn Kasimir, der überrascht zu ihm hochblickte. »Und da haben wir ja auch die Ratte! Habt ihr nichts Besseres zu tun, als alte Damen in Angst und Schrecken zu versetzen?«

Ehe ich irgendetwas Erklärendes sagen konnte, hörten wir plötzlich eine kleine hilflose Stimme hinter der Kabinentür. »Helfen Sie mir, ich werde bedroht. Sie hetzen den Hund auf mich!«

Der Rotgesichtige wurde noch röter, als er ohnehin schon war. »Das geht jetzt wirklich zu weit!« Damit klopfte er schon an die Tür. »Kommen Sie raus! Die tun Ihnen nichts!«

Marlowes Flanken zitterten vor Erregung, als sich langsam die Tür öffnete und eine Frau erschien. Eine brünette Frau in einem Hosenanzug. Die Laptoptasche über ihrer Schulter gab ihr das Aussehen einer seriösen Geschäftsfrau auf Reisen.

»Was für eine armselige Tarnung«, bemerkte Herr Kasimir.

Ich hob ihn auf meine Schulter und sagte: »Die Verkleidung hilft Ihnen gar nichts, Elwira – oder soll ich Sabrina sagen – oder ist Ihnen Edda lieber? Und Marlowe lässt sich schon gar nicht täuschen!«

Tatsächlich zerrte der bullige Hund dermaßen, dass ihn Felix, der ihn am Halsband hielt, kaum bändigen konnte.

Elwira beäugte den Hund angstvoll, dann wandte sie sich Hilfe suchend an den Wachmann. »Ich weiß gar nicht, was die von mir wollen«, sagte sie mit weinerlicher Stimme. »Bestimmt handelt es sich um eine Verwechslung.«

»Hören Sie!« Nun wandte sich Felix an den Wachmann, der sichtlich überfordert zwischen uns stand. »Diese Frau ist eine mehrfache Mörderin. Sie hätte heute um ein Haar auch noch meine kleine Schwester umgebracht.«

Ich nahm ihm den schweren Hund ab, der sich vehement gegen seinen Griff stemmte. »Sitz!«, sagte ich. Marlowe befolgte das Kommando winselnd und widerstrebend. Klar, er hatte seine Beute gefunden – jetzt war Käse angesagt – und wo blieb der, bitte?

Ich nickte Felix zu. »Gib ihm Käse!«

Felix kramte die letzten zwei Scheiben aus der Jacke und gab Marlowe seine Belohnung.

»Die verwechseln mich mit jemandem«, jammerte Elwira. »Ich muss jetzt sofort los, sonst erwische ich meinen Zug nicht mehr.« Mit einem argwöhnischen Blick auf Marlowe, der sabbernd seinen Käse genoss, sie aber dabei keinen Moment aus den Augen ließ, bugsierte sie einen Trolley aus der Kabine.

Der Wachmann kratzte sich am Kinn, man konnte sehen, wie es unter seiner Mütze brodelte. Felix und ich sahen uns an. An ein großes Licht waren wir da leider nicht geraten.

Eine krächzende Stimme unterbrach das angestrengte Grübeln des Uniformierten.

»Valentine Telefon!«

Der Wachmann blickte sich verwirrt um.

»Ich bin Valentine!«, rief ich. »Das ist mein Handy! Sie hat es mir abgenommen!«

Valentine Telefon! – Valentine Telefon!

»A-aber ...«, stammelte der Wachmann.

»Geben Sie meiner Schwester das Handy zurück!«, fuhr Felix Elwira an, die sich in kleinen Schritten rückwärts Richtung Ausgang bewegte.

»Verdammt!«, schrie ich dem Wachmann zu. »Stehen Sie doch nicht so rum!«

»Entschuldigung«, sagte der Mann zu Elwira und streckte die Hand aus. »Darf ich mal einen Blick auf das Handy werfen?«

»Das dürfen Sie nicht!«, zischte Elwira. Sie drehte sich blitzschnell um, riss die Tür auf und versuchte zu entkommen. – Wie gesagt: versuchte …

Denn da ließ ich Marlowe los. Elwira blieb wie paralysiert stehen, weil Marlowe sogleich einen Satz machte und sich wütend knurrend vor ihr aufbaute. Mein gutmütiger Faltensack hatte sich jäh in einen zähnefletschenden Höllenhund verwandelt, dem man besser nicht in die Fänge geriet.

All das geschah in rasender Abfolge während im Hintergrund eine groteske Papageienstimme unentwegt *Valentine Telefon!* krächzte.

»Es kommt aus dem Trolley!«, rief Felix und fingerte den Reißverschluss auf, während Elwira kreidebleich am Türblatt klebte. Als Felix den Deckel hochklappte, stieß Elwira einen hysterischen Schrei aus. »Das Geld! Wo ist mein Geld?«

Schulterzuckend fischte Felix unter einem blauen Jerseyrock mein Handy heraus.

Elwira schien Marlowe völlig vergessen zu haben, sie stürzte sich auf ihren Koffer, wühlte konfus darin herum und faselte von ihrem Geld und dass sie bestohlen worden sei.

Ich hielt den knurrenden Marlowe am Halsband zurück und sah ihr ebenso ratlos zu, wie die beiden anderen.

Valentine Telefon!, krächzte es wieder.

»Gib her!«, sagte der Wachmann, er nahm Felix das Handy ab und presste es ans Ohr.

»Hallo?«

Ich stöhnte auf. »Sie müssen den grünen Knopf drücken!«

»Aha.« Seine dicken Finger tappten über das Display. »Hallo?«

Am anderen Ende hörte man eine männliche Stimme. »Valentine? Nein«, sagte der Wachmann. »Ich bin Wachmann am Bahnhof.« Er sah mich unsicher an. »Ja, ich glaub, die steht neben mir. – Polizei, ach …«

Als ich *Polizei* hörte, fiel mir ein Stein vom Herzen. »Danke, Julia!«, stieß ich aus.

Der gute Mann glotzte mich an, als sei ich soeben aus einem Raumschiff gestiegen, dann musterte er Elwira, die schluchzend über ihrem Koffer hing und schüttelte den Kopf. »Eine Blondine? – Nein …«

»Machen Sie doch die Augen auf, sie trägt eine Perücke!«, schrie ich ihn an. »Das sieht doch ein Blinder!« Damit riss ich ihm das Telefon aus der Hand.

»Hier ist Valentine«, brüllte ich. »Wir brauchen dringend Hilfe!«

Und dann kam der Moment meines großen Triumphes.

Die Stimme am anderen Ende sagte: »Bist du okay?« Ich erkannte sie auf Anhieb, obwohl ihr der typische arrogante Ton heute gänzlich fehlte. Es war Flatter, der erfreulich kleinlaut und höchst besorgt klang.

20. KAPITEL

Wie es dazu kam, ist schnell erzählt. Noch im Krankenhaus hatte Julia den Archivartikel gelesen. Nachdem man ihr bestätigt hatte, dass ihre Großmutter gerade noch mal Glück gehabt hatte, ließ sie sich mit einem Taxi zur Hauptwache fahren, wo sie sofort Anzeige gegen die Haushälterin erstattete und darauf drängte, dass zwei Polizisten sie zum Haus begleiteten. Dort fanden sie unerklärlicherweise eine offene Terrassentür, eine abgeschnittene Wäscheleine und in der Küche einen total verkohlten Braten. – Und sie stellten fest, dass Elwira ihre Sachen gepackt hatte und offenbar in aller Eile abgereist war.

Dann fand Julia verdächtige Einstiche in den restlichen zwei Pralinen – womöglich hatte Elwira sie nicht entsorgt, um den Verdacht auf mich zu lenken. – Da sich Julia hundertprozentig daran erinnerte, dass ihre Großmutter kurz vor dem Herzanfall davon gegessen hatte, benachrichtigten die Beamten die Mordkommission. – Und da trat Hauptkommissar Flatter auf den Plan.

Jedenfalls genoss ich es aus vollen Zügen, dass Flatter offensichtlich ein schlechtes Gewissen hatte. »Sie sind das also, Kommissar Flatter?«, sagte ich ins Telefon. »Hier ist die Landplage, die um Haaresbreite erstickt wäre, nur weil Sie ihr nicht glauben wollten!«

Herr Kasimir pfiff triumphierend. »Gib's dem aufgeblasenen Esel!«

Felix sah mich irritiert an, während der Wachmann sich am Kinn kratzte und Elwira wie ein Häufchen Elend auf dem Boden hockte. Wir überließen ihr die Entscheidung hinter einer Toilettentür oder im Bann des grimmigen Marlowe auf ihre Abholung zu warten. Sie entschied sich für die erste Lösung. Nachdem der Wachmann sie in die Kabine geschoben hatte, dauerte es keine Viertelstunde, bis vier Beamte in den Waschraum stürmten. Hinter ihnen trat Flatter ein. »Wo ist sie?«

»Ich hab sie festgesetzt!« Stolz zeigte der Wachmann auf die Kabinentür, hinter der Elwira auf ihre Verhaftung wartete.

Flatter maß mich mit einem erleichterten Blick, dann sagte er in dem bemüht freundlichen Ton, in dem man mit kleinen Kindern spricht: »Ist das etwa ein Meerschweinchen?«

»Wie man's nimmt«, gab ich zurück. »Er heißt …«

»Bully!«, setzte Felix hastig hinzu und sah mich beschwörend an.

Ich zuckte mit den Schultern und tätschelte Marlowe.

Flatter stutzte. »Das ist doch der Hund von Kommissar Kasimir? – Marvin oder so ähnlich …«

»Marlowe!«, sagte ich. »Und weil wir schon bei Herrn Kasimir sind: Auch er ist ein Opfer dieser Frau – schon bei seiner Beerdigung hab ich versucht, Ihnen das klarzumachen.«

Als Elwira das hörte, begann sie in der Kabine zu toben. »Du hässliche kleine Kröte!«, brüllte sie. »Das lass ich mir nicht auch noch anhängen!« Die Beamten zogen sie unsanft heraus und legten ihr Handschellen an, wobei sie so wild um sich trat, dass ihre Perücke verrutschte.

Der Wachmann sperrte den Mund auf, als wolle er einen Fußball verschlucken. »Sie-sie ist ja doch blond!«, stammelte er schließlich.

»Gut gemacht, Mann!«, sagte Flatter und klopfte ihm auf die Schultern.

Dann wandte er sich wieder an mich. »Ich denke, alles Weitere besprechen wir im Büro.«

»Sag ihm das bloß nicht mit Bully!«, raunte mir Felix zu, als wir kurz darauf in Flatters Dienstwagen saßen.

»Aber du glaubst es doch selbst«, flüsterte ich zurück.

»Quatsch!« Mein Bruder schüttelte den Kopf. Herr Kasimir pfiff empört. Felix sah ihn verunsichert an.

Natürlich hatte ich keine Sekunde ernsthaft vorgehabt, Flatter von Herrn Kasimirs seltsamer Verwandlung zu erzählen. Herr Kasimir selbst hatte mir dringend davon abgeraten. »Flatter hat so viel Fantasie, wie er Humor hat, nämlich null. Das hängt damit zusammen, dass es ihm an Grips fehlt«, sagte er. »Du wirst ihm irgendwie anders verklickern müssen, wie du darauf gekommen bist, dass ich keines natürlichen Todes gestorben bin.«

Das war zum Glück gar nicht so schwierig, wie ich befürchtet hatte. Nach der Festnahme von Edda Koslowski, einer seit vielen Jahren gesuchten Mörderin, war es Flatter ziemlich egal, wie genau ich auf ihre Spur gekommen war. Herr Kasimir fand, dass das typisch für ihn war, und nannte ihn einen oberflächlichen Dünnbrettbohrer. Tatsächlich gab sich Flatter plötzlich erstaunlich schnell damit zufrieden, dass ich eben ein besonders aufmerksames Mädchen war, das zufällig ein falsch zugestelltes Paket entdeckt hatte.

Mit der Festnahme von Edda Koslowski ist die Geschichte fast schon erzählt. Den Rest will ich kurz halten.

Die Polizei fand das Paket noch unangetastet in Herrn Kasimirs Wohnung – ich hatte ja nur Fotos davon gemacht. Und natürlich stimmten die Einstiche und die ganze Vorgehensweise genau mit den präparierten Pralinen in Frau Kasmers Wohnung überein. Außerdem sollte sich noch herausstellen, dass mindestens zwei weitere Morde auf ihr Konto gingen – die Angehörigen der Opfer meldeten sich bei der Polizei, als Elwiras Foto nun erneut durch die Presse ging.

Heiko fassten sie übrigens nur wenige Stunden später. Die beiden hatten ausgemacht, dass sie getrennt untertauchen wollten, um sich dann irgendwo im Ausland wieder zu treffen. Dass der Wunsch nach einem Wiedersehen einseitig war, bemerkte Elwira erst, als sie entdeckte, dass ihr hünenhafter Freund mit dem ergaunerten Geld und dem BMW, den sie ihm geschenkt hatte, die Fliege gemacht hatte. Wenn sie nicht so ein gemeines Monster gewesen wäre, hätte sie einem leidtun können.

Zu Herrn Kasimirs Erleichterung war eine Obduktion nicht nötig, weil die Spurensicherung genug brauchbare Fingerabdrücke auf dem Postpaket fand. »Es wäre mir auch extrem unangenehm, wenn man posthum an mir herumschnippeln würde«, sagte er. »Außerdem habe ich nur für eine Beerdigung Bestattungsvorsorge vereinbart.«

Glücklicherweise erholte sich Frau Kasmer von der Herzattacke. Von ihren Ersparnissen bekam sie jedoch nur einen kleinen Teil wieder. – Ein Happy End mit Abstrichen also.

Für Flatter war die ganze Sache hingegen der perfekte

Glückstreffer. Ohne selbst irgendetwas dazu beigetragen zu haben, verbuchte er die Festnahme ganz für sich. Er wurde von seinen Vorgesetzten belobigt und in der Zeitung gefeiert. Ja sogar unser begriffsstutziger Wachmann wurde groß herausgestellt. Herrn Kasimir fuchste das heftig, aber mir war das nur recht, ich war froh, dass der Albtraum hinter mir lag. Meinen besorgten Eltern erzählte ich nur das Nötigste und ich schärfte Felix ein, dass er den Mund halten sollte, was die Sache mit Bully anging – was er trotz seines Mitteilungsbedürfnisses Mum gegenüber wahrscheinlich sowieso getan hätte –, nicht zuletzt, weil er selbst nicht wusste, was er davon halten sollte.

So weit wäre alles überstanden gewesen – dachte ich.

Aber nur zwei Tage nach Edda Koslowskis Verhaftung standen schon frühmorgens ein Journalist und ein Fotograf vor der Tür. – Die Erklärung: Julia hatte einen Leserbrief geschrieben, in dem sie deutlich machte, dass nicht der großartige Kommissar Flatter den Fall aufgeklärt hatte, sondern eine Schülerin der zehnten Klasse. – Das war natürlich ein gefundenes Fressen.

Jedenfalls lichteten sie mich mit Marlowe und Herrn Kasimir ab, fragten mir ein Loch in den Bauch und machten eine Riesenstory daraus. *Mutiges Mädchen legt Todesengel das Handwerk.* Auf dem Foto seh ich aus wie ein grinsender Maulwurf – vielleicht sollte ich mir jetzt wirklich mal Kontaktlinsen zulegen –, aber Mum und Dad platzten fast vor Stolz.

Ups – Der Akku! – Der macht bestimmt gleich schlapp!

Aber ich bin sowieso am Ende meiner Geschichte. – Und wie schon gesagt, Herr Kasimir bat mich, sie aufzuzeichnen, weil er sagt, dass dieser Fall, nämlich sein 96-ster, sein entscheidendster Mordfall war – und da hat er vermutlich recht.

Ich bin echt froh, dass alles vorbei ist, aber unterm Strich hab ich nicht nur eine Menge über das Leben und den Tod gelernt.

Mein Bruder Felix ist mir seither definitiv näher, und in der Schule hatte ich nach dem Zeitungsbericht plötzlich einen Fanclub. Sie haben mich doch tatsächlich gefragt, ob ich Klassensprecherin werden will – will ich natürlich nicht!

Das Beste ist aber, dass ich zwei fantastische neue Freunde hab: Herrn Kasimir und Marlowe, den treuen Faltensack.

»Herr Kasimir?«

Ich glaub, er ist schon vor zwei Stunden eingeschlafen. Da schlummert er friedlich auf dem schwarzen Marmor in der Abendsonne – ausgerechnet auf dem Wort *Lupus*.

Ja, der Mensch ist dem Menschen ein Wolf! Aber eben denke ich, vielleicht kann man das auch so sehen: Wölfe leben in Rudeln und sie brauchen einander.

»Hallo, Herr Kasimir! – Aufwachen!«

…

»Was sagen Sie? – Ja, ich hab alles im Kasten.«

…

»Eine Zigarette? – Nein, Herr Oberkommissar! Ich zünde Ihnen jetzt keine Zigarette an!«

Verdammt, wann hört er endlich auf zu rauchen?

KRIMINALOBERKOMMISSAR
KASIMIR
EIN BRILLANTER GEIST
IN DER UNWÜRDIGEN HÜLLE
EINES NAGETIERS!

1. KAPITEL

Seit dem Tag, an dem Kriminaloberkommissar Kilian Kasimir in mein Leben getreten ist, frage ich mich bei jedem Toten, der in unserem Keller liegt, ob er auf natürliche Weise gestorben ist.

Ich muss vorausschicken, dass Herr Kasimir ermordet worden ist. Allerdings überlebte er den Mordanschlag auf wirklich absurde Weise. Sein Geist wurde nämlich durch einen Stromschlag in den Körper meines Meerschweinchens Bully gebeamt. Das heißt, hier neben mir sitzt ein Kriminaloberkommissar in einem Meeri-Body. Total abgefahren! Deshalb erzähle ich das auch nicht überall rum, zumal Herr Kasimir zwar hervorragend mit *mir* kommuniziert – aber leider halt auch ausschließlich mit mir. Nicht mal meine Eltern wissen davon. Das Meerschweinchen, das ich überall mit mir herumschleppe, ist für sie nach wie vor mein kleiner Bully. Ich hab einmal versucht, die Sache meinem eigentlich cleveren Bruder zu verklickern. Seither hält mich Felix wahrscheinlich für völlig durchgeknallt.

Meine Zweifel an den Todesumständen unserer Kundschaft haben sich leider erschreckend schnell bestätigt. Die Ereignisse der letzten zwei Wochen waren so haarsträubend, dass ich sie gleich wieder mit meinem Smartphone aufzeichne, ehe ich die unheilvollen Einzelheiten vergesse.

Da es schon den ganzen Tag in Strömen regnet, sitze ich diesmal nicht auf Herrn Kasimirs schwarzer Grabplatte. Heute hab ich mich ins Sarglager verzogen. Ich hab definitiv keine Lust, Mum zu erklären, warum ich stundenlang Selbstgespräche führe.

Als Tochter eines Bestatters fand ich nie was Besonderes daran, unter einem Dach mit Verstorbenen zu leben. *Leichen* sag ich nicht gern, das hört sich irgendwie abwertend an, find ich. Aber seit das mit Herrn Kasimir passiert ist, weiß ich, dass Jahr für Jahr unzählige Leute begraben werden, die umgebracht worden sind. Leute, bei denen ein dussliger, schlampiger oder gestresster Arzt einfach auf dem Todesschein *Natürlicher Tod* angekreuzt hat. Es ist kein gutes Gefühl, ein Mordopfer unter die Erde zu bringen, dem niemals Gerechtigkeit widerfährt, weil es nicht mehr reden kann. Ich hab Dad mal gefragt, ob er jemals wissentlich einen

Ermordeten beerdigt hat. Angeblich ist das in all den Jahrzehnten nicht ein einziges Mal vorgekommen. Dad meinte, das liege vor allem daran, dass wir in unserer Kleinstadt kein rechtsmedizinisches Institut hätten. Das ist nämlich so: Bei Mordverdacht wird immer obduziert. Der Tote wird also weggebracht und später von einer Firma bestattet, die das Institut beauftragt. – Obwohl Dad sich da sicher ist, sprechen die Zahlen dafür, dass es hundertpro irgendwann auch bei uns passiert sein muss.

Da mein Bruder *Engel und Sohn* ohnehin nicht übernehmen will, steht inzwischen mein Entschluss fest, das Geschäft später selbst weiterzuführen. *Engel* ist unser Nachname. – Felix studiert übrigens Medizin. Er will seinen Facharzt ausgerechnet in Pathologie und Rechtsmedizin machen. Das Gewerbe seiner Eltern hat ihn offenbar doch mehr geprägt, als er zugeben will. – Ich hab es mir jedenfalls zum Ziel gesetzt, später ein Bestattungsinstitut zu führen, in dem jedem unklaren Todesfall nachgegangen wird. – Der *Sohn* im Namen muss dann natürlich gestrichen werden.

Ich hoffe, bis dahin noch viel von Kriminaloberkommissar Kasimir zu lernen. Er hat bis zu seiner Pensionierung vom Polizeidienst immerhin fünfundneunzig Mordfälle aufgeklärt, logisch, dass er unheimlich viel kriminalistische Erfahrung hat. Nach den letzten Geschehnissen hab ich das ungute Gefühl, dass wir gemeinsam noch die Hundert vollmachen werden.

»Was sagen Sie, Herr Kasimir?«

...

»Okay, ich will's versuchen!«

Herr Kasimir sagte eben, ich soll endlich zur Sache kommen, weil wir sonst morgen noch hier sitzen.

Also, es war Freitagabend. Herr Kasimir und ich saßen auf meinem Bett, aßen Nüsschen und guckten fern. Marlowe lag auf dem Bettvorleger und schnarchte leise. – Marlowe ist eigentlich Herrn Kasimirs Hund, ein ehemaliger Polizeihund. Er ist zwar nicht schön – Bluthunde sind nun mal nicht schön. Aber er ist treu, gut erzogen und er hat eine untrügliche Nase. Nach vielem Hin und Her konnte ich meine Eltern zum Glück doch noch überreden, den verwaisten Hund zu adoptieren.

Freitag ist unser Krimi-Abend, auf den ist Herr Kasimir immer ganz scharf. Er nörgelt zwar die ganze Zeit rum, dass die Filmleute keine Ahnung von echter Polizeiarbeit hätten, und dass der Kommissar genauso ein Stümper sei wie Flatter.

Hauptkommissar Siegmund Flatter, muss man dazu wissen, war zuletzt Herrn Kasimirs Chef, und er ist tatsächlich ein ziemlicher Idiot, ich hab ihn kennengelernt.

Jedenfalls hatten sie den Toten im Film gerade aus dem Fluss gefischt, als Dad an meine Tür klopfte und auch schon im Zimmer stand. »Oh, du schaust fern!«

Ich drehte den Ton leiser.

Dad hüstelte. »Äh, ich wollte fragen, ob du heute mal mitkommen willst. Wir haben einen späten Kunden, und Olaf und Herr Hahn sind schon im Wochenende. Felix hab ich angerufen, er springt ein. Das ist eine gute Gelegenheit für dich, mal bei einer Hausabholung dabei zu sein. Du zeigst ja in letzter Zeit immer mehr Interesse fürs Geschäft. – Oder?« Er lächelte unsicher. Ich weiß, es freut ihn riesig, dass ich den Laden später übernehmen will. Andererseits will er mich auch zu nichts drängen, darum schob er auch gleich nach: »Aber wenn du lieber den Krimi guckst ...«

Ich überlegte kurz. Mit ›guter Gelegenheit‹ meinte Dad, dass wir unter uns waren, also Familie. Dad holt selten Kundschaft ab, das machen meistens unsere beiden Angestellten, Olaf und Herr Hahn. Deshalb nickte ich. »In fünf Minuten bin ich unten.«

»Zieh den Schwarzen an«, sagte Dad. »Du weißt ja ...«

Ich nickte und sprang aus dem Bett.

Herr Kasimir sah mir unwillig zu, als ich den schwarzen Hosenanzug aus dem Schrank holte. »Ausgerechnet an unserem Krimi-Abend«, hörte ich ihn vor sich hin brummen.

»Sie bleiben sowieso hier«, sagte ich. »Ich lass den Fernseher laufen, dann können Sie sich den Film zu Ende ansehen. – Und jetzt drehen Sie sich gefälligst um!«

Herrn Kasimirs Meeri-Schnauze wandte sich mit einem beleidigten Schnauben Richtung Fernseher. Ein Gentleman ist er, das muss man ihm lassen. Ich zwängte mich also in die Pietätsklamotten und steckte mit einer Klammer meine Putzwolle-Haare hoch. In unserer Branche gibt es einen strengen Dresscode. Bei einem Trauerfall kann man definitiv nicht im Girlie-Outfit oder Freizeitdress aufkreuzen. Ich warf einen letzten Blick in den Spiegel und ging zur Tür.

Marlowe hob den schweren Kopf und sah mich erwartungsvoll an. »Ne, Marlowe. Du bleibst auch hier.«

Schon auf der Treppe verfluchte ich den Hosenanzug. Das Ding klemmte wirklich überall. Verdammt, Mama hatte recht, ich hatte zugelegt.

Dad wartete schon auf mich. Er sah mich überrascht an.

Ich bannte eine trotzige Locke nach hinten. »Stimmt was nicht?«

»Ganz im Gegenteil, mein Schatz«, sagte er. »Du

siehst nur so erwachsen aus. Dass du gerade vierzehn geworden bist, glaubt man fast nicht.«

Ehrlich, sein Lob machte mich richtig stolz. Ich ließ mich in den breiten Beifahrersitz fallen. »Wen holen wir eigentlich ab?«

»Einen Herrn Knappmann, muss ein überraschender Tod gewesen sein«, sagte Dad. »Die Witwe hat ihn tot auf dem Sofa gefunden.«

»Schrecklich«, sagte ich.

Dad ließ den Wagen an. »Solche Todesfälle sind immer ein Schock für die Familie. Wenn einer lange krank ist, kann man sich wenigstens auf den Abschied einstellen, aber so was ...«

Ich nickte. »Was macht man eigentlich, wenn ein Angehöriger total verzweifelt ist?«

Dad zuckte mit den Schultern. »Da gibt es kein Rezept. Man muss erspüren, ob Trost erwünscht ist. Ein guter Bestatter sollte auch ein guter Psychologe sein.«

Unvermittelt brach ein Platzregen los, die Scheibenwischer flogen fast weg. Seit Tagen hatten wir typisches Aprilwetter. Wasserfluten rauschten über den Asphalt. Ich starrte aus dem Fenster. Mir war plötzlich unbehaglich. Erwartete mich jetzt gleich ein Platzregen von Tränen? Mit Trauer und Verzweiflung hatte ich bisher nicht viel zu tun gehabt. Wenn die Leute zu uns ins Geschäft kommen, sind sie meistens schon sehr gefasst.

Aber ich hatte nicht viel Zeit, darüber nachzugrübeln, denn da hielt Dad an, und Felix rannte, die Jacke über den Kopf gezogen, auf den Wagen zu. Er riss die Tür auf und quetschte sich hastig neben mich – eigentlich saß er fast auf mir. Leider ist der Firmenwagen ein Zweisitzer, früher hatten wir mal einen mit durchgehender Bank, aber so was gibt es heute nicht mehr. Okay, es ist nicht ganz nach Vorschrift, aber zur Not passt man auch mal zu zweit auf einen Sitz.

»Autsch!« Mit einem vorwurfsvollen Blick machte ich mich so schmal ich konnte.

Felix streifte sich die Nässe von den Ärmeln und grinste unverschämt. »Sorry, Schwesterchen, aber du hast ja genug Knautschzone.«

»Idiot!«, zischte ich.

Ich weiß selbst, dass ich ein bisschen zu viel auf den Rippen hab. Aber irgendwie ist es mir auch wieder egal. Nur mag ich es nicht, wenn andere darauf herumhacken.

Dad warf uns einen Blick zu, der das Geplänkel unterbrach.

Zum Glück hörte der Regen ebenso plötzlich auf, wie er begonnen hatte. Als wir vor einem Mehrfamilienhaus aus dem Wagen stiegen, tröpfelte es nur noch.

Dad klingelte. »Dritter Stock. Hoffentlich ist das Treppenhaus nicht so eng.«

Während ich Dad und Felix beklommen nach oben folgte, verspürte ich ein dringendes Bedürfnis. Wahrscheinlich Nervosität. Mist! Warum war ich auch daheim nicht noch mal aufs Klo gegangen?

Obwohl die Wohnungstür offen stand, klopften wir. Ein junger Mann, älter als ich, aber jünger als Felix, erschien im Flur. »Kommen Sie, meine Mutter ist in der Küche!«

Eine abgearbeitete Frau mit ungepflegten grauen Haaren, so um die fünfzig, saß am Tisch. Sie begrüßte uns mit versteinerter Miene. »Er liegt im Wohnzimmer«, sagte sie tonlos.

»War der Arzt schon da?«, erkundigte sich Dad.

Sie nickte und schob Dad den Totenschein hin.

Dad sah ihn durch und steckte ihn ein. »Gut«, sagte er dann, »kann ich ihn sehen?«

»Patrick …« Auf die Aufforderung seiner Mutter hin setzte sich der junge Mann wortlos in Bewegung.

Ich war heilfroh, dass mir Gefühlsausbrüche offenbar erspart blieben.

Unter einer Wolldecke lag ein lebloser Körper auf dem Sofa. Ein Kissen war zu Boden gefallen. Auf dem Couchtisch standen eine Wodkaflasche, ein Glas, ein Päckchen Tabak und ein übervoller Aschenbecher mit den winzigen Stummeln selbst gedrehter Zigaretten. Der widerliche Geruch von Alkohol und Tabakrauch hing schwer im Raum.

Patrick, der meinem Blick auf die Flasche gefolgt war, verzog den Mund. »Er hat wie ein Loch gesoffen, und geraucht hat er wie ein Schlot. Es musste irgendwann so kommen!«

Ich hob die Augenbrauen. Was war das denn für einer? Ich meine, sein Vater lag tot auf dem Sofa! Da erwartet man zumindest nicht so was! Ich glaubte, aus seiner Stimme fast etwas wie Erleichterung, wenn nicht sogar Hohn zu hören, keinesfalls aber Trauer.

Dad hob die Decke an, um sich einen Eindruck von der Größe des Mannes zu machen. Dann nickte er Felix zu. »Das sollte kein Problem geben. Komm, holen wir die Trage!«

Patrick ging zurück in die Küche, um sich um seine Mutter zu kümmern. Ich blieb etwas ratlos mit dem Toten zurück. Seine Augen waren geschlossen, sein Gesicht rot. Wenn sie ihn aufbahren wollten, würde Olaf einen Haufen Arbeit mit ihm haben. Eine innere Stimme – Herr Kasimir würde es vermutlich Instinkt nennen – brachte mich plötzlich auf den Gedanken, den Toten auf dem Sofa zu fotografieren. Ich denke, es war im Grunde schon das aufkeimende Misstrauen diesem herzlosen Sohn gegenüber. Ich horchte – draußen war alles ruhig. Obwohl ich mir irgendwie schräg vorkam, machte ich die Deckenlampe an und knipste mit dem Handy ein paar letzte Erinnerungen an den armen

Herrn Knappmann. Dann ging ich in den Flur, um nach dem Badezimmer Ausschau zu halten.

Patrick erschien in der Küchentür. Es war mir zwar peinlich, aber was sein muss, muss sein. »Kann ich mal die Toilette benutzen?«

Patrick nickte und zeigte nach rechts. »Kommst du dann in die Küche? Meine Mutter hat ein paar Fragen.«

»Okay«, sagte ich. »Ich hoffe, ich kann sie beantworten.«

Das Bad war sauber, aber total unmodern, aus den Siebzigern, schätze ich. Oma Engels Bad hat fast die gleichen rosa-melierten Fliesen. Auf der Spiegelablage stand außer Rasierzeug und Zahnputzutensilien nur eine Dose Nivea. Frau Knappmann schien sich aus Kosmetik nicht viel zu machen.

Der Klodeckel war geschlossen. Ich hob ihn an und spülte, das mach ich immer bei fremden Toiletten. Irgendetwas wirbelte mit dem Wasserstrudel hoch. Bei näherem Hinsehen erkannte ich einen weißen Zigarettenstummel, der sich aber nicht wegspülen ließ. Was die Leute am Rauchen finden, versteh ich wohl nie. Ich dachte an Herrn Kasimirs rauchgeschwängerte Wohnung. Sicher hatte er früher auch auf dem Klo geraucht.

Als ich in die Küche kam, starrte Frau Knappmann auf das Muster einer billigen Wachstischdecke wie auf ein Mandala.

Ich räusperte mich. »Wie kann ich Ihnen helfen?«

Frau Knappmann hob den Kopf und straffte sich. »Was kostet eine Urnenbestattung?«

Ihre brüske Frage überforderte mich für einen Augenblick.

Patrick legte die Hand auf ihre Schulter. »Meine Mutter will eigentlich nur wissen, was billiger ist, Urne oder Grab?«

Ich schluckte. Okay, die Kostenfrage taucht immer auf, aber doch nicht gleich als Erstes.

»Das kommt drauf an«, sagte ich zögernd – es war das erste Mal, dass ich ein Kundengespräch führte. »Welcher Sarg, Aufbahrung oder nicht, Grabstelle oder anonyme Bestattung. Bei der Urnenbestattung kommt die Überführung ins Krematorium dazu – einen Sarg brauchen Sie aber trotzdem. Und dann noch die Kosten für die Leichenschau, die Urne und die eigentliche Kremierung.« *Kremierung* ist eigentlich nur ein anderes Wort für *Einäscherung*, aber ich finde, es hört sich definitiv professioneller an.

Frau Knappmann erwachte schlagartig aus ihrer Apathie. »Moment«, sagte sie. »Unser Hausarzt hat die Leichenschau doch schon erledigt.«

Ich nickte. »Das stimmt, aber vor jeder Kremierung muss eine zweite Leichenschau durch einen Arzt gemacht werden. Das schreibt das Gesetz so vor.«

»Das wusste ich nicht«, erwiderte Frau Knappmann heiser. »Dann Erdbestattung. Ich werde das alles mit Frau Kuckelkorn besprechen. Die arbeitet doch bei euch.«

Ich sah sie überrascht an. »Sie kennen Frau Kuckelkorn?«

»Schon viele Jahre«, sagte Frau Knappmann. »Wir singen zusammen im Kirchenchor von Sankt Andreas. Freitag ist immer Probentag.«

»Heute ist Freitag«, bemerkte ich.

Sie nickte abwesend. »Als ich um halb neun heimkam – ich war mit den anderen noch in *Marios Pizzeria* –, lag mein Mann leblos auf dem Sofa.«

»Es war ein schrecklicher Schock für meine Mutter«, mischte sich Patrick ins Gespräch. »Sie hat mich im Studio angerufen. Ich hab alles stehen und liegen lassen und bin hergerast.«

Frau Knappmann griff nach seiner Hand. »Wenn ich dich nicht hätte.«

»Du hättest vor zwei Jahren mit mir ausziehen sollen«, erwiderte Patrick.

Ohne seine Hand loszulassen, starrte sie vor sich hin. »Du weißt, dass das nicht ging. – Und jetzt …« Sie schwieg.

Patrick löste seine Hand aus ihren Fingern und klopfte ihr auf die Schultern. »Jetzt wird alles gut.«

Ups, dachte ich. Dieser Todesfall löst also ein Familienproblem. Meine Skepsis wuchs. Patrick machte keinen Hehl daraus, was er von seinem Vater hielt. Und auch Frau Knappmann verhielt sich nicht so, wie man es von einer urplötzlich verwitweten Gattin erwartete.

Draußen hörte ich Dad und Felix hantieren. Ich ging ins Wohnzimmer zurück. Dad zog gerade den Reißverschluss des Leichensacks auf, während sich Felix über den Kopf des Toten beugte.

»Fass mal mit an, Herr Doktor! Wir sind hier nicht in der Pathologie«, sagte Dad. »Die Leichenbeschau hat der Hausarzt schon erledigt. Jetzt kommt der anstrengende Teil.«

Gemeinsam hoben sie den untersetzten Mann auf die Trage. Nun sah man, dass er einen total ausgebeulten Freizeitanzug aus Polyester trug.

Dad richtete sich auf und drückte mir ein Formular und einen Kuli in die Hand. »Frag Frau Knappmann bitte, ob sie eine Aufbahrung wünscht, und ob wir gleich einen Anzug mitnehmen sollen. Und gib ihr das hier, sie soll die Abholung quittieren. Den Auftrag zur Bestattung kann sie dann am Montag bei Frau Kuckelkorn ausfüllen!«

Während Dad und Felix die Trage schon ins Treppenhaus schleppten, ging ich noch mal in die Küche und reichte Frau Knappmann Zettel und Stift.

»Es geht nur um die Abholung«, versicherte ich ihr, als sie das Formular sichtlich widerwillig unterschrieb. Auf meine Frage nach Aufbahrung, reagierte sie, wie ich es erwartet hatte.

»Nein, danke«, zischte sie in einem Ton, als hätte ich ihr einen gepökelten Frosch serviert. »Er soll beerdigt werden, wie er ist.«

Patrick grinste bitter. »Aus dem Trainingsanzug ist er seit Jahren nicht rausgekommen, wahrscheinlich ist das Ding sowieso an ihm festgewachsen.«

Die Anzugfrage war damit also geklärt, obwohl ich mir nicht sicher war, ob das mit einem Trainingsanzug aus Kunstfaser klarging. Seit einigen Jahren muss die Kleidung der Toten aus Umweltschutzgründen verrottbar sein. – Dad würde das später schon klären.

»Ooookay«, erwiderte ich gedehnt und nahm den unterschriebenen Zettel an mich. »Mein Vater sagt, Sie sollen am Montag früh in die Firma kommen, um alles Weitere zu besprechen.«

»Am Montagmorgen – da müsste ich mir freinehmen«, wandte Patrick ein. »Geht nicht auch Spätnachmittag?«

Ich zögerte. »Na ja, das verschiebt den ganzen Behördenkram ...«

»Keine Sorge, Patrick. Ich schaff das schon allein!«, sagte Frau Knappmann. Mit unverkennbarem Stolz in den Augen sah sie mich an. »Patrick ist nämlich Executive Assistant im MOVE-FOR-FUN-Club.«

»Das ist toll«, sagte ich höflich, und dachte, dass diese aufgeblähten amerikanischen Bezeichnungen echt was hermachten, was immer sich auch dahinter verbarg. Jedenfalls erklärte Patricks Arbeit in einem Fitnessstudio seine muskulösen Schultern.

»Gut, damit wäre so weit alles klar.« Ich hob die Hand. »Dann einen schönen Abend noch.« Erst beim Rausgehen fiel mir ein, wie bescheuert mein Abschiedsgruß sich angehört haben musste. Andererseits wurde ich das beklemmende Gefühl nicht los, dass den beiden in der Küche dieser überraschende Tod nicht nur gleichgültig war, sondern vielleicht sogar gelegen kam. Ich nahm mir vor, mit Herrn Kasimir darüber zu sprechen.

2. KAPITEL

Als ich mein Zimmer betrat, saß Herr Kasimir übellaunig in seinem Käfig. Mum hatte den Fernseher ausgeschaltet, und den vermeintlichen Bully hinter Gitter gebracht. Dass ich mein Meerschweinchen mit ins Bett nehme, ist ihr ohnehin ein Dorn im Auge.

»Den Abend hatte ich mir anders vorgestellt«, maulte Herr Kasimir mich an. »Jetzt habe ich die Auflösung verpasst, dabei wusste ich schon nach zehn Minuten, wer der Mörder war.«

Er sprach von dem Krimi. »Dann ist es ja nicht so schlimm, wenn Sie es eh wussten«, gab ich zurück und öffnete die Schranktür, damit er mich beim Umziehen nicht sehen konnte.

Marlowe kam erwartungsvoll auf mich zu. Seiner Körpersprache entnahm ich, dass er noch mal rausmusste. »Ach Marlowe! – Wirklich?«

Seufzend schälte ich mich aus der engen schwarzen

Hose und schlüpfte in eine Leggins. – Ich weiß, ich sollte besser keine tragen. Aber erstens sind die saubequem, und zweitens: Im Dunkeln sieht mich ja keiner.

»Kommen Sie mit?«, sagte ich zu Herrn Kasimir, zog ein Sweatshirt über und steckte die angebrochene Tüte mit den Knabbernüssen ein.

»Hast du inzwischen Zigaretten besorgt?«, fragte Herr Kasimir in dem fordernden Ton, den ich an ihm so liebe.

»Verdammt! Nein!«, raunzte ich ihn an. »Wie denn? Ich bin unter achtzehn! Jugendschutz! Schon mal gehört? – Außerdem haben wir grade vorhin wieder so einen Kettenraucher abgeholt. Noch gar nicht sehr alt und tot wie ein Stein.«

»Ich möchte anmerken, dass ich durchaus nicht durchs Rauchen gestorben bin«, erwiderte Herr Kasimir unterkühlt.

Wo er recht hatte, hatte er recht, er war definitiv ermordet worden. – Unverzüglich erschien vor mir das rote Gesicht des Toten auf dem Sofa. Gab es hier eine Parallele oder sah ich Gespenster?

Ich bin zwar dagegen, dass Herr Kasimir raucht, da er aber einen frustrierenden Abend hinter sich hatte, wollte ich im Aufenthaltsraum nachsehen, ob Herr Hahn zufällig seine Zigaretten liegen gelassen hatte, was gelegentlich vorkommt. Ich setzte mir Herrn Kasimir auf die Schulter und ging nach unten. Marlowe trabte geräuschvoll hinter uns her. Was die Zigaretten anging – Fehlanzeige.

»Sie werden es sich abgewöhnen müssen«, sagte ich und kramte die Nüsse heraus. »Wie wär's hiermit?«

Aus den Augenwinkeln sah ich seinen verachtenden Blick. »Durch Fettleibigkeit sterben mehr Leute als durchs Rauchen.«

Ich ignorierte seine Bemerkung und rief Dad, der eben aus dem Büro kam, zu: »Ich geh noch mal kurz mit Marlowe raus.«

Dad nickte. »Gut. Ich bin übrigens sehr stolz auf dich, Valentine. Ich finde, du hast deine Sache heute super gemacht!«

»Danke«, sagte ich und legte Marlowe die Leine an. »Eine komische Familie war das.«

Er lächelte. »Das ist das Interessante an unserem Beruf, man lernt die unterschiedlichsten Leute kennen.«

Nicht weit von uns ist das ideale Hundeklo. Die Kastanienallee. Ein Baumstamm nach dem anderen reiht sich auf einem breiten Grünstreifen, der den Gehweg von der Straße trennt, dazwischen hie und da Parkbänke. Ein wahres Paradies für Hundehalter und Beinchenheber.

Marlowe steuerte auch gleich auf seinen Stammbaum

zu. Leider hob er nicht nur das Bein, sondern nahm eine eindeutige Stellung ein.

»Verdammt, ich hab keine Tüte dabei!«, sagte ich. »Scheiße!«

»Du triffst es auf den Punkt«, erwiderte Herr Kasimir trocken, während wir zusahen, wie Marlowe einen respektablen Haufen ins Gras setzte.

Ich kramte in meiner Jacke. Nichts, außer den Nüssen. Jeder andere hätte jetzt wahrscheinlich schleunigst die Kurve gekratzt, zumal ohnehin gerade niemand zu sehen war. Aber Hundekacke einfach liegen zu lassen, geht mir komplett gegen den Strich. Ich hab mich über diese stinkenden Tretminen schon tierisch aufgeregt, ehe ich selbst einen Hund hatte. Erst letzten Sommer bin ich volle Pulle in eine reingelatscht. Mit Flip-Flops! – Echt, ich hab mir neue gekauft.

Ich zog also die Nüsse heraus und betrachtete die, zugegeben, etwas kleine Verpackung, aber sie war besser als gar nichts.

»Okay«, sagte ich und setzte mich auf eine Bank. »Dann machen wir die mal leer. Ich muss Ihnen sowieso noch was erzählen. – Wollen Sie jetzt welche?«

»Ein paar nehme ich, auch wenn mir eine Zigarette lieber wäre«, antwortete Herr Kasimir. »Um was geht's?«

In den nächsten zwanzig Minuten knabberten wir

Nüsse, während ich ihm meine Beobachtungen bei der Abholung schilderte.

Herrn Kasimirs Aufmerksamkeit steigerte sich zusehends, seine Barthaare zitterten erregt, als er schließlich fragte: »Welche Todesursache stand auf dem Totenschein?«

Ich zuckte mit den Schultern. »Keine Ahnung.«

»Dann verschaff sie dir!« Herr Kasimir schnaubte. »Ich wette, plötzlicher Herztod oder etwas in der Art. Genau wie in meinem Fall. – Natürlicher Tod …«

Ich bekam Gänsehaut, er schien meinen vagen Verdacht tatsächlich zu teilen. »Glauben Sie wirklich, er wurde umgebracht?«

»Glauben ist nicht wissen«, sagte Herr Kasimir. »Für eine polizeiliche Ermittlung gäbe es nicht annähernd einen Anfangsverdacht. Aber für einen alten Hasen mit Spürnase wie mich reicht er.«

Ganz in Gedanken zerknüllte ich die Tüte. »Heißt das, wir gehen der Sache nach?«

»Warum nicht?«, sagte Herr Kasimir. »Ein bisschen Detektivarbeit tut meinen grauen Zellen gut. Das stupide Leben eines Kleinnagers füllt mich nicht annähernd aus. – Übrigens, was machst du da eigentlich?«

Ich stöhnte auf. »Mist!« Damit glättete ich den zerknitterten Beutel wieder und stand auf.

Marlowe, der inzwischen zu meinen Füßen lag, erhob

sich ebenfalls. Als ich mich über seine Hinterlassenschaft beugte, sah er interessiert zu.

Was dann geschah, will ich kurzhalten, weil ich jetzt noch würgen muss. Nur so viel: die blöde Tüte war definitiv zu klein, und das Plastik viel zu steif für den geschickten Entsorgungsgriff.

Mein Schrei muss durch die Stadt gehallt sein. Glück war noch, dass ich in einem Abfallkorb eine alte Zeitung fand, sodass ich das Ärgste abstreifen konnte. Jedenfalls rannte ich, die Rechte weit von mir gestreckt, heimwärts. Mit der Linken fummelte ich die Tür auf und raste ins Besucher-WC, um mir eine gefühlte halbe Stunde die Hände zu waschen. Erst als Herr Kasimir sagte, ich sollte die Haut vielleicht doch dranlassen, drehte ich den Wasserhahn zu.

Meine Eltern waren oben in der Wohnung und sahen fern. Ich nutzte die Gelegenheit, um in Dads Büro einen Blick auf den Totenschein zu werfen. Wie ich es mir gedacht hatte, lag das Formular ganz oben im Ablagekorb. – Anders, als der Name vermuten lässt, besteht ein Totenschein aus mehreren Blättern. Ich setzte Herrn Kasimir also auf den Tisch und wühlte mich durch die Angaben. »Natürlicher Tod«, murmelte ich und blätterte weiter. »Vermutlicher Sterbezeitpunkt zwischen 17 und 19 Uhr … Warten Sie, hier steht's! – Myokardinfarkt oder Apoplex«, buchstabierte ich. »Hä?«

»Herzinfarkt oder Schlaganfall«, klärte Herr Kasimir mich auf. »Darauf hätte ich gewettet.«

»Hm«, sagte ich. »Ich hatte irgendwie gleich so ein ungutes Bauchgefühl. Deshalb hab ich auch Fotos von dem Toten gemacht.«

Herr Kasimir sah zu mir hoch. »Ja, du entwickelst dich tatsächlich zu einer brauchbaren Kriminalassistentin.«

Obwohl ich es ihm nicht zeigte, freute ich mich über seine Bemerkung. Herr Kasimir neigt normalerweise nicht zu Lobhudelei. Rumnörgeln liegt ihm leider sehr viel mehr.

Als ich ins Bett ging, überschlugen sich meine Gedanken. Gut, wir hatten einen Verdacht. »Anfangsverdacht«, wie Herr Kasimir das nannte. Aber sonst hatten wir nichts! Rein gar nichts. Und dazu standen wir wieder einmal vor unserem Hauptproblem: Welche Möglichkeiten hatten ein minderjähriges Mädchen und ein Kriminaloberkommissar in einem Meerschweinchenkörper, diesen Verdacht zu überprüfen?

Nachdem ich also ewig nicht hatte einschlafen können, wachte ich für einen Samstagmorgen auch noch viel zu früh auf. Ich sprang aus dem Bett und schloss das Handy am PC an, um die Fotos auf die Festplatte zu kopieren. Vielleicht sah man auf den Bildern was.

Der Begrüßungsjingle des Computers weckte Herrn Kasimir. Er kroch aus seinem Schlafhäuschen und streckte sich. »Ich hab miserabel geschlafen«, teilte er mir verdrossen mit. »Musst du in aller Herrgottsfrühe so einen Lärm veranstalten? – Was machst du da überhaupt?«

Ich starrte weiter auf den Bildschirm. »Ich wollte mal einen Blick auf die Fotos werfen.«

»Ohne mich?!« Herr Kasimir richtete sich empört am Gitter auf. »Könntest du mich freundlicherweise aus diesem verfluchten Meerschweinchenknast befreien!«

Ich befreite ihn also aus dem *verfluchten Meerschweinchenknast* und setzte ihn auf dem Computertisch ab.

Bis heute hadert Herr Kasimir mit seinem Schicksal. Ist ja auch verständlich. Ich meine, ich will mir lieber nicht vorstellen, wie es sich anfühlen muss, plötzlich im Körper eines Meerschweinchens aufzuwachen.

Die Bilder waren gar nicht so schlecht, heißt: die Qualität. Was drauf war – na ja. Schön ist anders.

»Dem roten Gesicht und der leeren Flasche nach zu urteilen, war der gute Herr Knappmann wohl wirklich ein Säufer«, bemerkte Herr Kasimir.

Ich nickte. »Das hat sein Sohn deutlich gesagt. Und dass er zu viel geraucht hat.« Ich vergrößerte das Foto und zeigte mit der Maus auf den Aschenbecher.

»Selbstgedrehte«, stellte Herr Kasimir fest. »Das macht ihn mir direkt sympathisch.«

Na ja, ich konnte nicht sagen, dass mir an dem Mann irgendetwas sympathisch war. Lebend hatte ich ihn zwar nicht kennengelernt, aber selbst dem Toten sah man noch an, dass er kein Freund übertriebener Körperpflege gewesen sein konnte. Das Rasierzeug im Bad schien er länger nicht benutzt zu haben, und seine Haare glänzten speckig. Trotzdem tat er mir leid, deshalb sagte ich: »Hat nicht jeder ein bisschen Trauer verdient?«

»Jeder bekommt die Trauer, die er verdient«, gab Herr Kasimir zurück. »Dennoch ist es ungewöhnlich, dass sein plötzliches Ableben die nächsten Angehörigen so gar nicht berührt.«

»Aber ist das nicht ein bisschen wenig für einen Mordverdacht?«, wandte ich ein.

»Viel ist es leider wirklich nicht«, gab Herr Kasimir zu. »Und übers Wochenende können wir so gut wie gar nichts unternehmen. Am Montag interviewst du erst mal Frau Kuckelkorn. Vielleicht weiß sie etwas über die Familie, das uns weiterbringt. Übrigens, wenn er nicht eingeäschert wird – wann ist dann voraussichtlich die Beerdigung?«

Ich zuckte mit den Schultern. »Sicher nicht vor Dienstag. Samstag, Sonntag haben die Ämter zu. – Wissen Sie was, wir könnten den Knappmanns heute mal einen Besuch abstatten. Ich sag einfach, ich hätte was bei ihnen vergessen.«

Herr Kasimir schwieg für einen Moment, dann brummelte er: »Warum nicht, wir haben eh nichts Besseres vor.«

Seine Zustimmung war schon das zweite Lob für heute. Er mochte es normalerweise nicht, wenn die Ideen von mir kamen.

Nach dem Frühstück zog ich eines meiner geliebten Hoodies über – ich hab die Dinger in fast allen Farben. Ich setzte Herrn Kasimir auf meine Schulter und schob meinen alten Drahtesel aus dem Schuppen. Marlowe wedelte erfreut mit dem Schwanz, das Fahrrad deutete auf einen längeren Ausflug hin. Trotz seines schwerfälligen Aussehens liebt er es, neben dem Rad herzutraben, dass seine langen Ohren klatschen. Da ich nie besonders schnell fahre, was einerseits an der veralteten Dreigangschaltung, andererseits an meiner verbesserungswürdigen Kondition liegt, kommt er mühelos mit. Inzwischen leine ich ihn auch nicht mehr an, wenn wir mit dem Rad unterwegs sind. Herr Kasimir meint, es sei sicherer so, auch wenn es gegen die Hundeverordnung verstößt. Ich denke, er hat recht. Ein Fünfzig-Kilo-Hund, der sich in der Leine verheddert, ist definitiv eine größere Gefahr für den Straßenverkehr als ein freilaufender Fünfzig-Kilo-Hund, der aufs Wort gehorcht. Und Marlowe gehorcht aufs Wort.

»Ist es weit?«, erkundigte sich Herr Kasimir, dem der Fahrwind das Fell bürstete.

»Etwa zwanzig Minuten«, gab ich zurück. »Es ist frisch. Soll ich Sie lieber in die Tasche stecken?«

»So schnell steckst du mich nicht in die Tasche«, konterte Herr Kasimir. »Ein sturmerprobter Polizist wie ich ist schließlich kein Weichei.«

Ich kommentierte seine doppeldeutige Äußerung nicht, obwohl ich ihn tatsächlich lieber ins Hoodie gesteckt hätte, weil ich spürte, dass er vor Kälte bibberte. Aber ich weiß ja: Herr Kasimir zieht den Platz auf meiner Schulter dem in den Tiefen der Bauchtasche vor. Er legt großen Wert darauf, auf Augenhöhe mit mir zu sein, was, rein körperlich gesehen, natürlich völlig unmöglich ist. Also trat ich fester in die Pedale, um die Fahrt so kurz wie möglich zu halten.

»Hast du dir eigentlich schon Gedanken gemacht, was du vergessen hast?«, erkundigte sich Herr Kasimir.

Ich nickte. »Hab ich. Dads Kuli, den hab ich nämlich tatsächlich liegen lassen.«

»Dann ist deine Schussligkeit direkt mal was wert«, bemerkte Herr Kasimir, der sich wahrscheinlich einen wertvollen Kugelschreiber vorstellte. Ich ließ ihn in dem Glauben, obwohl es sich um einen Werbekugelschreiber mit unserer Firmenadresse handelte, die Dad andauernd an Kunden verschenkt.

Auch ich war ziemlich durchgefroren, als ich endlich vor dem Mietshaus stoppte, aus dem wir den bedauernswerten Herrn Knappmann gestern abgeholt hatten. Dieser April war verdammt kalt, vor ein paar Tagen hatte es sogar noch mal geschneit. Typisch. Kaum begannen die Osterferien, wurde das Wetter schlecht.

Ich stellte das Rad ab und wies Marlowe an, auf uns zu warten. Er setzte sich zwar folgsam hin, sah mir aber vorwurfsvoll nach, als ich in der Eingangstür verschwand. Während ich die Treppen hochstieg, verstaute ich Herrn Kasimir nun doch in der Bauchtasche. Mein magerer Vorwand mit dem Kuli war schon schräg, mit einem Meerschweinchen aufzukreuzen, würde meinen Ruf als kompetente Bestatterstochter aber endgültig ruinieren.

3. KAPITEL

Ich läutete.

Kurz darauf öffnete Patrick die Tür. »Du?«

»Äh, ja ...«, stammelte ich. »Ich hab gestern den Kuli von meinem Vater liegen gelassen.«

»Komm rein«, sagte Patrick, »aber pass auf!« Seine Warnung bezog sich auf eine lange Reihe von auffällig orangen Müllsäcken, die den Flur blockierten. Ich schlängelte mich beklommen in die Wohnung. Dem Inhalt nach zu schließen – die meisten Säcke waren noch offen – handelte es sich um die Sachen des Verstorbenen. Mann, die hatten es ja eilig!

»Patrick, sind noch Säcke da?« Einen Anzug über dem Arm erschien Frau Knappmann. Sie sah mich erstaunt an. »Ich hab es gar nicht läuten hören. Was willst du?«

»Äh«, setzte ich an.

»Sie hat gestern den Kugelschreiber ihres Vaters liegen lassen«, antwortete Patrick für mich.

»Kugelschreiber?«, wiederholte Frau Knappmann und sah mich zweifelnd an. »Ich erinnere mich nicht an einen Kugelschreiber. Na ja, es war ja auch alles sehr stressig gestern.« Mit einer energischen Bewegung stopfte sie den Anzug in einen Sack und nickte mir dann zu. »Wart hier, er muss ja noch in der Küche herumliegen.« Dann wandte sie sich zu ihrem Sohn um. »Schau du sicherheitshalber im Wohnzimmer nach!«

Während Patrick und seine Mutter sich auf die Suche machten, lugte Herr Kasimir aus seinem Versteck und sah sich um. »Die können es wohl kaum erwarten, die Erinnerungen an den Toten auszumerzen«, stellte er fest. »Das kann einem schon zu denken geben …« Plötzlich erbebten seine Barthaare. Er starrte wie gebannt auf den mir zunächst stehenden Müllsack. Ich wusste sofort, was da so sehr sein Interesse erregte: Ganz zuoberst lag das Päckchen Tabak, das ich gestern auf dem Couchtisch gesehen hatte. Ich weiß echt nicht, welcher Teufel mich in diesem Moment ritt. Ich klaue NIE! Außerdem bin ich definitiv GEGEN das Rauchen. Und trotzdem tat ich es! Mit einem blitzschnellen Griff schnappte ich mir das Päckchen und schob es zu Herrn Kasimir in die Bauchtasche. Sein verdutztes Pfeifen brachte mir einen erstaunten Blick von Patrick ein, der soeben aus dem Wohnzimmer kam. Mir fiel nichts Besseres ein, als die Lippen zu spitzen, und eine undefinierbare Tonfolge von mir zu geben. Unpassender konnte man sich im Haus eines Kunden nun wirklich nicht benehmen! Patrick musterte mich irritiert. Er muss mich für völlig verblödet gehalten haben. Ich hüstelte verlegen.

Patrick schüttelte den Kopf. »Also im Wohnzimmer war nichts. Vielleicht finden wir den Kuli, wenn wir ausräumen. Das Sofa kommt am Montag weg und frisch gestrichen wird auch. Alles hier stinkt nach seiner widerlichen Qualmerei.«

In diesem Augenblick erschien auch seine Mutter wieder. »Hast du etwa den hier gemeint?«, fragte sie und reichte mir den Billig-Griffel.

Mit einem hastigen Nicken nahm ich ihn an mich. »Super, danke, das ist er!« Damit machte ich mich so hastig auf den Weg zur Wohnungstür, dass ich einen Müllsack umstieß. »En-Entschuldigung«, stotterte ich und bückte mich nach den Sachen, die herausgefallen waren.

»Lass, ich mach das!« Damit entriss mir Frau Knappmann ein gerahmtes Hochzeitsfoto.

Ich rappelte mich eilig hoch und verließ mit einem flüchtigen Gruß die Wohnung. Draußen befreite ich Herrn Kasimir aus der engen Bauchtasche und setzte ihn wieder auf die Schulter.

»Danke«, sagte er, »danke für den Tabak.«

Ich sah ihn unsicher an. »Das sagen Sie als Polizeibeamter? – Den hab ich doch geklaut, weiß der Himmel wieso …«

»›Klauen‹ ist ein hartes Wort«, erwiderte Herr Kasimir. »Genau genommen war es die Unterschlagung einer geringwertigen Sache nach Paragraph 248a – früher nannte man das Mundraub. In diesem besonderen Fall wäre der schöne Tabak ohnehin im Müll gelandet. – Du hast es außerdem für mich riskiert. Und das rechne ich dir hoch an.«

Damit machte er mich so verlegen, dass ich nur ein unsicheres »Gern geschehen« murmelte.

Marlowe begrüßte uns erfreut.

»Ich hab zwar nicht annähernd deine Nase«, sagte ich zu ihm, während ich ihn tätschelte. »Aber dass da oben was faul ist, stinkt zum Himmel.«

»Ich fürchte, du hast recht«, bemerkte Herr Kasimir. »Das ist kein normales Verhalten nach einem derart überraschenden Todesfall in der nächsten Familie. Wie du ja weißt, konnte ich mich von Mamas Sachen noch nach Jahren nicht trennen.«

Oh ja, das wusste ich. Herr Kasimir hatte noch Jahre nach dem Tod seiner Mutter zwischen Spitzendeckchen und handgestickten Kitschbildern gehaust. – *Normal* war das meiner Meinung nach allerdings auch nicht … Aber das verkniff ich mir, und sagte: »Selbst das Hochzeitsfoto haben sie schon entsorgt.«

»Und dass sie sogar die Wohnung streichen lassen, spricht Bände«, ergänzte Herr Kasimir. »Wir müssen unbedingt etwas über die Familienverhältnisse herausfinden und die Alibis überprüfen.«

Ich sah zum Himmel. Hatte ich da eben einen Tropfen abgekriegt? »Verdammt! Da zieht was auf!«

Herr Kasimir folgte meinem Blick. »Dann komm in die Gänge, sonst werden wir nass!«

Ein entferntes Donnergrollen ließ mich zögern. »Soll ich Sie nicht besser doch in die Tasche stecken? Ich kann den Tabak rausnehmen.«

Herr Kasimir schnaubte. »Das fehlte noch, dass mein schöner Tabak nass wird. Ich bin nicht aus Zucker! Halt keine Volksreden! Fahr endlich!«

Okay, ich strampelte also los. Aber schon drei Hausecken weiter klatschten dicke Tropfen auf uns nieder. Wind zog auf und peitschte mir den Regen ins Gesicht. Ich fühlte, wie sich Meeri-Krallen in meine Schultern bohrten. Mit zusammengebissenen Zähnen beschleunigte ich, soweit es der Gegenwind und mein uraltes Fahrrad zuließen. Marlowe trabte eine Länge vor uns her. Mir war klar, dass er nur aus Rücksicht auf seine lahme Zweibeinerin keinen Sprint hinlegte. Das Gewitter nahm Fahrt auf. Die Straße schwamm. Jeder vorbeifahrende Wagen beglückte uns mit einem Schwall Wasser. Schon völlig durchnässt steuerte ich ein Bushäuschen an. Die Leute, die hier Schutz gesucht hatten, rückten mit finsteren Mienen zusammen, als wir uns zu ihnen flüchteten. Dass sich Marlowe dann noch heftig schüttelte, brachte uns auch nicht gerade Punkte ein. »Entschuldigung«, murmelte ich heiser und zog ihn am Halsband näher an mich heran. Eine Frau starrte stirnrunzelnd auf das bibbernde Meerschweinchen auf meiner Schulter. Ihr Blick sprach Bände. Ich wandte den Kopf weg und betete, dass der verdammte Regen bald aufhören würde.

Man glaubt gar nicht, wie Zeit sich ziehen kann. Dabei waren es höchstens zehn Minuten, bis die Wasserfluten wieder in gemäßigten Regen übergingen. Zur Erleichterung aller – Marlowes Aroma von nassem Hund war echt eine Zumutung – verließen wir als Erste das Bushäuschen. Als wir endlich zu Hause ankamen, tröpfelte es nur noch.

Ich stellte das Rad in den Schuppen und lief ins Haus, wo ich Marlowe noch im Erdgeschoss mit einem Hundehandtuch abrubbelte, was er mit einem vorwurfsvollen Blick über sich ergehen ließ. Dann pflückte ich Herrn Kasimir von der Schulter, um ihn ebenfalls abzutrocknen. »Doch nicht mit dem alten Hundelappen!«, fuhr er mich an. »Bei aller Liebe, aber Marlowe stinkt bestialisch.«

Also trug ich Herrn Kasimir nach oben ins Bad, zog

das klatschnasse Hoodie aus und stellte fest, dass sogar das T-Shirt darunter nass geworden war.

»Der Tabak ist doch hoffentlich trocken geblieben?«, erkundigte sich Herr Kasimir.

Ich fummelte die Packung aus der Bauchtasche. »Sieht so aus, die Hülle ist zum Glück aus Plastik.«

Es klopfte an der Tür. »Valentine, bist du da drin?«

Ich ließ den Tabak verschwinden. »Mome-ent!«

Einen Augenblick später stand meine Mutter schon im Bad. »Dass du bei dem Sauwetter mit dem Hund rausgehst! Dein Vater und ich haben uns schon Sorgen gemacht. Warum bist du denn nicht ans Handy gegangen?«

»Ups«, sagte ich. »Hab ich echt nicht gehört. Es hat dermaßen gewütet.«

Mum nickte. »Ich wollte dir nur Bescheid sagen, dass wir jetzt zu Oma Engel rüberfahren. Willst du mit?«

Ich schüttelte den Kopf. »Heute nicht, aber grüßt sie von mir!«

Mum zeigte naserümpfend auf Marlowe. »Lass den Hund im Flur trocknen. Er stinkt erbärmlich. – Sie blickte mitleidig auf Herrn Kasimir, der, in ein Gästehandtuch eingewickelt, auf der Waschmaschine saß. »Hoffe, dein kleiner Bully hat sich nicht erkältet.«

»Bestimmt nicht«, sagte ich, »er ist ein sturmerprobter …« Ich stockte.

Obwohl Marlowe noch heftig müffelte, nahm ich ihn mit in mein Zimmer. Dann zog ich mich um, während Herr Kasimir auf meinem Schreibtisch saß und sehnsüchtig an dem Päckchen Tabak schnupperte.

»Kannst du Zigaretten drehen?«, erkundigte er sich, als ich in trockenen Sachen zu ihm kam.

Ich nickte bissig. »Klar, haben wir im Kindergarten gelernt.«

»Sei nicht schnippisch, mach dich lieber an die Arbeit«, sagte er. »Ich brauch jetzt eine. Ich muss denken!«

Seufzend öffnete ich die Packung und zog ein Heftchen Zigarettenpapier heraus.

»Kriegst du das hin?« In seiner Stimme schwang Sorge.

Ich verdrehte die Augen. »Das sollte ja nicht so schwierig sein.«

»Ist es auch nicht«, sagte Herr Kasimir. »Also pass auf, du machst jetzt Folgendes …«

Dann erklärte er mir haarklein jeden Schritt, während ich versuchte, seinen Anweisungen zu folgen. Doch zu meiner Schande muss ich gestehen: Es war schwierig! Irgendwie wollte der Tabak einfach nicht auf dem winzigen Papier liegen bleiben. Spätestens, wenn ich das Ganze an die Lippen führte, um die Gummierung zu befeuchten, rieselte alles wieder heraus.

Herr Kasimir beobachtete mich nervös. »Hast du eigentlich zehn Daumen? – Pass auf, dass die wertvollen Krümel nicht auf den Boden fallen!«

Ich versuchte es erneut, aber eine Zigarette brachte ich einfach nicht hin. Nachdem ich drei Papiere vernichtet hatte, lehnte ich mich stöhnend zurück. »Verdammt, ich kann das nicht!«

Herr Kasimir beobachtete mich gereizt. »Nicht zu glauben!«

Endlich kam mir der rettende Gedanke. Ich schaltete den PC ein und suchte nach einem Video-Tutorial über Zigarettendrehen. Keine Ahnung, warum Leute ihre Zeit damit verschwenden, derartige Anleitungen ins Netz zu stellen. Aber ich war heilfroh, dass der Dicke, dessen Video ich schließlich anklickte, sich offenbar dazu berufen fühlte, diese einzigartige Kulturtechnik an seine Mitmenschen weiterzugeben.

Mithilfe der Pause-Taste arbeitete ich mich durch die einzelnen Schritte und brachte tatsächlich etwas zustande, das man mit ein wenig gutem Willen als Zigarette erkennen konnte. Ich pflückte mir stolz die Tabakkrümel von den Lippen und zeigte Herrn Kasimir das Ergebnis meiner Bemühungen.

»Das Design ist verbesserungsfähig«, sagte er. »Aber fürs erste Mal lasse ich es gelten. Zünd sie mir an!«

Glücklicherweise schien gerade mal die Sonne, sodass

wir auf den Balkon konnten. Glimmstängel in meinem Zimmer anzuzünden, ist mir zu heiß. Mum würde es hundertpro riechen. Mit Todesverachtung zündete ich die Zigarette an und hielt sie ihm unter die Nase, während ich mich fragte, was das eigentlich sollte. Genau genommen raucht Herr Kasimir nämlich gar nicht richtig. Gleich der erste Lungenzug in seinem Meeri-Körper hatte ihn fast umgebracht. Kleinnager sind für so etwas einfach nicht gemacht. Seither atmet er nur den Qualm ein. Keine Ahnung, was ihm das gibt. Dieses Mal hielt sich sein Genuss aber in Grenzen. Schon nach kurzer Zeit fing er an zu hecheln.

Ich sah ihn besorgt an. »Was ist?«

Herr Kasimir nieste. »Weiß nicht, ich krieg auf einmal keine Luft mehr.«

Ich kniete mich auf den Boden und entdeckte, dass zähflüssiger Schleim aus seiner Nase tropfte.

Ich drückte die Zigarette aus. »Mist, Sie haben sich heute erkältet.«

Er protestierte nicht, woraus ich schloss, dass er mir zustimmte. »Meine Nase – völlig dicht«, sagte er und nieste gleich dreimal hintereinander.

Ich brachte ihn ins Zimmer zurück. »Das hat uns noch gefehlt. Gleich am Montag gehen wir zum Tierarzt.«

»So weit kommt's noch«, protestierte Herr Kasimir.

»Zum Tierarzt! Ein bisschen Schnupfen bringt einen wie mich doch nicht gleich um.«

»Sie sind ein Meerschweinchen! Meeris kriegen verdammt schnell eine Lungenentzündung.« Ich wischte ihm die Schnauze mit einem Papiertaschentuch ab.

»Ich bin kein ...« Ein heftiges Niesen unterbrach ihn.

Ich schüttelte den Kopf. »Doch, sind Sie! Jedenfalls körperlich. Und ich bin für Sie verantwortlich.«

Noch am Nachmittag verschlechterte sich sein Zustand. Das Futter rührte er nicht an und er zitterte vor Kälte.

Mum, die inzwischen zurück war, machte mir Vorhaltungen: »Das kommt davon, weil du den armen kleinen Bully auch überallhin mitschleppst!« – Nein, das machte es mir auch nicht leichter.

An diesem Abend kauerte Herr Kasimir in meinem Bett und blinzelte mich aus glasigen Kulleraugen an. »Ich glaub, mich hat's tatsächlich erwischt. Mama hat mir in solchen Fällen immer einen Wollschal umgebunden und Kräutertee für mich gekocht.«

Seine Stimme klang weinerlich und gar nicht mehr sturmerprobt. Er tat mir leid, und ich fühlte mich schuldig.

Kräutertee war im Haus. Ich machte ihm also eine Tasse und überlegte, wie ich ihm einen Schal um den nicht vorhandenen Hals legen sollte. Schließlich hatte ich einen genialen Einfall! Ich schnitt kurzerhand den Fuß von einem wollenen Ringelsocken ab und stülpte Herrn Kasimir den übrig geblieben Schlauch über. – Ich zieh Oma Engels handgestrickte Monster ohnehin nicht an.

»Schönes Muster«, sagte er müde und nieste wieder.

Ich grinste. »Ja, steht Ihnen. Bedanken Sie sich bei Oma.«

Den Abend verbrachte er in meinem Bett, während ich im Internet einige Meerschweinchen-Foren abklapperte. Der Tipp, Fieber im Hintern zu messen, fiel definitiv flach. Ich wollte mir nicht mal vorstellen, was er davon halten würde. Unterm Strich blieb: warm halten und viel zu trinken geben – nichts, was ich nicht vorher schon gewusst hätte.

Tee hatte er etwas getrunken und warm war es in meinem Bett. Allerdings konnte er da nicht über Nacht bleiben, weil ich sehr unruhig schlafe. Marlowes Schnarchgeräusche brachten mich auf die Idee, den großen Vierbeiner als Wärmflasche für den kleinen einzusetzen.

Marlowe, der wie immer auf meinem Bettvorleger lag, blickte erstaunt hoch, als ich Herrn Kasimir in seine Obhut gab.

Zum Glück war Herr Kasimir zu fertig, um Widerstand zu leisten. Er ließ es sogar über sich ergehen, dass Marlowes weiche Zunge sorgsam über sein Ringelsocken-Outfit leckte.

Herr Kasimir schloss erschöpft die Augen und seufzte. »Gut, dass meine Nase verstopft ist.«

Keiner von uns schlief gut in dieser Nacht. Herr Kasimir bekam keine Luft und schnarchte, wenn er gerade mal nicht niesen musste, mit Marlowe um die Wette.

So hatte ich viel Zeit zum Grübeln. Irgendwie war mir plötzlich bewusst, wie zerbrechlich die Gesundheit eines Meerschweinchens war. Ich meine, keines meiner beiden Meeris war eines natürlichen Todes gestorben. Meerschweinchen wurden höchstens zehn, bestenfalls zwölf Jahre alt. Bully war ungefähr zwei gewesen, als das mit Herrn Kasimir passierte. Das hieß, sein Körper konnte bei guter Pflege noch etwa zehn Jahre durchhalten. Ich würde also längst erwachsen sein, wenn der schwarze Tag denn käme. Aber schon jetzt konnte ich mir ein Leben ohne meinen schlecht gelaunten Herrn Kriminaloberkommissar einfach nicht mehr vorstellen.

Als er am Sonntagmorgen noch immer nichts zu sich nehmen wollte und es aus seiner Nase wie aus einem Wasserhahn tropfte, durchforstete ich unsere Hausapotheke. Mum, die Wäsche in die Maschine stopfte, sah stirnrunzelnd hoch. »Falls du was für deinen Bully suchst: Medikamente für Menschen bringen so ein kleines Tier um.«

Ich seufzte. »Haben wir denn gar nichts, was ihm helfen könnte?«

»Wart mal, ich hab da noch was von Oma Engels esoterischen Mittelchen.« Mum kramte aus den Tiefen der Schublade ein Fläschchen. »Versuch's mal damit! Ich glaub zwar nicht dran, aber schaden wird es wohl auch nicht.«

»Tropfen?« Ich überflog die komplizierten Namen der Inhaltsstoffe. »Und die helfen?«

Mum zuckte mit den Schultern. Ich grinste. Oma drängt uns andauernd irgendwelche Naturheilmittel auf, von denen sie im Reformhaus-Blättchen gelesen hat. Mum hingegen schwört voll auf Chemie.

Froh, irgendetwas für ihn tun zu können, verpasste ich Herrn Kasimir drei Tropfen von dem Zeug und ging mit Marlowe Gassi. Als ich wieder kam, knabberte er an einem Apfelstück und blickte schon viel munterer aus der Wäsche, beziehungsweise seinem Ringelmantel.

Ich atmete auf. »Mann, geht es Ihnen besser?«

»Die Tropfen«, sagte Herr Kasimir. »Mama hat mir auch immer homöopathische Mittel gegeben.«

»Wenn man fest dran glaubt«, gab ich zurück.

»Mit dem Placebo-Effekt brauchst du mir nicht zu

kommen. Ich bin alles andere als leichtgläubig!« Seine Barthaare zitterten empört. »Homöopathie hat mich jedenfalls nicht umgebracht!«

Da hatte er recht, ihn hatte ein bekanntes Blutdruckmittel das Leben gekostet.

4. KAPITEL

Die Tropfen, die ich ihm zunächst stündlich gab, halfen Herrn Kasimir erstaunlicherweise wirklich auf die Beine. Er nieste zwar noch und seine Nase lief, aber sein Appetit kehrte zurück und er schien kein Fieber mehr zu haben.

Die Nacht zum Montag verlief ruhiger und ich war heilfroh, dass ich ihn nicht zum Tierarzt bringen musste.

Als ich vom Frühstück zurück in mein Zimmer kam, nahm er mich zuerst gar nicht wahr, weil er gerade verzweifelt versuchte, sich von seiner geringelten Wollhülle zu befreien, was irgendwie putzig aussah.

Ich unterdrückte ein Grinsen. »Soll ich Ihnen helfen?«

Er hielt verdrossen inne. »Ich bitte darum! Das Ding wird mir zu warm.«

Ich tat ihm den Gefallen und setzte mich zu ihm auf

den Teppich. »Frau Kuckelkorn kommt in einer halben Stunde. Was meinen Sie? Unter welchem Vorwand könnte ich etwas über ihre Chorfreundin erfahren, ohne dass sie misstrauisch wird?«

Herr Kasimir schwieg. »Gute Frage«, sagte er schließlich.

Ich hob die Augenbrauen. »Und? Haben Sie auch eine gute Antwort?«

»Vielleicht«, erwiderte er zögernd.

Ich sah ihn fragend an.

»Obwohl mein lausiger Körper ansonsten völlig ungeeignet für die Polizeiarbeit ist, hat er doch einen großen Vorteil ....«

»Und der wäre?« Ich verstand zuerst echt nicht, worauf er hinauswollte.

»Denk nach!« Herr Kasimir wurde ungeduldig. »Ich bin gewissermaßen der kleinste Undercover-Spion der Welt.«

Mir ging ein Licht auf. »Sie wollen, dass ich Sie ins Büro schmuggle?«

»Was spricht dagegen?« Er trippelte nervös. »Aber viel Zeit haben wir nicht mehr. Es ist gleich neun.«

Eine Angestellte zu belauschen, widerstrebte mir zwar, andererseits war es eine verlockend einfache Methode, mehr zu erfahren.

Also brachte ich Herrn Kasimir in Frau Kuckelkorns

Büro. Viele Versteckmöglichkeiten gibt es dort nicht, da sie pedantisch Ordnung hält. Wir entschieden uns schließlich für eine Ecke der Heizungsnische, die von einem bodenlangen Vorhangschal verdeckt wurde.

Ich überließ ihn seinem Schicksal und ging mit Marlowe Gassi. Als ich zurückkam, stand Frau Kuckelkorns Fiat schon auf dem Parkplatz. Hoffentlich ließ Frau Knappmann nicht zu lange auf sich warten. Von meinem Zimmer aus spähte ich auf die Straße. Und tatsächlich! Viertel vor zehn steuerte eine rothaarige Frau auf unser Haus zu. Ich musste zweimal hinsehen, fast hätte ich sie nicht erkannt. Frau Knappmann schien direkt vom Friseur zu kommen. – Mann, die wollte ihr altes Leben ja radikal hinter sich lassen! Aber warum? Ich hoffte, von Herrn Kasimir bald mehr zu erfahren.

Eine Dreiviertelstunde später klingelte das Telefon. Kurz darauf rauschte Mum in mein Zimmer. »Wo ist Bully?«

»Äh …«, stotterte ich ahnungsvoll. »Äh, ich such ihn schon den ganzen Vormittag!«

»Du findest ihn in Frau Kuckelkorns Büro«, fuhr Mum mich an. »Schlepp das arme Tier nicht dauernd mit dir rum! Frau Kuckelkorn und ihre Klientin hat fast der Schlag getroffen, als sie ihn entdeckt haben. Sie haben ihn nämlich zuerst für eine Maus gehalten. Peinlich! – Wie kommt er bloß nach unten in die Büros?

Ich zuckte mit den Schultern und rannte, ohne die brenzlige Frage zu beantworten, die Treppen runter. Frau Kuckelkorn deutete wortlos zur Heizung, als ich das Zimmer betrat.

»Entschuldigung«, murmelte ich. »Er hat sich selbstständig gemacht.«

Ich ging in die Hocke und nahm Herrn Kasimir hoch.

»Du musst besser auf dein Meerschweinchen aufpassen«, sagte Frau Kuckelkorn. »Wenn es nicht geniest hätte, hätte ich es womöglich über Nacht eingeschlossen. Am Ende wäre es vielleicht noch verhungert oder verdurstet. – Es scheint übrigens erkältet zu sein.«

Frau Knappmann musterte Herrn Kasimir. Irgendwie passte der auffällige Rotton ihrer Haare überhaupt nicht zu dem abgehärmten Gesicht, das jetzt, angesichts des kleinen Tiers auf meiner Schulter, fast etwas Weiches zeigte. »Was für eine ausgefallene Art ist das denn?«

»Ein Schopfmeerschweinchen«, sagte ich.

»Mein Sohn hatte auch mal Meerschweinchen, ein braunes und ein geflecktes. Aber dann …« Sie stockte. Ihre Miene versteinerte.

Ich sah sie fragend an.

Sie schüttelte den Kopf. »Ich will nicht darüber sprechen …«

Also hakte ich auch nicht nach, sondern verabschiedete mich. Ich hatte die Tür kaum hinter mir geschlossen, als ich Frau Knappmann noch sagen hörte: »Ein merkwürdiges Mädchen …«

Frau Kuckelkorns Antwort entging mir, aber es war kein Wunder, dass mich die Frau für merkwürdig hielt. Erst die Nummer mit dem Billig-Kuli und jetzt das. Hoffentlich wurde sie nicht misstrauisch.

»Sie sind ja ein schöner Spion«, sagte ich zu Herrn Kasimir, als wir zurück in meinem Zimmer waren.

Seine Kulleraugen blitzten wütend. »Spar dir das! Du kannst mir glauben, ich hab mit aller Kraft gegen das Niesen angekämpft. Irgendwann ging's einfach nicht mehr. Ich könnte mir in den Hintern beißen.«

Ich grinste. »Nur zu!«

Okay, das war wenig mitfühlend, aber irgendwie genoss ich es auch, dass Kommissar Unfehlbar aufgeflogen war.

»Werd bloß nicht unverschämt!«, raunzte er mich an.

Ich biss mir auf die Lippen. »Und – hat die ganze Aktion wenigstens was gebracht?«

»Das erfährst du gleich.« Seine Stimme klang gereizt. »Vorher gibst du mir noch mal von den Tropfen. Und wisch mir die Nase ab!« Er ließ den Kopf hängen. »Du hast ja keine Ahnung, wie zuwider es mir ist, so völlig von dir abhängig zu sein.«

Ich erfüllte seine Wünsche kommentarlos und nahm mir vor, ihn nicht mehr auf die Niespanne anzusprechen. Zumal ich zugeben muss, dass er seine Sache ansonsten gut gemacht hatte. Sein Erinnerungsprotokoll des Gesprächs war erstaunlich detailliert und aufschlussreich.

Die beiden Frauen duzten sich, offensichtlich kannten sie sich also gut. Auch bestand kein Zweifel, dass Frau Knappmann bei der Chorprobe gewesen war. Sie hatte für den Todeszeitpunkt also ein Alibi. Die Probe hatte um halb fünf begonnen und mit dem nachfolgenden Pizzaessen war sie aus dem Schneider. Allerdings gab uns das Gespräch zwischen den beiden Frauen auch Einblick in die zerrüttete Familiensituation der Knappmanns.

Frau Knappmann lehnte alle Beileidsbekundigungen von Frau Kuckelkorn brüsk ab. Sinngemäß entwickelte sich dann folgendes Gespräch:

Knappmann: »Hör auf, Marion! Du weißt, wie ich ihn gehasst habe.«

Kuckelkorn: »Ja, ich weiß. Du hattest auch allen Grund. Ich hab nie verstanden, dass du dich nicht hast scheiden lassen.«

Knappmann: »Und dann? Ich hätte mein Leben lang für ihn blechen müssen.«

Kuckelkorn: »Trotzdem, Rita. Alle wussten, dass er

dich geschlagen hat. Wie oft bist du mit blauen Flecken zur Probe gekommen! Keiner hat dir mehr geglaubt, dass du dich bloß gestoßen hast.«

Knappmann: »Was viel mehr wehgetan hat, ist, was Richard Patrick angetan hat. Er hat ihn nie wie einen Sohn behandelt. Er hat in ihm immer nur einen Störenfried gesehen, der ihm meine Aufmerksamkeit entzieht.«

Kuckelkorn: »Wie alt war Patrick, als du Richard geheiratet hast?«

Knappmann: »Sieben, er war in der ersten Klasse. Vor der Ehe war Richard nett und umgänglich. Nach der Hochzeit änderte sich das schnell, als ich dahinterkam, dass er spielte, und plötzlich Geld von meinem Konto verschwand. Ich stellte ihn natürlich zur Rede. Das war das erste Mal, dass er mich schlug. Patrick bekam das mit. Damals fing er mit Bettnässen an.«

Kuckelkorn: »Du hättest dem Kind zuliebe gehen müssen.«

Knappmann: »Wollte ich auch – nicht nur einmal. Aber dann wurde Richard arbeitslos, weil er in seiner Firma Geld veruntreut hatte. Er wusste, dass er jetzt von mir abhängig war, und hat sich eine Weile zusammengerissen. Sogar den netten Stiefvater gespielt und dem Jungen zwei Meerschweinchen gekauft.«

Kuckelkorn: »Und du hast wieder gehofft …«

Knappmann: »Bis eines Tages der Gerichtsvollzieher vor der Tür stand. Der gute Richard hatte sich mit Trinken und Zocken in der Spielhalle unterhalten, während ich mich in meinem Job abgerackert hab. Damit hat er uns erst richtig in die Miesen gebracht. Da war es zu spät zu gehen, seine Schulden wären an mir hängen geblieben. – Du siehst, Marion, kein Grund für Beileid! Du kannst mir gratulieren. Jetzt bezahlt die Lebensversicherung. Zum Glück konnte er die nicht zu Geld machen – es war nämlich eine Risikolebensversicherung. Endlich kann ich die Schulden bezahlen und die Wohnung renovieren. Und für eine Kreuzfahrt reicht es auch noch.«

Etwa an dieser Stelle unterbrach ich Herrn Kasimir. »Okay, das passt zu dem Eindruck, den ich von der Familie hatte. Dann ist Patrick also gar nicht der leibliche Sohn von Herrn Knappmann.«

»Sieht so aus«, sagte Herr Kasimir. »Nicht nur das macht ihn zum Hauptverdächtigen. Allerdings muss man auch in Erwägung ziehen, dass Mutter und Sohn den Mord – wenn es denn einer war – sogar gemeinsam geplant haben könnten. Ein starkes Motiv hatten sie jedenfalls.«

Ich fühlte, wie sich mein Mitleid für den Toten in dem abgetragenen Trainingsanzug, der in unserem Keller auf seine Beerdigung wartete, verflüchtigte.

»Er muss wirklich ein fieser Typ gewesen sein«, sagte ich nachdenklich.

»Zweifelsohne«, gab Herr Kasimir zurück. »Aber wir kennen seine Geschichte nicht. Solche Typen haben meist selbst eine lausige Kindheit hinter sich.«

Ich schüttelte entschieden den Kopf. »Das rechtfertigt nicht das Verhalten seiner Familie gegenüber.«

»Das stimmt«, antwortete Herr Kasimir. »Aber nichts rechtfertigt einen Mord!«

Ich schluckte. »Wenn es überhaupt einer war.«

Herr Kasimir sah mich prüfend an. »Höre ich da Sympathie für Frau Knappmann und ihren Sohn heraus? Merk dir eins: Sympathisiere niemals mit einem potenziellen Täter! Das ist absolut unprofessionell!«

Ich wechselte rasch das Thema. »Wissen Sie, was Frau Knappmann für eine Beerdigung gewählt hat?«

»Tut mir leid«, antwortete Herr Kasimir. »Ehe sie darüber sprechen konnten, musste ich niesen.«

»Halb so wild«, sagte ich. »Sie haben Ihre Sache trotzdem super gemacht.«

»Danke.« Seine Stimme klang mal wieder zynisch. Es war ihm nicht entgangen, dass mein Lob die freche Bemerkung von vorhin wettmachen sollte.

Ich räusperte mich. »Ich geh nachher runter und entschuldige mich noch mal bei Frau Kuckelkorn. Das ist ein guter Aufhänger, vielleicht erfahr ich ja noch was.«

Ich wartete bis kurz vor Mittag, um sicherzugehen, dass Frau Knappmann weg war.

Frau Kuckelkorn hob den Kopf, als ich das Zimmer betrat.

»Äh«, begann ich. »Die Meerschweinchen-Sache tut mir echt leid.«

Frau Kuckelkorn lächelte. »Nicht so schlimm, Valentine. Frau Knappmanns Sohn hatte auch mal Meerschweinchen. Aber …« Ihr Gesicht verfinsterte sich.

»Was?«, hakte ich nach.

Frau Kuckelkorn seufzte. »Es ist kaum vorstellbar, aber ihr Mann hat es angeblich im Vollrausch aus dem Fenster geworfen. Der Knappmann konnte unheimlich aggressiv werden. Ich hab ihn nie persönlich kennengelernt. Aber ihre beste Freundin – sie singt auch im Chor – hat uns unter vorgehaltener Hand so einige Schauergeschichten erzählt. Dass es kein Klatsch war, sah man an Ritas blauen Flecken. Uns anderen gegenüber hat sich Rita kaum geöffnet.« Frau Kuckelkorn legte eine nachdenkliche Pause ein. »Heute hat Rita zum ersten Mal auch mir gegenüber von ihrer schrecklichen Ehe erzählt.« Sie wies auf die Formulare, die vor ihr auf dem Tisch lagen. »Kein Wunder, dass sie eine anonyme Bestattung will. Nicht mal eine Traueranzeige schaltet sie.«

Ich nickte. »Verständlich.«

Frau Kuckelkorn gab sich einen Ruck. »Aber warum erzähl ich dir das eigentlich?« Sie lächelte schief. »Na ja, irgendwie geht mir das alles sehr nah. Hoffentlich fängt für Rita jetzt ein neues Leben an. Ihrer neuen Haarfarbe nach zu urteilen, scheint sie wild dazu entschlossen zu sein.«

Ja, diesen Eindruck hatte ich auch.

Als ich Herrn Kasimir von dem traurigen Ende von Patricks Meerschweinchen berichtete, wirkte sogar er betroffen.

Ich hatte noch immer einen Kloß im Hals. »Vielleicht irren wir uns ja, und Knappmann ist doch eines natürlichen Todes gestorben. Warum lassen wir die Sache nicht einfach auf sich beruhen?«

Herr Kasimir richtete sich empört auf. »Einem Anfangsverdacht wird so lange nachgegangen, bis man ihn ausschließen kann.«

Ich seufzte. »Und wie soll es jetzt weitergehen?«

»Ich will den Toten noch mal sehen«, sagte Herr Kasimir.

Ich schüttelte entschlossen den Kopf. »Das können Sie knicken! Was sag ich, wenn mich Olaf im Kühlraum erwischt?«

»Reg dich ab, ich hab die Fotos gemeint!«, entgegnete Herr Kasimir.

Mir fiel ein Stein vom Herzen. Ich schaltete also den PC ein und rief die Fotos auf.

»Zoom mal den Kopf näher ran!«, wies mich Herr Kasimir an.

Gemeinsam starrten wir auf den Bildschirm. Das rote Gesicht des Toten, das zunächst noch mein Mitgefühl erregt hatte, erschien mir plötzlich total unsympathisch. Nach all dem, was ich jetzt wusste, hatte dieser Mann weder die Trauer seiner Familie noch mein Mitleid verdient. Andererseits hatte Herr Kasimir sicher recht. Ich musste versuchen, neutral zu bleiben.

»Kannst du mal die Bildschärfe hochregeln?«, unterbrach Herr Kasimir meinen Gedankenfluss.

Ich nickte und klickte.

Herr Kasimir stellte sich auf die Hinterbeine und pfiff.

Ich sah ihn erstaunt an. »Was ist?«

»Schau dir mal die Augenlider an! Siehst du diese Pünktchen? Das sind kleine Einblutungen. So etwas hab ich schon ein paarmal gesehen. Meistens bei Opfern, die erstickt sind«, sagte er aufgeregt.

Ich schob den Oberkörper vor und rückte die Brille gerade. – Leider bin ich kurzsichtig wie ein Maulwurf. – Nun sah ich die Pünktchen auch. »Kann so was nicht auch andere Ursachen haben?«

»Möglich«, antwortete er. »Ich bin Kriminaloberkommissar und kein Rechtsmediziner.«

Ich lehnte mich nachdenklich zurück. »Mein Bruder wüsste das wahrscheinlich.«

Herr Kasimir sah zu mir hoch. »Dann ruf ihn an!«

Ich stöhnte auf. »Mann, und was soll ich ihm sagen?«

»Du bist doch sonst nicht auf den Mund gefallen.« Seine Stimme klang ungeduldig.

Ich hatte also die Wahl, bei Felix mal wieder die durchgeknallte kleine Schwester zu geben oder den ganzen Tag einen nörgelnden Kriminaloberkommissar auszuhalten.

Zögernd griff ich zu meinem Handy. Es läutete ein paarmal, ich wollte schon auflegen, als Felix doch noch dranging.

»Wasch isch, Schweschterschen«, meldete er sich. Es stellte sich heraus, dass ich ihn in der Mensa erwischt hatte.

»Ich hab mal eine Frage«, fing ich an. »Aber ich kann auch noch mal anrufen, wenn du gegessen hast.«

»Kein Problem«, sagte Felix, »hab schon runtergeschluckt. Also wo brennt's?«

»Es geht um den Toten, den wir am Freitag abgeholt haben. Er hat so kleine Pünktchen an den Augenlidern. Was bedeuten die?«

Pause. »Warum willst du das wissen?«

»Weil äh …, ich meine …«, stammelte ich.

Seine Antwort kam nicht unerwartet. »Valentine, du hast zugegebenermaßen den Mord an dem Kommissar damals aufgeklärt. Aber das ist kein Grund, bei jedem Kunden ein Verbrechen zu wittern.«

Mist, dachte ich, das Gespräch entwickelt sich genau, wie ich es befürchtet habe. Felix sprach mit mir in diesem überheblichen Großer-Bruder-Ton, der mich blitzartig auf die Palme bringt.

»Vergiss es!« Damit tastete ich schon nach dem Ausschaltknopf, als aus dem Lautsprecher kam: »Wart mal! Bist du jetzt beleidigt?«

»Idiot«, zischte ich ins Telefon.

Im Hintergrund hörte ich Stimmen.

»Meine Schwester«, hörte ich Felix sagen. Offenbar galt das seinen Freunden. Ich konnte mir seinen Gesichtsausdruck bildhaft vorstellen.

»Bist du noch dran, Valentine?«, erkundigte er sich dann.

Ich schäumte.

»Bitte steiger dich nicht in einen neuen Mordverdacht!«, raunte er, wohl, damit die anderen nicht mithören konnten. »Aber um deine Frage zu beantworten: Solche Pünktchen nennt man Petechien. Ich muss zugeben, dass sie mich auch stutzig gemacht haben, als ich mir den Knappmann genauer angesehen hab. Sie könnten ein Hinweis auf Ersticken sein. *Könnten* heißt: Kann sein, muss aber nicht. Es gibt auch etliche andere Ursachen für petechiale Blutungen.«

»Ich steiger mich in gar nichts rein«, fauchte ich. »Die Frau und der Sohn haben sich derart merkwürdig benommen, dass ich misstrauisch geworden bin. Ich will bloß sichergehen, dass ein Mann, der von uns beerdigt wird, auch wirklich eines natürlichen Todes gestorben ist. Du weißt genau, auf den Totenschein ist nicht immer Verlass.«

Felix schwieg für einen Moment. »Hat da dein geheimnisvoller Herr Kasimir wieder die Hände …«, er stockte, »… die Pfoten im Spiel? Findest du nicht, dass das für ein Mädchen in deinem Alter irgendwie …?«

»Verdammt!«, brüllte ich ins Telefon. »Sag doch gleich, dass du mich für gestört hältst!« Damit legte ich auf.

5. KAPITEL

Das Telefonat mit Felix hatte mich zwar super genervt, aber dafür wussten wir jetzt, dass ihm die Pünktchen auch aufgefallen waren und dass sie einen Namen hatten: *Petechien*.

Also gab ich als Nächstes *Petechien* und *Ersticken* in die Suchmaschine ein. Die Anfrage ergab fast 6000 Einträge, was schon auf einen Zusammenhang hindeutete.

Nachdem wir die ersten durchstöbert hatten, sagte Herr Kasimir: »Diese Petechien sind auf jeden Fall ein Indiz. – Auch wenn es dir nicht passt, die Fotos helfen uns jetzt nicht mehr weiter. Wir werden uns den Toten doch noch mal ansehen müssen. Wenn er erstickt wurde, hat es einen Kampf gegeben. Vielleicht finden wir blaue Flecken oder andere Spuren. Und am Hals müsste man eigentlich Würgemale oder die Zeichen einer Strangulation sehen.«

Ich schüttelte den Kopf. »Olaf und Herr Hahn sind

heute den ganzen Tag über im Keller unten. Wir haben drei Neuzugänge.«

»Dann erledigen wir das eben heute Nacht«, sagte Herr Kasimir entschieden. »Wenn er erst mal unter der Erde ist, ist es zu spät.«

Das stimmte natürlich. Ich nahm mir vor, Dad nach dem Beerdigungstermin zu fragen.

Gelegenheit dazu hatte ich beim Abendessen, weil Dad von selbst anfing, über die Knappmanns zu sprechen. Der Fall schien ihn zu beschäftigen.

»Ich hab ja schon viel erlebt«, sagte er. »Sparen wollen alle. Aber diese Frau würde ihren toten Gatten wohl am liebsten in einem Müllsack verbuddeln lassen. Frau Kuckelkorn hat ihr unser billigstes Paket angeboten, und selbst da hat sie noch herumgefeilscht.«

Ich nickte. »Na ja, die Ehe muss sehr schlecht gewesen sein.«

»Das mag ja sein«, erwiderte Dad, hörbar verärgert. »Aber wir sind ein Unternehmen und nicht die Caritas. – Stell dir mal vor, nicht mal eine Tunika wollte sie bezahlen! Sollen wir den Mann nackt begraben? In seinem ollen Polyesteranzug dürfen wir ihn jedenfalls nicht bestatten.«

Mum sah Dad entsetzt an. »Nackt? Das geht doch nicht!«

Dad seufzte. »Natürlich geht das nicht! Ich hab Olaf

gesagt, er soll ihm eine einfache Tunika anziehen. – Die geht aufs Haus.«

Ich schluckte. »Frau Knappmann muss ihren verstorbenen Ehemann ja geradezu gehasst haben. Wo soll er eigentlich bestattet werden?«

»Auf dem Nordfriedhof«, antwortete Dad. »Da er nicht kremiert wird, blieb nur der Nordfriedhof, die lassen noch anonyme Ganzkörperbestattungen zu. Olaf und Herr Hahn bringen ihn morgen früh hin. Ohne Trauerfeier, einfach nur verscharren.« Er zuckte mit den Schultern. »Leute gibt's …«

Damit stand fest, dass wir uns den Toten noch in dieser Nacht ansehen mussten. Nach unserem abendlichen Gassigang mit Marlowe sahen Herr Kasimir und ich so lange fern, bis ich sicher sein konnte, dass meine Eltern im Bett waren. Gegen Mitternacht steckte ich mein Handy ein, setzte Herrn Kasimir auf die Schulter und schlich die Treppen hinunter.

Ich weiß, dass es für die meisten Leute unvorstellbar gruselig ist, mitten in der Nacht, noch dazu zur Geisterstunde, einen Raum zu betreten, in dem drei Tote liegen. Das war für mich definitiv nicht das Problem. Mein Problem war praktischer Art. Wie ich schon befürchtet hatte, lag Knappmann fix und fertig für die Bestattung im bereits geschlossenen Sarg.

»Scheiße«, stieß ich aus, nachdem ich das Licht im Kühlraum eingeschaltet hatte. »Wie soll ich bloß den schweren Deckel runterkriegen?«

»Streng dich an, Mädchen!«, sagte Herr Kasimir. »Du kriegst das schon hin.«

Seufzend pflückte ich ihn von der Schulter und setzte ihn auf den Rand eines noch offenen Eichensargs der oberen Preisklasse, in dem eine wohlhabende Kundin in einer teuren Satinausstattung lag. Na, wenigstens hatte Dad diese Woche auch ein Begräbnis erster Klasse.

Während Herr Kasimir mich nicht aus den Augen ließ, machte ich mich an die Flügelschrauben des Sargdeckels. Allein das kostete mich schon so viel Kraft, dass ich trotz der niedrigen Temperaturen ins Schwitzen geriet. Olaf hatte sie wirklich für die Ewigkeit zugedreht.

Herr Kasimir hustete. »Geht das nicht schneller? Ich hol mir in dieser Kälte noch den Tod.«

Ich rieb mir die schmerzenden Finger. »Dann sind Sie hier ja in guter Gesellschaft.«

Er schwieg beleidigt. Es dauerte fast eine Viertelstunde, bis ich den Deckel losgeschraubt hatte. Nun kam die eigentliche Herausforderung. Obwohl es nur ein billiger Weichholzsarg war, gelang es mir kaum, den Deckel auch nur für einen Spalt anzuheben.

Ich rieb mir die Schultern. »Scheiße! Ich schaff das nicht!«

»Du hast nicht die geringste Körperspannung!«, meldete sich Herr Kasimir wieder. »Du würdest beim Eignungscheck für den Polizeidienst glatt durchfallen.«

Ich straffte mich. »Wenn ICH im Körper eines Kleinnagers stecken würde, würde ich den Mund nicht so voll nehmen!« Damit stemmte ich den Deckel endlich doch noch hoch.

»Na also!«, bemerkte er ungerührt.

Da ich mich nicht traute, das schwere Teil ganz herunterzuheben, schob ich den Deckel nur so weit zurück, dass man an Knappmanns Oberkörper herankam. Ich wollte Herrn Kasimir gerade dazuholen, als er heftig nieste, den Halt verlor und auf der mit einem Laken abgedeckten Toten nebenan landete. Ein enervierter Pfiff kam aus dem Eichensarg.

Ich musste unwillkürlich lachen.

»Hol mich sofort hier raus!«, fauchte er, während er schon versuchte, an der Sargwand hochzuklettern, wobei er die teure Satinverkleidung verkratzte.

»Mann, passen Sie doch auf!« Damit angelte ich ihn heraus und setzte ihn grinsend auf die Schulter. »So viel zum Thema Körperspannung.«

Seine Barthaare zitterten vor Wut. »Es ist unfein, auf den unverschuldeten Schwächen anderer herumzuhacken.«

Ich runzelte die Stirn. »Ach? Und was machen Sie?«

»Ich sagte *unverschuldet*!«, gab Herr Kasimir zurück. »Ich hab es mir nicht ausgesucht, im Körper eines Meerschweinchens zu leben. Aber du bist zu faul, Sport zu machen! Es ist wichtig, in Form zu sein, wenn man Polizeiarbeit machen will. Aber das hab ich dir ja schon x-mal gesagt.«

Das Thema Sport ist einer meiner wunden Punkte, ich hatte keine Lust, es weiter zu vertiefen, zumal ich unseren Aufenthalt im Kühlraum nicht unnötig in die Länge ziehen wollte.

Ich holte ein Paar Gummihandschuhe vom Regal und streifte sie über. »Wenden wir uns lieber der Polizeiarbeit zu.«

Wie Dad gesagt hatte, hatte Olaf Knappmann eine Tunika angezogen. Früher hießen diese weißen Gewänder, die hinten offen sind wie Krankenhauskittel, übrigens Totenhemd. Aber ich finde ja, dass Tunika die bessere Bezeichnung ist.

Im kalten Licht des Kühlraums wirkte Knappmanns Gesicht fahl, was auch daran lag, dass er schon drei Tage tot war. Dadurch waren die dunklen Einblutungen an den Augenlidern noch deutlicher zu erkennen. Ich hatte ja schon viele Tote vor mir, aber ich erinnerte mich nicht, so etwas schon mal gesehen zu haben.

»Zeig mir seinen Hals«, ordnete Herr Kasimir an.

Ich zog den Kragen der Tunika etwas herunter. Gespannt starrten wir auf den faltigen Hals des Toten, aber nichts deutete auf Gewalteinwirkung hin. Keine Würgemale, keine Zeichen von Strangulation.

»Hm«, sagte Herr Kasimir. »Soweit ich sehen kann, sind auch die Hände unauffällig. Allerdings sind meine Kenntnisse in Pathologie nur sehr begrenzt.«

Ich deutete auf die rechte Hand. Zeige- und Mittelfinger waren knallgelb vom Nikotin. »Ekelhaft! Raucherfinger! Aber sonst kommt mir auch nichts komisch vor.«

Herr Kasimir ignorierte meinen Seitenhieb auf sein Laster. »Die Arme!«, wies er mich an.

Wunschgemäß schob ich die Ärmel der Tunika nach oben. »Aber das hier finde ich komisch«, sagte Herr Kasimir. »Siehst du die Druckstellen rechts und links unterhalb der Armbeugen?«

Ich nickte. »Könnten das nicht Totenflecken sein?«

»Als Tochter eines Bestatters solltest du wissen, dass das an diesen Stellen ganz unmöglich ist«, hielt er dagegen.

Ich biss mir auf die Lippen. Natürlich hatte er recht. Totenflecken fand man bei Toten, die, so wie Herr Knappmann, in Rückenlage gestorben und auch so gelagert wurden, nur auf dem Rücken. Das kommt daher, dass das Blut der Schwerkraft folgt und zum tiefsten Punkt hin absackt.

Ich starrte auf die handtellergroßen grünblauen Flecken an Knappmanns Unterarmen. »Was denken Sie, was das dann ist?«

Herr Kasimir wirkte erregt. »Blaue Flecken. Gewalteinwirkung, würde ich sagen – als hätte ihn jemand festgehalten.«

»Aber wie kann man jemanden festhalten und gleichzeitig erwürgen – abgesehen davon, dass am Hals nichts zu sehen ist?«, wandte ich ein.

Herr Kasimir dachte kurz nach. »Wenn man zu zweit ist zum Beispiel.«

»Zu zweit?«, sagte ich zweifelnd. »Die Frau hat ein bombensicheres Alibi. Aber der Sohn macht Bodybuilding, der hat Muckis.«

»Aber nicht vier Arme«, entgegnete Herr Kasimir abwesend. »Warte mal …«

Ich sah ihn an. »Was denken Sie?«

Herr Kasimir trippelte unruhig auf meiner Schulter herum. »Könnte es nicht sein, dass Knappmann mit einem Kissen erstickt worden ist?«

»Kissen«, wiederholte ich. »Aber dann muss der Mörder verdammt stark gewesen sein. Keiner lässt sich widerstandslos ersticken, und wenn er noch so betrunken ist. Knappmann ist zwar kein Riese, aber ich stelle es mir nicht leicht vor, einem erwachsenen Mann lang genug ein Kissen aufs Gesicht zu drücken.«

»Betrunken …«, hörte ich Herrn Kasimirs nachdenkliche Stimme.

»Getrunken hatte er«, sagte ich. »Die Flasche auf dem Tisch war fast leer.«

»I-i-ich …« Ich erfuhr nicht mehr, was er sagen wollte, weil ihn ein heftiges Niesen unterbrach.

Ich wischte mir angewidert das Ohr ab. »Verdammt, niesen Sie mich nicht an!«

»Entschuldigung.« Herr Kasimir klang verlegen. »Aber ich bin wohl noch nicht ganz über den Berg.«

Ich nickte. »Sie haben recht. Es ist definitiv zu kalt hier.« Damit begann ich, den Deckel wieder zuzuschieben.

»Halt«, rief Herr Kasimir. »Ich will noch seine Zunge sehen!«

Ich erstarrte. »Sind Sie verrückt? Das mach ich auf gar keinen Fall!«

Meine vehemente Weigerung muss so überzeugend rübergekommen sein, dass er einlenkte. »Gut, dann fotografier wenigstens noch mal den Kopf in Nahaufnahme, und ebenso die Druckstellen an den Unterarmen! Morgen um diese Zeit liegt er bereits zwei Meter unter der Erde.«

Ich atmete auf. Ich meine, irgendwo ist selbst bei mir die Ekelgrenze erreicht. Aufgrund der relativ kurzen Liegezeit und der Kühlung, roch Knappmann noch nicht – oder sagen wir, nicht viel mehr als ein ungepflegter nikotinabhängiger Trunkenbold, der im Bus neben dir sitzt. Aber ihm im Mund herumfingern? – Nein danke!

Ich knipste also die gewünschten Fotos und schob den Sarg wieder zu. Während ich die Flügelschrauben festdrehte, nieste Herr Kasimir noch einige Male, drehte aber anständigerweise den Kopf weg.

Ich fröstelte inzwischen selbst und war heilfroh, als ich kurz darauf wieder in mein Zimmer kam. Marlowe begrüßte uns mit einem müden, aber freundlichen Schwanzklopfen.

Nach einer Katzenwäsche im Bad schlüpfte ich endlich ins Bett. Ein Blick auf die Uhr ließ mich aufstöhnen. Es war gleich halb zwei! Ich dachte daran, dass Marlowe schon in wenigen Stunden rausmusste. – Meine Eltern gehen zwar ab und zu mit ihm, aber nicht regelmäßig. Mum wollte nie einen Hund, und schon gar nicht so einen großen hässlichen wie Marlowe. Sie willigte damals nur ein, weil es angeblich gut für junge Menschen ist, die Verantwortung für ein Haustier zu übernehmen. – Aber ich schweife schon wieder ab.

Ich hatte gerade das Licht ausgeknipst, als sich mein anderes *Haustier* erneut mit einem Niesen meldete, und mir leidvoll vor Augen führte, was es heißt, Verantwortung zu tragen.

»Gesundheit«, murmelte ich, und rollte mich zur anderen Seite.

»Mir ist kalt.« Herrn Kasimirs Stimme klang knatschig. »Ich habe einen Rückfall.«

»Scheiße« brummelnd machte ich das Licht wieder an. Ächzend kletterte ich aus dem Bett und holte ihn aus dem Käfig. Dann zog ich ihm den Socken über und setzte ihn wieder zu Marlowe, der verwundert den Kopf hob.

»Halt ihn schön warm!«, sagte ich zu ihm und ging wieder ins Bett.

Herr Kasimir schmiegte sich an den weichen Bauch des großen Hundes. »Die Wärme tut gut«, sagte er. »Aber gib mir besser noch mal die Tropfen!«

»Och nöööö ...« Also wieder aus dem Bett, Tropfen geben, zurück ins Bett. Es war inzwischen Viertel nach zwei geworden. »Jetzt kann ich gleich aufbleiben«, sagte ich, während ich die Nachttischlampe ausschaltete.

»Ich kann sowieso nicht schlafen, meine Nase ist verstopft«, jammerte Herr Kasimir. »Jetzt haben wir den Salat! Du hättest mir den Mantel anziehen müssen, ehe wir in den Kühlraum sind. Mama hätte bestimmt daran gedacht.«

»Verdammt, ich bin aber nicht Ihre Mama«, fauchte ich. »Und MEINE Nase ist NICHT verstopft. Lassen Sie mich wenigstens noch ein paar Stündchen pennen.«

»Wie du willst.« Er klang beleidigt. »Dann möchtest

du wohl auch nicht hören, was mir schon die ganze Zeit durch den Kopf geht.«

»Nein!« Ich wickelte mich in die Decke.

Herr Kasimir nieste in die Dunkelheit, dann schwieg er. Aber er hatte es geschafft: Ich war hellwach, seine Andeutung ließ mir keine Ruhe. »Okay, was wollen Sie denn unbedingt noch loswerden?«

»Ich will keinen am Schlafen hindern«, gab Herr Kasimir zurück.

Ich starrte in die Finsternis. »Schießen Sie los!«

»Also gut«, sagte Herr Kasimir. »Als wir vorhin im Keller waren, dachte ich plötzlich an einen Fall, bei dem das Opfer auch solche Einblutungen an den Augenlidern hatte. Eine alte Frau, die mit einem Kissen erstickt worden war.«

Ich horchte auf. »Deshalb kamen Sie also auf die Kissen-Theorie.«

Herr Kasimir nieste so heftig, dass ich zusammenzuckte.

»Gesundheit«, sagte ich. »Das würde jedenfalls erklären, warum keine Spuren von Strangulation oder Erwürgen zu sehen waren.«

Herr Kasimir schniefte. »Richtig. Ein schöner Anblick war es trotzdem nicht. Der Mund der Frau war geöffnet – ihre Zunge war blau, als hätte sie Heidelbeeren gegessen.«

Jetzt verstand ich, warum er Knappmanns Zunge hatte sehen wollen. »Wer erstickt denn eine alte Frau?«, fragte ich entsetzt.

»Es gibt alles«, antwortete Herr Kasimir. »*Homo homini lupus.* Der Mensch ist dem Menschen ein Wolf – damit muss man sich leider abfinden. Damals ging es wie so oft ums Erbe. – In diesem Fall war es der Schwiegersohn.«

»Ach du Schande!« Ich schluckte. »Und wie kam das raus?«

»Der älteste Sohn fand seine Mutter tot in ihrer Wohnung und wurde misstrauisch, weil die alte Dame erst vor Kurzem eine heftige Auseinandersetzung mit ihrem Schwiegersohn gehabt hatte. Also holte er die Polizei. Bei der Obduktion stellte sich heraus, dass sie mit einem Schlafmittel betäubt und dann erstickt worden war.«

»Schlafmittel!«, wiederholte ich. »Mann, das wäre des Rätsels Lösung!«

»Du sagst es. Wenn Knappmann betäubt wurde, hatte der Täter leichtes Spiel«, ergänzte Herr Kasimir.

Ich schwieg. Okay, unser Verdacht schien sich immer mehr zu erhärten. Gleichzeitig misstraute ich dieser zunehmenden Gewissheit. Welche handfesten Beweise hatten wir denn schon? Verrannten wir uns diesmal in ein Hirngespinst?

Ich setzte mich auf. »Also, fassen wir noch mal zusammen: Indizien wären diese Blutpünktchen an den Augen und komische blaue Flecken an den Unterarmen. Selbst wenn wir überzeugt wären, dass Knappmann ermordet wurde, sehe ich keine Möglichkeit, die Bestattung morgen zu verhindern, um ihn vorher obduzieren zu lassen.«

»Da muss ich dir leider recht geben«, sagte Herr Kasimir. »Trotzdem sagt mir meine Spürnase, dass da was gewaltig stinkt. Zugegebenermaßen ist es ziemlich aussichtslos, die Sache aufzuklären. Aber gerade solche Fälle haben mich immer besonders gereizt.«

Ich schaltete das Licht ein. »Wie erklären Sie sich die blauen Flecken, wenn er doch betäubt war?«

»Wenn dir jemand ein Kissen auf Mund und Nase drückt, wehrst du dich, selbst wenn du noch so weggetreten bist. Das ist ein Reflex. Die Gegenwehr ist zwar schwach, weil der Muskeltonus gering ist. Aber wenn ich jemanden ersticken wollte, würde ich trotzdem Vorsorge treffen.«

Ich angelte nach meiner Brille. »Wie meinen Sie das?«

»Setz mich mal auf deinen Nachttisch!«, sagte Herr Kasimir. »Wir simulieren das Geschehen.«

Nun doch neugierig geworden, kletterte ich erneut aus dem Bett und verfrachtete ihn auf den Nachttisch. »Und jetzt?«

»Und jetzt nimmst du den großen Teddy da drüben

und erstickst ihn mit einem Kissen«, ordnete er an. Er lebte richtig auf, Herr Kasimir war jetzt ganz in seinem Element.

Kopfschüttelnd holte ich den Bären von seinem angestammten Platz. – Er ist übrigens der einzige Überlebende meiner Plüschtiersammlung, und das nur, weil ihn Dad auf der Kirmes für mich geschossen hat, worauf er noch heute stolz wie Bolle ist. Ich hab wenig mit Plüschtieren oder Puppen gespielt, und wenn, dann meistens Beerdigung. Der kleine Henry und ich – der kleine Henry war mein Fantasiefreund – haben Schuhschachteln mit Satinresten ausgekleidet und sehr würdevolle Begräbnisse im Vorgarten veranstaltet. Mum wunderte sich, wo das ganze Stofftierzeug hingekommen war, bis sie im Herbst Blumenzwiebeln steckte und auf meinen Plüschtierfriedhof stieß. Von da an haben sie mir nichts mehr geschenkt, was man beerdigen konnte.

Aber zurück zu jener Nacht. Ich schleppte also den riesigen Teddy zum Bett.

»Gut«, sagte Herr Kasimir, »leg ihn auf die Matratze und erstick ihn mit einem Kissen!«

Der Bär blieb unbeteiligt liegen, als ich ihm mein Kopfkissen mit beiden Armen auf den Kopf drückte.

Herr Kasimir sah mir aufmerksam zu. »Und jetzt stell dir vor, er wehrt sich, und fixiere seine Arme!«

Ich beugte mich über den Teddy, um mit meinem Oberkörper seine Arme festzuhalten, was aber nicht funktionierte, weil ich in dieser verrenkten Haltung keine Kraft mehr für den nötigen Druck auf das Kissen hatte.

Also kletterte ich spontan aufs Bett und kniete mich mit gegrätschten Beinen über mein Plüschopfer, das die Prozedur stoisch über sich ergehen ließ.

»Das ist es!«, sagte Herr Kasimir. »In dieser Haltung machen die Knie unweigerlich Abdrücke auf den Armen des Opfers. Die Teddyarme sind zu kurz, aber bei einem erwachsenen Mann würden genau unterhalb der Armbeugen Druckstellen entstehen.«

6. KAPITEL

Nach diesem Experiment gab es für Herrn Kasimir keine Zweifel mehr, dass Knappmann ermordet worden war. Mir hingegen drängte sich immer stärker die Frage auf, ob wir nicht doch Gespenster sahen. Vielleicht gab es ganz andere medizinische Gründe für die körperlichen Anzeichen, die wir an Knappmann gefunden hatten. Herr Kasimir deutete alles in Richtung Mord, ohne auch nur in Erwägung zu ziehen, dass wir uns täuschen könnten. Er genoss es ganz offensichtlich, einen neuen Fall zu haben. Nichts konnte ihn jetzt noch davon abhalten, die Sache weiterzuverfolgen. Auch wenn ich keinen Schimmer hatte, wie er das bewerkstelligen wollte.

Marlowe weckte mich erwartungsgemäß um sieben – ihm ist es leider völlig schnurz, wie viel ich geschlafen hab. – Nach nicht einmal vier Stunden Schlaf quälte ich mich genervt aus den Federn, setzte Herrn Kasimir in den Käfig, gab ihm seine Tropfen und brachte Marlowe noch im Schlafanzug in die Küche.

»Könnte heute ausnahmsweise einer von euch mit dem Hund gehen?«, sagte ich zu Mum, die gerade Kaffeepulver in die Maschine löffelte. »Ich hab sauschlecht geschlafen, Bully hat andauernd geniest.«

Mum hob die Augenbrauen, aber ich muss so hundemüde gewirkt haben, dass sie schließlich nickte. »Okay, ausnahmsweise. Leg dich wieder hin! Sei froh, dass du Ferien hast.«

Dankbar stiefelte ich in mein Zimmer zurück und haute mich wieder aufs Ohr.

Als ich die Augen wieder aufschlug, war es schon Mittag.

»Auch schon wach?«, begrüßte mich Herr Kasimir.

Ich gähnte. »Nicht wirklich.«

Herr Kasimir stand aufrecht an den Gitterstäben und spähte zum Bett hinüber. »Ich bin schon seit zwei Stunden wach, hellwach. Ich zermartere mir das Hirn, wie wir nun weiter vorgehen.«

Ich stöhnte auf. »Lassen Sie mich doch erst mal frühstücken!«

»Wenn's sein muss. Aber dann bring mir wenigstens ein Tässchen Espresso mit!«, sagte er fordernd.

Ich ignorierte seine Bitte und schlurfte ins Bad. Als

ich in die Küche kam, saßen meine Eltern schon beim Mittagessen.

»Ausgeschlafen?«, erkundigte sich Mum.

»Hm«, murmelte ich, holte mir einen Teller und setzte mich zu ihnen an den Tisch.

»Wie geht es deinem Bully?«, erkundigte sich Dad. »Deine Mutter sagt, er ist immer noch erkältet.«

Ich lud mir eine Ladung Nudeln auf. »Wieder besser, hoffe ich. Ich muss einfach dran denken, ihm Oma Engels Tropfen regelmäßig zu geben. – Die scheinen ihm wirklich zu helfen.«

Mum sah stirnrunzelnd auf die Portion, die ich mir genommen hatte. »Ich hab Hunger!«, sagte ich trotzig und wandte mich an Dad. »Ist der Knappmann heute beerdigt worden?«

Dad schob mir die Soße hin. »Olaf und Herr Hahn haben das erledigt. Traurige Sache. Kein einziger Angehöriger hat ihn auf seinem letzten Weg begleitet.«

»Nicht mal seine Frau?«, fragte Mum entsetzt.

Dad schüttelte den Kopf. »Weder Frau noch Sohn. Bei denen muss was total schiefgelaufen sein.«

Ich nickte. Das passte zu dem Bild, das ich von der Familie hatte.

»Übrigens, Valentine«, sagte Dad. »Könntest du mir einen Gefallen tun und heute Nachmittag zwei Mausefallen besorgen?«

Mum blieb der Bissen im Halse stecken. »Wieso, haben wir Mäuse?«

Dad zuckte mit den Schultern. »Ich kann mir das nicht vorstellen – ausgerechnet im Kühlraum. Aber Olaf behauptet, er hätte eigenartige Kratzspuren gefunden.«

»Wo denn?«, fragte Mum.

»In einem Sarg, er musste auf einer Seite die ganze Verkleidung auswechseln.«

Ich zuckte zusammen. »Wie kommt er darauf, dass es Mäuse waren?«

Dad lächelte schief. »Angeblich Kratzspuren von Krallen. Aber das kann weiß Gott was gewesen sein, wahrscheinlich ist das schon beim Drapieren passiert. Aber du kennst ja Olaf.«

Mum schüttelte sich. »Also ich versteh ihn. Wir stellen auf jeden Fall Mausefallen auf. Sicher ist sicher!« Sie stand auf. »Willst du auch eine Tasse Espresso?« Die Frage ging an meinen Vater.

»Kann ich heute auch einen haben? Ich bin noch immer völlig erschlagen«, sagte ich spontan.

»DU?« In Mums Augen blitzten Ausrufezeichen.

Aber mein Vater winkte ab. »In Cola ist auch Koffein drin. Valentine ist vierzehn, ein Tässchen Espresso wird sie nicht umbringen.«

Ich sah ihn dankbar an.

Es war also Dads Verdienst, dass ich kurz darauf mit einer Espressotasse in meinem Zimmer erschien.

»Das nenne ich eine gute Assistentin«, bemerkte Herr Kasimir, als er die rosa Meerschweinchenzunge in den Kaffee steckte. »Könnte stärker sein – trotzdem danke. Jetzt noch eine Zigarette und ich bin im Himmel.«

»Seien Sie froh, dass Sie NICHT im Himmel sind«, fuhr ich ihm über den Mund. »Das Letzte, was ihre verschleimten Bronchien jetzt brauchen, ist Qualm.«

Er schnaubte. »Hör auf, mich zu belehren!«

Ich zuckte mit den Schultern. »Und? Mit welchem Ergebnis haben Sie sich das Gehirn zermartert?«

Er legte eine nachdenkliche Pause ein. »Zwei Dinge müssen erledigt werden: Erstens, wir müssen das Alibi des Herrn Stiefsohn überprüfen, und zweitens müssen wir irgendwie an die Schnapsflasche herankommen. Wenn wir Reste von einem Betäubungsmittel nachweisen könnten, hätten wir schon viel mehr in der Hand. Ich wette, dass ihm das Zeug mit dem Wodka verabreicht wurde.«

»Selbst wenn wir die Flasche finden würden, was total unwahrscheinlich ist – wer soll den Nachweis machen?«, wandte ich ein. »Ich kann ja wohl kaum bei Kommissar Flatter aufkreuzen und ihm die Flasche in die Hand drücken.«

»Ich dachte nicht an Flatter, sondern an deinen Bruder«, sagte Herr Kasimir.

Ich verdrehte die Augen. »Felix? – Damit er mich für total plemplem erklärt?«

Er trippelte nervös, meine Einwände störten seinen Tatendrang. »Erst mal müssen wir an die Flasche kommen, alles andere ergibt sich dann schon. Angesichts der Umstände glaube ich nämlich kaum, dass sie in einen Glascontainer gewandert ist. Die Leute haben jetzt andere Probleme als Mülltrennung.«

Mir schwante Übles. »Super, nichts leichter als das.«

»Von *leicht* hab ich nichts gesagt«, antwortete Herr Kasimir gereizt. »Es wird weder leicht noch angenehm …« Er schwieg bedeutungsvoll.

Ich sah ihn ungläubig an. »Versteh ich Sie richtig? Sie wollen, dass ich die Mülltonnen von Knappmanns Haus durchwühle?«

»Kluges Kind«, sagte Herr Kasimir. »Erinnerst du dich an diese auffälligen orangen Müllsäcke, die im Flur standen? Die müssten doch leicht zu identifizieren sein.«

Ich stöhnte auf. »Und wenn die Müllabfuhr schon da war?«

Herr Kasimir leckte sich genüsslich einen Tropfen Kaffee von der Schnauze. »Dann wäre das natürlich sinnlos. Aber vielleicht haben wir Glück, die Abholtermine müssten auf der Website der Stadtverwaltung stehen.«

Seine Vermutung stellte sich als richtig heraus. Die Müllabholung im Wohnviertel der Knappmanns war erst donnerstags, wir hatten also noch zwei Tage Zeit. Trotzdem beschloss ich, die Sache schnell hinter mich zu bringen. Je länger ich wartete, desto voller waren die Tonnen.

Diesmal packte ich Herrn Kasimir samt Ringelstrick in die warme Bauchtasche. Wieder trabte Marlowe gesittet neben dem Rad her und ließ sich weder durch Hundedamen noch durch andere verlockende Düfte ablenken.

Unser Vorhaben bereitete mir Bauchschmerzen. Abgesehen davon, dass es ekelhaft war – was sollte ich sagen, wenn mich jemand erwischte?

Ich atmete auf, als ich feststellte, dass es keine Tonnen, sondern nur einen einzigen, wenn auch riesigen, Container gab, der praktischerweise von einem Bretterverschlag abgeschirmt wurde.

Nicht so gut war, dass er fast überquoll. Offenbar hatten die Knappmanns sich nicht mal die Mühe gemacht, die Sachen des Verstorbenen zum Recyceln zu bringen, sondern alles in den Hausmüll geworfen. – Die auffälligen orangen Müllsäcke waren eindeutig in der Überzahl.

Herr Kasimir, der nun wieder auf meiner Schulter saß, kommentierte das so: »Psychologisch vollkommen einleuchtend. Es zeigt, wie stark der Wunsch ist, alle Erinnerung an den Mann auszulöschen. Nichts, rein gar nichts von ihm soll überleben.«

»Mist!« Ich sah mich genervt nach etwas um, worauf ich mich stellen konnte, um überhaupt an die oberste Schicht ranzukommen.

Da außer einem alten Plastikeimer nichts greifbar war, drehte ich das vergammelte Ding um. Dann zog ich die Gummihandschuhe über, die ich in weiser Voraussicht mitgebracht hatte, und bestieg meinen wackeligen Tritt. Unter den verwunderten Blicken Marlowes machte ich mich ans Werk. Ich hatte schon x Säcke durchwühlt und außer Klamotten und Plunder nichts gefunden, als ich an einen Sack kam, aus dem es bestialisch stank. Angewidert fischte ich einen verkrusteten Aschenbecher heraus, und darunter …

»Bingo!«, sagte ich erleichtert und zog die Wodkaflasche hervor.

»Was treibst du denn da?«, hörte ich plötzlich eine Männerstimme.

Ich fuhr so heftig herum, dass Herr Kasimir den Halt verlor und von meiner Schulter in den Container plumpste.

»Scheiße«, stieß ich aus, und kämpfte, mit der Wodkaflasche wedelnd, um Balance.

»Runter da, Fräulein!« Der Fremde, den ich mit einem einzigen Blick als den Hausmeister identifizierte – er war definitiv der Hausmeistertyp –, griff nach meiner Hand.

Marlowe richtete sich auf und knurrte. Der Mann trat einen Schritt zurück. Ich sprang vom Eimer.

»Er tut nichts«, sagte ich, und zu Marlowe: »Marlowe, Platz!«

Marlowe gehorchte sofort, ließ aber seinen Blick nicht von dem stämmigen Mann mit der Basecap, der wiederum mich misstrauisch ansah. »Also, was hast du hier verloren? – Du gehörst nicht zum Haus.«

»Äh«, stammelte ich, »ich ...«

Jetzt bemerkte er die Flasche, die ich mit der Rechten umklammerte. »Aha, wieder mal ein Pfandflaschenjäger!«

»Äh ...« Dann nickte ich eifrig. »Ja, ich spare auf ein neues Rad.«

Der Mann blickte stirnrunzelnd auf meinen Uralt-Drahtesel. »Das versteh ich. Aber erstens ist das ...«, er deutete auf die Wodkaflasche, »keine Pfandflasche – was du wissen solltest. Und zweitens ist es nicht erlaubt, in fremdem Müll herumzuwühlen.«

»Das wusste ich nicht«, sagte ich verlegen. »Ich meine, dass das verboten ist.« Ich hob die Flasche an. »Außer der hier hab ich auch noch gar keine gefunden.«

Der Hausmeister musterte mich nachdenklich. Mit meinem klapprigen Fahrrad, dem verwaschenen Hoodie und den vom Fahrtwind wirren Haaren wirkte ich wahrscheinlich wirklich bedürftig.

»Im Prinzip find ich es gut, dass du dein Taschengeld selbst aufbessern willst«, sagte er unerwartet freundlich. »Das hab ich früher auch gemacht. Na, dann lass uns mal zusammen schauen!« Kopfschüttelnd räumte er die orangen Müllsäcke beiseite. »Nichts von dem Kram hier ist Hausmüll. Ich weiß genau, wer das war. Normalerweise würde ich den Leuten ihren ganzen Krempel vor die Haustür stellen – aber sie hatten gerade einen Todesfall.«

»Oh«, murmelte ich und dachte, dass der Mann echt in Ordnung war.

Mit so viel Hilfsbereitschaft hatte ich dann allerdings doch nicht gerechnet. Zielsicher fischte er eine Pfandflasche nach der anderen aus dem Müll und lud sie in meinen verrosteten Fahrradkorb, während ich verzweifelt nach Herrn Kasimir Ausschau hielt.

Plötzlich hörten wir ein eigenartiges Geräusch, von dem nur ich wusste, dass es das Niesen eines Meerscheinchens war.

Mein freundlicher Helfer stutzte. Er starrte in den Container, seine Augen verengten sich. »Verdammt! Da unten ist was. – Kannst du mir mal erklären, wie es diese

Scheißratten immer wieder schaffen, die glatte Metallwand hochzuklettern?«

Nein, das konnte ich nicht. Ich hätte auch keine Gelegenheit mehr dazu gehabt. Während ich noch überlegte, ob ich ihm von meinem Meerschweinchen erzählen sollte, rannte er schon Richtung Haus. »Ich hol nur rasch das Rattengift«, rief er mir zu. »Fass bloß nicht mehr in den Container. Die Viecher beißen!«

Das *Viech*, das ihn so in Fahrt gebracht hatte, biss nicht, es fluchte, dass sich die Balken bogen. »Teufel noch mal, hol mich endlich raus! Wie lang soll ich noch hier im Dreck sitzen?«

Ich reckte mich über den Containerrand, fischte Herrn Kasimir unter einem verwelkten Kohlblatt hervor und steckte ihn in die Tasche. Dann schnappte ich mir die Wodkaflasche, stieg eiligst aufs Fahrrad und trat in die Pedale, dass Marlowe kaum mitkam.

Außer Sichtweite von Knappmanns Wohnung hielt ich atemlos an und zog die Handschuhe aus.

»Hast du wenigstens die Wodkaflasche?«, erkundigte sich Herr Kasimir.

Ich nickte keuchend. »Hinten im Korb. – Mann, ich will duschen!«

»Ich auch«, sagte Herr Kasimir. »Ich stinke wie ein Iltis.«

Auf dem Heimweg besorgte ich im Gartencenter die Mausefallen für Olaf. Dann brachte ich die Pfandflaschen weg, und steckte kopfschüttelnd den bescheidenen Erlös ein. Ich dachte an den mitleidigen Blick des netten Hausmeisters. Selbst für ein preiswertes Cityrad müsste ich an die zweitausend Flaschen sammeln.

Es war schon Abend, als ich heimkam. Ich setzte Herrn Kasimir auf meine Schulter und verbarg die Flasche in meiner Jacke.

»Ich geh jetzt als Erstes duschen«, sagte ich, als wir in meinem Zimmer waren.

Herr Kasimir schnaubte. »Und was ist mit mir? Mein Wollmantel stinkt nach Mülltonne und mein Fell juckt geradezu ekelhaft.«

Ich sah ein, dass er schlimmer dran war als ich, und nahm ihn mit ins Bad, wo ich warmes Wasser und Shampoo ins Waschbecken gab. Er hatte recht, sein Wollmantel stank entsetzlich, den konnte man nur entsorgen, gut, dass ich den zweiten Socken noch hatte.

Während er wohlig in das warme Bad tauchte, zog ich mich im Schutz des Duschvorhangs aus, duschte ausgiebig, und angelte nach meinem Bademantel. Mit dem angenehmen Gefühl, wieder sauber zu sein, trat ich ans Waschbecken.

Herr Kasimir blickte, eine Schaumflocke auf dem Schopf, zu mir hoch. »Könntest du mir bitte den Rücken schrubben? Mama hat das auch immer gemacht.« Ich verkniff mir eine spöttische Bemerkung und schrubbte über Bullys nasses Fell, dass die Blasen spritzten.

»Guuuut«, ächzte Herr Kasimir. »Fester! – Mama sagte immer, das sei gut für den Kreislauf.«

Ich griff nach einem Handtuch. »Das reicht. Sie sind sauber!«

Das Bild eines erwachsenen Mannes, der sich von seiner alten Mutter den Rücken schrubben ließ, fand ich irgendwie lächerlich. Ich rubbelte Herrn Kasimir trocken und setzte ihn in den Käfig, wo ich ihm sein Futter und die Tropfen gab. Er hatte heute nur ein paarmal geniest, das Mittel tat seine Wirkung, man musste es nur regelmäßig geben.

Am Abend diskutierten wir noch heftig über die Wodkaflasche. Herr Kasimir wollte unbedingt, dass ich Felix gleich anrief, was ich aber ablehnte. Am Telefon würde ich so etwas Heikles bestimmt nicht mehr mit ihm besprechen. Ich wusste von Mum, dass mein Bruder am Freitag zum Abendessen kommen würde. Bis dahin war mir vielleicht auch eine Geschichte eingefallen, die ihm einleuchtete.

7. KAPITEL

Der nächste Schritt war, Patricks Alibi zu überprüfen. Nur wie sollten wir das anstellen? Ich wusste zwar, wo er arbeitete, aber ich konnte ja nicht gut zu ihm hingehen und ihn ausquetschen, was er zur fraglichen Zeit gemacht hatte. Während Herr Kasimir und ich uns darüber die Köpfe zermarterten, löste sich das Problem fast von selbst.

Als ich am nächsten Tag Marlowe rausbringen wollte, stieß ich im Foyer beinahe mit Patrick zusammen.

»Sorry«, sagte er und blickte zwischen Marlowe und Herrn Kasimir, der in den zweiten Sockentorso gehüllt auf meiner Schulter saß, hin und her. »Das sind ja abgefahrene Vierbeiner – trägt der Kleine immer einen Mantel?«

Ich schüttelte den Kopf. »Ne, aber er ist erkältet.«

Sein Blick verdunkelte sich. »Einen Hund hatte ich nie, aber ich hatte mal zwei Meerschweinchen.«

Ich biss mir auf die Lippen.

»Mit Meerschweinchen muss man nicht Gassi gehen«, sagte ich schnell, um ihn von seinen schwarzen Gedanken abzulenken. »Aber Marlowe braucht viel Bewegung.«

Patrick musterte mich mit einem Blick, den ich nur zu gut kenne, und so wunderte mich auch nicht, was nun kam: »Bewegung schadet dir aber auch nicht.«

Ich runzelte die Stirn.

»So hab ich das nicht gemeint.« Er lächelte schief. »Wart mal ...« Er kramte in der Jackentasche und zog eine Karte heraus. »Hier, damit kannst du ein Probetraining bei uns machen. Kostet dich rein gar nichts. Probier's aus, macht dir sicher Spaß.«

Ich schluckte.

»Nimm sie!«, hörte ich Herrn Kasimirs Stimme. »Du hast es bitter nötig.«

»Das hab ich überhaupt nicht nötig«, fauchte ich.

»Das sagt ja auch keiner.« Patrick steckte verlegen die Karte weg.

»Nimm sie schon!«, bekam ich wieder zu hören.

Ich streckte die Hand aus. »Gib her!«

»Es wird dir hundertpro gefallen«, sagte Patrick erleichtert.

»Hundertpro NICHT«, murmelte ich und wandte mich zur Tür.

»Hey!« Patrick rief mich zurück. »Ich soll die Sachen von dem Alten abholen. Wo muss ich hin?«

Er war also hier, um die armseligen Klamotten seines Stiefvaters abzuholen.

Dad wirft die Sachen von Verstorbenen grundsätzlich nicht weg, nicht mal auf Wunsch. Er sagt, sicher ist sicher, so kann keiner hinterher behaupten, es sei etwas unterschlagen worden.

Ich wies ihm den Weg zu Dads Büro und verließ das Haus.

Obwohl ich nicht die geringste Lust verspürte, meine wertvolle Zeit in einem Sportstudio zu verplempern, hatten wir jetzt einen super Aufhänger, Patricks Alibi zu überprüfen.

Freitagnachmittag kreuzte ich also im MOVE FOR FUN auf.

Eine Blondine mit einem Traumbody stand am Tresen und taxierte mich mit einem so mitleidigen Blick, dass ich am liebsten kehrtgemacht hätte. »Kann ich was für dich tun?«

Ich fummelte den Gutschein aus der Hosentasche. »Den hat mir Patrick gegeben. Ist er da?«

»Ah«, sagte sie, »Probetraining! – Nein, Patrick ist schon weg. Aber ich kann nachsehen, ob gerade ein anderer Trainer frei ist.«

Ich schüttelte den Kopf. »Ne, ich will zu Patrick. – Wann hat er freitags denn Dienst?«

Die Tussi studierte einen Plan. »Freitag nur vormittags. Aber ich kann dich für Dienstag eintragen. Um zehn hat er noch Luft. – Wie heißt du?«

»Äh …«, stammelte ich.

»Worauf wartest du?«, hörte ich Herrn Kasimir, den ich in der Bauchtasche verstaut hatte, um blöden Fragen aus dem Weg zu gehen.

Ich seufzte. »Ich heiße Valentine. – Okay, dann halt Dienstag um zehn.«

»Dreimal sind frei«, sagte die Blonde, während sie etwas in eine Liste eintrug. »Danach kannst du ein günstiges Schüler-Abo abschließen.«

Ich lächelte bitter. »Super! – Das wollte ich schon immer.«

Mit einem ahnungsvollen Blick auf die Foltergeräte, die mich erwarteten, verließ ich die Stätte der Leibesertüchtigung.

Auch wenn mir die Aktion einen unangenehmen Termin eingebracht hatte, wussten wir jetzt: Patrick hatte Freitagabend definitiv keinen Dienst, obwohl er behauptet hatte, er sei im Sportstudio gewesen.

»Alles deutet auf den jungen Mann hin«, sagte Herr Kasimir. »Mit dem Probetraining erreichen wir zweierlei: Du kannst Patrick näher auf den Zahn fühlen und du tust endlich mal was für deine Fitness, was längst überfällig ist.«

Seine Bemerkung ärgerte mich, aber ich hatte keine Lust, mich auf eine Diskussion einzulassen.

Als wir heimkamen, stand Felix' Auto schon im Hof. Obwohl der Duft von Mums erstklassigem Gulasch bis ins Treppenhaus zog, war mir der Magen wie zugeschnürt. Ich hatte echt keinen Schimmer, wie ich Felix dazu bringen sollte, Knappmanns Wodkaflasche im Uni-Labor untersuchen zu lassen. Ich nahm mir vor, mich an das Thema langsam heranzutasten. Ich versorgte Herrn Kasimir mit seinen Tropfen und einer Schüssel Körner und ging in die Küche. Marlowe folgte mir, um diese Zeit bekam er immer sein Futter.

»Na Dicker!« Felix streichelte ihn, dann sah er mich prüfend an, wahrscheinlich dachte er an unser letztes Telefonat.

Ich wich seinem Blick aus und setzte mich neben Dad an den Tisch.

Mum stellte eine Schüssel mit Reis auf den Tisch. »Wo warst du eigentlich heute Nachmittag, Valentine?«

»Im Sportstudio«, erwiderte ich, und erzählte von dem Gutschein, den mir Patrick gegeben hatte. Damit versetzte ich alle in unverhohlene Verblüffung.

Mum wirkte geradezu erleichtert. »Valentine, toll, dass du dich aufraffst, endlich was für dich zu tun. Das Abo kriegst du natürlich von uns spendiert. – Stimmt's, Schatz?«

Dad zuckte mit den Schultern. »Von mir aus, wenn es Valentine Freude bereitet. Aber meinetwegen muss sie da nicht hin. Mir gefällt sie, wie sie ist.«

Mum knallte ihm einen Löffel Reis auf den Teller. »Fall mir nur in den Rücken!«

Felix hob spöttisch die Augenbrauen. »*Mens sana in corpore sano.*«

»Idiot«, fuhr ich ihn an. ›Ein gesunder Geist in einem gesunden Körper‹ – ha, ha ... Sein lateinischer Seitenhieb auf meinen Geisteszustand, machte es mir auch nicht leichter, ihn auf die Flasche anzusprechen.

Mum runzelte die Stirn. »Valentine, was regst du dich so auf?«

Ich schnaubte. »Lass mich!«

Kopfschüttelnd wandte sie sich an Felix. »Wie läuft's an der Uni?«

Er stöhnte auf. »Ich schufte zurzeit bis in die Nacht. Momentan jagen sich die Klausuren.«

Mum tätschelte ihm den Arm. »Du schaffst das schon. – Welches Fach ist das nächste?«

»Forenschische Tokschikoloschie«, antwortete Felix mit vollem Mund.

»Forensische Toxikologie?«, fragte Dad nach. »Gifte und so was?«

Felix schluckte runter. »Gifte, Drogen. Das ganze weite Feld.«

Ich horchte auf. Während ich noch überlegte, wie ich diesen wundervoll passenden Faden aufnehmen könnte, läutete das Telefon im Wohnzimmer. Die Melodie verriet, dass es auf der Büronummer klingelte, deshalb stand Dad auf.

Mum seufzte. »Ach nee, nicht schon wieder Freitagabend ...«

Aber ihre Befürchtung bestätigte sich. »Eine Abholung«, sagte Dad, als er wieder hereinkam. »Felix, es wäre nett ... Sonst müsste ich versuchen, Olaf oder Herrn Hahn zu erreichen.«

Felix nickte unwillig. »Okay, ich komm mit. Wird hoffentlich nicht so lang dauern, ich muss noch lernen.«

»Können die Leute nicht bis Montag warten?«, fragte Mum genervt.

Dad schüttelte den Kopf. »Nicht, wenn der Tote im Treppenhaus liegt!«

»Ach du Schande!«, stieß ich aus. »Herzinfarkt?«

Dad setzte sich wieder an den Tisch. »Keine Ahnung. Die Ehefrau war völlig aufgelöst, sie brachte kaum die Adresse heraus.« Er seufzte. »Na ja, es ist im Villenviertel drüben. Wird wenigstens kein Billigbegräbnis wie die

Abholung vom letzten Freitag. – Trotzdem, wir essen jetzt erst in Ruhe auf. – Dein Gulasch schmeckt übrigens hervorragend!«

Mum, an die das Kompliment gerichtet war, verdrehte die Augen.

Der Anruf hatte mir die ganze Tour vermasselt. Ich sah keine Möglichkeit, das Gespräch jetzt wieder unverfänglich in Richtung Gifte und Drogen zu lenken. Vielleicht ergab sich dazu Gelegenheit, wenn ich Dad und Felix begleitete.

Deshalb fragte ich: »Kann ich mitkommen?«

Während Mum mich erstaunt ansah, huschte über Dads Gesicht ein zufriedenes Lächeln. »Gern, wenn du das wirklich willst?«

Ich schob meinen Teller weg und stand auf. »Ich zieh mich nur rasch um.«

Herr Kasimir war zwar nicht begeistert, dass unser gemütlicher Krimi-Abend schon wieder ausfallen sollte, aber er sah die Notwendigkeit ein.

In meinen kneifenden Hosenanzug gezwängt, klemmte ich kurz darauf wieder neben meinem Bruder im Firmenwagen.

»Toxikologie paukst du also«, bemerkte ich so beiläufig wie möglich. »Hört sich interessant an.«

Felix nickte. »Ist es. Hochinteressant.«

»Stimmt es, dass man Drogen auch in den Haaren finden kann?«, mischte sich Dad ins Gespräch. »Haschisch zum Beispiel.«

»Das stimmt«, antwortete Felix. »THC kann man noch monatelang nachweisen.«

»K.-o.-Tropfen auch?«, fragte Dad weiter. »Neulich erst stand wieder so ein Fall in der Zeitung.«

»K.-o.-Tropfen?«, wiederholte ich. »Was ist das denn?«

»GHB«, sagte Felix.

Ich sah ihn ratlos an. »Kannst du das auch auf Deutsch sagen?«

Felix grinste. »Klar, Gamma-Hydroxybutansäure.«

Ich sah ihn ratlos an. »Ach das …?«

Mein Bruder lachte. »GHB ist eine Form von Ecstasy, ein Rausch- und Betäubungsmittel. Von Ecstasy hast du doch sicher schon mal was gehört.« Er hob lehrerhaft den Finger. »Merk dir das für später und sei wachsam, Schwesterchen! Es gibt Typen, die kippen einem das Zeug in die Drinks, und wenn man dann selig schlummert, beklauen sie einen oder machen noch Schlimmeres.«

Dad warf uns einen entsetzten Blick zu.

Ich schüttelte den Kopf. »Keine Angst, das passiert mir im Leben nicht.«

»Sei da mal nicht so sicher!«, sagte Felix. »Die Masche ist echt fies. Die Tropfen schmeckt man aus Alkohol nicht raus. – Achte jedenfalls später immer darauf, dein Getränk nie unbeobachtet zu lassen!«

Dad räusperte sich. »Kriegt man diese K.-o.-Tropfen denn so leicht?« Seine Stimme klang jetzt ernsthaft besorgt. »Die sind doch sicher nicht rezeptfrei.«

Felix zuckte mit den Schultern. »Im Internet kriegst du alles.«

»Und dieses Gamma...-Zeugs findet man das auch in den Haaren?«, erkundigte ich mich.

»Im Prinzip auch im Blut, aber GHB ist schwer nachzuweisen«, sagte Felix. »Nach einmaliger Einnahme so gut wie gar nicht. Deshalb wird es auch so oft für kriminelle Zwecke verwendet.«

GHB, die drei Buchstaben rotierten in meinem Kopf. Hatte man Knappmann mit K.-o.-Tropfen lahmgelegt und ihn dann erstickt?

»Wäre es nicht viel einfacher, das Getränk zu untersuchen?«, fragte ich.

Felix nickte. »Klar, aber das ist meistens nicht mehr möglich. Keiner nimmt doch sein Glas mit, wenn er ein Lokal verlässt. – Außerdem muss man Anzeige erstatten, damit das rechtsmedizinische Labor überhaupt eine Untersuchung macht. Den meisten Mädchen ist das aber zu peinlich.«

»Macht ihr im Institut solche Nachweise?«, hakte ich nach.

»Ne, die Proben werden eingeschickt ...« Felix stutzte, er sah mich misstrauisch an. »Warum interessiert dich das eigentlich so?«

Das Gespräch, das so gut angefangen hatte, entwickelte sich definitiv in die falsche Richtung, als mir Dad zu Hilfe kam.

»Ich find's gut, dass sich Valentine dafür interessiert«, sagte er. »Aufgeklärte Mädchen lassen sich nicht so leicht was ins Getränk kippen.«

»Das ist allerdings auch wieder wahr«, erwiderte Felix. »Zwei Kommilitoninnen von mir haben sogar einen Schnelltest in der Handtasche. Bei Verdacht kann man damit sein Getränk noch vor Ort checken.«

Ich spitzte die Ohren. – Mann, das war vielleicht die Lösung! »Kriegt man den in der Apotheke?«

»Keine Ahnung, ich glaub, sie haben den Test im Internet bestellt.« Felix runzelte die Stirn, als ahnte er, dass mein Interesse überhaupt nicht künftigen Discobesuchen galt.

Ich hielt es für besser, das Thema nun abzuschließen und blickte scheinbar unbeteiligt nach vorn.

Villen mit gepflegten Vorgärten zogen an uns vorüber, dicke Autos kamen uns entgegen. Das hier war fraglos das Pflaster für Begräbnisse erster Klasse.

Dad sah sich suchend um. »Haydnstraße 54. Wir müssten eigentlich gleich da sein.«

»Da vorn!« Felix deutete auf eine Walmdachvilla. »Da steht ein Polizeiwagen in der Einfahrt!«

Dad bremste und hielt an. »Dr. Frank Bellingheim«, las er am Gartentor. »Wir sind hier richtig.«

8. KAPITEL

Die Haustür stand offen. Wir traten in eine geräumige Diele, eine Marmortreppe führte in den ersten Stock. Auf dem Boden vor der untersten Stufe lag, zugedeckt mit einem Laken, eine Gestalt. Hemmungsloses Schluchzen drang aus einem Zimmer. Gänsehaut überkam mich. Hier war etwas wirklich Tragisches passiert.

Ein Mann mit einer großen Tasche kam heraus. »Traurige Sache«, sagte er zu uns, und sah gedankenvoll auf den Toten. »Genickbruch. Wir kannten uns, er war ein Kollege. Er muss die Treppe von ganz oben heruntergestürzt sein. Die arme Frau Bellingheim hat ihn gefunden, als sie heimkam. Sie ist völlig fertig. – Seien Sie behutsam, die Polizei ist noch da. – Der Totenschein liegt übrigens im Wohnzimmer.«

Der Mann, der offensichtlich Arzt war, nickte uns zu und verließ das Haus.

»Polizei?«, flüsterte ich Felix zu.

Felix nickte. »Bei einem Unfall muss der Arzt die Polizei benachrichtigen, um Fremdeinwirken auszuschließen.«

Während Dad und Felix schon ins Wohnzimmer gingen, sah ich mich beklommen um. Den Spuren an der Tapete nach zu urteilen, musste Bellingheim tatsächlich schon ganz oben den Halt verloren haben und dann ungebremst hinuntergekugelt sein.

Als ich das Wohnzimmer betrat, verabschiedeten sich die beiden Polizeibeamten bereits. »Ich wünsche Ihnen viel Kraft«, sagte der ältere, der jüngere nickte bedrückt.

Nachdem die beiden gegangen waren, saß Frau Bellingheim, zusammengesunken wie ein Häufchen Elend, in ihrem Designersessel und zerknüllte ein Taschentuch. »Es ist so schrecklich!«, raunte sie. »So furchtbar schrecklich!«

»Herzliches Beileid, Frau Bellingheim«, sagte nun mein Vater. »Wir werden alles, was in unserer Macht steht, tun, um Ihnen in diesen schweren Tagen so viel wie möglich abzunehmen.«

Sie hob den Kopf. Trotz ihrer rot umränderten Augen sah man, dass sie auf sich achtete. Ihre etwas zu blonden Haare waren zu einem perfekten Pagenkopf geschnitten. Das enge Kleid zeigte viel, fast zu viel von ihren langen Beinen. Dennoch, irgendetwas in ihrem Gesicht wirkte maskenhaft, ohne dass ich genau hätte sagen können, was es eigentlich war. Vielleicht waren es ihre unnatürlich aufgeplusterten Lippen. Sie griff schluchzend nach einer Schachtel Mentholzigaretten und fingerte eine heraus. Dabei zitterte sie so, dass ihr die Zigarette aus der Hand fiel.

Unwillkürlich bückte ich mich. Und da geschah es: Es machte Ratsch und meine viel zu enge Pietätshose platzte. Ich fuhr hoch. »Sch…«

Dad warf mir einen Blick zu, der mich zum Schweigen brachte. »Im Handschuhfach sind Sicherheitsnadeln«, raunte er mir zu.

Ich bewegte mich rückwärts zur Tür, damit Felix, der den Kopf senkte, um sein unverschämtes Grinsen zu verbergen, meine Rückseite nicht sehen konnte.

Mit einem Päckchen Sicherheitsnadeln zurück im Haus, machte ich mich auf die Suche nach der Gästetoilette. Dabei verlief ich mich zunächst in eine supermoderne Hochglanz-Küche, wie ich sie bisher nur im Möbelhaus gesehen hatte. Sicher hatten die Bellingheims eine Putzfrau. Bis auf einen Korb mit einer leeren Champagnerflasche und zwei kleineren Einwegflaschen, die offenbar in den Glascontainer gebracht werden sollten, stand nichts herum. Umweltbewusst war man also. Die fast sterile Atmosphäre erinnerte mehr an einen OP als an eine Küche. Viel gekocht wurde hier anscheinend nicht.

Ich dachte an die einfache Behausung der Knappmanns. Dad hatte recht, als Bestatter lernte man Leute aus allen Schichten kennen. Ein Geräusch riss mich aus meinen Überlegungen. Ich drehte mich um. Eine weiße Perserkatze sah mich ebenso erschrocken an wie ich sie. Sie war durch eine Klappe in der Terrassentür hereingekommen. Ihr Auftauchen erinnerte mich daran, dass ich hier nichts, rein gar nichts, verloren hatte.

Zum Glück war schon die nächste Tür die richtige. Aber selbst dieser Ort für dringende Bedürfnisse kam mir wie ein Musterbeispiel aus einem Wohnmagazin vor. Die Leute hatten echt Kohle!

Ich schälte mich aus meiner demolierten Hose und sah mir den Schaden an. Direkt in der Pofalte klaffte ein zwei Handteller langer Spalt.

Sicherheitsnadeln sind fraglos eine geniale Erfindung. Für meinen speziellen Notfall schienen sie mir aber nur bedingt geeignet, zumal ich mich schon mit der ersten stach. Ich wollte mir lieber nicht ausmalen, was passierte, wenn auch nur eine aufging. Schließlich warf ich das Kosmetiktuch, das ich um meinen blutenden Finger gewickelt hatte, ins Klo und drückte die Spülung. Wieder einmal wirbelte ein Zigarettenstummel nach oben. Mann, dachte ich, manche Leute sind ja echt abhängig. Dass angeblich immer weniger geraucht wird, ist wohl doch nur ein Gerücht.

Nachdem ich mich äußerst vorsichtig in mein provisorisch gesichertes Beinkleid zurückgezwängt hatte, verließ ich das Gäste-WC. Ich hatte wohl eine ganze Weile gebraucht, denn Dad und Felix trugen den unglücklichen Doktor Bellingheim bereits in den Wagen. Die langhaarige Katze kam auf mich zu und strich um meine Füße, als wäre ich eine alte Bekannte. Ich wagte nicht, mich zu ihr hinunterzubeugen.

»Frau Bellingheim soll dir noch einen Anzug raussuchen«, sagte Dad. »Sie wünscht eine offene Aufbahrung.«

Als ich das Wohnzimmer betrat, starrte Frau Bellingheim wie versteinert vor sich hin. Ich räusperte mich.

Sie fuhr unvermittelt hoch. »Ach ja, der Anzug«, sagte sie heiser und stand auf. »Komm!«

Ich folgte ihr. Vor der Treppe blieb sie da stehen, wo sie ihren Mann gefunden hatte. »Er war ein wunderbarer Mensch. Ich werde nie darüber hinwegkommen.« Mit gesenktem Kopf schlich sie nach oben.

Ich fühlte mich völlig hilflos. Anders als Frau Knappmann war sie die personifizierte Trauer. Schweigend folgte ich ihr in ein geräumiges Schlafzimmer.

Frau Bellingheim öffnete einen begehbaren Wandschrank, der Duft von Lavendel schlug mir entgegen. Während sie die Anzüge durchforstete, wanderte mein Blick durch den Raum. Die Tagesdecke des breiten Ehebetts war zurückgeschlagen, eines der Kopfkissen zerknüllt. Vielleicht hatte Dr. Bellingheim ein Nickerchen gehalten, ehe der Unfall passierte. Dann zogen die Bilder an den Wänden meine Aufmerksamkeit an. Ich rückte die Brille gerade und ging näher hin. Auf den meisten Fotos strahlte mir eine leicht bekleidete junge Frau entgegen. Irgendwie sah die glamouröse, stark geschminkte Blondine der Witwe ähnlich.

»Ist das Ihre Tochter?«, erkundigte ich mich, als Frau Bellingheim mit einem schwarzen Smoking zurückkam.

»Nein!«, fuhr sie mich an. »Das bin ich! Ich hab keine Kinder. Wenn man beim Film ist, kann man sich keine leisten. Eine Schwangerschaft ruiniert einem die Figur.« Sie deutete auf ein Foto, das sie mit einem Mann zeigte, den ich irgendwo schon mal gesehen hatte. »Das bin ich mit Wim Wenders, falls dir das was sagt.«

Ich nickte höflich. Dass Wim Wenders ein bekannter Regisseur war, wusste ich.

»Spielen Sie noch?«, fragte ich.

»Ab und zu«, sagte sie knapp. »Zu viele andere Pflichten. Frank – das ist ...« Sie schluchzte laut auf. »Das war er.« Damit deutete sie auf ein Foto, das sie mit einem gut aussehenden großen Mann zeigte. »Er war im Lions-Club und in vielfältige gesellschaftliche Verpflichtungen eingebunden.«

»Aha«, sagte ich.

»Valentine, wo bist du?« Dads Stimme, die aus der Diele kam, unterbrach unser Gespräch. Ich nahm ihr den Anzug ab und ging zur Treppe. »Ich komme!«

Im Schneckentempo bewegte ich mich nach unten – ich traute den Sicherheitsnadeln nicht. Meine Augen wanderten über die Tapete. Die Blutspuren ließen mir einen Schauder über den Rücken laufen. Der arme Herr Bellingheim musste sich den Kopf aufgeschlagen haben. Wahrscheinlich war er dabei schon bewusstlos geworden. Anders konnte ich mir nicht erklären, warum er sich nicht gefangen hatte, sondern ungebremst bis in die Diele gekugelt war.

Als wir wieder im Auto saßen, sagte Dad: »Die Frau kann einem leidtun. Wenigstens ist sie finanziell abgesichert. Dr. Bellingheim war Schönheitschirurg. Kennt ihr die Privatklinik in der Mozartstraße?«

Felix nickte. »Klar. War das seine?«

Dad warf ihm einen augenzwinkernden Seitenblick zu. »Überleg dir das noch mal. Wenn du später eine schöne Frau und ein tolles Haus dein Eigen nennen willst, solltest du umsatteln.«

Felix zuckte mit den Schultern. »Die Frau gefiel mir jedenfalls nicht besonders. An dem Gesicht ist zu viel gemacht worden.«

»Meinst du?«, fragte ich, während ich dachte, dass das erklärte, warum mir ihre Mimik so maskenhaft vorgekommen war.

»Schönheit kommt immer von innen«, bemerkte Dad. »Die äußere ist vergänglich. – Ich würde mich niemals operieren lassen.«

Ich lachte. »Einen Versuch wär's wert.«

Dad machte auf beleidigt. »Ach, ich gefall dir wohl nicht?«

Ich drehte mich schwungvoll zu ihm hin und drückte ihm einen Kuss auf die Wange. »Du bist doch der Beste. Wie sagst du immer: Schönheit vergeht, Dummheit bleibt.«

Als ich mich zurücklehnen wollte, raunzte mich Felix an: »Mach dich nicht so breit!«

Ich rutschte ein Stück zur Seite – und dann hörte ich die Englein singen. »Aaaauuuuuu…!«

Dad trat auf die Bremse. »Was ist denn, um Himmels willen?«

Ich brachte kein Wort heraus, sondern winkte nur stumm ab.

In meinem Hintern steckte eine Nadel, meinem Gefühl nach bis zum Anschlag.

Felix sah mich überrascht an, dann verzog er den Mund zu einem breiten Grinsen. »Na, du kleines Nadelkissen!«

»Ach du lieber Gott!«, stieß Dad aus. »Die Sicherheitsnadeln.«

Er stoppte am Straßenrand. Mein feixender Bruder stieg aus und reichte mir die Hand. Im Zeitlupentempo kroch ich aus dem Wagen. Dad und Felix blickten mich in einer unerträglichen Mischung aus Mitleid und Erheiterung an.

»Dreht euch gefälligst weg!«, brüllte ich und schaute mich um, ob jemand in der Nähe war. Erst versuchte ich natürlich, die offene Nadel zu erwischen, ohne die Hose auszuziehen, aber das gelang mir einfach nicht. Also blieb mir nichts anderes übrig, als mitten auf der Wilhelmsstraße die Hosen runterzulassen. Sicherheitshalber fummelte ich auch gleich die anderen Nadeln heraus, was etwas dauerte. Aber noch mal wollte ich das jedenfalls nicht erleben. Bis daheim würde ich ohnehin sitzen. Ein vorbeifahrender Motorradfahrer hupte und hob den Daumen. Ich zeigte ihm auch einen Finger, welchen muss ich ja wohl nicht sagen. Ja, es gibt definitiv Situationen, da ist einem alles egal. Mit dieser Nummer hatte ich den Gipfel der Peinlichkeit so was von überschritten!

Total gefrustet zwängte ich mich wieder neben Felix und nahm mir fest vor, mich nicht weiter provozieren zu lassen.

Felix teilte erwartungsgemäß noch ein paar Seitenhiebe aus, die ich aber an mir abprallen ließ. Ignorieren ist meiner Erfahrung nach die beste Methode, jemanden zum Schweigen zu bringen.

Leider gelang mir das nicht bei den Sticheleien, die mich daheim erwarteten. Mum war allerdings weniger amüsiert als genervt, zumal sie jetzt auch noch die Hose flicken musste. »Ich will dir ja nicht reinreden, aber ich hab's dir gesagt: Du hast zugelegt. – Gut, dass du jetzt wenigstens mit dem Sportstudio anfängst.«

»Verdammt! Hör auf damit«, zischte ich und riss ihr die Hose aus der Hand. »Dann näh ich das eben selbst.«

Ich war stinksauer. Erstens tat mir immer noch der Hintern weh, und zweitens wurmte es mich doch, mehr, als ich zugeben wollte, dass alle auf mir herumhackten. Das Problem bei mir war schon immer: Wenn ich Druck kriege, hab ich so einen Reflex, genau das Gegenteil zu machen. Aber aus der Nummer hier kam ich nicht raus. Am Dienstag würde ich jedenfalls in dieses Sportstudio gehen – nur wegen unserer Ermittlungen natürlich. Aber vielleicht würde ich ja sogar den *Fun* im MOVE FOR FUN entdecken.

Während ich Marlowe zu seinem Abendgassi ausführte, musste ich mir dann auch noch Herrn Kasimirs Betrachtungen über den Zusammenhang von Sport, Muskulatur und Kalorienverbrennung anhören. Selbst als ich mich wenig später mit Nadel und Faden abmühte, fing er wieder damit an.

»Seien Sie endlich still!«, fuhr ich ihn an. »Sonst geh ich ins Wohnzimmer rüber und lass Sie hier sitzen!«

Darauf sah er mir eine Weile schweigend zu, bis er schließlich sagte: »Lernt ihr das Nähen eigentlich nicht mehr in der Schule?«

Ich schüttelte verdrossen den Kopf.

»Das merkt man«, sagte er und gab mir damit das Gefühl, dass ich heute auf der ganzen Linie versagte.

»Reden wir über was anderes.« Damit wechselte Herr Kasimir endlich das Thema. »Konntest du Felix wegen der Flasche fragen?«

Ich biss den Nähfaden ab. »Nicht direkt, aber er hat was Interessantes gesagt.«

Nachdem ich Herrn Kasimir in kurzen Zügen über unser Gespräch orientiert hatte, trippelte er aufgeregt hin und her. »K.-o.-Tropfen! Dass ich da nicht gleich drauf gekommen bin.«

Ich runzelte die Stirn. »Meinen Sie?«

Seine Barthaare zitterten. »Durchaus möglich, gar nicht unwahrscheinlich. GHB ist eine Modedroge und leicht zu bekommen. Junge Leute wie Patrick haben da so ihre Quellen. Vielleicht findest du sogar was über seine Freunde raus und die Discotheken, die er besucht.«

Ich nickte. »Denken Sie, ich sollte versuchen an den Soforttest, von dem Felix erzählt hat, heranzukommen?«

»Ich bitte darum«, sagte Herr Kasimir. »Wirf den PC an!«

Mit den Suchwörtern *K.-o.-Tropfen* und *Schnelltest* landete ich auf Anhieb über dreitausend Treffer. Schon bald stieß ich auf einige Shops, die den Test zu erschwinglichen Preisen anboten. Doch sofort tat sich das nächste Problem auf: Wie sollte ich bezahlen? Minderjährigen wird es schwer gemacht, im Internet einzukaufen. Eine Kreditkarte besitze ich sowieso nicht. Aber dann kam mir der entscheidende Geistesblitz. Ich lese ziemlich viel, deshalb haben mir meine Eltern zum Geburtstag einen Gutschein von einem großen Online-Warenhaus geschenkt, in dem neben Büchern alles nur Erdenkliche angeboten wird. Da ich seit Bullys Verwandlung nicht mehr ganz so viel zum Lesen komme wie früher – Herr Kasimir will schließlich unterhalten werden –, besaß ich noch Guthaben. Und zu unserem großen Glück war der GHB-Test tatsächlich auch dort zu bekommen. – Offenbar gibt es eine Nachfrage, was ja eigentlich traurig ist.

»Du bist wirklich gut mit diesen Internetsachen«,

sagte Herr Kasimir, als ich den Test mit ein paar Mausklicks bestellt hatte. »Für dein Alter bist du erstaunlich gewieft.«

Meine Laune hellte sich unwillkürlich auf, obwohl ich es eigentlich blöd finde, dass seine Beurteilung sich dermaßen auf meine Stimmung auswirkt.

»Den Freitagskrimi haben wir zwar schon wieder verpasst«, sagte ich aufgeräumt. »Aber was halten Sie davon, wenn ich uns eine Tüte Nüsse besorge, und wir schauen mal, was noch so kommt.«

»Keine Nüsse«, antwortete er. »Ich hab zugenommen. Bald pass ich nicht mehr in deine Bauchtasche.«

Ich presste die Lippen zusammen und schaltete den Fernseher ein. Ohne Knabberzeug saßen wir schließlich auf meinem Bett und zappten uns bis zu einem alten Schwarz-Weiß-Film durch.

»Lass den mal!«, sagte er. »Das ist ein uralter Marlowe!«

Marlowe, der seinen Namen hörte, hob den schweren Kopf.

»Marlowe?«, wiederholte ich.

Herr Kasimir lachte. »Der Namensvetter von unserem Marlowe. Philip Marlowe ist ein Kriminalkommissar, eine Romanfigur von Philip Chandler. Die Krimis wurden x-mal verfilmt.«

Mit Schwarz-Weiß-Filmen ist das seltsam, schon nach

kurzer Zeit vermisst man die Farbe nicht mehr. Da Herr Kasimir die Story kannte, kam ich noch gut mit. Ich fand es schon immer interessant, alte Filme zu sehen. Ich meine, die hatten noch so altmodische Telefone und mussten ohne Handys und Internet auskommen. – Das stelle ich mir unheimlich schwierig vor. – Und die Männer trugen Hüte und die Frauen merkwürdige Frisuren. Aber eines fiel mir ganz besonders auf: »Mann!«, sagte ich. »Die paffen ja alle, was das Zeug hält.«

»Na und?«, antwortete Herr Kasimir. »Das war so, bis die Gesundheitsapostel kamen und den Leuten den Spaß daran verdorben haben. Die berühmten Romankommissare rauchen übrigens alle. Sherlock Holmes, Maigret, Colombo, Marlowe – wie du eben gesehen hast – dem schmeckte übrigens auch der Whiskey.« Er seufzte. »Und jetzt komm ich um, wenn du mir keine ansteckst.«

»Sie kommen um, wenn ich es tue«, gab ich zurück. »Heute war der erste Tag, an dem Sie nicht geniest haben.«

»Bevormunde mich gefälligst nicht!«, fauchte mich Herr Kasimir an.

Ich zuckte mit den Schultern. »Tut mir leid, aber diesmal bleib ich hart. Vielleicht nächste Woche …«

»Zerberus!«, giftete er. »Dann geh ich jetzt eben schlafen.«

Ohne seine Anspielung auf den Höllenhund zu kommentieren, brachte ich ihn in sein Schlafhäuschen und ging selbst auch ins Bett.

9. KAPITEL

Als ich am nächsten Morgen nach einem kurzen Morgengassi mit Marlowe in die Küche kam, lag ein Zettel auf dem Tisch.

Wir sind zum Einkaufen gefahren, kommen gegen Mittag zurück. Obstsalat steht im Kühlschrank, Kuss, Mama

Obstsalat, na super! Ein Wink mit dem Zaunpfahl. Mum konnte es einfach nicht lassen!

Ich brühte Herrn Kasimir einen schwachen Espresso auf und machte mir eine Schale Schokomüsli. Wir waren mit dem Frühstück gerade fertig, da klingelte es unten im Laden. – Wir haben auch für die Haustür verschiedene Klingelzeichen, um private von geschäftlichen Besuchen zu unterscheiden.

»Komisch«, sagte ich zu Herrn Kasimir. »Heute ist doch geschlossen.«

Es läutete erneut. Ignorieren half also nicht. Ich setzte

Herrn Kasimir auf meine Schulter und lief die Treppe hinunter, Marlowe trabte hinter uns her.

Durch das facettierte Glas der Tür erkannte ich eine weibliche Silhouette. Ich öffnete. Eine junge Frau, bleich, mit rot geweinten Augen stand mir gegenüber. »Kann ich Ihnen helfen?«, fragte ich.

»Ich muss ihn sehen!«, sagte sie heiser und machte einen Schritt vorwärts.

Doch ich wich nicht zurück. »Tut mir leid, aber wir haben heute zu, und meine Eltern sind nicht da.«

»Aber ich muss ihn sehen!«, schluchzte sie.

»Um wen geht es denn?«, erkundigte ich mich, während ich fieberhaft überlegte, wie ich sie abwimmeln konnte.

»Frank – Dr. Bellingheim.«

Dass ich ihr im Weg stand, und Marlowe sie nicht aus den Augen ließ, schien sie überhaupt nicht zu beeindrucken. Sie schob sich einfach an mir vorbei ins Foyer.

»Sind Sie eine Verwandte?«, fragte ich.

Sie schüttelte den Kopf. »Aber wir standen uns sehr nah«, sagte sie leise. »Sehr nah!«

Ich dachte, wenn ich sie loswerden wollte, sollte ich jetzt besser nicht weiter nachfragen. »Kommen Sie doch am Montag wieder«, sagte ich. »Am Wochenende ist keiner da. Außerdem glaub ich sowieso nicht, dass Sie den Toten sehen können, wenn sie nicht mal verwandt sind.«

Die Frau zitterte am ganzen Leib. Mit einer müden Geste wischte sie sich über die Stirn und ließ sich gegen die Wand sinken. »Mir ist schwindlig.« Aufstöhnend schloss sie die Augen.

Ich bekam Angst, dass sie mir kollabierte.

»Sie muss sich setzen«, hörte ich Herrn Kasimirs Stimme. »Und bring ihr ein Glas Wasser!«

Ich öffnete die Tür zu Dads Büro, bot ihr einen Stuhl an und schob ihr Papiertücher hin. »Setzen Sie sich. Ich bin gleich wieder da.«

Als ich mit einem Glas Wasser zurückkam, saß sie vornübergebeugt da und weinte leise.

Ich reichte ihr schweigend das Glas. Sie sah hoch und nahm es mit zitternden Händen entgegen. Nachdem sie einen kleinen Schluck getrunken hatte, richtete sie sich auf. »Ich muss ihn aber sehen«, sagte sie, um eine feste Stimme bemüht. »Ich muss wissen, wie er aussieht. Frank hatte keinen Unfall. Er ist ermordet worden.«

Mir stockte der Atem. Ich fühlte, wie Herr Kasimir Bullys Krallen in meine Schulter schlug. Die Frau sah mich nun direkt an, wie jemand, der sich weit vorgewagt, und nun nichts mehr zu verlieren hatte.

Was sollte ich jetzt tun? War die Frau verrückt? Ich sah auf die Uhr, es dauerte mindestens noch zwei Stunden, bis Mum und Dad heimkamen.

Ich schüttelte den Kopf. »Ich glaub, Sie irren sich. Der

Totenschein bescheinigt einen Unfall, deshalb musste der Arzt die Polizei dazuholen. Und die haben den Unfall bestätigt.«

Meine Bemerkung brachte Leben in die Besucherin. Ihre rot geweinten Augen blitzten. »Olivia ist ein Miststück. Sie hat alles so raffiniert eingefädelt, dass es wie ein Unfall aussieht. Sie hat Frank bedroht. ›Wenn du dich scheiden lässt, bring ich dich um‹, hat sie gesagt.«

Allmählich dämmerte mir, woher der Wind wehte. Vor mir saß also die Geliebte von Dr. Bellingheim. Sie war ein ganz anderer Typ als Frau Bellingheim, brünett, bestimmt zwanzig Jahre jünger, aber ansonsten von eher durchschnittlichem Äußeren.

Ich spähte aus den Augenwinkeln zu Herrn Kasimir.

Seine Barthaare bebten erregt. »Frag sie, woher sie überhaupt von dem Unfall weiß.«

»Woher wissen Sie überhaupt, dass er tot ist?«, erkundigte ich mich wunschgemäß.

Die Frau kramte ein Smartphone aus der Tasche, klickte nervös darauf herum und reichte es mir. Die E-Mail, die sie mir zum Lesen gab, ließ mich versteinern.

Es ist vorbei, du Schlampe. Der arme Frank ist heute die Treppe runtergefallen. Er ist tot. So ein Pech!

Olivia

Mir blieb die Spucke weg, das passte nun wirklich nicht zu der trauernden Witwe, die ich kennengelernt hatte. Mit einem beiläufigen Blick las ich den Namen der Besucherin. *Monja Sander.*

Stirnrunzelnd gab ich ihr das Handy zurück.

»Glaubst du mir jetzt?«, sagte Monja, die meinem Gesichtsausdruck wohl entnahm, dass ich ihre Theorie zumindest in Erwägung zog.

Ich zögerte. »Äh ...«

Monja fuhr sich müde übers Gesicht. »Ich hab für Frank gearbeitet – als Sprechstundenassistentin. Er kam oft total deprimiert in die Klinik. Seine Ehe war schon seit Jahren kaputt. Das wusste jeder. Ilonka – sie putzt bei den Bellingheims und in der Klinik, ich kenne sie gut, sie hat oft erzählt, dass sich die zwei in der Wolle hatten. Irgendwann sind Frank und ich uns nähergekommen. Privat haben wir uns immer heimlich getroffen, bis sie schließlich dahinterkam und ihm die Hölle heißgemacht hat. Er wollte sich ihretwegen sogar von mir trennen.« Ihre Stimme versagte. Nach einem Aufschluchzen fuhr sie fort: »Aber wir konnten unsere Liebe einfach nicht aufgeben. Als er Olivia um die Scheidung bat, ist sie völlig ausgeflippt. – Dabei, auch das weiß ich von Ilonka, war sie selbst nicht die Treueste. Sie bekam oft Besuch von ziemlich jungen Männern. – Jedenfalls hatte Frank vor der Heirat einen Ehevertrag mit ihr gemacht. Finanziell hätte es schlecht für sie ausgesehen.«

»Und sie hat ihn wirklich bedroht?«, fragte ich.

Monja nickte. »Seither hab ich mir große Sorgen um Frank gemacht. Ich hab jeden Morgen aufgeatmet, wenn er in der Klinik erschien. Olivia ist eine frustrierte Diva, man muss ihr alles zutrauen. Sie gibt immer mit ihrer Filmkarriere an, tatsächlich hat sie nur Nebenrollen gespielt. Sie hatte schon ewig kein Engagement mehr. Sie lernte Frank bei ihrer ersten Schönheits-OP kennen – Lidstraffung, glaub ich. Keine Ahnung, was Frank an ihr fand, jedenfalls hat er sie geheiratet. Frank hat sich immer Kinder gewünscht, aber sie wollte keine.«

Monja zog ein Tuch aus der Box und wischte sich über die Augen. »Ich hätte ihm ganz bestimmt Kinder geschenkt.«

Ich fragte mich, warum sie ausgerechnet mir das alles erzählte. Ich meine, einem Teenager mit einem Meerschweinchen auf der Schulter, das sie in ihrem Kummer anscheinend noch gar nicht richtig wahrgenommen hatte. Offensichtlich gab es niemanden, dem sie ihr Herz ausschütten konnte. Ich dachte daran, was Dad gesagt hatte: Als Bestatter muss man auch ein guter Psychologe sein. Okay, das konnte ich heute definitiv üben.

»Es muss schrecklich sein, einen geliebten Menschen zu verlieren«, sagte ich sanft. »Aber an Mord glaub ich nicht. Frau Bellingheim sagte, sie habe ihn tot aufgefunden, als sie heimkam.«

Monja lachte heiser. »Wenn Olivia das sagt … Natürlich hat sie für ein Alibi gesorgt. Olivia hat freitags immer ihren großen Starauftritt in Sankt Andreas. Sie gibt dort die Solosängerin im Chor – der Endpunkt einer großen Karriere.« Sie lachte bitter. »Wie sie es gemacht hat, weiß ich noch nicht. Irgendwie hat sie es jedenfalls geschafft, Frank die Treppe runterzustoßen, vorher, nachher. Was weiß ich.«

Sankt Andreas? Ich horchte auf. Was für ein irrer Zufall! Okay, das ließ sich ja leicht überprüfen.

Monja nippte an ihrem Glas. »Frank und ich waren an diesem Abend verabredet. Aber diesmal kam er nicht. Ich wurde unruhig und hab ihn auf dem Handy angerufen. Es dauerte ewig, bis er ranging. Irgendwie wirkte er müde, seine Stimme klang anders als sonst, schleppend …« Sie wischte sich über die Augen. »Jedenfalls sagte er, Olivia hätte jetzt endlich in eine gütliche Scheidung eingewilligt. Sie hätten sogar ein Glas Champagner darauf getrunken.«

Ich erinnerte mich an die leere Flasche, die in der Küche stand, und nickte. »Aber warum sollte sie ihn dann umbringen?«

»Weil sie ein ausgekochtes Aas ist. Wer weiß, was sie ihm ins Glas geschüttet hat. Jedenfalls gab es das noch nie, dass Frank zu müde war, mich zu sehen. Zu müde!« Monja schüttelte den Kopf. »Als er mir dann nicht die übliche Gute-Nacht-Mail geschickt hat, war ich schon in Panik. – Und dann kam die Nachricht von Olivia.«

»Seltsam ist das alles schon«, meldete sich Herr Kasimir zu Wort. »Sie sollte zur Polizei gehen.«

»Warum gehen Sie nicht zur Polizei?«, fragte ich.

Monja presste die Lippen zusammen. »Pah. Was glaubst du, wo ich eben herkomme. Das war natürlich das Erste, was ich heute früh gemacht hab. Und zwar gleich zur Mordkommission. Dieser Kommissar …« Ihre Augen verengten sich. »Flatter hieß dieser aufgeblasene Affe. Der hat mich abgefertigt, als sei ich ein Fall für die Psychiatrie.«

»Flatter«, wiederholte ich. »Das wundert mich nicht, den kenn ich.«

Sie sah mich erstaunt an. »Woher?«

»Wir hatten hier mal einen mysteriösen Todesfall …«

Sie stutzte. »Engel«, sagte sie dann gedehnt. »Bist du etwa die Tochter des Bestatters, die den Mord an dem Kommissar aufgeklärt hat?«

Ich nickte verlegen.

»Wie war noch dein Name?«

»Valentine.«

Sie sah mich anerkennend an. »Das hab ich damals in der Zeitung gelesen. Das war eine starke Leistung. Wenn man dich so sieht, mit dem Kleinen – was ist das eigentlich?« Sie meinte Herrn Kasimir.

»Ein Schopfmeerschweinchen«, antwortete ich.

»Ah«, sagte sie und setzte hinzu: »Wenn man dich so mit deinem Meerschweinchen sieht, traut man dir das gar nicht zu.«

Ich lächelte schief. War das ein Kompliment oder nicht? Dann sah ich demonstrativ auf die Bürouhr. »Geht es Ihnen jetzt wieder besser? Ich muss nämlich noch mal mit Marlowe raus.«

Marlowe, der neben mir lag, setzte sich gespannt auf. Sie ignorierte meinen Vorstoß. »Valentine, du hattest doch selbst schon mal mit einem Mordfall zu tun. Versteh doch, ich muss Frank sehen! Bitte bring mich zu ihm!«

»Das darf ich nicht«, sagte ich entschieden. »Sie würden sowieso nichts sehen. Was erwarten Sie? Den Toten steht nicht auf der Stirn geschrieben, wie sie gestorben sind.«

Monja sackte wieder in sich zusammen. »Aber ich brauch Beweise. Ich muss es doch irgendwie beweisen!«

Ich legte ihr die Hand auf die Schulter – ich hab mal irgendwo gelesen, dass das beruhigt. »Ich mach Ihnen einen Vorschlag: Am Montag, wenn unser Angestellter da ist, der sich um die Verstorbenen kümmert, seh ich mir Herrn Bellingheim an. Wenn ich was Ungewöhnliches entdecke, sag ich Ihnen Bescheid.«

»Dein Vater wird mich wohl auch nicht zu ihm lassen?«, fragte sie leise.

Ich schüttelte energisch den Kopf. »Hundertpro nicht.«

Sie stand zögernd auf, fummelte eine Karte aus der Handtasche und gab sie mir. »Hier, so kannst du mich erreichen.« Sie sah mich unsicher an. »Du meldest dich doch?«

»Mach ich.« Damit steckte ich ihre blümchenverzierte Visitenkarte in die Hosentasche und begleitete sie zur Tür.

Als sie endlich gegangen war, fühlte ich mich wie vor den Kopf geschlagen. Hatten wir es nun wirklich mit dem zweiten Mordverdacht innerhalb einer Woche zu tun?

»Was denken Sie?«, sagte ich zu Herrn Kasimir, während ich Marlowe die Leine anlegte.

»Das weiß ich noch nicht«, antwortete er. »Lass uns erst mal rausgehen. Obwohl ich bezweifle, dass frische Luft meine Gehirnzellen so effektiv ankurbeln kann wie Nikotin. Aber auf eine Zigarette kann ich ja wohl nicht hoffen.«

»So ist es«, sagte ich ungerührt.

»Bild dir bloß nichts ein!«, fauchte er mich an. »Wenn ich könnte, wie ich wollte …«

»Können Sie aber nicht«, gab ich zurück und stülpte ihm seinen Ringelpulli über.

Er blitzte mich aus Bullys Kulleraugen wütend an, was sehr süß aussah – ich verkniff mir nur mit Mühe ein Lächeln.

»Ich ziehe es vor, heute auf Marlowe zu reiten«, zischte er.

Ich zuckte mit den Schultern. »Wie Sie wollen.« Okay, er war beleidigt – und wenn schon, es gab jetzt definitiv andere Probleme.

Ich schlug den Weg zum Humboldtpark ein, einer kleinen Parkanlage, die nicht weit von uns entfernt ist. Herr Kasimir sprach nicht mit mir, er saß auf Marlowes breitem Rücken und starrte stumm vor sich hin.

Es war wärmer geworden, das hatte die Menschen ins Freie gelockt. Auf der großen Wiese kickten ein paar Jugendliche, auf den Bänken saßen alte Leute und blinzelten in die Sonne. Wie so oft folgten uns belustigte Blicke. Einen Bluthund, der ein Meerschweinchen, noch dazu eines im Ringelpulli, trug, sah man nicht alle Tage.

In meinem Kopf ratterte es, verdammt, wir mussten entscheiden, ob wir etwas unternehmen sollten. Nachdem wir uns eine Weile angeschwiegen hatten, sagte ich: »Sind Sie noch sauer?«

Er sah zu mir hoch. »Ich bin nicht sauer. Ich mag es nur nicht, wenn du bossy bist.«

»Wer von uns ist denn bossy?«, wehrte ich mich. »Sie meckern doch andauernd an mir rum.«

»Nur wenn es nötig ist«, sagte er.

Ich verdrehte die Augen. »Und ich will auch nur Ihr Bestes.«

Damit peilte ich ein Stück Rasen an, wo die Gefahr, von einem Ball umgepustet zu werden, gering war, und ließ mich fallen. Marlowe blieb unschlüssig stehen. »Platz!«, befahl ich. »Wir machen eine kleine Pause.«

Dann pflückte ich Herrn Kasimir von seinem Rücken und setzte ihn ins Gras, mitten in ein Nest von Gänseblümchen. Marlowe legte seinen schweren Kopf auf meine Knie. Ich tätschelte ihn und war froh, dass sich in Marlowes Schädel nur ein Hundegehirn befand. Herrn Kasimirs Empfindlichkeiten machten es mir nicht immer leicht, mit ihm auszukommen.

»Und?«, fragte ich schließlich. »Was halten Sie von dieser Monja?«

Mein Begleiter knabberte abwesend an einem Blütenkopf, was ich amüsiert beobachtete, aber nicht kommentierte. »Sie wirkte authentisch, würde ich sagen. – Verrückt ist sie jedenfalls nicht.«

Ich nickte. »Aber schon wieder ein unentdeckter Mord – das ist doch wirklich zu unwahrscheinlich.«

»Welchen Eindruck hattest du eigentlich von dieser Frau Bellingheim?«, erkundigte er sich.

Ich dachte kurz nach. »Na ja, sie weinte laut – sie schien wirklich um ihn zu trauern. Anders jedenfalls als Frau Knappmann.«

»Nun, sie ist Schauspielerin«, sagte er.

Das stimmte. Ich dachte daran, dass sie irgendwie maskenhaft gewirkt hatte. Lag das am Ende nicht nur an ihren Schönheitsoperationen? Andererseits hatte sie ebenso rot geweinte Augen wie Monja, der ich die Trauer hundertpro abkaufte.

Ich nickte. »Aber eines ist doch komisch, beide Männer starben, während ihre Frauen im Chor waren. Gibt es solche Zufälle?«

Herr Kasimir hatte das Gänseblümchen inzwischen bis zum Stiel verputzt. Er schluckte den Rest hinunter und sah hoch. »Ob das Zufall ist, wissen wir nicht. Zufall wäre es, wenn es keinen kausalen Zusammenhang zwischen den beiden Ereignissen gäbe. Wir können momentan weder das eine noch das andere ausschließen.«

Ich hob die Augenbrauen. »Und das heißt?«

Er angelte mit der Pfote nach einem weiteren Blütenkopf. »Da wir nichts Konkretes in der Hand haben, gibt es auch keine Strategie. Vielleicht irrt sich die Geliebte, und der Mann hatte tatsächlich einen Unfall – Drohung hin oder her. Tu, was du versprochen hast, und schau dir den Toten an. Ich werde ihn mir auch ansehen. – Auch wenn ich wenig Hoffnung hab, aber womöglich fällt uns ja doch was an ihm auf.«

»Vielleicht erfahre ich am Montag noch was von Frau Kuckelkorn«, sagte ich. »Sie müsste die Witwe vom Chor her eigentlich kennen.«

Herr Kasimir mümmelte andächtig an seinem zweiten Gänseblümchen.

»Schmeckt's?«, erkundigte ich mich.

Er fuhr hoch und spuckte in hohem Bogen aus. »Igitt!«

Ich prustete los. »Was ist denn?«

»Was ist?«, schnauzte er mich an. »Macht es dir wenigstens Spaß, mich Unkraut fressen zu lassen?«

Ich bemühte mich, ernst zu bleiben. »Sie sind ein Meerschweinchen, die fressen für ihr Leben gern Gänseblümchen. Das ist ein Instinkt.«

Herr Kasimir richtete sich auf. »Ich bin KEIN Meerschweinchen. Ich bin ein altgedienter Kriminaloberkommissar und meine Instinkte sind ausschließlich der Aufklärung von Verbrechen vorbehalten.«

Ich musste mich schwer zusammenreißen, nicht wenigstens ein Schmunzeln rauszulassen. Er sah so unglaublich niedlich aus, wie er da in seinem Ringelpulli mit dem verwegenen Schopf vor mir Männchen machte.

Ich räusperte mich. »Jedenfalls schaden Ihnen die Gänseblümchen nicht, Oma Engel gibt im Sommer oft welche in den Salat.«

Er sah mich zweifelnd an. »Wirklich?«

Ich nickte. »Sie kennt sich mit Wildkräutern super aus.«

Dass ich offenbar auch schon Gänseblümchen gegessen hatte, versöhnte ihn etwas. Misstrauisch musterte er die kleine Wildstaude neben sich. »Hoffentlich hatte kein Hund draufgemacht.«

»Das hätten Sie geschmeckt«, sagte ich.

Er stöhnte auf. »Lassen wir das Thema! Es gibt momentan Wichtigeres.«

Ich stand auf. »Da haben Sie recht, aber vor Montag können wir eh nichts unternehmen.« Marlowe erhob sich schwerfällig und wedelte erwartungsvoll mit dem Schwanz.

Herr Kasimir sah zu mir hoch. »Da wir heute nichts Besseres zu tun haben, könntest du mir mal zeigen, wo die Bellingheims wohnen. Wenn ich Bilder vom Schauplatz hab, kann ich den Fall besser einschätzen.«

Ich verzog den Mund. »Okay, aber zum Villenviertel rüber ist es ein Gewaltmarsch.«

»Das macht gar nichts«, sagte er.

»Ihnen nicht, Sie werden getragen«, gab ich zurück.

»Ich würde weiß Gott lieber auf meinen eigenen zwei Beinen herumspazieren«, sagte er so düster, dass ich meine schnippische Bemerkung gleich bereute.

Ich setzte ihn auf die Schulter, und überlegte, wie ich

ihn wieder aufmuntern konnte. »Wichtig ist nicht die Länge Ihrer Beine, sondern Ihr hervorragender Verstand«, sagte ich schließlich. »Es macht mir gar nichts aus, Ihnen ab und zu meine Beine zu leihen.«

»Danke, das hast du schön gesagt.« Seine Stimme klang gerührt.

10. KAPITEL

Nach einem halbstündigen Fußmarsch lösten frei stehende Häuser die enge Bebauung der Innenstadt ab. Von der Beethovenstraße an wurden die Villen pompöser. Jetzt war es nicht mehr weit bis zur Haydnstraße. In der Einfahrt zu Nummer 54 stand heute ein weißer Sportwagen.

»Nicht schlecht«, sagte Herr Kasimir, als ich anhielt. »Man hat Geld und zeigt es gern. Ja, so ein Ambiente gibt niemand gern auf.«

Durch eine Lücke in der Thujenhecke spähten wir in den Garten.

Die bellingheimsche Katze spazierte über den makellosen Rasen und verschwand auf dem Nachbargrundstück. Marlowe beobachtete sie ebenso interessiert wie diszipliniert. Wieder einmal war ich dankbar, dass er so gut erzogen war. Jeder andere Hund hätte jetzt gekläfft und die ganze Nachbarschaft auf den Plan gerufen. Ich legte wirklich keinen Wert darauf, dass Frau Bellingheim mich hier antraf.

»Reinrassiger Perser. Eine Hauskatze tut's natürlich nicht«, bemerkte Herr Kasimir.

Allmählich hatte ich Hunger. »Haben Sie jetzt gesehen, was Sie sehen wollten?«, fragte ich.

»Hm«, sagte er unzufrieden. »Ich habe wenigstens einen Eindruck, wenngleich unser Besuch nicht sehr ergiebig war.«

Ich seufzte. Für diesen wenig ergiebigen Besuch musste ich jetzt mit leerem Magen einen kilometerlangen Heimweg auf mich nehmen. Missmutig stapfte ich los.

Doch dann geschah etwas, das unseren Besuch mehr als rechtfertigte.

Ich bog gerade in die Beethovenstraße, als uns auf der Straße eine Radfahrerin entgegenkam. Normalerweise hätte ich sie gar nicht beachtet. Aber ihr roter Haarschopf löste in mir sofort Alarm aus.

Ich wendete den Kopf ab, dass sie mich nicht erkannte.

»Mann«, raunte ich. »Das ist Frau Knappmann. Ich fress einen Besen, wenn die nicht zu ihrer Chorfreundin will.«

Herr Kasimir pfiff erregt. »Kehr um, das will ich sehn.«

Ich rannte los. Als wir Minuten später wieder vor der Nummer 54 standen, parkte das bescheidene Rad von

Frau Knappmann neben dem Sportwagen. Wir hörten noch, wie eine Frauenstimme sagte: »Gut, dass du gekommen bist, Rita.« Dann schloss sich die Haustür.

»Ich muss da rein«, sagte Herr Kasimir erregt. »Dieser Besuch könnte ein Hinweis für einen Zusammenhang zwischen den Todesfällen sein.«

»Könnte!« Ich versuchte, ihn zu bremsen. »Ist das nicht ein bisschen weit hergeholt? Vielleicht besucht sie ihre Chorkollegin nur, um sie über den Verlust zu trösten. Immerhin hat sie das Gleiche auch erst durchgemacht.«

»Wie auch immer, wir müssen wissen, was hinter diesen Mauern gesprochen wird«, antwortete er. »Beste Freundinnen erzählen sich grundsätzlich alles. Frauen sind nun mal Plaudertaschen.«

Ich warf ihm einen vorwurfsvollen Blick zu. »Moment mal, das ist frauenfeindlich! Außerdem – ich bin nicht so.«

»Du hast auch keine Freundinnen«, gab Herr Kasimir zurück.

Ich schluckte. Da hatte er allerdings recht.

Herr Kasimir starrte nachdenklich auf das Haus. »Wie komme ich da am besten rein?«

Ich schüttelte den Kopf. »Gar nicht! Das Risiko ist viel zu groß. Schon wegen der Katze.«

»Unsinn, die Katze ist unterwegs«, sagte er, während er sich auf die Hinterbeine stellte, um durch unsere Lücke in der Hecke weiter ins Grundstück sehen zu können. »Apropos Katze: Katzen haben doch für gewöhnlich Türklappen.«

Ich seufzte, er würde sich jetzt durch nichts von seinem Vorhaben abbringen lassen. »Die hier auch«, sagte ich unwillig. »In der Küchentür auf der Rückseite des Hauses ist eine. – Wollen Sie das wirklich wagen?«

»Frag nicht, nimm mir lieber den Ringelpulli ab! Das knallbunte Ding hat nicht grade Tarnfarbe.« Seine Stimme klang ungeduldig.

Ich ging in die Hocke, setzte ihn schweren Herzens auf den Boden und folgte seinem Wunsch. »Und wenn Sie wieder niesen müssen?«

Er sah zu mir hoch. »Dank der magischen Tropfen habe ich schon gestern nicht mehr geniest. – Es ist zwar schön, dass du dir Sorgen um mich machst, aber vergiss nicht, ich bin ein alter Hase im Polizeidienst! – Warte hier auf mich und drück mir die Daumen!«

Damit verschwand er unter der Hecke. Ich sah ihn als schwarzen Punkt über den Rasen huschen, bis er hinter der Hausecke verschwand.

Dann wartete ich. Wartete und wartete, ging mit Marlowe auf und ab. Zählte die Bordsteine. Versuchte, mich mit einem Spiel auf dem Smartphone abzulenken. Warten gehört definitiv nicht zu meinen größten Stärken.

Nach zwanzig Minuten begann ich, unruhig zu werden. Immer wieder spähte ich in den Garten, aber der schwarze Punkt kam nicht zurück. Zuerst redete ich mir gut zu. Dass es so lange dauerte, wies hoffentlich darauf hin, dass er mit interessanten Informationen zurückkommen würde. Doch mit jeder weiteren Minute steigerte sich mein Unbehagen. Vielleicht war ihm etwas zugestoßen. Ich überlegte schon, unter welchem Vorwand ich klingeln konnte, als die weiße Katze hinterm Haus hervorschoss. Etwas Schwarzes rannte vor ihr her und fiepte um sein Leben.

»Herr Kasimir«, brüllte ich. Was natürlich nichts nützte. Ich musste hilflos zusehen, wie die Katze den armen Herrn Kasimir aufs Nachbargrundstück trieb, wo sich Jäger und Gejagter meinem entsetzten Blick entzogen. Wie versteinert stand ich auf dem Gehweg und fragte mich, was ich jetzt tun sollte. Marlowe, der meine Panik instinktiv fühlte, sah zu mir hoch.

»Wir müssen ihn finden«, sagte ich, und lief, noch unentschlossen, wie ich das anstellen sollte, zur benachbarten Einfahrt. Die Villengrundstücke grenzten alle aneinander an. Erst hinter den Gebäuden erstreckten sich die eigentlichen Gärten. Ohne das fremde Grundstück zu betreten, kam ich also nicht weiter. Egal, ich musste es wagen, auch auf die Gefahr hin, entdeckt zu werden. Irgendwas würde mir dann schon einfallen. Mit dem Mut der Verzweiflung betrat ich das Nachbargrundstück und ging die Buschreihe entlang, unter der Herr Kasimir und seine Jägerin verschwunden waren. Doch weder von ihm noch von der weißen Perserkatze war irgendetwas zu sehen oder zu hören. Meine Möglichkeiten waren nun erschöpft.

Jetzt war Marlowe dran. Ich kramte den Ringelpulli hervor und ließ ihn daran schnuppern. »Such, Marlowe! Such!« Marlowe nahm auf der Stelle Spannung an. Nachdem er das Strickding ausgiebig beschnüffelt hatte, zog er heftig an der Leine. Ich folgte ihm gespannt. An einem Haselnussbusch blieb er stehen, seine Nasenflügel bebten. Er hatte die Spur also aufgenommen. Von da an kam ich ihm kaum nach, so eilig hatte er es. Schwanzwedelnd rannte er zum anderen Ende des Grundstücks, wo uns ein niedriger Zaun den Weg versperrte. Unter größter Anstrengung bugsierte ich den schweren Hund in den nächsten Garten und ließ mich, schon jetzt völlig außer Atem, von ihm weiterziehen. Wir durchquerten auch dieses Anwesen und noch das nächste, bis Marlowe wütend anschlug und sich wie wild gebärdete. Vor einem Holzstoß saß die weiße Katze. Sie drehte den Kopf und starrte uns aus himmelblauen Augen feindselig an. Ich ließ Marlowe von der Leine. Er stürzte auf die Katze zu und blieb eine Armlänge vor ihr stehen. Sie erhob sich zu einem Katzenbuckel und fauchte drohend. Als der große Hund sich davon nicht einschüchtern ließ, sondern unmissverständlich knurrte, zog sie schließlich doch den Rückzug vor. Kaum hatte sie sich davongemacht, kratzte Marlowe wie ein Verrückter an dem Holzstapel. Ich pfiff ihn zurück.

»Herr Kasimir?«, rief ich bang. »Sind Sie da drin? – Die Katze ist weg.«

Es raschelte hinter den Scheiten, dann spitzte eine Fellnase hervor.

Ich sackte auf die Knie, nahm ihn erleichtert hoch und drückte ihm einen spontanen Kuss aufs Fell, worauf ihm Marlowe, glücklich mit dem Schwanz wedelnd, über den Rücken leckte.

»Haben mich nun alle abgeschleckt?«, erkundigte sich Herr Kasimir verdrossen.

Mit einem verlegenen Lächeln tätschelte ich Marlowe. »Gut gemacht! Bist ein guter Hund.«

Er sah mich erwartungsvoll an, Lob war ja ganz nett, aber wo blieb sein Belohnungskäse. Ich seufzte. »Käse gibt's erst zu Hause. – Wer rechnet denn mit so was?«

Dann setzte ich Herrn Kasimir auf meine Schulter und richtete mich auf.

Ehe wir noch dazu kamen, uns über sein Abenteuer zu unterhalten, hörte ich eine Männerstimme hinter mir. »Was hast du hier verloren?«

Ich wirbelte erschrocken herum, und nahm Marlowe, der den Fremden misstrauisch anknurrte, kürzer an die Leine.

»Äh …«, stammelte ich und wandte dem Fremden die Schulter mit Herrn Kasimir zu. »Mein Meerschweinchen ist mir weggelaufen. Es hatte sich unter Ihrem Holzstapel verkrochen.«

Der alte Herr runzelte die Stirn. »Du hättest läuten können.«

»Entschuldigung«, murmelte ich. »Kommt nicht wieder vor.«

»Das bezweifle ich, wenn du das Tier mit dir herumschleppst. Artgerechte Haltung ist was anderes.« Er schüttelte den Kopf. »Dann geh jetzt und bring die arme Kreatur in ihren Käfig zurück.«

Ich nickte stumm. Was wusste er schon von der artgerechten Haltung eines ehemaligen Kriminaloberkommissars.

Ohne mich auf ein weiteres Gespräch einzulassen, beeilte ich mich, vom Grundstück zu kommen.

Wieder auf dem Gehweg atmete ich erst richtig auf. »Mann, ich war fast verrückt vor Sorge. Sind Sie okay?«

»So okay, wie man sich eben fühlt, wenn man von einer Raubkatze verfolgt worden ist«, sagte Herr Kasimir. »Viel wäre vermutlich nicht von mir übrig geblieben, wenn sie mich erwischt hätte.«

Ich fröstelte. »Hören Sie auf!«

»Reg dich ab! Glück gehört zum Geschäft«, sagte Herr Kasimir. »Polizeiarbeit ist nun mal gefährlich. Jahr für Jahr werden unzählige Polizisten im Dienst verletzt. Und leider kommen immer wieder welche zu Tode.«

Darüber hatte ich noch nie nachgedacht. Es gehörte wirklich verdammt viel Mut dazu, bei der Polizei zu arbeiten. Ich dachte an unseren ersten Fall – schon damals waren wir in eine brenzlige Situation geraten. Und trotzdem riskierten wir jetzt wieder Kopf und Kragen – Herr Kasimir zumindest. Wieso eigentlich?

»Es geht um Recht und Gerechtigkeit«, sagte er, als hätte er meine Gedanken gelesen – was übrigens tatsächlich manchmal vorkommt, wenn ich sehr aufgewühlt bin. Wann genau, weiß ich blöderweise bis heute nicht.

»Es muss Menschen geben, die hinsehen, wenn andere zu Schaden kommen«, fuhr er fort. »Das ist nichts für schwache Nerven. Reg dich ab, es ist ja alles gut gegangen. Und der Einsatz hat sich gelohnt. – Willst du nicht hören, warum?«

Ich nickte, während ich mir wünschte, wenigstens halb so starke Nerven wie mein Begleiter zu haben. »Schießen Sie los!«

Was er mir auf dem Heimweg berichtete, versuche ich im Folgenden so genau wie möglich wiederzugeben:

Herr Kasimir war durch die Katzenklappe unbeschadet in die Küche gelangt und von dort durch die angelehnte Tür ins Wohnzimmer. Die beiden Frauen saßen auf dem Sofa. Frau Bellingheim öffnete gerade eine Champagnerflasche, goss ihrer Chorfreundin ein und hob das Glas. »Auf den Neubeginn! Die Tickets für unsere Kreuzfahrt sind übrigens schon vor zwei Wochen gekommen.«

Frau Knappmann nickte. »Ich hoffe, die Versicherung zahlt schnell, dann überweis ich dir das Geld.« Sie trank in einem Zug ihr Glas aus. »Ich bin so froh, dass ich es hinter mir hab. Und dass es gelaufen ist, wie es ist.«

Frau Bellingheim lachte. »Glück gehabt, liebe Rita. Trinken wir auf das Happy End! Für den guten Frank und dieses Miststück ist es zwar nur ein Ende, aber mich macht es ziemlich happy.«

Herr Kasimir hielt inne.

Ich bekam Gänsehaut. »Mann, kalt wie Eis!«, stieß ich aus. »Allen hat sie die trauernde Witwe vorgegaukelt. Ich bin auch auf sie reingefallen. Monja hatte also den richtigen Riecher. – Und dann …?«

»Und dann«, fuhr Herr Kasimir fort, »stolzierte plötzlich die Perserkatze ins Wohnzimmer. Während die Bellingheim ihren schnurrenden Liebling auf den Schoß nahm, habe ich versucht, mich zurück in die Küche zu verkrümeln, leider hat das Mistvieh scharfe Augen. Es sprang auf den Teppich und verfolgte mich.«

»Haben die beiden Frauen Sie auch entdeckt?«, fragte ich.

»Keine Ahnung«, antwortete Herr Kasimir. »Ich hatte andere Probleme. Ich konnte mich mit Müh und Not durch die Katzenklappe ins Freie retten, den Rest kennst du.«

Ich seufzte. »Schade, dass Sie gestört wurden.«

»Ja, das ist wirklich ärgerlich«, gab er zurück. »Trotzdem sind wir ein ganzes Stück weiter.«

»Zwei Freundinnen, zwei schlechte Ehen, zwei Todesfälle«, sagte ich nachdenklich. »Was denken Sie?«

»Zwei hasserfüllte Ehefrauen, zwei solide Motive, zwei bombenfeste Alibis«, antwortete Herr Kasimir. »Kennst du eigentlich den Film *Zwei Fremde im Zug*?«

Ich schüttelte ungeduldig den Kopf. Über Filme wollte ich mich jetzt echt nicht unterhalten.

Aber er fuhr fort: »Ein Krimi aus den 50er-Jahren, Alfred Hitchcock war ein Meister des Thrillers. Mama und ich hatten alle seine Filme auf DVD.«

»Und?«, fragte ich genervt.

»Das wirst du gleich hören«, sagte er. »In dem Film trifft ein bekannter Tennisspieler im Zug auf einen Fremden. Der Unbekannte hat in der Presse von den Eheproblemen des Promis gelesen und bietet ihm nun an, dessen Frau zu ermorden, wenn der im Gegenzug seinen verhassten Vater aus dem Weg räumt.«

Ich blieb stehen. Schlagartig war mir klar, worauf er hinauswollte. »Sie meinen, die Frauen haben sich abgesprochen?«

»An diese Möglichkeit muss man zumindest denken«, sagte Herr Kasimir. »Frag Frau Kuckelkorn, ob die Knappmann am Freitagabend im Chor war.«

Ich nickte. »Dann versuch ich auch gleich herauszufinden, ob die Bellingheim vorletzten Freitag dort war, als Herr Knappmann gestorben ist.«

»Das ist der Plan«, antwortete Herr Kasimir. »Ich fürchte tatsächlich, wir haben es hier mit einem Doppelmord zu tun.«

»Aber mal rein praktisch gesehen«, wandte ich ein. »Wie kann eine zierliche Frau wie Frau Knappmann allein einen so großen Mann die Treppe runterschubsen?«

Herr Kasimir dachte einen Moment nach. »Der Einwand ist berechtigt. Aber hat Monja nicht gesagt, er hätte bei ihrem letzten Telefonat eigenartig schleppend gesprochen?«

»Sie hatte ja schon den Verdacht, dass Frau Bellingheim ihm was ins Glas geschüttet hat«, sagte ich. »Aber irgendwie macht das keinen rechten Sinn. Ich meine, der Mann wird müde und legt sich oben im Schlafzimmer ins Bett. Selbst wenn er sich nicht mehr wehren konnte, Frau Knappmann kann ihn unmöglich bis zur Treppe geschleift haben. Er ist definitiv zu schwer.«

»Das kann ich dir auch nicht beantworten«, gab Herr Kasimir zu. »Ehe wir uns weiter den Kopf darüber zerbrechen, sollten wir zusehen, dass wir an die Champagnerflasche kommen. Wenn die beiden Todesfälle wirklich zusammenhängen, ist wahrscheinlich auch die Vorgehensweise ähnlich. Da du den Schnelltest ohnehin bestellt hast, wäre das ein Aufwasch.«

Ich stöhnte auf. »Super Idee. Ich klingle und lass mir die Flasche geben.«

»Unsinn«, fuhr mir Herr Kasimir über den Mund. »In der Küche stand ein Korb mit leeren Flaschen, bestimmt ist es Sache der Putzfrau, das Altglas wegzubringen. – Wie sagte Monja doch, wie sie heißt?«

»Ilonka, glaub ich«, sagte ich. »Aber dann muss ich Monja einweihen. Nur sie kann mit dieser Ilonka reden.«

Herr Kasimir schwieg für einen Moment. »Es missfällt mir zwar, jemanden, der persönlich betroffen ist, in die Ermittlungen einzubeziehen. Aber ich fürchte, wir kommen nicht darum herum, zumal sie die Einzige ist, die Flatter einschalten kann, wenn sich unser Verdacht bestätigt. – Leider kommen wir letztendlich wieder nicht um diese Nulpe von Kommissar herum.«

Für ihn war es inzwischen ausgemacht, dass wir einem Doppelmord auf der Spur waren. Offen gestanden schwanden allmählich auch meine Zweifel. Denn noch etwas hatte mein Misstrauen geweckt, und das sprach ich jetzt an: »Ist es nicht komisch, dass die Knappmann eine Kreuzfahrt gebucht hat, ehe ihr Mann tot war? Ich meine, die waren so gut wie pleite.«

»Gut beobachtet«, sagte Herr Kasimir. »Ein weiteres Indiz für ein von langer Hand geplantes Verbrechen.«

»Jedenfalls glaub ich inzwischen nicht mehr, dass Patrick etwas wusste«, sagte ich. »Dann muss ich zum Glück auch nicht in das blöde Sportstudio gehen.«

Herr Kasimir schnaubte. »Natürlich gehst du dahin! Abgesehen davon, dass es in deinem eigenen Interesse liegt, ist es durchaus denkbar, dass Patrick den Frauen irgendwie geholfen hat. Und vergiss nicht: Er hat kein Alibi für den Freitagabend, an dem sein Stiefvater umgekommen ist.«

Ich zog einen Flunsch. Um das Studio kam ich also nicht herum. Warum waren alle nur so versessen darauf, dass ich Sport machte?

Als wir nach Hause kamen, schmückte Mum gerade einen Strauß Forsythien mit Ostereiern. Sie begrüßte mich mit einem vorwurfsvollen Blick. »Wo warst du denn? Dein Essen ist jetzt jedenfalls kalt. Warum schaltest du eigentlich dein Handy aus, wenn du unterwegs bist?«

»Oh!« Ich zog das Smartphone aus der Hosentasche. »Sorry, es stand auf Vibrieren. Marlowe und ich haben nur einen längeren Spaziergang gemacht, das Wetter war heute so schön.«

Mum lächelte zufrieden. »Schön, dann hast du dich wenigstens bewegt.« Sie zeigte auf die Eckbank. »Da in der Tüte ist eine Überraschung für dich.«

Schon die Aufschrift *Sporthaus*, ließ mich Schlimmes ahnen.

Wenig begeistert zog ich ein pinkfarbenes Funktionsshirt und Boxershorts heraus.

Mum sah mich gespannt an. »Gefallen dir die Sachen?«

»Äh, ja«, log ich. »Danke.«

Mum nickte. »Fürs Sportstudio. Probier die Hose mal an. Ich dachte, die kaschiert deine Problemzonen besser als eine Leggins.«

Ich verdrehte die Augen. »Später.« Damit öffnete ich schon den Kühlschrank, schnappte mir einen Beutel Minisalamis und biss gleich in eine rein.

»Es sind auch Äpfel da«, bemerkte Mum.

»Isch weisch«, murmelte ich mit vollem Mund und angelte ein Stück Emmentaler heraus.

Mum hob die Augenbrauen. »Valentine!«

Ich zuckte mit den Schultern und ging mit dem Proviant in mein Zimmer. Dass der Käse gar nicht für mich, sondern für Marlowe war, behielt ich für mich. Mum sieht es nicht gern, wenn ich den original Schweizer Käse an ihn verfüttere.

Während Marlowe die späte Belohnung gierig in Empfang nahm, ohne vermutlich noch den Zusammenhang zu seinem Sucherfolg herstellen zu können, nahm Herr Kasimir an diesem Tag kaum mehr etwas zu sich. Er verschlief den ganzen Nachmittag auf dem Teppich und wollte schon am frühen Abend zu seinem Schlafhäuschen gebracht werden. Die Verfolgungsjagd hatte ihn doch mehr angestrengt, als er zugeben wollte.

11. KAPITEL

Nicht nur, weil ich Muskelkater von dem ungewohnt langen Fußmarsch gestern hatte, sondern auch, weil es fast den ganzen Tag regnete, verbrachten wir den Sonntag zu Hause. Von Dad wusste ich, dass die Beerdigung von Dr. Bellingheim nicht vor Mittwoch stattfinden würde. Seine Frau plante offenbar eine aufwendige Trauerfeier mit offener Aufbahrung, am Montag würde sie alles genau festlegen.

»Merkwürdig«, sagte ich zu Herrn Kasimir. »Warum macht sie das?«

»Damit jeder sieht, wie schrecklich sie leidet«, antwortete er. »Das macht sie doch über jeden Verdacht erhaben. Sie will alle Lügen strafen, die über den wahren Zustand ihrer Ehe Bescheid wussten.«

Mir fiel ein, was Monja über sie gesagt hatte: Ja, Olivia hatte alles raffiniert eingefädelt – bis zum letzten Akt.

Am Montagvormittag wartete ich oben am Fenster, dass Frau Bellingheim kam. Gegen zehn Uhr hielt ihr weißer Sportwagen. Eine schlanke Frau in einem schwarzen, ziemlich kurzen Etuikleid stieg aus und schlich mit gesenktem Kopf aufs Haus zu. Dann läutete es unten. Erst kurz vor zwölf hörte ich den Wagen wieder wegfahren.

Ich lief hinunter und klopfte an Frau Kuckelkorns Tür. Sie rief mich hinein.

»Haben Sie meinen Vater gesehen?«, erkundigte ich mich, obwohl ich ganz genau wusste, dass er außer Haus war.

Sie schüttelte den Kopf. »Der ist heute Vormittag bei der Friedhofsverwaltung.«

»Ist Frau Bellingheim eigentlich schon da gewesen?«, fragte ich scheinheilig. »Ich war nämlich bei der Abholung dabei.«

Frau Kuckelkorn nickte beklommen. »Sie ist völlig aufgelöst. Stell dir vor, sie singt auch im Chor! Es ist kaum zu fassen, schon der zweite plötzliche Todesfall. Noch dazu sind die Witwen enge Freundinnen. – Wir werden uns wohl eine andere Solosängerin für die Ostermesse holen müssen. Olivia wird vermutlich kaum in der Lage sein, so schnell wieder aufzutreten. Auch Rita ist nach dem Tod ihres Mannes weggeblieben. Verständlich. Aber es wird schwer sein, Ersatz zu finden.« Sie sah mich erwartungsvoll an. »Kannst du eigentlich singen? Wir suchen immer Nachwuchs.«

Ich hob abwehrend die Hände. »Ich singe wie ein Rabe im Stimmbruch.«

»Schade«, sagte Frau Kuckelkorn. »Na ja, der Chorleiter dachte schon länger dran, Olivia zu ersetzen, ihre Starallüren waren ein Problem. Wenn sie keine Lust hatte, kam sie einfach nicht. Das geht halt nicht, wenn man partout das Solo singen will. Gestern war sie seit Längerem mal wieder da – und dann kommt sie heim und findet ihren toten Mann.« Sie schüttelte gedankenvoll den Kopf. »Genau wie bei Rita. – Eine schreckliche Duplizität der Ereignisse. Nicht schön.«

»Sie mögen Frau Bellingheim wohl nicht besonders?«, sagte ich.

Frau Kuckelkorn lächelte schief. »Nein, so würde ich das jetzt nicht sagen. Aber ich hab mich schon immer gewundert, warum Rita so an ihr hängt. Die zwei sind dermaßen verschieden. Ich hatte immer das Gefühl, dass Olivia Rita dominiert. Rita hängt an ihren Lippen, egal was sie von sich gibt. Wehe, einer sagt was gegen Olivia – Rita nimmt sie immer in Schutz.«

Ich dachte unweigerlich an zwei Mädchen in meiner Klasse. Ann-Marie, der Superstar mit dem Puppengesicht, die immer bühnenreif gestylt zum Unterricht kommt. Und Greta, das Mauerblümchen, die glücklich ist, wenn sie ihr die Tasche tragen darf. Warum, war mir schon immer völlig schleierhaft, zumal Ann-Marie die kleine graue Greta dauernd vor den anderen bloßstellt, und für ein paar billige Lacher Witze über sie macht. Vielleicht nimmt Greta das in Kauf, weil sie hofft, dass ein bisschen Glitzer auf sie abfärben könnte – und merkt gar nicht, dass es ein Aschenregen ist, der sie nur noch grauer erscheinen lässt.

Ich nickte. »Es gibt so ungleiche Paare. Allein wie unterschiedlich die Familien wohnen. Die Villa der Bellingheims sieht aus wie aus einem Wohnmagazin gefallen.«

Frau Kuckelkorn, die Unterlagen in einen Ordner zurücksortierte, zeigte mir einen Sargprospekt. »Auch die letzte Ruhestätte muss natürlich exklusiv sein. Sie hat den *New York* ausgesucht. – Den haben wir noch nie verkauft.«

»Den *New York*«, wiederholte ich und dachte, dass Dad sicher zufrieden mit dieser Wahl war. Der moderne Designersarg in schwarzem Klavierlack gehörte zu den schwer verkäuflichen Spitzenmodellen.

»Olivia muss ihren Mann wohl sehr geliebt haben, auch wenn man so manches munkeln hörte«, fuhr Frau Kuckelkorn nachdenklich fort. »Einen schönen Mann hat man halt nicht für sich allein. Das hat schon meine Großmutter immer gesagt. – Das kannst du dir gleich mal merken.«

Ich zuckte mit den Schultern. »Lieber nehm ich einen Hobbit, als so einen Schönling.«

Frau Kuckelkorn lachte. »Du bist ja auch ein kluges Mädchen. Aber Olivia legt eben großen Wert auf Status. Dazu gehört auch ein gut aussehender Mann. Dr. Bellingheim sah blendend aus – er hat sie mal vom Chor abgeholt. In der Zeitung gibt sie eine ganzseitige Todesanzeige auf. Und nach der Trauerfeier findet ein Empfang im Schlosshotel statt. Sie sagt, das wird erwartet, der Lions-Club, die ganze Ortsprominenz wird da sein.« Sie steckte kopfschüttelnd den Sargprospekt in den Ordner zurück. »Hoffentlich steht sie das auch alles durch. Sie sieht schrecklich mitgenommen aus, ihre Augen sind ganz rot vom vielen Weinen.«

Draußen schlug eine Autotür.

Ich sah aus dem Fenster. »Oh, die Post.« Damit lief ich schon hinaus, ehe der Postbote Gelegenheit hatte, zu klingeln. Ich atmete auf, als er mir ein Päckchen in die Hand drückte. Wunderbar, der Test war viel schneller gekommen, als ich erwartet hatte.

Es wird ja immer gesagt, man soll nicht so viel im Internet kaufen, sondern die kleinen Läden im Ort unterstützen. Okay, würde ich ja gern. Aber erstens haben wir kaum noch kleine Läden hier und außerdem – so was Spezielles wie einen GHB-Test würde ich hier nirgends kriegen. Sogar Särge kann man schon im Internet kaufen. Allerdings ist bisher noch keiner mit einem selbst gekauften Sarg hier aufgekreuzt. Bei Urnen ist das anders, da kommen die Leute mit Selbstgetöpfertem und Handgeschnitztem an. – Einmal hatte eine alte Dame für ihren verstorbenen Mann eine Kaffeedose umhäkelt. Das Ding sah aus wie diese grottigen Häkelzylinder für Klopapierrollen, die man noch ab und zu in Autos sieht. – Aber ich will nicht wieder abschweifen.

Ich ging also hoch zu Herrn Kasimir, der schon ungeduldig auf mich wartete.

Viel Neues hatte ich bei Frau Kuckelkorn leider nicht herausgefunden, aber jetzt wussten wir, dass Rita an der letzten Chorprobe nicht teilgenommen hatte, und dass Olivia nicht regelmäßig kam, sodass es nicht auffiel, wenn sie mal fehlte. Beide Frauen hatten also nur für den Todeszeitpunkt ihres eigenen Mannes ein Alibi, nicht aber für den Todeszeitpunkt des Ehemanns der anderen.

Unsere nächste Aktion war, den Wodka zu untersuchen. Herr Kasimir beobachtete gespannt, wie ich das Päckchen aufriss und einen Dreierpack Teststreifen auf den Tisch legte. Nachdem ich die Gebrauchsanweisung gelesen hatte, nahm ich einen Tropfen aus dem Satz der Wodkaflasche und gab ihn auf einen der imprägnierten Pappstreifen. Lang mussten wir uns nicht gedulden.

Schon drei Minuten später verfärbte sich der Streifen deutlich.

»Bingo«, sagte Herr Kasimir und verglich die Verfärbung mit der beigelegten Farbtabelle. »Das seh ich sogar mit dem eingeschränkten Spektrum meiner Kleinnager-Augen. Wenn der Test nur halbwegs brauchbar ist, haben wir einen Volltreffer gelandet.«

»Und jetzt?«, fragte ich. »Müssen wir nicht die Polizei einschalten?«

»Eines nach dem anderen«, antwortete Herr Kasimir. »Herr Knappmann liegt nun schon unter der Erde, das eilt also nicht. Als Nächstes löst du dein Versprechen an Monja ein.«

Ich wartete bis zum Nachmittag. Olaf, wie so oft, eine Tasse Kaffee in den Keller zu bringen, erschien mir als unverfänglichste Möglichkeit einen Blick auf Herrn Bellingheim zu werfen.

Als ich mit dem Tablett in Händen die Tür zum Behandlungsraum aufstieß, rieselte mir leise Jazzmusik entgegen. – Olaf sucht immer Musik aus, von der er glaubt, dass sein Kunde sie zu Lebzeiten gern hörte.

Er sah von seiner Arbeit hoch. »Oh, super! Stell's da rüber! Ich mach das hier noch fertig, sonst wird mir das Wachs kalt.« Er warf einen kritischen Blick auf Herrn Kasimir, der auf meiner Schulter saß. »Aber pass auf, dass Bully nicht runterpurzelt! Nicht, dass er wieder eine Katastrophe auslöst.«

»Das passiert mir nicht noch mal«, sagte ich, und dachte, dass die Katastrophe, auf die Olaf anspielte, mein Leben, und nicht nur meines, komplett umgekrempelt hatte.

Der Tote, an dem Olaf arbeitete, war bis zum Oberkörper mit einem Tuch verhüllt. Ich kam näher. Obwohl ich Dr. Bellingheim nur auf den Fotos im Schlafzimmer gesehen hatte, erkannte ich ihn gleich.

»Der Neue hat ganz schöne Blessuren abgekriegt«, bemerkte Olaf, während er eine Schürfwunde mit fleischfarbenem Wachs abdeckte.

»Kein Wunder«, sagte ich. »Er ist eine elend lange Treppe von ganz oben runtergestürzt.«

Olaf seufzte. »Wirklich schade, er war so ein schöner Mann.«

Ja, er hatte recht, das sah man selbst jetzt noch. Obwohl seine Schläfen ergraut waren, hatte er etwa Jugendliches. Entfernt sah er aus wie George Clooney, auf den Mum so stand. »Er war Schönheitschirurg«, sagte ich.

Olaf nickte. »Ich weiß, mein Freund hat sich mal bei ihm erkundigt, was eine Bauchstraffung kostet.« Er winkte empört ab. »So ein Quatsch! Ich will nicht, dass er sich operieren lässt. Allein die Narkose. Ich würde verrückt, wenn ihm was passiert. Jetzt gehen wir regelmäßig ins MOVE FOR FUN. Training ist das Beste für einen straffen Bauch.« Den Wachsspatel in der Hand, drehte er sich im Takt der Musik um die eigene Achse. »Und? Was sagst du zu meinem Traumbody?«

Grinsend hob ich den Daumen. »Dann treffen wir uns vielleicht mal. Ab Dienstag geh ich da auch hin.«

Olaf sah mich verblüfft an. »Du?«

Ich zuckte mit den Schultern. »Was dagegen?«

Olaf räusperte sich. »Nein, natürlich nicht, ich wundere mich nur.«

Ich seufzte. »Alle meckern an mir herum, dass ich was tun muss.«

Er legte den Spatel aus der Hand und stemmte die Arme in die Hüften. »Das lass ich nicht gelten. Wenn du selbst keine Lust hast, lass es bleiben! Meine Valentine verbiegt sich nicht.«

Ich hätte ihn am liebsten geknutscht, zumal eine andere wohlbekannte Stimme etwas wie: »Gekniffen wird nicht!«, von sich gab, um dann gleich fortzufahren: »Wir sind nicht hier, damit du dich demoralisieren lässt. Frag ihn lieber, ob ihm sonst noch was an Bellingheim aufgefallen ist!«

Ich umrundete die Liege. »Was musst du noch alles machen?«

»Noch einiges. Haare sind frisch gewaschen, aber ich

muss sie irgendwie so hindrapieren, dass man die Platzwunde über der Stirn nicht sieht. Ich möchte, dass er gut aussieht. Er war sein Leben lang der Schönheit verpflichtet, wenn auch auf andere Weise als ich. Als ich ihn aus dem Sack befreit hab, hat er mich aus seinen stahlblauen Augen angesehen, als wolle er sagen: »Gib dein Bestes!«

Ich lächelte. Olaf sprach immer so warm und respektvoll von den Toten. »Waren seine Augen denn nicht geschlossen?«

Olaf schüttelte den Kopf. »Seine Pupillen waren geweitet, wie ich es noch selten gesehen hab. Aber man kann den Angehörigen nicht zumuten, in die offenen Augen eines geliebten Toten zu sehen.« Er seufzte. »Seine Frau tut mir leid – so plötzlich.«

Ich dachte, dass Frau Bellingheim sein Mitleid vermutlich nicht verdiente. Und plötzlich fiel mir ein, was ich Olaf gut fragen konnte, schließlich hatte er als Maskenbildner am Theater gearbeitet.

»Man kann ja echt viel machen mit Kosmetik«, fing ich an. »In Filmen sieht alles immer ganz echt aus, Wunden und so. Oder wenn jemand weint. – Gibt es eigentlich ein Mittel, das die Augen zum Tränen bringt?«

Olaf nickte. »Klar, für die Bühne gibt es Tränenstifte.«

»Tränenstifte?«, wiederholte ich.

Olaf deutete auf einen Lippenstift. »Fast genau so, nur farblos, ein Fettstift mit Menthol und Kampfer. Man streicht ihn auf die Wangen und die Dämpfe reizen die Augen.«

»Irre«, sagte ich.

Olaf lachte. »Film ist das Geschäft mit der perfekten Illusion.« Er sah nachdenklich auf den Toten vor sich. »Was ich hier mache ja auch irgendwie. – Was meinst du? Ich glaub, mehr Wachs trägt zu stark auf, den Rest erledigt das Make-up.« Damit zog er die Handschuhe aus.

»Du bist ein Künstler«, sagte ich.

»Danke.« Olaf lächelte geschmeichelt. »Ich mach jetzt Kaffeepause, willst du die neuen Fotos von Little Stuart sehen?«

Ich zuckte bedauernd mit den Schultern. »Oh, die würd ich wahnsinnig gern sehn, aber ich hab noch was zu erledigen.«

Okay, das hatte Olaf nicht verdient, aber ich besaß jetzt einfach nicht den Nerv, Begeisterung für seinen so unwiderstehlichen kleinen Neffen zu mimen. Herrn Kasimir und mich beschäftigten definitiv andere Dinge.

»Petechien wie bei Knappmann konnte ich keine entdecken«, sagte Herr Kasimir, als wir zurück in meinem Zimmer waren.

»Er ist ja auch nicht erstickt, sondern an Genickbruch gestorben«, antwortete ich. »Sieht aus wie der perfekte Mord.«

Er schnaubte. »Den perfekten Mord gibt es nicht! Nur unfähige Ermittler. – Bellingheims auffällig erweiterte Pupillen geben mir zu denken. Ich bin sicher, die hätten wir auch bei Knappmann gefunden, wenn wir nur daran gedacht hätten.«

Ich sah ihn fragend an.

»Stark erweiterte Pupillen deuten auf Drogen hin«, erklärte er. »Es wird höchste Zeit, dass wir uns um die Champagnerflasche kümmern. – Ruf Monja an, sie muss jetzt Ilonka einschalten.«

Monja anrufen … Herr Kasimir machte es sich leicht. Wie sollte ich der trauernden Geliebten unsere grausigen Vermutungen am Telefon verklickern. Ich beschloss, sie um ein Treffen in der Eisdiele am Blumenmarkt zu bitten. Monja war sofort einverstanden, mein Anruf hatte sie so neugierig gemacht, dass wir uns schon zwei Stunden später trafen.

Marlowe begleitete mich, und natürlich auch Herr Kasimir, den ich vorsichtshalber wieder in seinen Ringelpulli gepackt hatte. Der Blick des Kellners sprach Bände, als ich mit einem großen Hund an der Leine und einem bunt gestreiften Meeri auf der Schulter das Lokal betrat. Da Monja noch nicht da war, zog ich es vor, mit meinen vierbeinigen Freunden auf der Terrasse Platz zu nehmen. Obwohl der Tag recht frisch war, konnte man gut hier sitzen. Heizstrahler sorgten dafür, dass sich die nach draußen verbannten Raucher nicht erkälteten. Trotzdem waren wir die Einzigen, die sich heute ins Freie gewagt hatten.

Monja kam nur fünf Minuten nach uns. Sie warf einen irritierten Blick auf Herrn Kasimir und ließ sich in den Alustuhl neben mir fallen. »Und? Was hast du herausgefunden, dass du mich sofort sehen willst?«, sagte sie ohne weitere Begrüßung.

»Was kann ich Ihnen bringen?« Wie aus dem Nichts stand plötzlich der Kellner neben uns.

»Ich weiß nicht, was kostet ein Bananensplit?«, erkundigte ich mich.

»Das ist egal«, sagte Monja. »Ich lad dich ein. Willst du auch was trinken?«

»Espresso«, hörte ich eine Stimme im Hintergrund.

Ich räusperte mich. »Espresso?«

Kellner und Monja sahen mich erstaunt an, dann sagte Monja: »Von mir aus – und mir bringen Sie einen großen Cappuccino.«

Bis das Bestellte auf dem Tisch stand, hatte ich Monja schon über unseren Verdacht in Kenntnis gesetzt. Den Hitchcock-Film kannte sie. »Das würde zu Olivia passen, andere die Drecksarbeit für sich machen lassen«, sagte sie. »Und du konntest dieses Mittel wirklich in der Wodkaflasche nachweisen?«

Ich nickte. »Deshalb brauchen wir dringend die Champagnerflasche.«

An dieser Stelle kam der Kellner mit unserer Bestellung. Als er gegangen war, setzte ich Herrn Kasimir zu der Espresso-Tasse. Er begann sofort genüsslich darin zu schlabbern.

Monja beobachtete ihn verdutzt.

»Äh«, sagte ich verlegen. »Er ist verrückt danach.«

Sie schmunzelte, es war das erste Mal, dass sich ihre Mundwinkel nach oben verzogen. »Aber er raucht doch hoffentlich nicht.«

»Er würde, wenn ich ihn ließe«, gab ich zurück. »Manchmal kommt er mir vor wie ein alter Mann.«

Herr Kasimir warf mir einen empörten Blick zu. »Ein Mann im Zenit seiner Jahre. – Und jetzt komm endlich zur Sache!«

Während ich mit Genuss mein Eis löffelte, fragte ich Monja, ob man Ilonka ins Vertrauen ziehen konnte, und erfuhr, das Ilonka gar nicht gut auf Frau Bellingheim zu sprechen war.

»Bei Überstunden großzügig, bei der Abrechnung kleinlich«, sagte Monja. »Ja, von den Reichen kann man das Sparen lernen. – Ich bin sicher, dass uns Ilonka die Flasche beschafft.«

»Wenn sie nicht schon entsorgt wurde«, wandte ich ein.

Monja schüttelte den Kopf. »Das kann ich mir nicht vorstellen. Heute ist erst Montag. Es liegt Olivia fern, selbst etwas im Haushalt zu tun. Soviel ich weiß, putzt Ilonka immer Dienstagfrüh dort, weil sie die anderen Tage in der Klinik Dienst hat. – Ich ruf sie nachher gleich an.«

Wir verabredeten, uns zu treffen, sobald Ilonka die Flasche gebracht hatte.

12. KAPITEL

Ich kann nicht sagen, dass ich mich auf den Dienstagvormittag im MOVE FOR FUN freute. Marlowe war auch nicht begeistert, als er verstand, dass er nicht mitkommen durfte. Herrn Kasimir steckte ich zu den neuen Sachen in meine Sporttasche, nicht ohne mich vorher vergewissert zu haben, ob er noch mal musste.

»Ich habe selbstverständlich im Vorfeld alles erledigt, was man in Sporttaschen nicht tun sollte«, sagte er gekränkt. »Wofür hältst du mich?«

Ich schwieg. – Wofür ich ihn hielt …? Diese Frage stelle ich mir fast täglich. Meistens sehe ich in ihm den genialen Kriminaloberkommissar.

Aber es gibt Situationen, da hab ich wieder mein knuddeliges Meeri vor mir. Es ist wie bei diesen Kippbildern. Zum Beispiel sieht man erst die Vase und dann wieder die Gesichter.

Zwanzig Minuten später stand ich voll düsterer Erwartungen am Tresen des Sportstudios, wo mich diesmal ein junges Ding mit einem Nasenpiercing und unnatürlich schwarz gefärbten Haaren empfing.

Als ich ihr gesagt hatte, wer ich bin und zu wem ich wollte, kratzten ihre langen, schwarz lackierten Fingernägel über den Plan. »Oh, das tut mir leid, da hat Chantal einen Fehler gemacht. Patrick ist belegt, der Dienstagtermin ist immer fest für eine Kundin reserviert. Aber Denis ist frei.

»Mist«, zischte ich. »Ich wollte aber zu Patrick.«

Die Tochter der Dunkelheit zwinkerte mir zu. »Denis ist der Star bei den Mädels, er wird dir bestimmt gefallen.« Damit griff sie schon nach einem Mikrofon und rief Denis aus.

Ich verdrehte die Augen. Als ob es darum ginge! Ich opferte mich hier nur, um unsere Ermittlungen voranzutreiben. Der schöne Denis und seine weiblichen Fans konnten mir gestohlen bleiben. – Ich stehe definitiv nicht auf Sportstudiotypen. Liegt doch auf der Hand, dass das Gehirn zwangsläufig leidet, wenn aller Blutzucker von den Muskeln verbraucht wird.

»Du bleibst jetzt hier«, hörte ich Herrn Kasimirs Stimme, dem nicht entgangen war, dass ich drauf und dran war zu gehen. »Deine Fitness dient unseren Ermittlungen ebenfalls.«

Ich hatte keine Zeit, mich über seine Bemerkung zu ärgern, denn da steuerte schon ein schlanker junger Mann auf uns zu.

»Hi, Denis«, sagte die Tussi. »Das ist Valentine, sie wollte eigentlich zu Patrick, sie kommt zum Probetraining.«

Ich schluckte. Das war der schöne Denis? Der sah ja wirklich aus wie vom Cover eines Männermagazins gesprungen. Er trug ein modernes Sport-Outfit und einen Schal, den er zweimal lässig um den Hals geschlungen hatte – was ich übrigens ziemlich affig fand.

Er reichte mir die Hand. »Tut mir leid, dass du mit mir vorliebnehmen musst. Aber wir werden uns sicher gut verstehen.« Er lächelte. »Komm, ich zeig dir die Garderoben.«

Während ich lustlos neben ihm herstiefelte, warf er mir einen amüsierten Seitenblick zu. »Du wirkst ja hoch motiviert.«

Ich seufzte. »Ich mach mir eigentlich null aus Sport. Aber alle nerven, dass ich was tun muss.«

Denis räusperte sich und zog den Schal enger. »Der innere Schweinehund?«

Ich zuckte mit den Schultern.

»Den kennt doch jeder«, sagte er. »Wie heißt es? – Der Geist ist willig, aber das Fleisch ist schwach.«

»Besser als umgekehrt«, murmelte ich.

Denis lachte. »Oh ja, das gibt es auch, und gar nicht so selten!« Er wandte sich ab und hustete unterdrückt.

Ich grinste. Er hatte mein Wortspiel verstanden, ganz schwach konnte sein Geist also nicht sein. »Wie lange arbeitest du schon hier?«, fragte ich.

»Seit einem halben Jahr«, sagte er. »Ich hab mein Sportstudium abgeschlossen und warte auf einen Studienplatz in Psychologie. Ich möchte mal Trainer im Spitzensport werden.« Er fasste sich an den Hals. »Mandelentzündung. Entschuldige, aber ich werde diese verdammte Erkältung einfach nicht los. Ich arbeite erst seit zwei Tagen wieder, war über eine Woche daheim, will ja keinen anstecken. Patrick musste für mich einspringen. Er ist echt ein guter Kumpel. – Du kennst ihn?«

»*Kennen* wäre zu viel gesagt«, erwiderte ich, und dachte, dass Denis' Erkältung erklären würde, warum Patrick am vorletzten Freitag vielleicht tatsächlich im Studio war. Taten wir ihm unrecht?

Denis drückte mir einen Spindschlüssel in die Hand. »Nummer 24, da kannst du deinen Krempel reinlegen, Waschzeug, Klamotten, alles, was du bis zum nächsten Mal hierlassen möchtest.« Dann ließ er mich im Umkleideraum zurück. Ich verkrümelte mich in eine Kabine und zog die Sachen an, die Mum für mich gekauft hatte, während ich mit Herrn Kasimir über Patrick redete.

»Diese Information hätten wir nie bekommen, wenn du nicht hergekommen wärst«, sagte er. »Schon deshalb hat sich das Ganze gelohnt. Und jetzt bin ich gespannt, wie du dich an den Geräten machst.«

Ich schüttelte den Kopf. »Das fehlte noch. Sie bleiben hier.« Ohne auf seinen Protest einzugehen, sperrte ich ihn mitsamt der Tasche in den Spind. Die Luftschlitze reichten aus, dass ein Meerschweinchen nicht erstickte.

Vor dem Spiegel betrachtete ich mich, und band mir unzufrieden die Haare hoch. Ich sah so was von beknackt aus! Die Boxershorts endeten eine Handbreit über meinen knubbeligen Knien. Ich bezweifelte, dass sie dekorativer waren als Leggins. Obwohl ich Pink hasse – wenigstens war das Shirt so weit, dass es das Zuviel an den Hüften gnädig versteckte. Manchmal finde ich mich einfach nur hässlich. Oft hilft mir dann Dads Spruch. Aber der hilft leider nicht immer. Heute wäre ich lieber schön UND schlau gewesen. Was ich auf jeden Fall war: mutig. Trotz meiner unsportlichen Figur und meines peinlichen Aufzugs stapfte ich schicksalsergeben aus der Garderobe. Denis stand mit Patrick am Empfang. Sie unterbrachen ihr Gespräch, als sie mich kommen sahen.

Patrick lächelte schief. »Tut mir leid, dass es mit uns heute nicht klappt. Chantal hätte eigentlich wissen müssen, dass ich Dienstagfrüh immer eine Stammkundin hab.« Er blickte zum Eingang. »Da kommt sie ja schon.«

Ich folgte seinem Blick und erstarrte. Wer da in einem violetten Sportdress hereinstöckelte, war Frau Bellingheim. Die beiden kannten sich also tatsächlich. Okay, das konnte Zufall sein. Aber dass die trauernde Witwe, die so kurz nach dem Tod ihres Mannes daherkam wie das blühende Leben, nicht mal heute auf das Training verzichtete, kam mir spanisch vor. Olivia schien mich nicht zu erkennen, ihre ganze Aufmerksamkeit galt Patrick.

Denis riss mich aus meinen Überlegungen. »Sieht bequem aus, was du anhast.«

Ich presste die Lippen zusammen. *Bequem*? Sollte wahrscheinlich heißen: *bescheuert*.

Während wir durch die Gerätehalle gingen und ich beklommen auf die vielen schwitzenden Sportsklaven schielte, fragte ich: »Hast du eigentlich auch Stammkunden?«

Denis nickte. »Zum Glück keine wie die von eben.«

Ich sah ihn fragend an.

Er lachte. »Sie ist doppelt so alt wie Patrick, trotzdem baggert sie ihn jedes Mal an. Ich könnte das nicht ertragen, aber sie ist wohl eine Bekannte seiner Mutter.«

Ich runzelte die Stirn. »Hat Patrick eine Freundin?«

Denis sah mich belustigt an. »Nein, er ist noch zu

haben.« Er wies auf eine Bank. »Wir müssen zuerst ein paar Dinge abklären.«

Wir setzten uns. »In welche Discos geht Patrick denn so?«, fragte ich.

Denis wandte sich ab, um zu hüsteln. »Ich glaub kaum, dass du ins *Blue Devil* reinkommst.« Seine Stimme klang heiser, aber unverkennbar amüsiert.

Erst jetzt dämmerte mir, wie er mein Interesse an Patrick aufgefasst hatte. Ich wurde knallrot. »Ne, so hab ich das echt nicht gemeint …«

Er grinste mich breit an. »Klar, das weiß ich doch. Aber jetzt hab ich ein paar Fragen an dich.« Damit legte er ein Aufnahmeformular auf die Knie und begann das peinlichste Verhör, das ich je über mich ergehen lassen musste. Gewicht, Körpergröße, wie oft ich Sport machte, wie ich mich ernährte, ob ich schnell aus der Puste kam und so weiter, und so weiter. Meine verschämt vorgebrachten Antworten schrieb er scheinbar ungerührt auf, dennoch konnte ich die Ausrufezeichen auf seiner Stirn in Leuchtschrift sehen. Nach einer unendlichen Viertelstunde legte er das Formular beiseite und sprang in einem Ruck auf. »Valentine, wir schaffen das! Wir fangen erst mal mit Ausdauertraining an.«

Was dann kam, war echt das Letzte! Fun hatte ich natürlich null. Dafür taten mir schon nach zehn Minuten auf dem verdammten Laufband alle Knochen weh. Außerdem stellte ich bald fest, dass irgendwas an der Innenseite der Oberschenkel scheuerte. Nach kurzer Zeit schmerzte es schon richtig. Ich verrenkte mich, fasste kurz hin, und stellte fest, dass es ein Preisschild war. Super, das Mistding tat also nicht nur weh, es sah hundertpro auch noch bekloppt aus. Beim Versuch, das Schild abzureißen, lernte ich zweierlei. Erstens: Wenn du den rechten Hebel nach oben schiebst, wird das Band definitiv nicht langsamer. Und zweitens: Mach niemals eine Grätsche auf einem Laufband! Jedenfalls katapultierte mich das Körperertüchtigungsgerät in hohem Bogen auf den glatten Boden, worauf ich höchst unelegant bis zu einer Hantelbank schlitterte. Mein Aufschrei und der Alarmton des Laufbands brachten mir die ungeteilte Aufmerksamkeit und vermutlich auch den Spott der ganzen Halle ein.

»Nur Fliegen ist schöner«, stellte der Typ auf der Hantelbank fest und half mir hoch.

Denis sprintete heran. »Du lieber Himmel, Valentine! Wie ist denn das passiert? – Bist du verletzt?«

Ich rieb mir den Hintern. »Weiß nicht.«

Denis zeigte auf ein Ungetüm aus Rohren und Gewichten, das aus dem Folterkeller eines Geheimdienstes zu stammen schien. »Traust du dir zu, an der Maschine weiterzumachen?«

Seufzend beugte ich mich vor, um endlich das Preisschild abzureißen. »Autsch! Ich glaub, ich hab mir den Steiß geprellt.«

Denis musterte mich besorgt. »Dann sollten wir das Training wohl besser verschieben.«

Ich nickte erleichtert, und nahm mir vor, Herrn Kasimir nichts von meinem peinlichen Missgeschick zu erzählen.

Kleine Anmerkung: Herr Kasimir ist übrigens schon längst eingeschlafen. Unglaublich süß sieht er aus, seine Barthaare zucken, wahrscheinlich träumt er von unserem letzten Fall. – Aber zurück zu meiner Geschichte …

Zu meiner großen Erleichterung interessierte sich Herr Kasimir ohnehin nicht für meine erste Trainingsstunde. Er hatte nämlich Neuigkeiten:

Zuerst habe er gehört, wie jemand am Nachbarspind hantierte. Dann sei eine zweite Person in den Raum gekommen. – Dass es sich um Patrick und Frau Bellingheim handelte, habe er schnell erkannt – sein Gedächtnis für Stimmen sei untrüglich. Die Unterhaltung, die nun folgte, brachte uns entscheidend weiter.

Patrick sagte wohl sinngemäß: »Meine Mutter hat mich gebeten, Ihnen Ihren Hausschlüssel zurückzugeben, das hätte sie neulich vergessen.«

Worauf Frau Bellingheim antwortete: »Willst du ihn

nicht behalten, Patrick? Jetzt, wo mein Mann tot ist, kannst du bei mir jederzeit ein- und ausgehen.«

Patrick muss das ziemlich verwirrt haben, weil er anfing zu stottern. »Äh, äh, nein danke. Das ist keine gute Idee. – Wir treffen uns im Spinning-Raum.« Damit beendete er das Vieraugen-Gespräch abrupt und verließ vermutlich die Garderobe, was Herr Kasimir natürlich nicht sehen konnte.

»Was sagst du dazu?«, erkundigte sich Herr Kasimir.

Ich stöhnte auf. »Wahnsinn. Das beweist, dass Frau Knappmann tatsächlich den Schlüssel zur Bellingheim-Villa besaß. Das passt voll in unser Puzzle.«

Herr Kasimir, der inzwischen – ich hatte mich bereits umgezogen – auf dem Rand der Sporttasche saß, dachte einen Moment nach, dann sagte er: »Einerseits. Andererseits könnte auch Patrick der Täter gewesen sein. Ich kann mir nach wie vor nicht vorstellen, wie die kleine Frau Knappmann einen Mann wie Bellingheim erst zur Treppe zerrt, und dann runterstößt. – Hast du herausgefunden, in welchen Discos er sich rumtreibt?«

Ich nickte. »Im *Blue Devil*«

»Im *Blue Devil*«, wiederholte Herr Kasimir. »Da trifft sich jedenfalls nicht die katholische Jugend. Die Disco ist polizeibekannt für Ecstasy und Co. – Diese dummen jungen Leute dröhnen sich damit die Gehirne zu. Aber anders ist ihre grässliche Musik ja auch nicht zu ertragen. GHB dort zu bekommen, sollte kein Problem sein.«

Ich schüttelte den Kopf. »Irgendwie passt das nicht zu Patrick. Ich meine, selbst wenn er das Zeug besorgt hätte, zumindest für den Mord an seinem Vater hat er jetzt ein Alibi.« Dann erzählte ich Herrn Kasimir von Denis' Erkältung, und dass Patrick an jenem Freitag für ihn eingesprungen war.

Wir beschlossen, die Frage von Patricks Beteiligung vorerst zurückzustellen.

Wieder daheim verzog ich mich erst mal unter die Dusche. Beim Mittagessen musste ich erwartungsgemäß die Neugier meiner Mutter ertragen, die hoffnungsvoll fragte, ob es mir im Fitnessstudio denn gefallen hatte. Dass ich nur ausweichend antwortete, brachte mir einen enttäuschten Blick ein und den Hinweis: »Iss nicht so viel!«, als ich mir zum zweiten Mal Kartoffeln nehmen wollte.

Hätte ich gesagt: »Es war toll! Ich kann's kaum erwarten, wieder hinzugehen«, wäre das zwar gelogen gewesen, hätte sie aber glücklich gemacht. – Verdammt, Mum, wär dir das lieber?

Gegen zwei klingelte mein Handy. Es war Monja. Ilonka hatte ihr tatsächlich schon die Champagnerflasche gebracht. Genau genommen hatte sie zwei Flaschen aus der bellingheimschen Küche geschmuggelt. Die zweite war wohl die, mit der die beiden Chorfreundinnen auf das erfolgreiche Ableben ihrer Ehemänner getrunken hatten.

Mit den restlichen beiden GHB-Tests radelte ich noch am selben Nachmittag zu Monjas Wohnung. Marlowe und Herr Kasimir begleiteten mich. Das Sprichwort: »Sport ist Mord«, wurde mir plastisch vor Augen geführt, als ich auf mein Klapperrad stieg. Mann, mir tat ALLES weh! Ob es schon Muskelkater war, oder von meinem uneleganten Abstieg vom Laufband herrührte, kann ich nicht sagen. Jedenfalls radelte ich dermaßen langsam, dass Marlowe immer wieder vorwurfsvoll zu mir hochsah.

»Pass auf, dass du nicht noch rückwärtsfährst«, bemerkte Herr Kasimir, der im Ringeldress auf meiner Schulter saß.

»Seien Sie still«, fuhr ich ihn an. »Wer von uns hat sich heute im Sportstudio gequält?«

»Wenn du so fragst, dann ich«, gab er zurück. »Wer von uns wurde in einer dunklen Sporttasche in einen Spind gesperrt?«

Ich antwortete nicht. Es hätte sowieso keinen Sinn gehabt. Herr Kasimir muss nun mal das letzte Wort haben.

Monja war nicht begeistert, dass ich meine beiden Vierbeiner mitgebracht hatte. Ihre kleine Zweizimmerwohnung im Hochparterre hatte etwas von einer Puppenstube, der bullige Marlowe wirkte darin wie ein Elefant.

Sie öffnete die Balkontür. »Könnte der Hund draußen sitzen?«, fragte sie verlegen.

Klar konnte das der Hund. Marlowe ließ sich widerstrebend auf dem Kunstrasenteppich nieder und blickte sehnsüchtig in den Hinterhof. Es hieß also wieder mal: warten.

»Und der Kleine?«, erkundigte sich Monja mit einem bangen Blick auf Herrn Kasimir. »Ist er stubenrein?«

»Frechheit«, brummte eine Stimme in meinem Kopf.

Ich grinste. »Meistens.«

Herr Kasimir schnaubte. »Also hör mal!«

Monja gab sich damit zufrieden. Wir gingen in die Küche. Ich entnahm jeder der beiden Flaschen ein paar Tropfen, um sie auf die Teststreifen zu reiben. Ich dachte, dass man so gleich überprüfen konnte, ob der Test auch wirklich funktionierte oder ob sich die Farbe immer veränderte, sobald der Streifen nass wurde. Zu meiner Erleichterung, aber auch zu meinem Entsetzen, bewies der Test schon wenige Minuten später, dass er zuverlässig arbeitete. Während der eine Streifen unverändert blieb, verfärbte sich der andere binnen weniger Minuten so deutlich, dass Monja geradezu der Atem stockte.

»Oh Gott!«, stieß sie aus. »Sie hat ihn wirklich umgebracht!« Sie schlug die Hände vors Gesicht. »Ich wusste es.«

»Vergessen Sie nicht, letztlich ist er an Genickbruch gestorben«, wandte ich ein. »Und für den Todeszeitpunkt hat Olivia ein Alibi.«

Monja ließ die Schultern hängen. »Dann hat es ihre Freundin für sie getan, das war ja gleich dein Verdacht.«

Ich nickte und erzählte ihr, was ich von Herrn Kasimir erfahren hatte, nämlich, dass Frau Knappmann und ihr Sohn den Schlüssel zum Haus der Bellingheims hatten. – Monja schwindelte ich allerdings vor, ich hätte das zufällig selbst mitgehört.

Sie starrte auf die Flasche. »Die werd ich nachher gleich zu diesem Kommissar Flatter bringen. Das muss doch reichen, um Ermittlungen anzuleiern.« Sie sah mich an. »Oder was würdest du jetzt tun?«

Ich zuckte mit den Schultern.

»Einen Versuch ist es wert«, hörte ich Herrn Kasimir. »Allein kommen wir jetzt nicht mehr weiter.«

»Einen Versuch ist es wert«, wiederholte ich. »Allein kommen wir jetzt nicht mehr weiter.«

»Das wird Olivia büßen!«, zischte Monja. »Lebenslänglich. Im Frauengefängnis.«

Wir machten aus, dass mich Monja anrufen sollte, wenn sie mit Flatter gesprochen hatte.

13. KAPITEL

Obwohl mir der verlängerte Rücken immer noch wehtat, als klemmte mein Steiß in einem Schraubstock, nahm ich einen Umweg durch den Park, damit Marlowe noch auf seine Kosten kam.

»Was meinen Sie?«, fragte ich Herrn Kasimir. »Wird Monja den Flatter von unserem Verdacht überzeugen können?«

»Wie ich schon sagte, einen Versuch ist es wert«, antwortete er bedächtig. »Aber dieser eingebildete Fatzke ist eine harte Nuss.«

Wie recht er damit hatte, erfuhren wir noch am selben Tag. Kurz nach dem Abendessen rief mich Monja an. Zuerst hatte Flatter, wie befürchtet, versucht, sie abblitzen zu lassen. Seiner Meinung nach war der Fall sonnenklar: Unfalltod durch Genickbruch, und außerdem sei Ecstasy eine Modedroge, die in bestimmten Kreisen leider missbraucht werde.

Aber Monja ließ sich nicht so leicht abwimmeln. Sie drohte ihm mit der Presse und rückte jetzt damit heraus, dass sie mich kannte. Valentine Engel, das superkluge Mädchen, das schon mal einen Mordfall aufgeklärt hatte. Natürlich schmeichelte mir das, noch viel mehr schmeichelte mir aber Flatters Reaktion. Mein Name klang ihm noch in den Ohren. Er erinnerte sich zu gut, dass der Fahndungserfolg in der Sache Kilian Kasimir, den er damals vor sich hergetragen hatte wie eine Trophäe, schließlich doch als mein Verdienst enttarnt worden war. Als Monja ihm auch noch erzählte, dass ich vermutete, es handele sich diesmal womöglich um einen Doppelmord, und ihm dann weitere Einzelheiten mitteilte, wurde er zugänglicher. Er versprach, die Flasche ins Labor zu schicken, und zur Beerdigung Bellingheims zu kommen, um sich ein Bild zu machen. Monja solle sich aber zurückhalten und keinen Skandal heraufbeschwören. Bellingheim sei stadtbekannt, der halbe Lions-Club würde der Witwe kondolieren, außerdem seien gewiss Zeitungsleute da. Ehe er keine handfesten Beweise habe, solle man die Presse nicht aufscheuchen.

Ich weiß nicht, ob Flatter mit dem Stichwort *Skandal* Monja erst auf die Idee gebracht hatte, jedenfalls war sie inzwischen wild entschlossen, noch am offenen Grab genau das zu machen: einen Skandal. Und damit Olivia eine schlaflose Nacht hatte, hatte sie ihr nach dem Besuch bei Flatter gleich brühwarm eine E-Mail geschrieben mit etwa diesem Inhalt:

Hier steht eine Schampusflasche, ich denke, du weißt welche. Ich lasse die Bombe bei der Beerdigung platzen. Schlaf schlecht, M.

Ich hatte das Handy auf laut gestellt, sodass Herr Kasimir mithören konnte. Seine Barthaare zitterten vor Aufregung, als ich auflegte.

»Jetzt kommt Schwung in die Sache«, sagte er. »Und ich brauch jetzt unbedingt eine Zigarette.«

Ich stöhnte auf. »Herr Kasimir!«

»Versprochen ist versprochen, du hast ›nächste Woche‹ gesagt. Heute ist nächste Woche. Außerdem bin ich wieder kerngesund.«

Was sollte ich machen ...?

Ich kramte also die Packung mit dem Tabak unter meiner Matratze hervor. Zugegebenermaßen ist das kein sehr originelles Versteck, aber Mum überzieht mein Bett schon nicht mehr, seit ich zehn bin. Sie findet, dass *das Kind* sein Zimmer selbst sauber machen soll. – Was definitiv mehr Vor- als Nachteile für *das Kind* mit sich bringt, da niemand in seinen Sachen herumschnüffelt.

»Und nicht wieder so ein unförmiges Ding wie neulich«, wies mich Herr Kasimir an.

»Ich tu, was ich kann!«, schnauzte ich zurück und fummelte lustlos eine Zigarette zusammen, deren stinkende Abgase er dann auf dem Balkon in sich einsog, als wäre es der Duft von Rosen. Ich muss sagen, dass mich die Qualmerei immer mehr nervt. Erstens setze ich mich ständig dem Risiko aus, von meinen Eltern erwischt zu werden. Und zweitens mach ich mir Sorgen um seine Gesundheit, auch wenn er nicht mehr direkt an dem Glimmstängel zieht. Aber Passivrauchen ist bekanntlich auch gefährlich. Ich könnte es ihm natürlich einfach abschlagen. Andererseits denke ich, dass ein erwachsener Mann, und noch dazu ein Kriminaloberkommissar, sogar wenn er in der Hülle eines Meeris steckt, selbst entscheiden muss, was er tut und lässt. Mein Stänkern muss er dann halt aushalten. Vielleicht hört er ja eines Tages von selbst mit dem Rauchen auf. Viel Hoffnung hab ich da allerdings leider nicht.

Es dämmerte bereits. In den Fenstern gegenüber gingen die Lichter an.

»Wir müssen morgen unbedingt zu dieser Beerdigung gehen«, sagte Herr Kasimir aus seiner geliebten Qualmwolke. »Ich will mir Flatters blödes Gesicht nicht entgehen lassen, wenn Monja die Bombe platzen lässt.«

Ich konnte seinen Wunsch gut nachvollziehen. Das wollte ich auch sehen, vor allem aber, wie sich die gramverzehrte Miene der Witwe in Schrecken verwandelte. Irgendwie musste ich es schaffen, mich unter die Trauergäste zu mischen. Da eine große Beerdigung zu erwarten war, sollte das machbar sein.

Dann kauten wir noch mal durch, was wir inzwischen an Informationen zusammengetragen hatten.

»Nicht schlecht für ein Team aus einem Teenager und einem körperlich stark behinderten Kommissar«, stellte Herr Kasimir zufrieden fest. »Aus dir ist eine gewiefte und wirklich brauchbare Assistentin geworden.«

»Danke.« Geschmeichelt drückte ich den kümmerlichen Rest der Zigarette aus.

Und in genau diesem Moment blitzte ein Gedanke in mir auf. Während ich auf den winzigen Stummel starrte, der auf einem alten Unterteller sein letztes Wölkchen aushauchte, wirbelte vor meinem inneren Auge eine weiße Zigarettenkippe durch die knappmannsche Toilettenschüssel. Genau dieselbe weiße Kippe, wie sie mir eine Woche später in der Toilette der Bellingheims aufgefallen war.

»Was meinen Sie ...?«, fragte ich Herrn Kasimir, und erzählte ihm von meiner Beobachtung. »Weder Patrick noch Frau Knappmann rauchen, und Knappmann selbst hat nur Filterlose geraucht. Aber die Bellingheim pafft Mentholzigaretten mit weißen Filtern.«

»Sehr interessant«, sagte Herr Kasimir nachdenklich. »Gut beobachtet, wie ich schon sagte: ›gewieft‹! – Filterlose Zigaretten lassen sich leicht runterspülen, aber Filter schwimmen tatsächlich wie Korken.«

Ich nickte. »Genau. Für mich heißt das, dass Frau Bellingheim am Freitag vor einer Woche in der Wohnung der Knappmanns gewesen sein muss.«

»Das sehe ich genauso«, sagte Herr Kasimir. »Allmählich erschließt sich mir der ganze teuflische Plan. Die Ehefrau verabreicht ihrem Mann das Betäubungsmittel und geht zum Chor. Das Opfer wird schlagartig müde und legt sich hin. Knappmann auf die Couch, Bellingheim schafft es noch ins Bett. Die Komplizin läutet, und wenn keiner aufmacht, und sie sicher sein kann, dass er weggetreten ist, schließt sie die Wohnungstür auf, und erstickt den wehrlosen Mann im Schlaf. Bei Knappmann muss das genauso abgelaufen sein. Bei Bellingheim ist aber vermutlich was schiefgelaufen.«

Mir lief ein Schauder über den Rücken. Meine Hand strich unwillkürlich über Marlowes kräftigen Nacken. Irgendwie beruhigte mich seine Anwesenheit. »Dass Frauen so kaltblütig sein können.«

»Wenn es um Mord geht, können Frauen sogar sehr kaltblütig sein, weil sie sehr genau planen«, antwortete Herr Kasimir. »Totschlag ist dagegen eine Domäne der Männer. Sie bringen jemanden spontan im Affekt um.«

Ich schluckte. »Ich kann mir wirklich nicht vorstellen, jemanden umzubringen.«

»Rein statistisch ist die Wahrscheinlichkeit auch gering«, sagte Herr Kasimir. »Obwohl es zahlenmäßig mehr Frauen als Männer gibt, begehen vor allem Männer Gewaltverbrechen. Nicht gerade schmeichelhaft für unser Geschlecht. Wenn Frauen morden, hat das meistens emotionale Gründe.«

Ich kraulte Marlowe nachdenklich zwischen den Ohren. »Bei Frau Knappmann kann ich das noch irgendwie nachvollziehen. Ich meine, der Mann hat sie wirklich mies behandelt. Aber die Bellingheim war vor allem in ihrer Eitelkeit verletzt, und sie wollte natürlich das Luxusleben nicht aufgeben.«

»Ja, an Motiven fehlt es wahrhaftig nicht.« Damit trippelte Herr Kasimir schon ins Zimmer zurück. »Mir wird allmählich kalt. Sonst meldet sich meine Erkältung noch zurück.«

Marlowe und ich kamen ihm nach. Ich schloss die Balkontür. »Dann können wir Patrick wohl von der Liste streichen.«

Herr Kasimir sah zu mir hoch. »Es spricht einiges dafür.«

Ich atmete auf. Irgendwie wollte ich nicht, dass Patrick mit der Sache zu tun hatte. Er tat mir jetzt schon leid. Wenn wir recht hatten, kam seine Mutter wegen

Mordes ins Gefängnis. Wie sollte man mit so etwas fertigwerden?

Am nächsten Morgen riss mich mein Handy aus dem Schlaf. Ich tastete nach der Brille und sah auf die Uhr. Es war halb sieben.

»Hallo?«, murmelte ich noch völlig verpennt ins Telefon. Was dann kam, weckte meine Lebensgeister allerdings sofort. Es war Monja. Ihre Stimme klang verstört. »Sie war in meiner Wohnung.«

»Hä?« Ich verstand nicht gleich.

»Olivia war heute Nacht in meiner Wohnung«, brüllte Monja in den Hörer.

»Moment«, sagte ich und stellte das Telefon laut, damit Herr Kasimir, der inzwischen sein Schlafhäuschen verlassen hatte, mithören konnte.

Monja kochte vor Wut. »Dieses Miststück ist in meine Wohnung eingebrochen!«

»Okay«, sagte ich. »Und Sie haben nichts bemerkt?«

»Gar nichts«, antwortete Monja. »Ich hatte ein Schlafmittel genommen. Seit letztem Freitag schlaf ich kaum noch. – Außerdem muss Olivia meinen Schlüssel gehabt haben. Frank hatte einen.«

Ich setzte mich auf. »Was hat sie denn mitgehen lassen?«

Monja schluchzte auf. »Keine Ahnung, bis jetzt fehlt

nichts. Aber ich hab auch noch nicht genau nachgesehen. Ich bin viel zu aufgeregt.«

»Hm«, sagte ich. »Wie haben Sie dann überhaupt mitgekriegt, dass sie da war, wenn nichts fehlt?«

»Ich hab sie gerochen«, sagte Monja. »Lavendel. Franks Sachen haben genauso gerochen, sie benutzten gemeinsam einen Kleiderschrank. Ich bin ganz sicher.«

Ich erinnerte mich an den blumig-herben Duft im Wandschrank der Villa. »Da haben Sie aber eine verdammt gute Nase«, sagte ich.

»Ich vertraue Marlowes Nase mehr«, meldete sich Herr Kasimir zu Wort. »Das Mädel ist völlig durch den Wind. Vielleicht bildet sie sich den Einbruch nur ein oder hat ihn geträumt. Sag ihr, du kommst vorbei!«

»Wann beginnt die Beerdigung genau?«, erkundigte ich mich bei Monja.

»Um 14 Uhr«, antwortete sie.

»Gut«, sagte ich. »Dann kann ich vorher noch vorbeikommen. Mein Hund ist ausgebildeter Polizeihund, auf seine Nase kann man sich hundertpro verlassen.«

»Auf meine auch«, gab Monja gekränkt zurück. »Aber ich bin froh, wenn ich jetzt nicht allein sein muss. – Es ist mir unheimlich, dass sie meinen Schlüssel hat.«

Als ich aufgelegt hatte, sprang ich aus dem Bett. »Autsch!« Stöhnend fasste ich mir an den Rücken, ich musste mir gestern eine ordentliche Prellung geholt haben.

Herr Kasimir stand schon ungeduldig in seinem Käfig und wartete darauf, dass ich ihn herausholte. »So schlimm wird's wohl nicht sein«, bemerkte er.

Da war er schon wieder, dieser Ton … Ich warf ihm einen wütenden Blick zu und ging ins Bad. Sollte er doch im Meerschweinchenknast warten, bis ich fertig war.

Während ich mir die Zähne putzte, überlegte ich, mit welchem Geruchsköder wir Marlowe auf Olivias Fährte setzen konnten. Aber mir fiel beim besten Willen nichts ein.

Doch Herr Kasimir hatte das Problem schon gelöst, als ich in mein Zimmer zurückkam. »Zuerst gehen wir ins Sportstudio. Wenn ich mich nicht täusche – und ich täusche mich selten –, muss der Spind rechts neben deinem der von Frau Bellingheim sein. Als Stammkundin hat sie ganz bestimmt persönliche Gegenstände dort.«

Die Idee war an sich super, trotzdem rümpfte ich die Nase. Meine Lust, einen fremden Spind aufzubrechen, hielt sich definitiv in Grenzen.

»Von aufbrechen hat keiner was gesagt«, wandte Herr Kasimir ein, als hätte er wieder mal meine Gedanken gelesen. »Die müssen Zweitschlüssel für die Spinde haben. Die Leute verschusseln doch andauernd Schlüssel. Du gehst einfach hin und sagst, du hättest deinen vergessen, aber du bräuchtest was aus deinem Spind. – Da du 24 hast, muss es der mit der Nummer 25 sein.«

Ich seufzte. Der Plan hörte sich durchführbar an, aber natürlich blieb das gesamte Risiko wieder an mir hängen, was schon damit begann, dass ich für Marlowe Dads Schweizer Käse aus dem Kühlschrank klauen musste. Das gelang mir nur, weil Mum im Schlafzimmer noch ihre morgendlichen Yogaübungen absolvierte und Dad unter der Dusche stand.

Ich schnappte mir zwei Müsliriegel und brüllte durch die Wohnung: »Ich geh mit Marlowe raus.«

»Es macht richtig Spaß, Ermittlungen abseits der Vorschriften führen zu können«, stellte Herr Kasimir fest, als ich mich kurz vor acht auf mein Rad quälte. »So hat selbst meine unvorteilhafte Verwandlung in einen Kleinnager ihre guten Seiten. – Nicht mal als Kriminaloberkommissar dürfte man so einen ordinären Spind ohne Durchsuchungsbefehl öffnen.«

Ich band Marlowe vor dem Sportstudio an, steckte Herrn Kasimir in mein Hoodie und marschierte, all meinen Mut zusammennehmend, zum Empfang. Heute stand ein Typ mit einer Basecap hinter der Theke. Einen Pappbecher Kaffee vor sich, hackte er auf einem Smartphone herum. Als ich hereinkam, sah er unwillig hoch. »Wir haben noch geschlossen.«

»Ich weiß«, sagte ich. »Ich will auch nur rasch etwas aus meinem Spind holen.«

Er nickte. »Dann geh, die Garderobenräume sind schon offen.« Damit wandte er sich wieder dem Smartphone zu.

Ich räusperte mich. »Äh, ich hab meinen Schlüssel blöderweise daheim liegen lassen.«

Er verdrehte die Augen. »Jugenddemenz ist eine ernste Sache.« Damit öffnete er eine Schublade. »Welche Spindnummer?«

»25«, sagte ich so cool, wie es mir nur möglich war.

Er kramte einen Schlüssel und eine Liste hervor. »Name?«

Ich betete, dass er die gute Olivia nicht kannte. »Bellingheim.«

Seine Augen wanderten über die Namen. »Bellingheim. – Okidoki, hier. Aber bring mir den Schlüssel gleich wieder!«

Aufatmend verzog ich mich zur Garderobe. »Gut gemacht«, sagte Herr Kasimir.

»Ich hab nur Glück gehabt.« Damit steuerte ich schon auf Spind 25 zu.

Und wieder hatten wir Glück, denn Herr Kasimir hatte sich tatsächlich nicht geirrt. Es handelte sich zweifelsohne um Olivias Spind, was nicht nur das Designerhandtuch verriet, sondern auch die goldfarbene Kosmetiktasche mit ihren Initialen.

»Such nach einer Haarbürste!«, wies mich Herr Kasimir an. »Die Dinger strotzen von Hautpartikeln.«

Zwei Minuten später war die Mission erledigt. Ich steckte die Bürste zu Herrn Kasimir in die Bauchtasche und brachte den Schlüssel zum Empfang zurück. »Danke auch«, sagte ich.

Ohne mich eines Blickes zu würdigen, nickte der Typ seinem Smartphone zu und griff abwesend nach dem Schlüssel. Ich hätte ihm ebenso gut eine Nacktschnecke hinlegen können. Smartphone-Demenz, dachte ich und ging erleichtert nach draußen.

In meiner Bauchtasche rumorte es. »Verdammt, befrei mich von der Bürste! Oder möchtest *du* mit einem Stachelschwein in einen Sack gesperrt werden?«, hörte ich Herrn Kasimirs gereizte Stimme.

Ich musste unwillkürlich lachen. »Sorry, daran hab ich nicht gedacht.« Damit befreite ich ihn aus seiner unbequemen Lage. Aber mein Lachen hatte ihn so verstimmt, dass er es vorzog, den Weg auf Marlowe fortzusetzen. Manchmal ist er leider echt humorlos.

Ich stellte mein Fahrrad vor Monjas Haus ab und nahm das Säckchen mit den Käsestücken aus dem Fahrradkorb.

Dann leinte ich Marlowe an und zeigte ihm die Bürste. Er wedelte freudig mit dem Schwanz, als er verstanden hatte, was ich von ihm wollte. Ausgiebig beschnupperte er den Suchköder.

»Nimm mich jetzt wieder hoch!«, wies mich Herr Kasimir an. »Und sei nicht respektlos!«

Ich zuckte entschuldigend mit den Schultern. »Das bin ich gar nicht. Jedenfalls meine ich es nicht so.«

»Das bleibt zu hoffen«, gab er zurück. »Und jetzt wollen wir mal sehen, ob Frau Bellingheim tatsächlich hier war.«

Marlowe hob witternd die Schnauze, als wir uns dem Hauseingang näherten. »Ich glaub, er hat schon was«, sagte ich und stieß die Tür auf. Marlowe zog heftig an. In höchster Erregung jagte er dermaßen schnell die wenigen Stufen bis zu Monjas Wohnung hoch, dass ich die Zähne zusammenbeißen musste – mir tat noch immer alles weh.

Als ich klingelte, gebärdete er sich wie wild. Ich konnte ihn nur mit Mühe davon abhalten, die Tür zu zerkratzen.

»Kein Zweifel, Olivia war hier«, sagte Herr Kasimir. »Gib ihm jetzt ein Stück Käse, damit er sich beruhigt.«

Ich fummelte ein Stückchen Käse aus der Plastiktüte und belohnte Marlowe damit. »Gut gemacht, guter Hund!« Dann klingelte ich wieder.

Wir warteten. Aber Monja machte nicht auf.

»Vielleicht ist sie im Bad«, sagte Herr Kasimir.

Also warteten wir eine Weile, dann klingelte ich erneut. Aber auch diesmal keine Reaktion. Allmählich kam mir das unheimlich vor. Monja wusste doch, dass ich kommen wollte. Sie musste da sein. Ich kramte mein Smartphone heraus und wählte ihre Nummer. In der Wohnung läutete das Telefon. Schließlich meldete sich der Anrufbeantworter, ich legte auf.

»Da stimmt was nicht«, sagten wir fast gleichzeitig.

»Was machen wir jetzt?«, fragte ich. »Soll ich den Hausmeister suchen?«

»Ich weiß nicht«, antwortete Herr Kasimir. »Was erwartest du? Er soll einer Fremden die Wohnung einer Mieterin aufschließen, weil die nicht aufmacht? – Also, wenn ich der Hausmeister wäre …«

Ich nickte. »Sie haben recht, das darf er wahrscheinlich gar nicht. – Aber was dann?«

»Lass uns in den Hof gehen, vielleicht kann man durchs Fenster was sehen«, schlug Herr Kasimir vor.

14. KAPITEL

Der Hinterhof war trist. Mülltonnen, eine verrostete Teppichstange. Einziger Lichtblick: eine verschwenderisch blühende Vogelkirsche, die mir in dem bedrückenden Grau vorkam wie eine gefangene Prinzessin.

Ich deutete auf einen kleinen Balkon im Hochparterre. »Das muss die Wohnung sein.«

»Gut. Worauf wartest du dann noch?«, erwiderte Herr Kasimir ungeduldig.

Ich stöhnte. »Darauf, dass einer mit einer Leiter vorbeikommt.«

»Stell dich nicht so an!«, sagte Herr Kasimir. »Schieb eine von den Mülltonnen rüber, da kommst du schon irgendwie hoch.«

»Irgendwie …«, wiederholte ich gereizt »Und wenn mich einer sieht?«

»Das kann man dann auch nicht ändern«, gab er ungerührt zurück. »Dann musst du dir halt was einfallen lassen. »Aber das Blühzeug schirmt dich einigermaßen ab.«

»Blühzeug.« Ich schüttelte den Kopf. »Das ist eine Vogelkirsche.« – Ich kenne mich ziemlich gut mit Pflanzen aus, weil Oma Engel früher immer Pflanzenquiz mit mir gemacht hat, wenn wir im Park waren.

»Deine botanischen Kenntnisse sind erfreulich, bringen uns jetzt aber nicht weiter«, bemerkte Herr Kasimir spitz. Unverkennbar ärgerte ihn mein kleiner Wissensvorsprung.

Ich wuchtete also die Mülltonne unter den Balkon und versuchte hochzukommen. Wer das jemals ausprobiert hat, weiß, wovon ich rede. Marlowe beobachtete mich verwundert.

»Mach Platz und warte hier!«, fauchte ich ihn an.

Herr Kasimir krallte sich in meiner Schulter fest, was ich jedoch kaum spürte, weil mir der Rücken noch viel mehr wehtat. Ich war heilfroh, dass er die Klappe hielt, während ich wie ein Sack über der klebrigen Mülltonne hing, die aber leider nicht so klebrig war, dass ich nicht trotzdem daran abrutschte. Keine Ahnung wie, aber irgendwann hatte ich mich so weit hochgestemmt, dass ich mit einem beherzten Griff die untere Strebe des Balkongeländers erwischte, und mich hochziehen konnte.

»Bravo«, sagte Herr Kasimir, wobei ich nicht weiß, ob da nicht Spott mitschwang. Vom Deckel der Tonne aus, gelang es mir schließlich, über die Brüstung zu steigen. Ich ließ mich völlig erschöpft auf den Kunstrasen plumpsen. »Oh, verdammt, Einbrecher werd ich bestimmt nicht!«

»Schau lieber, ob du in der Wohnung was erkennen kannst«, fuhr mich Herr Kasimir an.

Ich rappelte mich ächzend auf und spähte durch die Balkontür. Idiotischerweise war aber die Gardine zugezogen, man konnte rein gar nichts erkennen. Ebenso wenig sah man durch das kleine Fenster daneben, das aber gekippt war. Und das brachte Herrn Kasimir auf folgende Idee: »Einer von uns passt durchs Fenster«, sagte er. »Du bist es nicht.«

Ich warf ihm einen entsetzten Blick zu. »Ich soll Sie durch diesen engen Spalt schieben? Bis zum Fensterbrett sind es dann immer noch fast vierzig Zentimeter. – Was, wenn Sie sich verletzen?«

»Quatsch!«, fuhr mir Herr Kasimir über den Mund. »Ich hab ja nun vier Pfoten zur Verfügung, ich werd schon heil aufkommen.«

Da ich auch keinen Alternativvorschlag hatte, pflückte ich ihn von der Schulter und tat, was er von mir verlangte.

»Jetzt lass mich los!«, befahl er, als ich den Arm vorsichtig durch den Fensterspalt gezwängt hatte.

Ich kniff mit einem Stoßgebet die Augen zu und ließ

ihn fallen. Ein verhaltenes Quietschen ließ sie mich wieder öffnen. »Alles okay mit Ihnen?«, rief ich.

»Bestens«, antwortete er zu meiner großen Erleichterung, und zog, vom Fensterbrett aus, den Vorhang mit den Zähnen beiseite.

Ich versuchte, durch die Lücke etwas zu erkennen. »Sehen Sie was von Monja?«

»Bis jetzt nicht«, antwortete er, während er nachdenklich auf den Teppich starrte. »Wie hoch mag das sein?«

Ich zuckte mit den Schultern. »Keine Ahnung, zu hoch jedenfalls.«

Dann kam nur noch: »Auf jeden Fall unter einem Meter.«

Und ehe ich auch noch Piep sagen konnte, sprang er.

Mir blieb fast das Herz stehen. »Herr Kasimir?«

Einen quälenden Moment lang herrschte Schweigen. Ich rechnete schon mit dem Schlimmsten, doch dann hörte ich ein Stöhnen und: »Beim nächsten Mal werd ich ein Eichhörnchen.«

»Alles in Ordnung mit Ihnen?«, rief ich bang.

»Geht schon wieder«, kam es zurück. »Hier im Zimmer ist Monja nicht. Zum Glück ist die Wohnzimmertür nur angelehnt, sonst hätten wir ein unlösbares Problem. – Ich gehe sie jetzt suchen.«

Höchstens zwei Minuten später erklang der typische

Alarmton, den Meerschweinchen ausstoßen, wenn sie sehr aufgeregt sind. Dieses Pfeifen entfuhr Herrn Kasimir nur, wenn etwas wirklich Dramatisches vor sich ging.

»Was ist?«, rief ich durch den Fensterspalt.

Nach einer kurzen Pause meldete er sich wieder. Seine Stimme klang panisch. »Wir brauchen sofort einen Krankenwagen. Monja liegt vor ihrem Schlafzimmer im Flur. Sie ist bewusstlos, aber ich glaube, sie atmet noch. Ruf sofort den Notarzt!«

Für einen Moment war ich völlig konfus. Mit bebenden Händen fummelte ich das Handy aus der Jeans. »Notarzt. Scheiße, welche Nummer war das nur gleich?«

»112, Herrgott, beeil dich!«, sagte Herr Kasimir.

In diesen nervenzerreißenden Moment platzte plötzlich eine unbekannte männliche Stimme. »Was machst du auf dem Balkon, da oben?«

Ich wirbelte herum. Wieder erkannte ich sofort, dass es der Hausmeister sein musste. Hausmeister schienen ja wirklich immer genau dann aufzutauchen, wenn man sie am wenigsten brauchte. Verdammt! Ich winkte ab, weil sich soeben der Notruf meldete. »Warten Sie!«, sagte ich zu dem Mann im Hof, der, die Arme in die Hüften gestemmt, aber mit einigem Abstand zu Marlowe, unterm Balkon stand und mich drohend anblickte. Stockend gab ich die notwendigen Informationen durch.

»Wenn die Frau bewusstlos ist«, sagte die Stimme am anderen Ende der Leitung, »bring sie in die stabile Seitenlage! Ich hoffe, du weißt, wie das geht? Ich schicke sofort einen Wagen los.«

Stabile Seitenlage, das Wort fuhr Achterbahn in meinem Kopf. Gehört hatte ich davon, aber ich hatte keine Ahnung, wie das ging. Zuerst musste ich überhaupt mal in die Wohnung kommen. – Jetzt hieß es, cool bleiben.

Ich wandte mich dem Mann im Hof zu. »Hören Sie, ich wollte meine Kusine besuchen. Wir waren fest verabredet. Als sie nicht aufgemacht hat, kam mir das unheimlich vor. – Sie braucht dringend einen Arzt. Sie liegt bewusstlos in der Wohnung.«

Die Miene des Hausmeisters verlor schlagartig alle Feindseligkeit. Dann kam Bewegung in ihn. »Wart da oben! Ich besorg rasch den Ersatzschlüssel.«

Während er unterwegs war, informierte ich Herrn Kasimir, dass er sich verkrümeln sollte, wenn gleich die Tür geöffnet wurde.

»Sie hat keine äußerlichen Verletzungen«, sagte er. »Mir scheint, dass wir hier ein bekanntes Muster vor uns haben.«

Ich schüttelte fassungslos den Kopf. »Schon wieder K.-o.-Tropfen?«

»Ich fürchte, ja, auch wenn mir noch unklar ist, wie man ihr das Zeug verpasst hat.«

Er hatte kaum ausgesprochen, als jemand die Wohnung aufsperrte. Herr Kasimir rettete sich unters Sofa. Ich musste mich noch einen Moment gedulden, bis der Hausmeister mir die Balkontür öffnete. Er schüttelte bekümmert den Kopf. »Frau Sander ist tatsächlich bewusstlos.«

Ich nickte und war froh, dass ihm in der Aufregung nicht auffiel, dass ich das vom Balkon aus unmöglich hatte sehen können. Ich folgte ihm in den Flur. Monja lag auf dem Teppichboden und rührte sich nicht. Der Hausmeister kniete sich neben sie und ergriff ihr Handgelenk. »Kaum Puls, aber sie lebt«, sagte er erleichtert. Dann drehte er sie mit ein paar geschickten Griffen auf die Seite und bog ihren Kopf etwas nach hinten. Ich sah ihm stirnrunzelnd zu.

»Damit sie nicht erstickt, falls sie sich übergeben muss«, erklärte er.

»Ist das diese stabile Seitenlage?«, erkundigte ich mich, dankbar, offensichtlich an jemanden geraten zu sein, der etwas davon verstand.

Er nickte. »Erste Hilfe sollte jeder beherrschen. Das Rote Kreuz bietet übrigens auch Kurse für Jugendliche an.«

Im Hintergrund hörte ich plötzlich wieder Herrn Kasimirs Stimme: »Der Mann hat völlig recht. Es schadet auch der Tochter eines Bestatters nicht, sich gelegentlich um das Überleben ihrer Mitmenschen zu kümmern.«

Ich drehte mich um und entdeckte eine kleine Schnauze hinterm Schirmständer. Ich verdrehte die Augen. In diesem Augenblick klingelte es. Dann übernahmen Profis das Feld, zwei Sanitäter und ein Notarzt.

Der Arzt kniete sich neben Monja. »Frau Sander, können Sie mich hören?«

Monja gab keinen Mucks von sich. Er tätschelte ihre Wangen und rief sie immer wieder beim Namen, aber ohne Erfolg. Dann schob er ihre Augenlider zurück. »Stark erweiterte Pupillen«, stellte er fest und legte ihr das Blutdruckgerät an. »Viel zu niedrig – Puls extrem flach«, sagte er schließlich und sah hoch. »Wer von Ihnen beiden hat uns benachrichtigt?« – Er meinte den Hausmeister und mich.

Ich hob zögernd die Hand. »Ich bin ihre – äh – Kusine.«

Der Arzt nickte den Sanitätern zu. »Wir müssen sie mitnehmen.« Dann wandte er sich wieder mir zu. »Das Ganze sieht nach Drogen aus. Hast du eine Ahnung, ob und was sie nimmt?«

»Äh, i-ich weiß nicht«, stotterte ich.

»Klar weißt du das«, meldete sich Herr Kasimir zu

Wort. »Sag Ecstasy, GHB ist fast dasselbe, dann wissen sie gleich, was zu tun ist.«

Meine Unsicherheit hatte den Arzt misstrauisch gemacht. Er sah mich fragend an.

»Ecstasy vielleicht«, sagte ich. »Irgendwann hat sie mal erzählt, dass sie es in einer Disco probiert hat.«

Der Arzt runzelte die Stirn. »Die Symptome würden passen. Sie muss allerdings ziemlich viel davon erwischt haben. – Ich fürchte, das wird auch noch ein polizeiliches Nachspiel haben, falls sich das bestätigen sollte.«

Ich nickte. »Das ist gut. Am besten, Sie melden es gleich heute noch.«

Alle sahen mich verwundert an.

»Na ja«, sagte ich verlegen. »Zu ihrem eigenen Schutz natürlich, vielleicht macht sie es dann nicht mehr.«

Der Hausmeister warf mir einen anerkennenden Blick zu. »Du bist ein sehr vernünftiges Mädchen.«

»Möchtest du mitfahren? Wir bringen sie ins Marien-Krankenhaus«, fragte mich der Arzt, als die Sanitäter Monja auf einer Trage aus der Wohnung trugen.

»Nein danke«, sagte ich geistesgegenwärtig. »Ich hab mein Fahrrad hier und mein Hund wartet unten. Aber ich bring Monja nachher noch ein paar von ihren Sachen. – Sie wird doch wieder?«

Der Arzt klopfte mir auf die Schulter. »Keine Angst,

wir kriegen das Kusinchen schon wieder hin. – Und du sorgst dafür, dass so was nie wieder vorkommt.«

Dass ich Monja noch ein paar Sachen bringen wollte, leuchtete dem Hausmeister ein. So war es kein Problem für ihn, dass ich mir Monjas Schlüssel vom Schlüsselbrett nahm, um zuallererst Marlowe hochzuholen.

Marlowe überschlug sich schier vor Freude, als ich ihn zu mir rief. Er hatte die ganze Zeit über treu an dem Platz gelegen, den ich ihm angewiesen hatte. Ich schlang meine Arme um ihn und lobte ihn in den höchsten Tönen. In solchen Momenten bin ich immer wieder aufs Neue von seinem Pflichtbewusstsein gerührt.

Als wir in die Wohnung zurückkamen, trippelte uns schon Herr Kasimir entgegen. »Hast du die Haarbürste mitgebracht?«

Ich nickte und griff in die Tasche meines Hoodies.

»Marlowe soll unbedingt noch die Wohnung abschnüffeln«, sagte Herr Kasimir. »Vielleicht hilft es uns weiter, wenn wir wissen, wo die Bellingheim überall war.«

Nachdem Marlowe erneut die Bürste beschnuppert hatte, lief er auf direktem Weg in die Küche. Da ich bisher noch keine Gelegenheit gehabt hatte, mich hier umzusehen, sah ich erst jetzt, dass Monja offenbar als Letztes gefrühstückt hatte. Auf dem Tisch standen eine leere Tasse und ein Teller mit einem angebissenen Marmeladebrot. Die Kaffeemaschine neben der Spüle war noch an. Auf der Wärmeplatte – eine Glaskanne halb voll mit Kaffee.

Marlowe peilte sofort die Spüle, beziehungsweise die Arbeitsplatte daneben an, so genau konnten wir das zunächst nicht festmachen. Jedenfalls schien Olivia hier etliche Duftmarken hinterlassen zu haben. Schließlich stellte er sich auf die Hinterbeine und bellte die Kaffeemaschine an, als wäre sie sein schlimmster Feind.

»Bingo«, sagte Herr Kasimir. »Gib ihm gleich ein Stück Käse! Er hat es verdient. – Völlig klar, das Mittel war im Wasserbehälter der Kaffeemaschine.«

Ich sah ihn entsetzt an. »Wie gemein!« Dann zog ich Marlowe von der Arbeitsplatte weg, lobte ihn mächtig und gab ihm seine Belohnung.

Schaudernd blickte ich auf die Kaffeemaschine. »So konnte die Bellingheim davon ausgehen, dass Monja die K.-o.-Tropfen gleich am Morgen zu sich nimmt. Sie wollte unbedingt verhindern, dass Monja zur Beerdigung kommt. – Mist, das ist ihr jedenfalls gelungen.«

Herrn Kasimirs Barthaare zitterten. »Solange die Frau frei herumläuft, muss man um Monjas Leben fürchten.«

Ich nickte bedrückt. »Momentan ist sie in Sicherheit. – Wenn dieser Kommissar Flatter doch nur nicht so arrogant wäre …!«

Nachdem Marlowe mit triefenden Lefzen seinen Käse verspeist hatte, schnupperte er plötzlich erneut durch die Küche. Bei einem Korb mit leeren Flaschen blieb er jäh stehen. Sein bulliger Körper vibrierte vor Spannung. Ich ging zu ihm hin und streichelte ihn. »Es ist gut, Marlowe, du hast doch schon gefunden, wonach wir gesucht haben.«

Aber da schlug Marlowe schon vehement an. »Aus!«, befahl ich und versuchte, ihn wegzuziehen. »Nicht jedes Bellen wird belohnt.« Doch der stämmige Hund ließ sich nicht beruhigen.

Herr Kasimir beobachtete ihn aufmerksam. »Marlowe ist kein Kläffer. Ich glaub, ich weiß jetzt, warum er bellt. Die Bellingheim hat die Champagnerflasche mitgehen lassen.«

Ich schüttelte den Kopf. »Aber Monja hatte die Flasche doch zur Polizei gebracht.«

»Denk nach!«, gab Herr Kasimir zurück. »Du bist doch sonst so superschlau.«

»Mann!«, stieß ich aus. »Genau, es gibt zwei Flaschen! – Dann denkt sie sicher, sie hat das Beweisstück in Händen. Wenn sie jetzt noch Monja ausschalten könnte, wäre sie aus dem Schneider.« Ich kramte ein weiteres Käsestück aus der Plastiktüte und verfütterte es an Marlowe, der hocherfreut mit dem Schwanz wedelte, weil ich ihn endlich verstanden hatte.

In diesem Moment läutete Monjas Telefon. Ich fuhr zusammen. »Soll ich drangehen?«

Herr Kasimir dachte einen Moment nach. »Überlass das dem Anrufbeantworter.«

Wir ließen es also läuten. Kurz darauf meldete sich der AB, der auf laut gestellt war. Dann hörten wir eine Stimme. Ich lief ins Wohnzimmer. Wir erkannten sie auf Anhieb – es war Olivia Bellingheim.

»Monja«, säuselte sie. »Bist du daheim? Ich würde gern noch mal mit dir sprechen. Du darfst dich nicht in so ein Hirngespinst hineinsteigern.« Abwartendes Schweigen. Dann: »Geh doch ran!« Wieder Schweigen. »Monja?« Darauf hörte man Olivia zu jemandem sagen: »Sie meldet sich nicht. Du weißt, was das heißt.« Das war das Letzte, das wir mitbekamen, denn die Anruferin legte auf.

Mir brach der kalte Schweiß aus. Mit diesem Anruf hatte sich Frau Bellingheim vergewissert, ob Monja noch in der Lage war, ans Telefon zu gehen. »Als Nächstes wird sie hier aufkreuzen«, sagte ich beklommen.

»Keine Angst«, beruhigte mich Herr Kasimir. »Bis sie hier ist, sind wir längst weg. Vorher müssen wir Monjas Handy finden, da ist die E-Mail von Olivia bestimmt noch drauf. Und die Kaffeekanne nehmen wir auf jeden Fall auch mit.«

Während ich im Schlafzimmer nach Monjas Smartphone suchte, sagte Herr Kasimir: »An Monjas Fall lässt sich wunderbar nachvollziehen, wie die feinen Chorfreundinnen vorgegangen sind. Die Tropfen machen das Opfer müde, es legt sich hin. – Monja hat es ja nicht mal mehr ins Schlafzimmer geschafft. – Alles andere ist ein Kinderspiel, und mit einem Kissen zu bewerkstelligen.«

»Und Dr. Bellingheim?«, wandte ich ein.

»Zugegeben, das passt nicht ganz ins Schema«, räumte Herr Kasimir ein. »Warum, werden wir wahrscheinlich schon bald erfahren.«

Damit sollte er schneller recht behalten, als uns lieb war.

15. KAPITEL

Monjas Handy war unauffindbar. Olivia musste es bei ihrem nächtlichen Besuch schon an sich gebracht haben. Ich schlug die Kaffeekanne, behutsam und ohne die Fingerabdrücke zu verwischen, in ein Frotteehandtuch aus dem Badezimmer ein. Schließlich umwickelte ich das Ganze mit Haushaltsfolie, weil ich keine Plastiktüte finden konnte. Ich war gerade fertig geworden, als es klingelte. »Scheiße«, zischte ich. »Sie ist schon da!«

In diesem Moment geriet ich wirklich in Panik. Marlowe, der meine Angst spürte, setzte sich dicht neben mich, als wolle er sagen: »Keine Sorge, ich beschütze dich.«

Herr Kasimir klickte sich in mein Gefühlschaos ein. »Ich glaub kaum, dass unser Möchtegern-Filmstar eine Waffe besitzt. Sie ist feig, sie wird nicht kämpfen.«

Ich sah ihn zweifelnd an. Dieser Frau traute ich inzwischen alles zu.

Herr Kasimir versuchte mich zu beruhigen. »Behalte jetzt die Nerven!«

Ich nickte stumm. Ein erneutes Klingeln fuhr mir durch alle Glieder.

»Wenn sie dir wirklich zu nah kommt, wird Marlowe sie schon Mores lehren«, fügte er in einer Kaltschnäuzigkeit hinzu, die ich nicht begreifen konnte.

Seine gestelzte Ausdrucksweise nervte mich. *Mores lehren*. Ich war mir alles andere als sicher, dass Marlowe eine zu allem entschlossene Frau wie Olivia wirklich einschüchtern konnte.

Dann drehte sich ein Schlüssel im Schloss. Ich zog in letzter Sekunde ein Fleischmesser aus dem Messerblock. Jemand betrat die Wohnung. Zu allem bereit starrte ich auf die Tür. Davor hörten wir Schritte. Ich wagte nicht zu atmen. Marlowe straffte sich, blieb aber still. Einen aufreibenden Moment später öffnete sich die Küchentür und wir standen uns gegenüber. Wer mehr verdutzt war, der unerwartete Eindringling oder ich, könnte ich wirklich nicht sagen. Ich ließ das Messer sinken. »Frau Knappmann, Sie?«

Aus dem Gesicht unter dem knallrot gefärbten Haarschopf wich alle Farbe. Für einen Moment schien sie mir fast umzukippen. Sie umklammerte die Klinke. »Wa-was mach-machst du denn hier?«, stotterte sie mit einem verstörten Blick auf Herrn Kasimir. Das merkwürdige Mädchen mit dem Meerschweinchen war das Letzte, was sie hier erwartet hatte.

»Das wollte ich Sie auch gerade fragen?«, gab ich zurück. »Falls Sie Monja suchen, die hat vorhin der Notarzt abgeholt.«

Frau Knappmann blickte angstvoll auf den großen Hund neben mir. Sie atmete schwer. »Wa-was weißt du?«

Sie stand unverkennbar unter Schock. Sie war jetzt kaum in der Lage, mich anzugreifen, zumal sie mir körperlich kaum überlegen war. Ich sammelte mich und legte das Messer weg. »Ich weiß genug, um Sie und Ihre Freundin wegen gemeinsamen Mordes an Ihren Ehemännern ins Gefängnis zu bringen.«

Frau Knappmann starrte mich fassungslos an. Dann brach sie mit einem klagenden Laut, der aus dem Abgrund ihrer Seele zu platzen schien, in Tränen aus. Ich brachte das Messer aus ihrer Reichweite und schob ihr einen Stuhl hin. »Wollen Sie sich setzen?«

Frau Knappmann ließ sich völlig aufgelöst am Küchentisch nieder. »Sie hat mich gezwungen«, schluchzte sie. »Aber ich hab Dr. Bellingheim nicht umgebracht, es war ein Unfall. – Ich bin nicht so!« Sie heulte laut auf. »Ich bin doch keine Mörderin!«

Ich riss ein Stück Küchenpapier von der Rolle und reichte es ihr. »Es sieht aber ganz so aus«, sagte ich.

»Sie haben K.-o.-Tropfen in den Wodka Ihres Mannes gegeben?«

Sie sah mich entsetzt an. »Deshalb warst du noch mal bei uns in der Wohnung?«

Ich zuckte mit den Schultern. »Nicht deshalb, aber ich hab die Flasche und werde sie noch heute zur Polizei bringen. Die Champagnerflasche, in der das Mittel für den armen Dr. Bellingheim war, hat Monja schon gestern zur Kripo gebracht. Sie sehen, die Schlinge zieht sich zu.«

Frau Knappmann ließ den Kopf auf die Arme sinken und weinte leise. Mit rot umränderten Augen sah sie schließlich hoch. »Ich werde mich stellen. – Ich geb ja zu, dass ich dieses Zeug in Richards Wodka gemischt habe. – Dieser Mann hat mein Leben zerstört. Aber es war Olivias Plan. Sie hat die Tropfen auch besorgt, ich weiß gar nicht genau, was es war.«

Ich nickte. »Das hab ich mir schon gedacht. Und während Sie im Chor Kirchenlieder gesungen haben, ist Ihre Freundin in Ihre Wohnung gegangen um Ihren bewusstlosen Mann mit einem Kissen zu ersticken.«

Frau Knappmann wischte sich mit dem Küchenpapier über die Augen. »Aber wie bist du nur darauf gekommen?«

Ich sah sie ernst an. »Sie haben so ungewöhnlich kaltherzig auf den plötzlichen Tod Ihres Mannes reagiert.«

Frau Knappmann riss die Augen auf. »Und das war alles?«

»Na ja, das hat mich misstrauisch gemacht«, antwortete ich. »Als Tochter eines Bestatters weiß ich, dass nicht jeder bescheinigte natürliche Tod auch natürlich war. Zumindest im Bestattungshaus Engel soll kein Mord mehr unentdeckt bleiben.«

»Aber wie bist du auf Olivia und jetzt Monja gekommen?«, fragte sie leise.

Ich schüttelte den Kopf. »Wie ich das alles herausgefunden habe, spielt jetzt keine Rolle. Sagen Sie mir lieber, wie das mit Dr. Bellingheim passiert ist.«

Frau Knappmann starrte auf die Tischplatte. »Olivias Plan war, dass wir uns gegenseitig aus der Patsche helfen. – Wie in diesem alten Hitchcock-Film.«

Ich nickte. »*Der Fremde im Zug.*«

Sie schluchzte auf. »Olivia fand die Idee großartig. – Aber das richtige Leben ist eben kein Drehbuch. Oh Gott! Wie konnte sie mich da nur reinziehen?« Tränen rollten über ihr verhärmtes Gesicht. »Aber ich bin in dieser Ehe doch fast vor die Hunde gegangen.«

Mit tonloser Stimme berichtete Frau Knappmann dann Folgendes: Nachdem Olivia ihren Teil erfüllt hatte, bereitete sie einen Freitag später bei sich daheim alles vor. Ehe sie zum Chor ging, lud sie ihren Mann zu einem gemeinsamen Glas Champagner ein. Sie gab das

Mittel in die Flasche, weil sie hoffte, dass er die Flasche schnell leer machen würde – er trank für sein Leben gern Champagner. Sie selbst kippte den Inhalt ihres Glases in eine Zimmerpflanze. Es war ausgemacht, dass Frau Knappmann eine Stunde später zur Villa kommen sollte. Sie sollte klingeln und wenn Dr. Bellingheim sich nicht meldete, aufschließen. Danach sollte sie dem Mann, der sich gewiss hingelegt hatte und inzwischen bewusstlos sein dürfte, ein Kissen auf Mund und Nase drücken. Aufgrund seines großen beruflichen Stresses würde ein plötzlicher Herzstillstand keinen Argwohn wecken.

Allmählich wurde mir klar, warum der Plan schiefgegangen war. Monja hatte mir erzählt, dass sie an jenem Abend noch mit Dr. Bellingheim verabredet war. Also trank er nicht so viel. Für den großen Mann reichte die Dosis deshalb nicht bis zum Blackout. Dennoch machte ihn das tückische Mittel müde und schwindlig. Er ging ins Schlafzimmer, um sich hinzulegen. Als Frau Knappmann unten läutete, schwankte er zur Treppe, verlor den Halt und stürzte hinunter.

»Ich hörte ein fürchterliches Rumpeln«, schloss Frau Knappmann. »Als ich aufsperrte, lag er in der Diele. Er muss sofort tot gewesen sein.« Sie verbarg das Gesicht in den Händen. »Ich hätte ihn nie umbringen können. Ich hätte es nie im Leben getan!«

»Heuchlerin«, hörte ich plötzlich wieder Herrn Kasimirs Stimme. »Und was will sie dann hier in Monjas Wohnung?«

Mein aufkommendes Mitgefühl mit der unglücklichen Frau vor mir, erstarb im Keim. Wut stieg in mir hoch. »Und was Sie an Dr. Bellingheim nicht zu Ende bringen konnten, wollten Sie jetzt bei Monja durchziehen!«

Wieder schluchzte sie auf. »Olivia hat mich gezwungen. Sie hat gesagt, dass ich ihr noch die Gegenleistung schuldig wäre. Sie hätte sich schließlich auch die Hände schmutzig gemacht. Und wenn Monja bei der Beerdigung heute einen Eklat machen würde, würde sie mich damit auch hochgehen lassen.« Bitter zerknüllte sie das Papiertuch. »Ich kenn diese Monja nicht mal. Ich hätte das nie übers Herz gebracht. Auf dem Weg hierher, hab ich mich entschlossen, selbst zur Polizei zu gehen. – Jetzt hab ich Olivias wahres Gesicht erst richtig kennengelernt. Ich hab sie immer so bewundert. Aber sie ist genau, was alle anderen über sie sagen: selbstsüchtig und berechnend.« Frau Knappmann suchte meinen Blick. »Glaub mir, ich wollte nur sehen, ob Monja Hilfe braucht. Ich wollte nicht, dass noch mehr Blut an meinen Händen klebt. Mord ist keine Lösung. Obwohl ich Richard gehasst habe, verfolgt mich meine Schuld Tag und Nacht. Ich hatte gehofft, dass mich die Vorfreude auf die

Kreuzfahrt ablenken würde.« Sie seufzte. »Eine Kreuzfahrt war immer ein Traum von mir. Aber jetzt freue ich mich überhaupt nicht mehr darauf. Ich bin innerlich so leer. – So leer …«

Ich schwieg. Anders als Olivia war sie keine gute Schauspielerin, nur deshalb war ich ihr ja auf die Schliche gekommen. Irgendwie kaufte ich ihr die Schuldgefühle ab. »Und was jetzt?«, fragte ich.

Frau Knappmann starrte aus dem Fenster. »Ich gehe jetzt zur Polizei und stelle mich.« Sie fasste sich an die Stirn. »Oh mein Gott, diese Schande. Ob sie mich gleich einsperren?«

Ich zuckte mit den Schultern. »Das weiß ich nicht.«

»Du darfst sie jetzt auf keinen Fall gehen lassen«, meldete sich Herrn Kasimirs erregte Stimme. »Weiß der Himmel, was sie ausheckt. Wir haben keinen Zeugen für dieses Gespräch. Am Ende tut sie sich noch was an.«

Ich presste die Lippen zusammen, in meinen Kopf wirbelten die Gedanken. Er hatte völlig recht. Aber die Polizei anzurufen war sinnlos. Meine Geschichte würde mir bestimmt keiner glauben. Doch was dann? *Felix,* dachte ich plötzlich. Felix musste kommen, dann hatten wir nicht nur einen Zeugen, er würde sie auch sicher zur Polizei bringen.

»Sie können jetzt nicht gehen, Frau Knappmann.«

Damit lotste ich Marlowe zur Wohnungstür im Flur. »Platz!«, befahl ich. Mein stämmiger Torwächter würde niemanden hier durchlassen, wenn ich es ihm nicht erlaubte.

Als ich in die Küche zurückkam, erhob sich Frau Knappmann kraftlos, sie zitterte am ganzen Leib. »Du kannst mich nicht hierbehalten.«

»Setzen Sie sich wieder«, sagte ich so sanft wie möglich. »Ich kann Sie nicht einfach gehen lassen. Aber ich rufe jetzt meinen Bruder an, der wird sie zur Polizei fahren.«

Sie ließ sich widerstandslos in den Stuhl zurücksinken und blickte wie versteinert ins Leere, während ich schon Felix' Nummer wählte. Er ging nicht gleich dran, obwohl ich sicher war, dass er daheim sein musste. Ich wusste, dass er sich zwischen den Klausuren in seiner Wohnung verschanzte, um ungestört lernen zu können. Endlich nahm er ab. Unser Gespräch lief etwa so ab:

»Mann, wo warst du denn!«, stieß ich aus.

»Sorry, Schwesterchen! Bleib cool! Ich war im Bad. Na, wer ist denn jetzt wieder umgebracht worden?«

»Heute noch keiner – bis jetzt. Aber ich brauch unbedingt deine Hilfe!«

Schweigen.

»Muss ich mir Sorgen um dich machen?«

»Allerdings, wenn du noch lang rummachst. Ich erzähl dir nachher alles. Spring jetzt ins Auto und fahr zu folgender Adresse ...«

Angesichts meiner wohl ziemlich erregten Stimme, und der Tatsache, dass er mir schon einmal das Leben gerettet hatte, fragte er nicht lange weiter, sondern machte sich sofort auf den Weg. Felix lässt zwar definitiv zu oft den großen Bruder raushängen, aber wenn's drauf ankommt, kann ich mich hundertpro auf ihn verlassen.

Ich hatte kaum aufgelegt, als Frau Knappmanns Handy klingelte. Sie fuhr zusammen. Mit zitternden Fingern fischte sie es aus der Jackentasche. »Olivia«, hauchte sie mit einem entsetzten Blick auf das Display.

»Sie soll auf keinen Fall rangehen!«, sagte Herr Kasimir.

Frau Knappmann starrte auf das schrill klingelnde Telefon und schüttelte verzweifelt den Kopf. »Was soll ich ihr sagen? Was soll ich ihr nur sagen?«

»Gar nichts«, sagte ich, »lassen Sie es läuten!«

Kurz darauf verstummte der entnervende Klingelton, der Frau Knappmann aber jäh aus ihrer Lethargie gerissen hatte. »Es ist schrecklich«, jammerte sie, als seien ihr schlagartig die Konsequenzen ihrer Tat bewusst geworden. »Jetzt ist mein Leben erst recht zerstört. Was wird Patrick von mir denken?«

Ich antwortete nicht.

»Tja, das hat schon unser alter Friedrich Schiller auf den Punkt gebracht«, kommentierte Herr Kasimir ihren Ausbruch. »Der Wahn ist kurz, die Reue lang.«

Manchmal hat er wirklich das Gefühlsleben eines Betonblocks. Mir tat sie trotz allem irgendwie leid. Sie war Opfer und Täter zugleich.

Als ich klein war, dachte ich immer, die Erwachsenen würden genau wissen, was sie tun. Aber je älter ich werde, desto größer werden meine Zweifel. Erwachsene machen genauso viele Fehler wie Kinder, nur haben ihre Fehler schlimmere Auswirkungen. Sie sind genauso selbstsüchtig, neidisch und gierig. Obwohl ich so viel jünger war, fühlte ich mich dem rothaarigen Häufchen Elend vor mir irgendwie überlegen. Genießen konnte ich das allerdings nicht. Es war mir eher unangenehm, weil ich wirklich nicht wusste, was ich nun noch zu ihr sagen sollte.

Ich war froh, als es endlich klingelte. Ich lief zur Tür.

»Wer zum Teufel ist Frau Sander«, platzte Felix mit einem Blick auf das Türschild los.

»Erzähl ich dir gleich«, sagte ich. »Komm erst mal rein!«

Nachdem ihn Marlowe erfreut begrüßt hatte, schob ich ihn in die Küche. Frau Knappmann hob den Kopf. Felix stutzte. »Wieso ist sie denn auch hier?«

»Weil ihr Mann eben doch nicht eines natürlichen

Todes gestorben ist«, antwortete ich. »Setz dich und hör mir wenigstens jetzt mal zu!«

So knapp es mir nur möglich war, informierte ich Felix über den Stand der Dinge. Während ich redete, unterbrach er mich kein einziges Mal, ließ aber kein Auge von Frau Knappmann, die mit hängenden Schultern auf den Tisch starrte. Dass sie mir zu keinem Zeitpunkt widersprach, erhöhte meine Glaubwürdigkeit bei Felix offenbar.

»Die Petechien«, sagte er langsam. »Na ja, die fand ich schon auch merkwürdig. Aber wer denkt denn gleich an Mord.«

»Das ist doch genau das Problem«, konterte ich. »Keiner. Wenn das mit Herrn Kasimir nicht passiert wäre, hätte ich auch nicht daran gedacht.«

Sein Blick wanderte zu dem Meerschweinchen, das auf meiner Schulter saß und finster zurückblickte. Ich wusste, was in Felix vorging. Er erinnerte sich noch genau an das Gespräch, das wir damals über Herrn Kasimir geführt hatten.

»Sag ihm, was Oscar Wilde gesagt hat«, wies mich Herr Kasimir an. »Skeptizismus ist der Anfang allen Glaubens.«

Ich räusperte mich. »Herr Kasimir sagt – äh, würde jetzt sagen: Skeptizismus ist der Anfang allen Glaubens.«

Felix hob die Augenbrauen. »So, sagt er das?« Trotz seines ironischen Tons hörte ich Verunsicherung in seiner Stimme.

»Genau genommen hat das wohl Oscar Wilde gesagt«, ergänzte ich, um noch eins draufzusetzen. »Herr Kasimir liebt Zitate.«

Felix stand auf. »Okay, lass den Quatsch, Valentine!« Er wandte sich an Frau Knappmann. »Kommen Sie, ich bring Sie jetzt zum Kommissariat.«

Mit dem Ausdruck eines Opfertiers, das zur Schlachtbank geführt wird, erhob sich Frau Knappmann.

Herr Kasimir meldete sich erneut zu Wort. »Sag ihr, wenn sie sich freiwillig stellt, bringt ihr das im Prozess Punkte. Und sie soll sofort auf einen Anwalt bestehen!«

Ich gab seine Mitteilung weiter.

Sie nickte abwesend.

»Kommst du mit?«, erkundigte sich Felix.

Ich schüttelte den Kopf. »Aber nimm das hier gleich mit! Da ist die Kaffeekanne mit den K.-o.-Tropfen für Monja drin.« Damit reichte ich ihm das gut verpackte Beweisstück. »Mein Fahrrad steht unten, ich muss heim und mich umziehen. Ich will unbedingt zur Beerdigung von Dr. Bellingheim. Vielleicht wird Olivia gleich von dort weg verhaftet. Das muss ich sehen.« Ich sah Frau Knappmann fragend an. »Sie werden doch gegen sie aussagen?«

»Sie war einmal meine beste Freundin«, antwortete sie weinerlich. »Aber jetzt …« Ihre Stimme erstarb.

Als Felix gegangen war, bemerkte ich, dass Marlowe sehnsüchtig zur Spüle hochstarrte. Er hatte ganz offensichtlich Durst. Emmentaler ist eigentlich viel zu salzig für einen Hund, aber für ihn ist Käse nun mal einfach das Höchste. Das einzige geeignete Gefäß, das ich finden konnte, war Monjas Salatschüssel. Okay, Mum würde einen Anfall kriegen, wenn ich unsere nehmen würde. Aber Marlowes Bedürfnisse waren mir jetzt wichtiger als kleinliche Hygienebedenken. Während Marlowe gierig sein Wasser schlabberte, setzte ich mich an den Tisch und gönnte mir einen Müsliriegel, schließlich hatte ich noch nicht mal gefrühstückt. Ich bot Herrn Kasimir ein Stück an. »Wollen Sie auch?« Diesmal nahm er an. Während wir auch noch den zweiten Riegel verdrückten und uns über die jüngsten Ereignisse unterhielten, klingelte es.

Ich schrak zusammen.

16. KAPITEL

Mir wurde richtig schlecht. »Wer kann das sein?«

»Weißt du das wirklich nicht?«, antwortete er.

Natürlich ahnte ich, wer das war. Leise stand ich auf und spähte aus dem Fenster. Vor dem Haus parkte ein weißer Sportwagen. »Olivia«, zischte ich. »Scheiße!«

»Sie hat keinen Schlüssel mehr, den hat sie ihrer Freundin gegeben«, beruhigte mich Herr Kasimir. »Bestimmt fährt sie gleich wieder weg.«

Es klingelte noch zweimal. Wir saßen wie auf Kohlen und warteten hinter der Gardine, dass sie endlich zurück zum Wagen ging. Doch dann hörten wir plötzlich ein Geräusch. Erschreckend nah. Marlowe richtete sich auf.

Herr Kasimir pfiff leise. »Verdammt, das kommt aus dem Wohnzimmer!«

Noch heute wird mir ganz anders, wenn ich an diesen Moment zurückdenke. »Oh Mann, wie ist sie bloß reingekommen?«, flüsterte ich.

»So wie du«, sagte Herr Kasimir. »Wahrscheinlich hast du die Balkontür offen gelassen.«

Meine Hände wurden feucht. »Und was soll ich jetzt machen?«

»Du machst gar nichts, überlass das deinem Leibwächter!« Seine Stimme klang bemerkenswert gelassen. »Lass ihn noch mal an der Bürste schnuppern!«

Mit zitternden Händen hielt ich Marlowe erneut die Bürste unter die Nase. »Such, Marlowe! Such!« Damit öffnete ich die Küchentür und Marlowe raste so begeistert los, als läge ein Wagenrad Schweizer Käse im Jackpot.

Was dann geschah, ereignete sich innerhalb weniger Atemzüge. Zuerst hörten wir einen Aufschrei und das Gebell eines sehr zufriedenen Hundes. Als ich mich mit klopfendem Herzen und im Vertrauen auf Marlowes Wirkung ins Wohnzimmer wagte, hing Olivia sehr undamenhaft mit einem Bein bereits wieder über der Balkonbrüstung. Offenbar hatte sie fluchtartig den Rückzug angetreten. Doch Marlowe machte kein Hehl daraus, dass er sie nicht kampflos entlassen würde. Er bleckte die Zähne und knurrte bedrohlich.

Ihr Anblick wäre unter allen anderen Umständen eine Lachnummer gewesen. Sie war schon im Trauer-Outfit, unverkennbar hatte sie sich bereits für die Beerdigung fertig gemacht. Jedenfalls war sie für eine Kletterpartie definitiv overdressed. Sie musste schon verdammt unter Druck sein, dass sie den Weg über den Balkon gewagt hatte. Ich fragte mich, wie sie in dem engen schwarzen Minirock überhaupt auf die Mülltonne gekommen war. Bemalung und Frisur hatten dabei sichtlich gelitten. Ihre Schuhe hatte sie wohl unten stehen lassen, vermutlich weil sich hohe Absätze zum Klettern nicht gut eigneten. Ihre schwarze Strumpfhose war zerrissen, der Rock hochgerutscht, die Spitze eines Unterrocks blitzte hervor.

Olivia sah mich an, als wäre ich ein Gespenst. »Wer bist du denn?« Dann stutzte sie. »Bist du nicht die Tochter des Bestatters?«

»Genau.« Ich versuchte, das Beben in meiner Stimme zu verbergen. »Sie wollten wohl zu Monja?«

Man konnte geradezu sehen, wie es hinter ihrer gelifteten Stirn arbeitete. Dann gab sie sich einen Ruck. »Monja ist eine gute Freundin von mir. Sie war so bedrückt in den letzten Tagen.« Sie legte Sorge in ihre Stimme. »Und als sie heute nicht ans Telefon ging, hab ich wirklich das Schlimmste befürchtet. – Leider hab ich keinen Schlüssel, aber die Balkontür stand weit offen.«

Ich spielte die Ahnungslose. »Schön, dass Monja so gute Freunde hat. – Sie ist tatsächlich schon im Krankenhaus.«

Olivia wurde kreidebleich. »Das ist ja schrecklich!«

»Ja, das ist wirklich schrecklich«, wiederholte ich, und dachte, dass das vor allem für Olivia schrecklich war.

Die zerzauste Witwe zog das Bein auf den Balkon zurück, wahrscheinlich glaubte sie, dass sie von dem pummligen Teenager mit dem Meerschweinchen nichts zu befürchten hatte. Doch sie hatte nicht mit meinem vierbeinigen Kumpel gerechnet. Ihre unerwartete Bewegung löste in Marlowe einen heftigen Reflex aus. Er schnappte zu und hielt sie wütend knurrend am Rock zurück.

Olivia gebärdete sich geradezu hysterisch, was verzeihlich ist, schließlich hing ein zahnbewehrtes Fünfzig-Kilo-Muskelpaket an ihrem Minirock.

»Halt die Bestie zurück!«, brüllte sie mich an.

»Marlowe! Aus!«, befahl ich.

Marlowe ließ unwillig von ihr ab. Diesen Moment nutzte Olivia. Völlig kopflos schwang sie sich übers Geländer und ließ sich mit dem Mut der Verzweiflung fallen. Zwei dumpfe Aufschläge folgten. Der erste auf der Mülltonne, der zweite auf dem Betonboden. Dann hörten wir lautes Stöhnen. Ich blickte nach unten. Sie lag da und krümmte sich vor Schmerzen.

Ich belohnte Marlowe mit dem letzten Stück Käse. »Gut gemacht! Guter Hund!« Er nahm es hocherfreut an, auch wenn er vielleicht ein wenig enttäuscht war, dass ich ihn zurückgepfiffen hatte.

»Nun, damit hat sich zumindest ein Problem von selbst gelöst. Sie läuft uns nicht mehr weg«, bemerkte Herr Kasimir. »Ruf sofort Felix an. Der dürfte noch beim Kommissariat sein. Er soll dafür sorgen, dass eine Streife geschickt wird.«

Gegenüber ging ein Fenster auf. »Soll ich einen Krankenwagen holen?«, rief eine Frau.

Ich schüttelte den Kopf. »Nein, ich kümmere mich selbst um sie!«

Dann wählte ich Felix' Nummer. Während ich in den Hof hinunterlief, verklickerte ich ihm atemlos, was passiert war.

»Willst du Kommissar Flatter gleich persönlich sprechen?«, fragte Felix. »Frau Knappmann und ich sitzen in seinem Büro.«

»Äh«, stotterte ich. »Nein, jetzt nicht, er soll lieber sofort herkommen!«

Herr Kasimir schnaubte, als ich auflegte. »Und wieder liefern wir diesem unfähigen Hochstapler einen aufgeklärten Mord.«

»Einen Doppelmord«, verbesserte ich ihn, und stieß die Tür zum Hof auf.

Marlowe wollte prompt auf Olivia losstürzen, aber ich hielt ihn zurück.

Unser Filmstar lag immer noch am Boden, wimmerte vor sich hin und umklammerte die rechte Schulter. »Ich glaub, sie ist ausgerenkt. Und mein Bein – es muss gebrochen sein.«

Ich zuckte mit den Schultern. »Sie haben Glück gehabt, dass die Mülltonne den Aufprall gebremst hat. Sonst hätten Sie sich das Genick gebrochen, genau wie Ihr armer Mann.«

Ihr schmerzverzerrtes Gesicht versteinerte. »Hast du den Notarzt angerufen?«

»Nein. Aber die Polizei wird jeden Moment hier sein. Die werden sich um Sie kümmern«, sagte ich ungerührt.

Sie versuchte, sich aufzurappeln, sank aber mit einem Aufstöhnen wieder zurück. »Warum?«, heulte sie. »Was hab ich dir denn getan?«

Tränen flossen in schwarzen Kajal-Bächen über ihre rougefarbenen Wangen.

»Ausnahmsweise mal echte Tränen«, bemerkte Herr Kasimir zufrieden.

»Mir haben Sie gar nichts getan«, beantwortete ich ihre Frage. »Aber Herrn Knappmann und ihrem eigenen Ehemann. – Und Monja hatte Glück, dass ich rechtzeitig da war.«

Für einen Moment schien es ihr die Sprache verschlagen zu haben. Dann schluckte sie. »Was hat Rita dir erzählt?«

»Frau Knappmann?« Ich setzte ein kaltes Lächeln auf. »Nichts, was ich nicht schon wusste.«

Olivia glotzte mich völlig perplex an. »Aber woher?«

Mich ritt der Teufel. »Der verstorbene Herr Knappmann hat es mir erzählt.« – Irgendwie stimmte das ja sogar. Die Einblutungen an seinem Körper hatten uns erst darauf gebracht, dass er erstickt worden war.

Sie erschauderte. »Hör auf! Das ist doch Quatsch! An so was glaub ich nicht.«

»Ja, dann wird es wohl ein Geheimnis für Sie bleiben«, gab ich zurück und wunderte mich, wie ich dieser Frau, die vor Schmerzen winselnd buchstäblich vor mir am Boden lag, so gefühllos begegnen konnte.

Frau Knappmann gegenüber empfand ich fast so etwas wie Mitleid. Sie bereute, was sie getan hatte. Olivia Bellingheim war aus anderem Holz. Alles war ihr Plan gewesen. Skrupellos hatte sie ihre verzweifelte Freundin als Werkzeug benutzt. Dass sie nicht davor zurückschreckte, einen ihr völlig fremden Mann zu ersticken, sprach für ihre Kaltblütigkeit. Bei Frau Knappmann war ich mir nicht sicher, ob sie wirklich zur Mörderin geworden wäre, wenn der vergangene Freitag anders verlaufen wäre.

Die Sirene eines Polizeiwagens ließ Olivia aufschluchzen.

Kurz darauf öffnete sich die Tür zum Hof und Felix

erschien. Neben ihm ein hagerer Mann mit Halbglatze, Kommissar Siegmund Flatter. Flankiert von zwei Polizisten, schlich Frau Knappmann hinter ihnen her. Irgendwie hatte die Szene etwas von einem Bühnenstück. Inzwischen hatte sich ein Fenster nach dem anderen geöffnet, die halbe Hausgemeinschaft verfolgte das Geschehen. Jedenfalls konnte sich Olivia über Mangel an Publikum heute nicht beklagen.

Hinter den Polizisten stürmte der Hausmeister in den Hof. »Was ist denn hier schon wieder los? – Kann ich helfen?«

Doch Flatter ließ ihn mit einer arroganten Handbewegung abblitzen. »Stören Sie die Ermittlungen nicht! Wenn Sie helfen wollen, gehen Sie aus dem Weg!«

Der Blick des Kommissars wanderte von der am Boden liegenden Olivia zu mir. Er wirkte plötzlich gar nicht mehr so selbstsicher. »Du also schon wieder!«, sagte er finster. »Warum mischst du dich andauernd in polizeiliche Angelegenheiten?«

»Idiot«, hörte ich Herrn Kasimir.

Ich hob die Augenbrauen. »Weil ich nicht will, dass die Firma Engel unwissentlich jemanden beerdigt, der ermordet worden ist. – Deshalb.«

Flatter räusperte sich. »Monja Sander war gestern bei mir. – Du kennst sie offenbar. – Sie hat da was von einem Doppelmord angedeutet?«

Ich nickte. »Monja ist im Krankenhaus, warum kann *sie* Ihnen erzählen.« Damit deutete ich auf Frau Bellingheim. »Sie hat Herrn Knappmann umgebracht und den Mord an ihrem Ehemann geplant. Ich kann das beweisen.«

Olivia starrte mich feindselig an. »Glauben Sie ihr kein Wort. Sie ist verrückt. Sie glaubt an Geister. Das hat sie alles erfunden.«

Ich zuckte mit den Schultern. »Und die K.-o.-Tropfen? Die hab ich wohl auch erfunden?«

Flatter schüttelte den Kopf. »Nein, die hast du wirklich nicht erfunden. Die hat unser Labor nachweisen können.«

»Ich bringe Ihnen auch noch Herrn Knappmanns Wodkaflasche. Da werden Sie hundertpro wieder fündig werden. Während seine Frau beim Chor war, hat Frau Bellingheim den betäubten Herrn Knappmann mit einem Kissen erstickt. Er hatte typische Einblutungen an den Augenlidern, und Druckstellen von Gewalt an den Armen.«

Flatter runzelte die Stirn. »Pathologe bist du wohl auch?«

»Ich nicht«, sagte ich. »Aber mein Bruder Felix ist angehender Rechtsmediziner. Er hat diese Petechien auch gesehen. Außerdem hab ich Fotos von dem Toten gemacht.«

Felix nickte verlegen. »Ja, Petechien waren tatsächlich zu sehen.«

Olivia schluchzte theatralisch. »Ich hab niemanden ermordet. Rita war es. Sie konnte ihre Ehe nicht länger ertragen. Aber meine Ehe war doch so gut. Ich habe meinen Mann geliebt.«

Frau Knappmann, die wie versteinert zugehört hatte, hob den Kopf. »Olivia, du ekelst mich an«, sagte sie tonlos. »Hör auf damit! Es ist aus. Ich hab schon alles zu Protokoll gegeben.«

Flatter nickte. »Und was mir Frau Sander gestern erzählt hat, belastet Sie ebenfalls schwer.« Er nahm die Schultern zurück. »Frau Bellingheim, es besteht der dringende Tatverdacht, dass Sie Herrn Knappmann ermordet haben. Ich muss Sie festnehmen.«

Olivia erstarrte. Dann wurde sie röter als das Rouge in ihrem Gesicht. Ihre Augen blitzten. »Sie glauben wohl alles, Sie Stümper! Ich will sofort einen Anwalt!«

»Mit dem Stümper hat sie allerdings recht«, bemerkte Herr Kasimir. »Jetzt kommt Flattermännchen wieder ganz groß raus. Völlig unverdient. Dieser eingebildete Fatzke!«

Ehrlich, mir war das so was von schnurz, Hauptsache, die beiden Morde waren aufgeklärt. Dr. Bellingheims Beerdigung fand ohne die trauernde Witwe statt. Nachdem man sie im Krankenhaus verarztet hatte, wanderte sie sofort in U-Haft, weil Fluchtgefahr bestand.

Da Frau Knappmann geständig ist, erspart man ihr bis zum Prozess das Gefängnis. Aber Herr Kasimir meint, dass sie ganz bestimmt verurteilt wird. Schließlich hatte sie ihren Mann betäubt und seinen Tod in Kauf genommen.

Felix begleitete mich noch zum Kommissariat. Während ich alles der Reihe nach erzählte, starrte er unentwegt auf Herrn Kasimir. Als ich fertig war, grinste ich ihn an. »Ja, ohne meinen superschlauen Kommissar hätt ich es nicht geschafft.«

Flatter lächelte geschmeichelt. »Gut, dass du das wenigstens einsiehst.«

Und wieder knurrte einer: »Idiot!«

Dann musste ich einem jungen Polizisten mein Handy überlassen, damit er die Fotos auf den Polizeicomputer übertragen konnte. – Die haben echt eine Heidenangst vor Computerviren. – Na ja, Vorsicht ist die Mutter der PC-Kiste.

Meine Aussage, die von Frau Knappmann und Monja, der es am nächsten Tag zum Glück schon wieder besser ging, sowie die Untersuchung der Wodkaflasche, ergaben eine lückenlose Beweisführung, auch wenn Olivia ihre Schuld eisern bestritt.

In der Zeitung – Flatter gab ein ausgedehntes Interview – las ich, dass man bei der Hausdurchsuchung in der Bellingheim-Villa GHB in einer Topfpflanze gefunden hatte. – Olivia hatte ihren Champagner also tatsächlich in einem Benjaminus entsorgt. Außerdem fand die Spurensuche auf Olivias Laptop eine illegale Bestellung von GHB und den kurzen, aber beweiskräftigen E-Mailverkehr zwischen ihr und Monja.

Zum großen Verdruss von Herrn Kasimir bekam Siegmund Flatter, wie er dem Zeitungsmenschen gegenüber herausstrich, auch noch eine Belobigung von allerhöchster Stelle. Na ja, einen Doppelmord binnen vierzehn Tagen zu lösen, ist eben ein Meisterwerk.

Auch wenn er sich mit fremden Federn schmückte, ich war nicht scharf drauf, wieder ein grottiges Foto von mir in der Zeitung zu sehen. Außerdem wollte ich nicht, dass meine Eltern zu viele Einzelheiten erfuhren. Ich hatte mit Felix vereinbart, ihnen vorerst gar nichts zu erzählen. Ich war mir nicht sicher, wie sie darauf reagierten, dass ich heimlich eine private Leichenschau durchgeführt hatte. Übrigens – ich weiß nicht, ob ich mir das einbilde, aber Felix sieht Herrn Kasimir seither immer ganz unsicher an. Ich glaub fast, er zweifelt an seinen eigenen Zweifeln. Wirklich idiotisch, dass er Herrn Kasimir nicht hören kann.

Der Pressewirbel blieb mir allerdings auch diesmal nicht erspart. Es lief ganz ähnlich wie bei unserem ersten

Fall. Monja, die immer noch sauer auf Flatter war, weil er sie so hatte abblitzen lassen, ärgerte sich über das Interview, in dem er mich mit keinem einzigen Wort erwähnt hatte. Also nahm sie Kontakt mit der Lokalzeitung auf.

Dad fiel aus allen Wolken, als wieder ein Journalist vor der Tür stand und nach mir fragte. So erfuhren Mum und Dad schließlich doch noch alles. *Vierzehnjährige Bestatterstochter deckt Doppelmord auf*, stand am nächsten Tag auf der Titelseite. Darunter ein Foto: Ein pummliges Mädchen, das hinter dicken Brillengläsern gegen das Blitzlicht anblinzelt. Daneben ein ziemlich hässlicher Hund, dem ein Meerschweinchen auf dem Rücken sitzt.

Unsere arme Frau Kuckelkorn war außer sich, als sie den Bericht gelesen hatte. »Nie hätte ich das für möglich gehalten! Niemals. – Im Kirchenchor singen ... Das passt doch nicht. – Valentine, wie bist du nur darauf gekommen?«

Die Standardfrage. Ehrlich, mir graust schon, wenn nächste Woche wieder die Schule anfängt. Ich steh definitiv nicht gern im Mittelpunkt.

So, ich denke, das war's im Großen und Ganzen. Ich glaub, ich hab alles. Wie lange sitz ich eigentlich schon hier?

Oh Mann! So lang? Kein Wunder, dass der Akku blinkt.

»Herr Kasimir! Aufwachen!«

»Uahh… Waaaas? Was? – Wie kommst du darauf, dass ich schlafe.«

»Weil Sie geschlafen haben.«

»Das weiß ich wohl besser.«

»Im Besserwissen sind Sie zwar unschlagbar, aber geschlafen haben Sie trotzdem.«

»Keine Sekunde.«

»Es hat ja keinen Sinn, mit Ihnen zu diskutieren. Aber wir sind jetzt sowieso fertig hier.«

»Nach so kurzer Zeit? Du hast sicher die Hälfte vergessen.«

»Sie haben gepennt! Und ich hab überhaupt nichts vergessen.«

Okay, jetzt schalt ich schnell aus, sonst behält er am Ende doch wieder das letzte Wort. 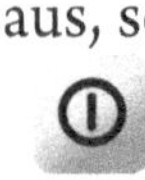

Eine Reise durch Raum und Zeit

Christopher Edge

Albie Bright
Ein Universum ist nicht genug

176 Seiten · Gebunden
ISBN 978-3-522-18487-8

Ist es wirklich möglich, durch Raum und Zeit zu reisen und in einem Paralleluniversum zu landen? Die Idee klingt für Albie so verrückt, dass er es ausprobiert. Mit einem Karton, einer vergammelten Banane und der Nachbarskatze wagt er das Experiment. Und siehe da: Es funktioniert! Auf Albie wartet Unglaubliches. Ob sich bei diesem Abenteuer auch sein größter Wunsch erfüllen wird?